Phyllis A. Whitney

Frau ohne Vergangenheit

Aus dem Englischen von
Eva Malsch

BASTEI LÜBBE

GREENWICH
LIBRARIES

BASTEI-LÜBBE-TASCHENBUCH
Band 11987

Deutsche Erstveröffentlichung
Titel der amerikanischen Originalausgabe:
Woman without a Past
© 1991 by Phyllis A. Whitney
© 1993 für die deutsche Übersetzung
by Gustav Lübbe Verlag GmbH, Bergisch Gladbach
Printed in Germany August 1993
Einbandgestaltung: Manfred Peters
Titelfoto: Elke Hesser, Paris
Satz: Projekttext, Düsseldorf
Druck und Bindung: Ebner Ulm
ISBN 3-404-11987-8

Der Preis dieses Bandes versteht sich
einschließlich der gesetzlichen Mehrwertsteuer

VORWORT

Im Mai 1989 besuchte ich Charleston, South Carolina. Ein paar Monate später fegte Hugo mit zerstörerischer Gewalt über das Gebiet hinweg und veränderte einzelne Landschaftsteile für immer. Das Charleston, das ich in diesem Buch beschreibe, ist die Stadt, die ich vor dem Hurrikan gekannt habe; eine Stadt, die sich im Lauf der Jahre von vielen Katastrophen erholen mußte, deren Geist davon aber unberührt blieb.

Wie mir Freunde berichten, hat der historische Stadtteil mit seinen standfesten alten Gebäuden – Hauptschauplatz meines Romans – nur geringfügige Schäden erlitten. Die Plantagenhäuser auf der Halbinsel präsentieren sich genauso wie zuvor. Der größte unersetzliche Verlust, den die gesamte Gegend erlitt, waren vielleicht die unzähligen schönen Bäume, teilweise ein Jahrhundert alt und noch älter. Als ich mein Buch schrieb, hatte sie noch kein Unheil getroffen, und ich sah sie in meiner Phantasie so, wie sie früher gewesen waren.

Das Plantagenhaus, das ich Mountfort Hall nenne, setzt sich aus den Häusern zusammen, die ich besichtigt habe, allerdings mit besonderer Betonung von Drayton Hall.

Die Bewohner von Charleston sind widerstandsfähig und haben ihr Leben immer mit Würde und Tapferkeit gemeistert. Mehrere Familien im historischen Stadtteil öffneten mir ihre Häuser und luden mich ein, hinter die Kulissen zu schauen.

Anne Walls schönes South Battery-Haus spielt in meiner Erzählung eine gewisse Rolle, mit einigen Veränderungen, die dem Handlungsablauf entsprechen. Im Oberstock verliebte ich mich in ein Schaukelpferd, das in meinem Roman mitwirkt.

Mein Dank gilt Helen und Harold Tinley, die mir ihr zauberhaftes Heim in einem von Charlestons Einfamilienhäusern gezeigt haben. Helen war meine »Kundschafterin«, als ich für eine meiner Szenen genaue Einzelheiten brauchte. Sie schickte mir auch eine lebhafte Schilderung der Ereignisse, während Hugo über der Stadt tobte.

Catherine Boykin machte mich mit Patricia Dwight bekannt, deren ebenerdige Wohnräume mit Schätzen aus dem Fernen Osten gefüllt waren. Glücklicherweise brachte man sie in den Oberstock, bevor der Hurrikan einen reißenden, über einen halben Meter hohen Schlammstrom in die Stadt trieb. Beiden Frauen danke ich für die Unterstützung bei meinem Projekt.

Vor jeder neuen Szenerie, die ich beschrieb, wandte ich mich an die öffentliche Bibliothek. Besonders herzlich danke ich Jan Buvinger, der Leiterin der Charleston County Library, die ihr Personal bat, mir zu helfen.

Michael Leonard, dem damaligen Leiter des öffentlichen Dienstleistungsbetriebs in der Bibliothek, verdanke ich einige meiner besten Szenen. Durch ihn erfuhr ich von den Footlight Players und konnte mich im alten Lagerhaus, das sie als Theater benutzen, hinter der Bühne umsehen. Michael zeigte mir auch den faszinierenden Ausblick auf den beleuchteten Turm der St.-Philip's-Kirche von der Gasse aus, die an der Bühnentür vorbeiführt. Welch ein zündender Funke für meine Phantasie!

Während meines Aufenthalts in Charleston wohnte ich im Ansonborough Inn, zu dem ein altes Baumwolllagerhaus gehört. Das inspirierte mich zu einigen unheimlichen Szenen. Den Namen änderte ich in Gadsden Inn, bei der Beschreibung dieses Schauplatzes erlaubte ich mir jedoch nur wenige Freiheiten. Dem Hotelpersonal danke ich für seine unwandelbare Hilfsbereitschaft.

Die Touristen strömen nach Charleston wie eh und je – und diese unvergleichliche Stadt heißt ihre Gäste willkommen.

1

Ich fühlte mich *fast* wundervoll. Hätte nicht jene andere Person im Wartezimmer meines Verlegers gesessen, wäre das Wort »fast« überflüssig gewesen. Im Aktenkoffer auf meinen Knien lag ein erst kürzlich vollendetes Manuskript, und in einem Regal auf der anderen Seite des Raumes prangte das Hardcover meines soeben veröffentlichten Kriminalromans »Kristallfeuer«. Mit meinen dreißig Jahren hatte ich schon vier Romane dieses Genres herausgebracht, was mich mit Stolz erfüllte, und den fünften wollte ich nun abliefern. Eine Zeitlang war ich abgewiesen und entmutigt worden, bis Douglas Hillyard mich »entdeckt« hatte. Der Verlag Hillyard Publishers befand sich in Familienbesitz – eine kleine Oase inmitten gigantischer Konzerne, die ihn zu vereinnahmen suchten.

Meine Freude bewies mir, daß meine Seele endlich zu gesunden begann. Vor zwei Jahren hatte Doug einen tödlichen Unfall erlitten, in den mehrere Autos verwickelt gewesen waren. Ein plötzlicher Todesfall kann einen viel schmerzlicher erschüttern als ein langsames Sterben mit vorhersehbarem Ende. Auf letztere Weise hatte ich meine Mutter verloren. Das Schreiben war schon immer mein Lebensziel gewesen – eine Flucht in imaginäre Welten, wo das Unheil nur erfunden ist und alles glücklich ausgeht. Jetzt, an diesem sonnigen Frühlingstag in New York, spürte ich, wie meine Lebensgeister neu erwachten. Ich sah wieder positiv in die Zukunft.

Mein letzter Roman stand geöffnet im Regal, so daß man die Vorder- und Rückseite des Schutzumschlags sehen konnte. Das graublaue Bild auf dem Einband zeigte ein Frauengesicht, das geheimnisvoll im Nebel zu schweben schien, und direkt unter dem Titel las ich in großen, klaren Lettern meinen Namen – Molly Hunt. Ich fand mich nicht berühmt genug, um ihn darüber setzen zu lassen.

Das Foto auf der Rückseite des Schutzumschlags zeigte eine Variante des »Markenzeichens«, von Doug für mich ausgesucht – etwas Glamouröses, Interessanteres als die üblichen Autorenporträts – und er hatte eine clevere Maskierung vorgeschlagen. Ich hatte es genossen, mich hinter einer dunklen Brille zu verstecken, einen weichen schwarzen Filzhut tief in meine Stirn zu ziehen und die untere Gesichtshälfte mit einem hochgeklappten Trenchcoatkragen zu verdecken. Natürlich war das eine Art Karikatur, und wir hatten die Pose für jeden neuen Titel ein wenig verändert. Norman Hillyard, mein jetziger Lektor und Dougs jüngerer Bruder, wünschte sich für mein nächstes Buch eine andere Aufnahme, aber die »Lady mit dem Filzhut« gefiel mir immer noch. Sie schien mehr Abenteuer anzudeuten, als ich sie im wirklichen Leben erfahren hatte, und glich meinen furchtlosen Heldinnen.

Bald würde mich Normans Empfangsdame in sein Büro rufen, und ich wappnete mich schon gegen den vertrauten Kummer. Dougs tödlicher Unfall war auch für seinen Bruder eine Tragödie gewesen, hatte ihm aber andererseits den Weg ins Büro des Cheflektors gebahnt. Einen Monat nach jenem schrecklichen Tag hätten

Doug und ich heiraten sollen, und ich konnte den Raum, wo wir so viele Gespräche geführt hatten, nicht betreten, ohne den Schmerz meines Verlustes erneut zu empfinden.

Meine Aufmerksamkeit richtete sich auf den Mann, der mir im Wartezimmer gegenübersaß und vorgab, eine Zeitschrift zu lesen. Seit seiner Ankunft warf er mir immer wieder kaum verhohlene Blicke zu. Und wenn ich sie auffing, schaute er rasch weg.

Sobald er den Raum betreten hatte, war mir seine verwirrte Miene aufgefallen. Mit der beruflich bedingten Beobachtungsgabe einer Schriftstellerin registrierte ich seine Erscheinung – groß und ungemein attraktiv, mit dichtem blondem Haar und braunen Augen. Er trug einen gutgeschnittenen konservativen Anzug aus leichtem grauem Material, passend für den Sommer. Aber jetzt, Anfang Mai, herrschte in New York noch kühles Wetter.

Vermutlich würde er es bald mit dem alten Trick versuchen: Haben wir uns nicht schon irgendwo gesehen? Energisch verdrängte ich ihn aus meinen Gedanken und atmete erleichtert auf, als Norman an die Tür kam. Aber ehe ich aufstehen konnte, hob er eine Hand. »Hallo, Molly. Würdest du mir verzeihen, wenn ich zuerst mit Mr. Landry rede? Er kommt von außerhalb, und es dauert nur einen Moment.« Er hielt meine Zustimmung für selbstverständlich, und nach einem seltsam skeptischen Blick in meine Richtung verschwand der Mann »von außerhalb« in Normans Büro.

Ich lehnte mich wieder zurück, um zu warten, und fand es erfreulich, daß ich ihn vorerst los war. Da ich mein neues Manuskript beendet hatte, erwog ich einige Ideen für das nächste. Daran wollte ich jetzt denken. Wo immer ich mich auch aufhielt, ich konnte überall ins

»Universum« entfliehen, wie mein Vater es nannte, und mich in meiner Phantasie verlieren.

Und so legte ich mein Notizbuch auf den Aktenkoffer, öffnete es und schrieb mir ein paar Gedanken auf, die ich nicht vergessen wollte. Vollauf damit beschäftigt, merkte ich nicht, daß es länger als einen »Moment« dauerte, bis die beiden Männer ins Wartezimmer zurückkehrten. Zu meinem Mißvergnügen führte Norman seinen Besucher zu mir und stellte ihn vor. »Wir bringen ein Buch über die Mountfort Hall-Plantage bei Charleston in South Carolina heraus. Charles Landry repräsentiert den Eigentümer von Mountfort Hall.«

Landry ergriff meine Hand, hielt sie viel zu lange fest und schaute mir tief in die Augen. »Erstaunlich – in der Tat, erstaunlich!«

Rasch entzog ich ihm meine Hand, eilte in Normans Büro und hoffte, Charles Landry zum letztenmal gesehen zu haben. Seine Intensität erregte mein Unbehagen. In meinen Romanen kamen viele »intensive« Männer vor, aber meine Heldinnen wußten mit ihnen umzugehen. Ich nicht.

Sofort machte Norman meine Hoffnung zunichte. »Landry wird dich zum Lunch einladen, Molly, und es wäre interessant für dich, das Angebot anzunehmen.«

Das beunruhigte mich ernsthaft. »Ich dachte, wir beide gehen miteinander essen.«

Manchmal schmerzte mich Normans Ähnlichkeit mit Doug in tiefster Seele – auch jetzt wieder, wenn er sich auch so benahm, wie sein Bruder es niemals getan hätte.

»Verzeih, Molly, mir ist etwas dazwischengekommen, also müssen wir's auf ein andermal verschieben.«

Ich glaubte ihm nicht. Aus unerklärlichen Gründen ließ er unsere Verabredung zugunsten dieses Fremden platzen. Aber ich wollte nicht mit Charles Landry allein sein. Sogar sein Aussehen machte mich nervös. Während ich noch den Kopf schüttelte, fuhr Norman abrupt fort: »Du wurdest doch als Baby adoptiert, nicht wahr, Molly?«

»Was hat denn das damit zu tun?« Mein instinktives Unbehagen wuchs.

»Interessierst du dich für deine Herkunft und deine richtigen Eltern?«

»Ich verstehe noch immer nicht, was das soll«, erwiderte ich abwehrend. »Hat der Mann bei mir eine Familienähnlichkeit bemerkt? Meine richtigen Eltern sind Florence und Richard Hunt, die mich adoptierten und in all den Jahren liebten. Über meine leiblichen Eltern konnten sie nichts herausfinden. Das haben sie mir erzählt. Die Leute, die mich nicht haben wollten, bedeuten mir nichts.« Ich sprach viel zu emphatisch. Irgend etwas an der Situation und dem fremden Mann ängstigte mich. Vielleicht wurde diese Furcht von meinen eigenen Träumen genährt. Seit der Kindheit existierte in meiner Phantasie eine Familie, die niemals unter finanziellen Schwierigkeiten zu leiden hatte, im Gegensatz zu meiner eigenen. Ich wußte, daß die Realität mich enttäuschen und niemals an die Ausgeburten meiner Einbildungskraft heranreichen würde. Deshalb hielt ich es für besser, nichts zu riskieren.

Norman runzelte die Stirn. »Es liegt natürlich bei dir, Molly, aber du solltest dir anhören, was Landry zu sagen hat. Solche Dinge sind zu wichtig, um abgetan zu werden. Aber jetzt vergessen wir ihn erst mal. Du hast mir dein neues Buch mitgebracht?«

Nur zu gern ließ ich das Thema fallen und reichte ihm die dicke Mappe mit den getippten Seiten. Zu Beginn meiner Arbeit hatte ich meinen Roman mit ihm besprochen. Aber Norman kannte noch kein einziges Kapitel. Als Doug mein Lektor gewesen war, hatte ich ihn gebeten, meine fertigen Manuskripte unbeeinflußt von früheren, nicht überarbeiteten ᠆ Abschnitten zu lesen. Und an diese Methode hielt ich mich auch bei Norman. »Auf der Rückseite von Seite dreiundzwanzig findest du einen handschriftlichen Zusatz. Ich glaube, das ist ein guter Einfall.«

»Okay. Ich werde dieses Wochenende der Lektüre deines neuen Werks widmen. Danach gehen wir essen und reden darüber.«

Ich fühlte mich im Stich gelassen. Norman stellte die einzige Verbindung zu Doug dar, und ich genoß seine Gesellschaft. Jetzt gab es nichts mehr zu besprechen, ehe er das Manuskript gelesen hatte. Meine Euphorie war verflogen. Er begleitete mich zur Tür und wollte etwas sagen, besann sich aber anders. Wahrscheinlich warnte ihn mein erhobenes Kinn vor weiteren Äußerungen über Charles Landry. Und so versprach er nur: »Ich rufe dich an.« Dann kehrte er zu seinem Schreibtisch zurück. Die Tür hatte er nicht geschlossen. Offenbar war er neugierig, wie ich mich verhalten würde.

Sobald ich im Warteraum erschien, stand Landry auf, völlig unbefangen. Ich ließ ihn nicht zu Wort kommen. »Hören Sie, ich möchte nicht unhöflich erscheinen, aber Mr. Hillyard ging falsch in der Annahme ...«

Er unterbrach mich mit der Selbstsicherheit eines Mannes, der es gewöhnt ist, seinen Willen durchzusetzen. »Sagen Sie nichts, bevor Sie erfahren haben, worum es sich handelt. Es wird Sie ganz bestimmt interessieren.«

Sein weicher Südstaatenakzent war deutlich zu erkennen, und ich verglich ihn wieder mit einem meiner Romanhelden, während ich seinem gewinnenden

Lächeln widerstand. »Falls es mit meiner Adoption zusammenhängt – ja, ich wurde tatsächlich adoptiert, suche aber keine Kontakte zur Vergangenheit. Selbst wenn Sie eine Familienähnlichkeit zu entdecken glauben – ich will dieser Spur nicht folgen.«

»Wirklich nicht?« Zu meiner Verwirrung ergriff er meine rechte Hand, drehte sie herum und betrachtete das Handgelenk. Sekundenlang starrte er auf mein Muttermal – einen flachen erdbeerroten Fleck. »So etwas habe ich schon mal gesehen.« Ich erstarrte, als er leise weitersprach. »Es gibt gute Gründe für die Vermutung, daß ich mit Ihrer Zwillingsschwester verlobt bin, die in Charleston lebt. Mit Ihrem eineiigen Zwilling.«

Es traf mich wie ein Schlag ins Gesicht, und ich konnte es weder fassen noch verkraften. Mein Atem stockte, und ich fühlte mich sehr verletzlich.

»Bitte, gehen Sie mit mir essen«, fügte er hinzu. »Reden Sie mit mir. Da scheint sich ein großes Geheimnis zu verbergen, und ich kann nicht nach Hause zurückkehren, solange ich nicht wenigstens versucht habe, es zu enträtseln.«

Mein Widerstand schmolz dahin, und ich ließ mich in den Lift führen und auf den Gehsteig hinaus. »Auf der anderen Straßenseite gibt's ein Lokal«, erklärte Landry, während wir an einer Ampel warteten. »Es ist noch früh, also werden wir einen Tisch ganz hinten bekommen, wo wir uns ungestört unterhalten können.«

Wir überquerten die belebte Straße, wo sich die übliche Passantenmenge eines späten New Yorker Vormittags drängte. Die Schatten der hohen Gebäude ringsum bildeten das unaufhörliche, von Menschenhand geschaffene Zwielicht Manhattans. Durch eine Drehtür betraten wir eine Hotelhalle. Das Restaurant am anderen Ende wirkte inmitten des Trubels wie eine stille, teure Oase. »Das Essen hier ist nicht schlecht«, bemerkte Landry, »und ich wohne im Hotel. Also liegt es nahe hierherzugehen.«

Für das Essen interessierte ich mich kein bißchen und fühlte mich außerstande, die Speisekarte zu studieren. Er bestellte für uns beide – klare Suppe, kalten Lachs und Salat. Leise und sanft sprach er auf mich ein, nachdem sich der Kellner entfernt hatte. Im Verlag hatte ich Landry unhöflich und arrogant gefunden. Jetzt erschien er mir besorgt und sogar ein wenig hilflos, während er versuchte, mit der Situation fertig zu werden. »Ihr Anblick in Hillyards Wartezimmer traf mich wie ein Schock, Molly. Ich konnte meine Augen kaum von Ihnen losreißen. Würden Sie sich Amelia Mountforts Foto anschauen?« Er nahm eine kleine Farbaufnahme aus seiner Brieftasche und reichte sie mir über den Tisch hinweg.

Widerstrebend musterte ich ein schönes, lächelndes Gesicht, umrahmt von langem, glattem braunem Haar. Ich sah in einen Spiegel – aber diese Frau war viel hübscher als Molly Hunt und mein Haar nur knapp schulterlang. Erstaunlicherweise trug Amelia ein blaues Stirnband, genau wie ich, und das verwirrte mich noch mehr als die offenkundige Ähnlichkeit. Meine Hand bebte. »Was bedeutet das? Wenn sie meine Zwillingsschwester ist – warum hat meine Familie mich dann weggegeben, falls das tatsächlich geschehen ist?«

»So war's nicht. Sie wurden in Charleston geboren, und Ihre Eltern liebten Sie sehr. Ihre Zwillingsschwester kam ein paar Minuten nach Ihnen zur Welt. Als Sie ein Jahr alt waren, wurden Sie gekidnappt. Die Entführer forderten nie ein Lösegeld – das natürlich bezahlt worden wäre. Ihre Eltern hätten *alles* getan, um Sie zurückzuholen. Glauben Sie mir, die beiden haben viel Zeit und Geld investiert, um Sie aufzuspüren. Ich war damals erst acht, erinnere mich aber lebhaft an die ganze Aufregung. Jahrelang stellten Privatdetektive, von der Familie engagiert, intensive Nachforschungen an. Es gab nicht den geringsten Anhaltspunkt. Man hatte den Verdacht, eine Gangsterbande würde in Charleston Babys an Ehepaare verkaufen, die große Summen bezahlten und nicht nach der Herkunft der Kinder fragten. Die wurden vermutlich in einen anderen Landesteil gebracht. Was wissen Sie über Ihre Adoption, Molly?«

Das Atmen fiel mir immer noch schwer. »Sehr wenig. Meine Mutter erzählte mir, bei unserer ersten Begegnung habe sie sofort gewußt, daß ich zu ihr gehöre. Aber sie weigerte sich ebenso wie mein Vater, über Einzelheiten zu sprechen. Sicher wären sie nicht bereit gewesen, ein entführtes Kind zu akzeptieren.«

»Davon hatten sie wahrscheinlich keine Ahnung. Ich nehme an, die Gangster tischten ihnen irgendeine Lügengeschichte auf. Die Sehnsucht nach einem Kind kann ein Ehepaar zur Leichtgläubigkeit verleiten. Wären Ihre Eltern imstande gewesen, die erforderliche Summe aufzubringen?«

Da war ich mir nicht sicher. »Meine Mutter machte eine Erbschaft, aber wir waren gewiß nicht reich. Ich wohne immer noch in meinem Elternhaus in Belfast, auf Long Island. Vor einem Jahr starb meine Mutter, mein Vater ist Professor im Ruhestand. Meine Großeltern leben nicht mehr.« Meine Worte schienen nicht viel zu bedeuten. Wichtige Fragen, die eine Antwort verlangten, schwirrten durch meinen Kopf, und ihre Unmenge beunruhigte mich. »Wenn ich die Zwillingsschwester dieser Frau bin – wie wurde ich genannt?«

»Ihre Mutter entschied sich für Cecelia und Amelia, und Simon Mountfort, Ihr Vater, fügte sich immer

Valeries Wünschen. Ich glaube allerdings, er hätte schlichtere Namen bevorzugt.«

Cecelia – dieser Name hatte mir noch nie gefallen, und ich wehrte mich dagegen. »Daran könnte ich mich nie gewöhnen. Ich werde immer Molly Hunt bleiben.«

»Natürlich«, stimmte Charles Landry zu. »Wenn Ihnen das lieber ist, wollen wir es vorerst dabei belassen.« Ab und zu fixierte er mich aufmerksam, als wollte er irgend etwas hinter meiner Ähnlichkeit mit seiner Verlobten ergründen. Das Wort »vorerst« erschreckte mich. Eine Flutwelle schien mich zu einer fremden und vielleicht feindseligen Küste zu treiben. Wollte ich die erfundene Familie meiner Träume durch eine reale ersetzen, die meine geheimen Wünsche nicht besser erfüllen würde als meine Adoptiveltern?

»Haben Sie sich nie vorgestellt, wie Ihre richtige Familie sein könnte?« fragte er.

»Natürlich habe ich das! Wenn meine Eltern etwas taten, was mir mißfiel, oder mich bestraften, besuchte ich in Gedanken die Familie, die ich mir in meiner Phantasie erschaffen hatte. Die kam mir oft realer vor als die Menschen, bei denen ich lebte. Ich erfand sogar eine Schwester und nannte sie Polly.«

»Eine Zwillingsschwester?«

»Nicht direkt, aber sie war etwa in meinem Alter.« Ich verschwieg, daß Polly oft als Ratgeberin fungiert hatte. Sie konnte schneller Entscheidungen treffen als ich und wußte immer, was ich tun sollte. Bei meiner schriftstellerischen Arbeit hatte sie sich zum Modell für meine cleveren, charakterstarken Heldinnen entwickelt. Dann war Douglas Hillyard in mein Leben getreten, um die Rolle des Beraters zu übernehmen – anfangs nur im Zusammenhang mit meinen Romanen, später auch in privaten Dingen. Romantische Liebe – ein weiterer Traum, den ich niemals wirklich erlebt hatte, aber in mein .n Büchern verwendete ... »Bin ich so wie sie?« J betrachtete wieder das Foto.»Falls sie tatsächlich meine Zwillingsschwester ist.«

»Ja – und nein. Immer wieder beobachte ich Sie und versuche, den Unterschied zu erkennen.«

»Nach diesem Porträt muß sie sehr schön sein. Ich gleiche ihr nur oberflächlich.«

»Würden Sie längeres Haar tragen und sich wie Amelia kleiden, könnte man Sie beide nicht auseinanderhalten. Erst wenn Sie sich bewegen oder sprechen. Sie sind lebhafter als meine Verlobte und rascher in Ihren Gesten. Hingegen strahlt sie heitere Gelassenheit aus, Zufriedenheit mit sich selbst und ihrem Platz in der Gesellschaft. Natürlich lagen ihr ständig Männer zu Füßen – ein alter Brauch, der bei allen Südstaatenschönheiten wirksam bleibt.«

»In so ein Leben würde ich nie passen.«

Vielleicht klang das ein bißchen verächtlich, denn er hob die Brauen, verzichtete allerdings auf einen Kommentar. »Mr. Hillyard erwähnte, Sie seien Schriftstellerin.«

»Ja, ich schreibe Kriminalromane«, erklärte ich, um dem Irrtum zuvorzukommen, ich würde mich mit »Literatur« befassen.

»Meine Lieblingslektüre. Allerdings neige ich zum Elmore Leonard-Genre. Ich vermute, Ihre Werke sind eher ...«

»Romantisch? Genau. Vor diesem Wort müssen Sie sich nicht scheuen, wenn es auch manchmal im abwertenden Sinn benutzt wird. Ich muß aufpassen, um keine Komplexe zu kriegen. Mir gefällt die ältere Definition des Begriffs Romantik besser. Damit verbindet sich etwas Fremdartiges, Exotisches, Geheimnisvolles und

Schönes. Rätsel ohne Detektive ... Natürlich muß ich bei meiner Arbeit eigene Wege gehen, so wie jeder Autor.« Ich überlegte, warum ich das Charles Landry erklärte. Irgendwie hatte er begonnen, mich zu entwaffnen, mich ein wenig auf seine Seite zu ziehen.

»Sicher müssen Sie keine Komplexe haben, Molly. Eine Ihrer vielen Kusinen, Daphne Phelps, betreibt in Charleston eine Buchhandlung. Da gehe ich sofort hin, wenn ich wieder daheim bin, und kaufe Ihre Bücher – für mich selber ebenso wie für Amelia.«

Die Frauen fühlten sich gewiß zu ihm hingezogen, und ich verstand, warum. Wie gut er meine Verteidigungsbastionen zu durchbrechen wußte ... Doch seine nächsten Worte schockierten mich erneut.

»Begleiten Sie mich nach Charleston, Molly. Nur für ein paar Tage. Wenn Sie Ihre Familie kennengelernt haben, können Sie einen Entschluß fassen. Müßten Sie nicht herausfinden, wer Sie wirklich sind?«

Furchtsam schreckte ich zurück. »Dazu bin ich nicht bereit. Ich bin nicht mit diesen Leuten aufgewachsen, und mein Leben gefällt mir so, wie es ist.«

»Seien Sie nicht so kratzbürstig!« Jetzt hänselte er mich, und das verabscheute ich. Meine Verwirrung wuchs. »Mr. Hillyard erzählte mir, Sie würden die meisten Schauplätze Ihrer Romane besuchen. Warum nicht Charleston? Dort würden Sie interessante Anregungen finden.«

»Ich wähle gern Schauplätze, die mir sympathisch sind. Und als Nordstaatlerin passe ich nicht in den Süden.«

»Und wenn ausschließlich Südstaatenblut in Ihren Adern fließt?«

Ich hatte genug gehört und konnte meinen Lachs nicht aufessen. Also legte ich die Gabel auf den Teller.

»Dürfte ich bitte eine Tasse Kaffee trinken? Danach möchte ich gehen.«

»Natürlich.« Landry winkte dem Kellner und bestellte zwei Tassen Kaffee. Nun beobachtete ich ihn, so wie er zuvor mich. Er bewegte sich geschmeidig, und seine klassische Attraktivität entsprach dem Bild, das ich mir von einem typischen Südstaatengentleman machte. Sicher entstammte er einer reichen alten Familie. Mühelos konnte ich mir diesen Mann in der Kleidung des neunzehnten Jahrhunderts vorstellen – in einer Uniform, natürlich im Konföderiertengrau.

»Sie haben mit Norman Hillyard über ein Buch gesprochen. In welcher Verbindung stehen Sie zur Mountfort Hall-Plantage?« fragte ich ohne Umschweife.

Er antwortete ohne die geringste Verlegenheit, und meine Phantasie von Reichtum und gehobener gesellschaftlicher Position sank in sich zusammen. »Mountfort Hall gehört Ihrer Familie, Molly, und meine Mutter arbeitet dort als Haushälterin. Sie heißt Evaline Landry, eine großartige Frau. In ihrer Jugend war sie eng mit Ihrer Mutter befreundet. Die Familie vertuschte ein oder zwei Eskapaden, in die sich Valerie und Evaline verstrickt hatten. Wenn ich Amelia heirate, wird es für meine Mutter sehr angenehm sein, die Rolle der Haushälterin aufzugeben. Dann ist das Haus auch ihr Heim, obwohl sie weiterhin die Aufsicht führen wird. Niemand könnte das besser als sie, und Amelia hat auch gar keine Lust, den Haushalt zu führen. Aber ich weiß nicht, ob meine Mutter im Haupthaus wohnen möchte.«

»Warum nicht?«

»Sie lebt immer noch in dem Cottage, wo ich aufgewachsen bin. Ursprünglich war es eine Sklavenhütte, in der sogenannten Slave Row. Die anderen Hütten existieren nicht mehr. Mein Vater hat das Häuschen ausgebaut, und es ist sehr hübsch und komfortabel.«

»Erzählen Sie mir von Ihrem Vater.« Ich revidierte mein Urteil über Charles Landry – zumindest teilweise.

»Jim Landry war Maurer und stellte seine eigenen schönen Ziegel her, aus dem Lehm, der auch für das Plantagenhaus benutzt worden war. Als Porter Phelps, der Vetter Ihrer Mutter, den Flügel von Mountfort Hall reparieren ließ, den Shermans Armee im Krieg zerstört hatte, engagierte er meinen Vater. Ich wuchs mit den Mountfort- und Phelps-Kindern auf, und nach der Hochzeit werde ich mit Amelia in der Hall wohnen.«

Ich hörte eine gewisse Unsicherheit aus seiner Stimme heraus und fragte mich, warum die beiden nicht schon früher geheiratet hatten. Es gefiel mir, wie freimütig er von seinen Eltern erzählte, auf die er offenbar stolz war. Ich malte mir seine Kindheit und Jugend in nächster Nähe der Mountforts aus. Aber er hatte nie zur Familie gehört. Interessant fand ich die Art, wie er den »Krieg« erwähnte. Immer noch gab es für die Südstaatler nur einen einzigen Krieg, nämlich den Sezessionskrieg, und das ging auch aus der besonderen Betonung hervor, mit der Charles Landry das Wort aussprach.

In diesem Augenblick begann ich nachzugeben, von einer bestürzenden Erkenntnis bezwungen. Vielleicht war ich nicht der Mensch, für den ich mich immer gehalten hatte. Charleston, die Südstaaten, die Plantagenwelt, über die ich soviel las, der nebelhafte Krieg, den der Norden manchmal vergißt – das alles konnte auch meine Vergangenheit sein. Obwohl ich stets eine Außenseiterin bleiben würde – irgend etwas, das ich nicht zu definieren vermochte, regte sich in mir. Nie hatte ich erwartet, Blutsbande zu spüren, da das Blut in meinen Adern ein Geheimnis gewesen war. Wenn das

Rätsel nun eine Lösung fand – wer würde ich dann sein? Wollte ich das wirklich wissen?

Was mir am allerschlimmsten erschien – ich hatte zwar Freunde, aber es gab niemanden, der mir nahe genug gestanden hätte, so daß ich ihn in dieser verwirrenden Situation um Rat bitten konnte. Doug war tot, Norman nur mein Lektor. Mein Vater wäre mir unter diesen besonderen Umständen keine Hilfe gewesen. Nur meine Mutter hätte sofort gewußt, was ich tun mußte. Erst vor kurzem hatte ich sie verloren, und ich vermißte sie schmerzlich. Charles würde es sicher begrüßen, wenn ich mich in seine Obhut begab, aber das kam nicht in Frage. Ich floh auf sicheres Terrain.

»Erzählen Sie mir von dem Buch, für das sich Norman Hillyard interessiert.«

Der Kellner goß noch etwas Kaffee ein, den ich schwarz trank, während ich Landry zuhörte.»Das ist ein Projekt von Porter Phelps, Ihrem Onkel zweiten Grades – ebenso wie Ihre Mutter ein Mountfort mütterlicherseits. Simon, Ihr Vater, trug den Namen Mountfort, so wie Amelia. Und Sie. Ihre Mutter ist noch am Leben, Molly, aber Simon starb etwa zehn Jahre nach Ihrer Entführung.«

Er hatte bereits seine Entscheidung getroffen, was meine Herkunft betraf. Aber ich noch nicht. Wenn ich mich so unsicher fühlte – warum bekümmerte mich dann der Verlust meines angeblichen Vaters, den ich niemals kennenlernen würde? Und warum empfand ich beinahe so etwas wie Sehnsucht nach einer Mutter, die mich verloren hatte? Ich zwang mich, Charles Landry wieder aufmerksam zuzuhören. »Da Ihre Mutter niemals einen Finger auf der Plantage rührte, übernahm Porter nach dem Tod Ihres Vaters die Verwaltung. Die Geschichte des Hauses und der Familie faszinierte ihn schon immer. Er ist ein stolzer, traditionsbewußter South Carolina-Bewohner, aber kein Schriftsteller, also schreibt ein Ghostwriter das Buch.«

»Und das sind Sie?«

»O nein. Meine Aufgabe ist es, Häuser zu restaurieren – als Sohn meines Vaters. Um bei der Renovierung von Mountfort Hall mitzuhelfen, war ich zu jung. Doch es gibt noch viel zu tun, sowohl auf der Plantage als auch im historischen Stadtteil von Charleston, wo sich eine einflußreiche Gesellschaft um die Erhaltung der alten Gebäude bemüht. Seltsamerweise stammt der Mann, der an dem Buch arbeitet, aus dem Norden. Er hatte einen Job bei den *Courier News*, einer Zeitung in Charleston, als Porter ihn kennenlernte. Nun ist Garrett Burke fast ebenso besessen von Mountfort Hall wie Ihr Vetter, obwohl er erst seit zwei Jahren im Süden lebt. Ich hätte ihm den Auftrag nicht erteilt, aber Porter fragte nicht nach meiner Meinung.«

»Was stört Sie an Garrett Burke?«

Charles Landry runzelte unbehaglich die Stirn. »Ich bin mir nicht sicher, ob ich das erklären kann. Vielleicht traue ich ihm nicht, obwohl er sich, wie ich zugeben muß, so vehement in die Arbeit stürzt, als wäre er in unserem Low Country aufgewachsen. So etwas passiert öfter. Fremde besuchen uns, verlieben sich in Charleston und die ganze Halbinsel und entwickeln sich zu den leidenschaftlichsten Verfechtern dieses Gebiets. Vielleicht wird es auch Ihnen so ergehen, Molly, wenn Sie Ihrer wahren Heimat eine Chance geben. Nun besitzen Sie Wurzeln, von denen Sie nie geträumt haben.« Unbefangen redete er mich mit dem Vornamen an, obwohl ich mich noch immer nicht dazu durchringen konnte, ihn Charles zu nennen. »Ihre Mutter braucht Sie«, fuhr er fort. »Nie hat sie aufgehört, um ihr verlorenes Kind zu trauern. Und Ihre Schwester wird außer sich sein vor Freude über Ihre Heimkehr, das weiß ich. Außerdem legten Simon und Porter immer großen Wert darauf, die Abhängigkeit der Frauen zu kultivieren. Sie sind da sicher von ganz anderem Kaliber, Molly. Das wird die Familie zunächst schockieren, aber den weiblichen Mitgliedern sicher Mut machen.«

Offenbar bluffte ich besser, als ich's geglaubt hätte. Wenn ich nicht so abhängig war wie Amelia, dann nur, weil es niemanden gab, an dessen Schulter ich mich lehnen konnte. »Sie schmieden viel zu schnell Pläne«, protestierte ich, aus dem Bedürfnis heraus, der Flutwelle zu entrinnen, die mich mitzureißen drohte. Ich betrachtete Bellport als mein Zuhause, und ich liebte das pittoreske Dorf, dessen Geschichte weit in die Vergangenheit zurückreicht. Soviel würde mir der Süden niemals bedeuten, und das betonte ich auch. »Ich werde immer ein Yankee bleiben.«

Lachfältchen bildeten sich um Landrys Augen. »Die berühmten letzten Worte.« Er nahm eine Visitenkarte aus seiner Brieftasche und gab sie mir. »Unter dieser Telefonnummer können Sie mich erreichen – egal, ob ich in Charleston oder Mountfort Hall bin. Ich werde Ihrer Schwester und den anderen vorerst nichts verraten, bevor Sie genug Zeit gefunden haben, sich an die neue Situation zu gewöhnen. Danach werden Sie sicher zu uns kommen, wenn auch nur für einen kurzen Besuch, denn Sie müssen Ihren Geburtsort ganz einfach kennenlernen. Wenn ich mit Ihrer Ankunft rechnen kann, informiere ich die Familie. Für sie wird es auch nicht leicht sein.«

Ich widersprach ihm nicht und steckte die Visitenkarte ein, von der ich nie Gebrauch machen würde. Ich wollte mein Leben nicht belasten.

Nachdem wir das Lokal verlassen hatten, setzte Charles Landry mich in ein Taxi zur Penn Station. Ich erlaubte ihm nicht, mich zum Zug zu begleiten. Erleichtert atmete ich auf, als ich die Fahrt nach Patchogue antrat, wo mein Auto parkte. So schnell wie möglich wollte ich Bellport erreichen. Ich wußte, wo mein richtiges Zuhause lag.

Aus historischen Gründen hatte Bellport einen großen Reiz auf Schriftsteller und Maler ausgeübt. Nun entdeckten auch Leute vom Theater und vom Film die beschauliche Idylle, obwohl ihre Anwesenheit die Ruhe, die sie suchten, vielleicht bedrohte. Immer wieder beklagte sich mein Vater über den zunehmenden Verkehr auf der South Country Road.

Meine Heimfahrt von der Patchogue Station dauerte knapp zwanzig Minuten. Ich bog von der South Country in die Sackgasse, die bei unserem Haus endete. Hier hatte ich gelebt, seit ich ein Baby gewesen war. Ein gestohlenes Baby?

Unser Heim zählte nicht zu den historischen Bauten von Bellport, war aber alt genug, um auf die »Emporkömmlinge« herabzusehen, die überall aus dem Boden schossen. Ich liebte das große Haus mit der breiten Veranda und den großzügigen, einladenden Räumen. Während meiner Kindheit war es gelb gestrichen gewesen, doch ich zog das jetzige strahlende Weiß vor.

Als ich die Eingangstreppe hinaufstieg, merkte ich, wie müde ich war. Aber ich würde keine Ruhe finden, ehe ich mit meinem Vater gesprochen hatte. Den Bericht von Charles Landry konnte ich einfach nicht ignorieren.

Vor ein paar Jahren war Dad, ehemals Professor für englische Literatur an einem nahen College, in den Ruhestand getreten. Nun arbeitete er im Garten, unternahm lange Spaziergänge ins Dorf und besuchte die

Sou'wester-Buchhandlung, wo er mehr Bücher kaufte, als er jemals lesen würde. Er schrieb auch ein wenig, hauptsächlich Buchkritiken oder Artikel für wissenschaftliche Zeitschriften. Wie ich vermutete, bekümmerte es ihn, daß seine Tochter ein so kommerzielles Genre wie Kriminalromane gewählt hatte, um sich als Autorin zu betätigen. Sicher sah er in mir keine richtige Schriftstellerin. Ich liebte ihn sehr, wenn ich meinen leiblichen Phantasievater auch niemals aufgegeben hatte. Der würde meine Werke natürlich mit Vergnügen lesen und stolz auf meine Leistung sein. Nun war er mir von dem Mann aus Charleston genommen worden.

Dad saß in seinem kleinen Arbeitszimmer im Hintergrund des Hauses – einem Raum, den er schon vor langer Zeit von einem Salon abgeteilt hatte. Er benutzte immer noch eine alte mechanische Schreibmaschine, und allein schon der Gedanke an ein elektrisches Gerät oder sogar einen Word Processor bedrückte ihn. Für Notizen verwendete er seinen Füllfederhalter. Vielleicht hatten seine Vorurteile ein bißchen auf mich abgefärbt. Wenn ich auch auf einer elektrischen Schreibmaschine tippte, so genoß ich es doch, einen Bleistift zwischen den Fingern zu spüren, wenn ich mir Gedanken notierte.

Ich klopfte an die Tür, und er blickte auf, als ich eintrat. Warmherzig und liebevoll lächelte er, und wie immer ein wenig geistesabwesend. »Hat in New York alles geklappt?« Er war mit Douglas eng befreundet gewesen und wußte, wie sehr mich die Besuche im Verlag deprimierten.

Erschöpft sank ich in einen großen schäbigen Lehnstuhl, einen der beiden, die vor einem seit Jahren unbenutzten Kamin standen. Nie hatte sich Dad vom Tod meiner Mutter erholt, und sein Desinteresse am Leben bereitete mir Sorgen. Manchmal ließ ihn sein Gedächtnis im Stich, und ich würde es nicht ertragen, wenn das auch jetzt geschehen sollte. Ich mußte ihn dazu bringen, mit mir zu reden, so offen wie nie zuvor.

Es gab keine Möglichkeit, ihm schonend mitzuteilen, was ich zu sagen hatte, und so begann ich ohne Umschweife. »Heute schien mich jemand in New York zu erkennen, Dad – ein Mann, der behauptete, ich würde aus einer Familie in Charleston stammen. Bitte – es ist an der Zeit für mich, die Wahrheit zu erfahren.«

Er legte seinen Füllfederhalter beiseite und sah mich traurig an. Vielleicht hatte er immer befürchtet, daß ich eines Tages eindringlichere Fragen stellen würde als früher. »Ich wünschte, ich wüßte mehr«, erwiderte er. »Bei deiner Adoption erschien es uns besser, auf Nachforschungen zu verzichten. In allen Adoptionsagenturen wußte man, daß wir dringend ein Baby suchten, und nachdem unser Entschluß feststand, wollten wir nicht warten. Wir konnten keine Kinder bekommen und fürchteten, wir würden zu alt sein, um ein adoptiertes Baby aufzuziehen, wenn wir uns noch lange Zeit ließen. Du warst schon über ein Jahr alt, aber wie wir dir oft erzählt haben – in dem Augenblick, wo die Angestellte von der Agentur dich hierherbrachte, wußte Florence, daß du unsere Tochter bist.«

»Welche Agentur war das, Dad?«

Unbehaglich wich er meinem Blick aus. »Tut mir leid, Molly, daran erinnere ich mich nicht. Irgendwo müssen Papiere herumliegen. Als wir später Verbindung mit der Agentur aufnehmen wollten, um etwas mehr über deine gesundheitliche Verfassung zu erfahren, fanden wir die Leute nicht. Sie hatten uns erzählt, du seist in Chicago auf die Welt gekommen und deine Mutter habe die Geburt nicht überlebt. Dein berufstätiger Vater könne dich nicht behalten, und andere Verwandte würden nicht existieren.«

Soviel hatte Dad mir schon zuvor mitgeteilt. Ich fragte mich, ob diese Geschichte niemals seinen Argwohn erregt hatte.

»Du stammst aus einer guten Mittelklassefamilie«, fügte er hinzu. »Das wurde uns versichert.«

»Versichert?«

»Ich weiß nicht, wie es heute ist, aber damals gab es strenge Gesetze, was die Enthüllung von Einzelheiten über die Herkunft adoptierter Kinder anging. Es war keineswegs ungewöhnlich, daß die Adoptiveltern keine genaueren Informationen erhielten.«

»Wieviel Geld habt ihr für mich bezahlt?« Ich haßte den Klang dieser Worte – und mich selbst, weil Tränen in meinen Augen brannten. Aber ich durfte nicht lockerlassen.

Leise entgegnete er: »Fast unsere gesamten Ersparnisse und das Erbe deiner Mutter. Eine ziemlich große Summe, doch an die Kosten dachten wir gar nicht. Wir haben dich nicht *gekauft*, sondern alles für dich *gegeben*.«

Ich wollte ihn umarmen, seinen Schmerz lindern, aber ich konnte ihn nicht schonen. »Machte dich diese Summe nicht stutzig?«

Seine innere Bewegung veranlaßte ihn, seinen Stuhl vom Schreibtisch zurückzuschieben und zitternd aufzustehen. »Babys waren nicht so leicht zu bekommen, Darling. Und du warst der größte Wunsch in Florences Leben.«

Ich entsann mich, wie oft meine Mutter ihren innigen Kinderwunsch erwähnt hatte. Doch der verblaßte, verglichen mit Valerie Mountforts Trauer um die verlorene Zwillingstochter. »Hattest du nie den Verdacht, man könnte mich gekidnappt haben?«

»Natürlich nicht!« Seine vehemente Antwort verriet mir, daß ihm dieser Gedanke sehr wohl durch den Kopf gegangen war. Doch er hatte nicht gewagt, ihn auszusprechen und das Glück meiner Mutter zu trüben.

Ich sprang auf, nahm ihn in die Arme, spürte seinen bebenden, gebrechlichen Körper. »Tut mir leid, Dad. Bitte, reg dich nicht auf – es spielt keine Rolle. Du und Mutter, ihr beide habt mir ein wundervolles, liebevolles Zuhause geboten, und ihr werdet immer meine Eltern bleiben. Es widerstrebt mir, nach Charleston zu reisen, aber ich muß mir ganz einfach Klarheit verschaffen. Vielleicht steckt gar nichts dahinter – jedenfalls will ich die Wahrheit herausfinden.« Unbewußt hatte ich meine Entscheidung getroffen. Ich half meinem Vater in den anderen Lehnstuhl und reichte ihm seinen Gehstock mit dem Elfenbeingriff.

»Du mußt tun, was du für richtig hältst, Molly«, antwortete er kummervoll. »Ich verstehe es. Geh jetzt, ich möchte allein sein.« Allein mit den Gedanken an meine Mutter, mit der er Zwiesprache über die neuen Ereignisse halten würde ... Trotz seiner Tränen ahnte ich, daß ihn im Grunde seit ihrem Tod nichts mehr interessierte. Meine Adoption gehörte einer nebelhaften Vergangenheit an, die nur schmerzte, wenn er sie heraufbeschwor. Allzulange würde ihn meine Reise nach Charleston nicht bedrücken.

Ich wollte den hilflosen alten Mann keineswegs seinem Schicksal überlassen. Nach Mutters Tod hatte seine jüngere Schwester, Dora McIntyre, das Nachbarhaus gekauft. Sie sorgte für meinen Vater und beaufsichtigte auch eine Putzfrau, die in beiden Häusern saubermachte und gelegentlich kochte. Also würde er während meiner Abwesenheit in guten Händen sein. Länger als eine Woche wollte ich ohnehin nicht in South Carolina bleiben.

Unentwegt sagte ich mir, ich dürfe nicht überstürzt oder impulsiv handeln. Auch in New York hatte ich gewisse Pflichten. Vielleicht mußte ich auf Norman Hillyards Wunsch meinen neuen Roman überarbeiten. Außerdem wollte ich mit ein paar Freunden über meine Pläne sprechen – allerdings, ohne Einzelheiten zu verraten. Ich war ganz auf mich allein gestellt. Ein beängstigender Gedanke, doch er schenkte mir auch ein gewisses Freiheitsgefühl.

Ich beschloß, Kontakt mit Charles Landry aufzunehmen, solange er sich noch in New York aufhielt. In meinem Schlafzimmer wählte ich die Telefonnummer des Hotels, wo wir zu Mittag gegessen hatten und wo er wohnte. Er meldete sich sofort. Irgendwie beruhigte mich sein weicher Südstaatenakzent – und versetzte mich andererseits in wachsende Aufregung. Nun konnte ich nicht mehr ruhigen Bluts an eine Zwillingsschwester und eine Mutter denken, die niemals aufgehört hatte, um mich zu trauern. »Ich kann Sie jetzt nicht begleiten«, erklärte ich, »aber ich will in ein oder zwei Wochen nach Charleston fliegen. Würden Sie mir ein Hotel vorschlagen?«

Seine Stimme klang nicht überrascht, und ich spürte, daß er mit meinem Anruf gerechnet – vielleicht sogar darauf gewartet hatte. »Nicht weit von Porters Haus gibt's einen interessanten Gasthof. Geben Sie mir Bescheid, wann Sie ankommen, dann lasse ich ein Zimmer für Sie reservieren.«

Ich war froh, daß er mich nicht aufforderte, in Mountfort Hall abzusteigen, denn es widerstrebte mir, bei Fremden zu wohnen, mochten sie nun mit mir verwandt sein oder nicht.

»Ich kümmere mich um alles«, fuhr er fort, »auch um das Flugticket. Natürlich hole ich Sie am Flughafen ab.«

Landry sprach so selbstsicher wie bei unserer ersten Begegnung, aber meine Erregung mußte ihn angesteckt haben, denn ich hörte, wie sich sein Atem beschleunigte. Ich dankte ihm und fühlte mich erleichtert, weil alles Weitere nicht mehr bei mir, sondern bei ihm lag.

»Ich freue mich über Ihren Entschluß, Molly. Sehen Sie in Ihrer Reise ein Abenteuer, das sie möglicherweise einmal in einem Roman verwerten, und nutzen Sie alle neuen Eindrücke als Anregung für Ihre Phantasie. Übrigens, ich habe in einer Buchhandlung beim Hotel Ihr letztes Werk gefunden und bereits mit der Lektüre angefangen. Sie sind wirklich eine gute Schriftstellerin.«

Sein Lob machte mich ein bißchen stolz, und nachdem ich den Hörer aufgelegt hatte, begann ich mich zum erstenmal seit vielen Stunden zu entspannen. Ich lag auf meinem Bett und hob die linke Hand, um mein Muttermal zu betrachten. Aber am meisten überzeugte mich das blaue Haarband, das Amelia und ich trugen. Gewiß, es paßte zum Blau unserer Augen, und trotzdem … Morgen wollte ich in die Bibliothek gehen und Informationen über Zwillinge sammeln. Und über Charleston, South Carolina.

2

Ein unvorhergesehenes Hindernis stellte sich meiner Abreise in den Weg. Ein oder zwei Tage nach seiner Heimkehr rief mich Charles Landry an. Seine Stimme klang bedauernd. »Ihrer Mutter haben wir noch nichts erzählt, Molly. Wir fürchten, sie könnte sich zu sehr aufregen und zu große Hoffnungen auf Sie setzen. Deshalb hat mir Ihr Onkel Porter geraten, ihr die Neuigkeit vorerst zu verschweigen. Aber Ihre Schwester weiß Bescheid und erwartet Sie. Nachdem ich ihr Bericht erstattet hatte, weinte sie. Ich glaube, sie ist glücklich, aber auch ein bißchen ängstlich.« Die Art, wie er diese Menschen als meine Mutter, meinen Onkel und meine Schwester bezeichnete, machte auch mir angst. Ich würde es ihnen keineswegs verübeln, wenn sie mich nicht akzeptierten, denn auch mir fiel es schwer, das alles zu verkraften.

»Porters Frau, Honoria Phelps, wirft ein unvermutetes Problem auf«, fuhr Charles Landry fort. »Ich weiß nicht recht, wie ich's erklären soll. Wenn Sie Honoria kennenlernen, werden Sie's verstehen. Sie ist zwar nur eine angeheiratete Verwandte, fühlt sich aber eng mit Mountfort Hall verbunden. Sie glaubt an gute oder schlechte Omen, und manchmal hören wir auf sie. Nun hat sie in ihren Tarotkarten gelesen, und deren Botschaft mißfällt ihr.« Er wartete auf eine Antwort, doch mir fiel keine ein. Über Tarotkarten wußte ich nichts, und was ich da hörte, weckte mein Unbehagen. Besänftigend fügte er hinzu: »Keine Bange, Molly! Sogar Honoria gibt zu, sie würde nur vage, verschwommene Dinge sehen. Ich hätte es gar nicht erwähnen dürfen.«

»Hat Mr. Phelps deshalb entschieden, daß ich nicht kommen soll?«

»Soweit ist er nicht gegangen. Daphne kann es kaum erwarten, Sie kennenzulernen, und sie ist willensstark genug, sich durchzusetzen ...«

»Moment mal, wer ist Daphne?«

»Porters Tochter aus erster Ehe. Nach dem Tod ihrer Mutter heiratete er Honoria. Daphne besitzt die Buchhandlung in Charleston. Man kann bereits Ihren letzten Roman bei ihr kaufen, und sie freut sich sehr auf Ihre Ankunft. Sie mißt den spiritistischen Ambitionen ihrer Stiefmutter keine Bedeutung bei, aber sie ist tolerant und mag Honoria.«

»Also, was soll ich tun? Würden Sie es vorziehen, wenn ich nicht käme?«

Seine Stimme klang nicht mehr so sicher wie bei unserem Gespräch in New York. »Nein, Sie müssen kommen. Ich habe mit meiner Mutter darüber geredet. Sie sieht die Angelegenheit eher sachlich, vertritt den Standpunkt, daß Sie Ihre Heimat sehen sollten, und möchte Sie kennenlernen. Wenn Sie bereit sind, arrangiere ich Ihren Flug für nächste Woche. Der Zeitpunkt ist günstig, denn Sie werden hier eintreffen, ehe die schlimmste Hitzewelle anfängt – wenn Sie auch die Azaleen verpassen. Die sind in diesem Jahr schon früh erblüht.«

Am besten brachte ich die Reise so bald wie möglich hinter mich, damit ich nachher mein gewohntes Leben weiterführen konnte. »Verständigen Sie mich, wenn ich abreisen soll.«

»Wunderbar! Sobald ich den Flug gebucht habe, rufe ich Sie an und schicke Ihnen das Ticket. Ich kann es kaum erwarten, Sie an Amelias Seite zu sehen.«

Damit beendeten wir das Telefonat.

In diesen Tagen vernachlässigte ich meine Schreibmaschine. Ich war froh, daß ich gerade ein Manuskript abgeliefert und die Arbeit an einem neuen noch nicht begonnen hatte, denn alle meine Gedanken drehten sich um die bevorstehenden Ereignisse.

Ich vertiefte mich in die Bücher aus der Bibliothek. Über Zwillinge gab es erstaunlich viele Abhandlungen. Ich beschränkte mich auf das Thema eineiiger Zwillinge, die getrennt aufgewachsen waren.

Man mußte drei verschiedene Faktoren berücksichtigen. Die Erbanlagen und die Umgebung, das lag klar auf der Hand. Der dritte Faktor, die Übereinstimmung, gab mir um so mehr zu denken. Die Forscher hatten bei

Zwillingen, die sich erst im späteren Leben begegnet waren, überraschend viele Ähnlichkeiten festgestellt. Ich erinnerte mich an die männlichen Zwillinge aus Minneapolis, die viele Wissenschaftler mit ihren verblüffenden Übereinstimmungen fasziniert hatten. Andererseits wurde betont, so etwas könne es auch bei anderen Menschen geben. Vielleicht trugen Molly Hunt und Amelia Mountfort nur deshalb blaue Bänder, weil ihre feinen, glatten Haare Halt brauchten und die Farbe zu ihren Augen paßte.

Körperliche Ähnlichkeiten ließen sich bei eineiigen Zwillingen natürlich leicht erklären – das galt auch für die Muttermale an unseren Handgelenken. Nun befaßte man sich mit einer ganz neuen Wissenschaft: Chronogenetik. Sie erforscht die Rolle, die gewisse Gene bei der Ähnlichkeit von Zwillingen spielen, nicht nur in körperlicher Hinsicht, sondern auch in Wesenszügen und im Geschmack – sogar bei getrennten Zwillingen. Hier übt die Erziehung ebenfalls großen Einfluß aus. Bei manchen Zwillingen gibt es mehr Unterschiede als Übereinstimmungen.

Letzten Endes verwirrte mich meine Lektüre und machte mich unsicher. Doch das alles war bedeutungslos. Wenn Amelia und ich uns sahen, würden wir Bescheid wissen, ganz egal, was irgendwelche Theorien besagten oder wie die anderen Familienmitglieder darüber dachten.

Prompt schickte Charles Landry mir das Flugticket und erklärte mir am Telefon, ich würde im Gadsden Inn an der Hasell Street wohnen. Er beteuerte, ich brauche mich nicht zu sorgen, und erwähnte keine weiteren Proteste von seiten der Familie gegen meine Ankunft. Valerie Mountfort wußte noch immer nicht Bescheid. Bevor Porter seine Kusine informierte, wollte er mich kennenlernen. Vielleicht war das ein weiser Entschluß, aber es beunruhigte mich.

Mein Vater ließ mich anscheinend leichten Herzens gehen, und dadurch fühlte ich mich auf seltsame Weise verloren. Norman Hillyard meinte, die Diskussion über mein neues Buch könne warten, er wollte es ohnehin ein zweites Mal lesen. Darüber mochte ich mir vorerst nicht den Kopf zerbrechen.

Heutzutage gleichen sich alle Flugzeuge und Flughäfen. Nicht einmal der Platz in der ersten Klasse, den Charles Landry mir besorgt hatte, war etwas Besonderes. Als er mich in Charleston erwartete, wirkte er reserviert, obwohl er sich sehr um mich bemühte und mir das Gefühl zu geben suchte, ich wäre willkommen. Nachdem wir mein Gepäck geholt hatten und in sein Auto gestiegen waren, entstand ein peinliches Schweigen. Ich fragte mich, ob er mir eine Familienkrise verheimlichte.

Inzwischen hatte ich Landkarten studiert und war mit der Geographie der Umgebung von Charleston vertraut. Ich wußte sogar einiges über die Geschichte. 1670 waren die ersten englischen Siedler eingetroffen und hatten an einer Seite der Halbinsel einen natürlichen Hafen entdeckt. Sie segelten einen Fluß hinauf, den sie Ashley River nannten, zu einer Stelle, die später Charles Towne Landing heißen sollte. Die neue Siedlung erhielt zu Ehren des Königs Charles II den Namen Charles Towne. Seine genußbetonte Lebensfreude hatte die Atmosphäre der Stadt geprägt.

Zwei Flüsse begrenzen das Land, der Ashley und der Cooper River, die sich an der Spitze der Halbinsel treffen, »um den Atlantik zu bilden«, wie Charleston lange Zeit geprahlt hat. Fort Sumter, wo die ersten Schüsse zwischen den Nord- und den Südstaaten gefallen sind, ist nur ein winziger Punkt draußen im Hafen. Teile des älteren Fort Moultrie, das den Hafen ebenfalls bewacht, datieren aus der Zeit des Amerikanischen Freiheitskrieges. Jetzt fungiert die Festung als Museum.

Wir fuhren durch das nördliche Charleston nach Süden, zur Altstadt, wo die Familie lebte. Die Hasell Street, ein paar Häuserblocks lang, verläuft von Osten nach Westen. Als wir in diese Straße bogen, brach Charles sein Schweigen und erzählte vom Gadsden Inn. Der Gasthof, ein ehemaliges Baumwollagerhaus, war nach Christopher Gadsden benannt, einem klugen, reichen Mann, der schon frühzeitig gegen die Briten gewettert hatte. Die »Söhne der Freiheit« zogen junge Anwälte, Handwerker und Pflanzer auf ihre Seite, die sich über die Ungerechtigkeit der britischen Herrschaft empörten. Auch Gadsden hatte seine patriotische Rolle hervorragend gespielt.

Der vierschrötige, massive rote Ziegelbau lag direkt am Gehsteig. Rot und grün gestreifte Markisen schmückten die Fenster, in einem schmalen Beet wuchsen tropische Büsche und Fächerpalmen. Mehrere Eingangsstufen führten zur Halle hinauf. Ein Hoteldiener erschien, um mein Gepäck hineinzutragen. Während Charles zur Rezeption ging, sah ich mich mit dem Interesse einer Schriftstellerin um, die den passenden Schauplatz für einen Kriminalroman sofort erkannte.

Die braunen Stützpfeiler des ursprünglichen Lagerhauses prägten die Halle, ragten mehrere Etagen hoch hinauf und ließen in der Mitte einen großen Raum frei. Durch das Glasdach drang gedämpftes Tageslicht herein. Hinter den massiven Geländern der einzelnen Stockwerke sah ich Türen. Das alles regte meine Phantasie an. Vor meinem geistigen Auge entstand bereits eine Romanfigur, die sich über eine der Balustraden beugte, um die winzigen Gestalten unten in der Halle zu beobachten, aus schwindelerregender Höhe.

Der Hallenboden bestand aus dunkelroten Fliesen, teilweise von einem hübschen Orientteppich bedeckt. Eindrucksvolle Gemälde zierten die Wände. Eine Szene mit Dschungeltieren, die über einer Sitzgruppe mit Lampen hing und afrikanisch wirkte, fiel mir ins Auge. Doch der Raum war keineswegs im afrikanischen Stil gehalten. An einer anderen Wand zeigte ein riesiger, auf Stoff gemalter goldener Karpfen eindeutige japanische Züge. Es war gewiß keine alltägliche Hotelhalle.

Charles kehrte zu mir zurück, und der Hoteldiener führte uns zu einem Lift, durch dessen Glaswand wir bei der Fahrt in den zweiten Stock hinunterschauen konnten. Dort folgten wir einer schmalen Galerie. Über das Geländer hinweg sah ich die Rezeption. Die Wände hier oben waren gelb gestrichen.

Am Ende der Galerie betraten wir die Suite, die Charles für mich reserviert hatte. Im Wohnraum mit der schmalen Kochnische hingen bunte tropische Drucke, durch einen Flur erreichte man das Schlafzimmer und das Bad. Die Renovierung hatte einzelne Elemente des alten Lagerhauses unberührt gelassen, zum Beispiel Teile einer Ziegelmauer und massive Holzpfosten.

Nachdem der Hoteldiener gegangen war, bedankte ich mich bei Charles. »Hier gefällt es mir wirklich sehr gut.«

Wir setzten uns auf ein Sofa mit buntem Azaleenmuster, und er lächelte mich an. »Wir wollen, daß Sie sich in unserer Stadt wohl fühlen, Molly. Heute abend würden Porter Phelps und ich Sie gern zum Dinner ausführen. Wir wären nur zu dritt, denn er meint, Sie sollten sich erst ein bißchen in Charleston eingewöhnen, ehe Sie Ihre Schwester kennenlernen.«

Valerie Mountfort wurde nicht erwähnt. »Sie haben mir noch nicht allzuviel erzählt«, bemerkte ich. »Ist irgend etwas geschehen, das ich erfahren müßte?«

»Eigentlich nicht.« Seine Miene verdüsterte sich, und als ich wartete, fuhr er zögernd fort: »Sie werden in eine Familie geraten, die aus individuellen Persönlichkeiten besteht. Jede geht ihre eigenen Wege. Ich weiß nicht, was passieren wird, wenn Sie Ihren Verwandten begegnen, und das gilt auch für Ihre Schwester. Wappnen Sie sich gegen unerwartete Ereignisse – und seien Sie auf der Hut.«

»Wovor?«

»Da bin ich mir nicht sicher. Mal sehen, wie sich die Dinge entwickeln.« Er versprach, mich um halb sieben abzuholen.

»Ich sitze in der Halle«, erwiderte ich und reichte ihm die Hand, und er ergriff sie mit jener Herzenswärme, die ich schon bei unserer ersten Zusammenkunft gespürt hatte.

»Das Problem liegt nicht bei Ihnen, Molly. Sie werden die Situation bestimmt meistern. Aber einige Familienmitglieder bezweifeln, daß Sie Cecelia Mountfort sind. Natürlich sind sie neugierig, aber man wird Sie wohl kaum mit offenen Armen aufnehmen. Am besten lassen Sie alles auf sich zukommen. Was geschehen wird, wird geschehen.«

»Das klingt ziemlich fatalistisch. Selbstverständlich ist es das gute Recht der Mountforts, mir ein gewisses Mißtrauen entgegenzubringen. Auch ich frage mich immer noch, ob ich tatsächlich Amelias verschwundene Zwillingsschwester sein könnte. Jedenfalls weiß ich, daß ich Molly Hunt bin, und die werde ich auch bleiben. Was immer passieren mag – für mich wird sich nichts ändern.« Noch während ich sprach, überlegte ich, ob das auch stimmte. Vielleicht hatte mich die Reise nach Charleston schon ein wenig verändert.

Charles hielt meine Hand noch immer fest, und ich fühlte wieder jenen Charme, den er auszustrahlen vermochte, wenn er wollte. Ich hoffte, er meinte es ehrlich mit mir und verheimlichte mir nichts.

Als ich allein war, duschte ich, spülte den Schmutz der Reise weg und schlüpfte in eine Hose und eine leichte Bluse, um mir's bis zum Dinner bequem zu machen. Ich trat vor meine Tür und bewunderte die Struktur aus Balken und Stützpfeilern, die aus dicken Baumstämmen bestanden und vermutlich über hundert Jahre alt waren.

Die Gästezimmer lagen an den Außenmauern des Gebäudes, und im Innern umgaben Galerien und Dutzende geschlossener Türen jenen dunklen, kathedralenartigen Raum, der von der Hotelhalle bis zum Glasdach emporreichte. Über mir erstreckte sich noch ein Stockwerk, an einem Ende schmaler als am anderen. Für diese unregelmäßige Anordnung fand ich keine geometrische Bezeichnung.

Das Geländer unter meinen Armen fühlte sich glatt an, und als ich mich darauf stützte, gewann ich den Eindruck, beobachtet zu werden. Ich schaute zur gegenüberliegenden Balustrade des höheren Stockwerks hinauf, und da entdeckte ich ein Kind, das darüber hinwegspähte. Ob es ein Junge oder ein Mädchen war, konnte ich nicht feststellen, denn ich sah im trüben Licht nur einen dichten blonden Haarschopf und zwei Augen, die mich unter einer hellen Stirn unverwandt anstarrten. »Hallo!« rief ich.

Das Kind stellte sich auf eine Fußleiste und richtete sich auf, so daß der ganze kleine Kopf erschien. Es war eindeutig ein Mädchen.

»Sei vorsichtig!« warnte ich besorgt. »Du darfst nicht auf die Balustrade klettern!«

Sie antwortete mit einer Selbstsicherheit, die kein Kind aufbringen konnte. »Bleiben Sie, wo Sie sind, Molly Hunt. Ich will mit Ihnen reden.« Die Stimme verwirrte mich. Sie klang zweifellos erwachsen – und kein bißchen jugendlich. Ich hörte kleine Füße die Galerie entlangeilen, zur Treppe.

Wenig später kam eine winzige Frau auf mich zu. Sie trug einen weißen Faltenrock und eine bestickte Bluse, offenbar eigens für ihre zierliche Figur angefertigt. Ein Kind war sie gewiß nicht, aber überdurchschnittlich klein. Sie bewegte sich, als würde sie zu mir schweben. Nun sah ich, daß ihre Augen ebenso silbergrau schimmerten wie ihr Haar. Sie besaß ebenmäßige Gesichtszüge, eine zarte Stupsnase und ein eigenwilliges Kinn. Ihre würdevolle Haltung mochte sie vor allen Riesen schützen, die in ihrem Leben auftauchten. Ich schätzte sie auf Ende fünfzig, obwohl es schwer zu sagen war. Als junges Mädchen mußte sie bildschön, vielleicht sogar hinreißend gewesen sein.

»Ich mußte Sie einfach sehen«, verkündete sie ohne Umschweife. »Davon sollen Charles und Porter nichts wissen. Ich bin Honoria Phelps.« Sie sprach mit dem gleichen musikalischen Akzent wie Landry – eine Besonderheit der Bewohner von Charleston, wie ich bald feststellen sollte.

Lächelnd streckte ich meine Hand aus. »Ich habe schon von Ihnen gehört. Charles Landry erzählte mir, Sie hätten Einwände gegen meine Ankunft erhoben.«

Etwas widerstrebend ergriff sie meine Hand und starrte mich an. Ich hatte das Gefühl, Kinderfinger zu umfassen, dann staunte ich über den kräftigen Händedruck. Sekundenlang schien sich Honoria an mich zu klammern, als wollte sie mich nicht loslassen.»Ich hatte Angst davor, Sie zu berühren«, gestand sie, »denn ich wußte nicht, was ich empfinden würde. Aber alles scheint positiv zu sein. Charles hat recht – Sie sind tatsächlich Cecelia Mountfort.«

»Ich bin Molly Hunt«, entgegnete ich in ruhigem Ton, »und das will ich immer bleiben.« Vielleicht würde ich's leid, das dauernd zu beteuern, denn ich ahnte, daß niemand auf meine Behauptung hören würde, ich sei nun mal *ich*.

»Wo ist Ihr Zimmer?« fragte Honoria. »Gehen wir hinein, da können wir ungestört reden.«

Charles hatte erklärt, er wisse nicht, wie er Honoria Phelps beschreiben solle. Und nun begann ich zu verstehen, was er meinte. Mehr verwirrt als alarmiert, führte ich sie in meine Suite. »In meiner Kochnische gibt's keine Vorräte, Mrs. Phelps, also kann ich Ihnen keinen Kaffee anbieten. Aber nehmen Sie doch bitte Platz. Sie sind Porter Phelps' Frau?«

»Allerdings.« Sie setzte sich auf eine Sofaecke, ihre Füße, die in Sandalen steckten, reichten nicht bis zum Boden. In kerzengerader Haltung, ließ sie die kurzen Beine hängen, faltete die Hände im Schoß – und sagte kein Wort. Unruhig rutschte ich auf meinem Stuhl umher. Ihr Schweigen wirkte, als wäre sie in einer Art Trance, und das machte mich nervös.

Schließlich brachte ich eine überflüssige Bemerkung zustande. »Heute abend gehe ich mit Charles und Ihrem Mann essen. Werden Sie auch mitkommen?« Wie ich bereits wußte, würde sie das nicht tun. Aber mir fiel nichts anderes ein, um diese unheimliche Stille zu durchbrechen.

Sie kehrte aus jener Ferne zurück, wo sie in Gedanken gewesen war. »Nennen Sie mich bitte Honoria. Immerhin gehören Sie zur Familie. Nein, ich komme nicht mit. Porter hält es für besser, wenn ich keinen Kontakt mit Ihnen aufnehme. Natürlich ahnt er nicht, daß ich hierhergekommen bin, um Sie noch vor ihm kennenzulernen. Falls er das herausfindet, wird er in helle Wut geraten.« Boshaft lachte sie und schaute mich verschwörerisch an, als teilten wir ein geheimes Amüsement. »Er ist schrecklich korrekt. Das werden Sie bald merken – wenn Sie länger hierbleiben. Er fürchtet, ich könnte beim Dinner mit Ihnen einen meiner Anfälle bekommen, wie er's nennt. Die anderen sind dran gewöhnt, und es stört niemanden. Man erwartet sogar gewisse Extravaganzen von mir. Aber Porter meint, es würde Sie schockieren, wenn es schon heute passiert. Deshalb erscheint es ihm sicherer, mich daheim zu lassen.«

Ihr mutwilliges Lächeln steckte mich an, und ich erwiderte es, obwohl ich nicht wußte, wovon diese vitale kleine Person redete. Sie bemerkte meine Verwirrung und erklärte: »Ich besitze übernatürliche Kräfte, und das erschreckt manche Leute. Verstehen Sie, was ich meine?«

»Leider kenne ich mich auf diesem Gebiet nicht aus.«

»Es kann jederzeit passieren, ob ich es wünsche oder nicht. Und es ereignet sich auf verschiedene Weise. Hin und wieder erscheint ein Wort auf einem Blatt Papier, das ich gar nicht schreiben wollte. Oder eine Stimme kommt über meine Lippen, die nicht mir gehört, sondern einem Wesen, das mich als Medium benutzt. Es heißt Nathanial.« Fast liebevoll sprach sie diesen Namen aus. »Manchmal bilden sich auch einfach nur machtvolle Gedanken in meinem Gehirn – so stark, daß ich irgendwie darauf reagieren muß. Nathanial riet mir, Sie heute zu besuchen. Und ich bin froh, daß ich ihm gehorcht habe.«

Mir wurde immer unheimlicher zumute, und ich verstand, warum es Porter widerstrebte, mich ohne Vorwarnung mit seiner Frau zusammenzubringen. »Das ist ja faszinierend«, antwortete ich. »Reden Sie doch weiter.«

»Ich dachte mir, daß Sie das interessieren würde. Sicher spiele ich demnächst in einem Ihrer Romane eine Rolle.«

Nun war es an mir zu lachen. »Darin treten niemals Menschen auf, die wirklich existieren. Die würden mir in die Quere kommen und nicht tun, was ich will.« Es fiel mir oft schwer, dies den Leuten zu erklären, die nicht selber schriftstellerisch tätig waren. Sie konnten sich nicht vorstellen, daß ein Autor Personen erfindet, die in seinem Bewußtsein unverwechselbares Leben gewinnen.

Aber Honoria verstand es. »Ja, mit mir gäbe es wohl arge Schwierigkeiten. Aber nun zeigen Sie mir das Muttermal an Ihrem Handgelenk, das Charles erwähnt hat.«

Wie unter einem Zwang hob ich meine Hand. Honoria glitt vom Sofa herab und stand vor mir, unsere Augen befanden sich auf gleicher Höhe. Ein winziger Finger berührte den erdbeerroten Fleck und verweilte dort, während sie die Lider schloß. Ein leichtes Prickeln entstand an der Stelle, wo ich ihre Fingerspitze spürte. Dann hatte sie offenbar die gewünschten Informationen erhalten, welche auch immer, und setzte sich wieder auf das Sofa, so kerzengerade wie zuvor, ohne die Kissen als Stütze zu benutzen. »Das war die endgültige Bestätigung – Sie sind das gestohlene Baby. Was werden Sie tun – jetzt wo Sie hier sind?«

»Keine Ahnung. Ich nehme an, ich werde die Familie kennenlernen und dann nach Hause zurückkehren – wo ich hingehöre.«

Heftig schüttelte Honoria den Kopf, und die grauen

Löckchen bebten, als besäßen sie ein eigenes Leben. »Ich glaube, das wird Ihnen nicht gelingen. Bald geraten Sie in den Bann des Erbes, von dem Sie noch nichts wissen. Wenn Sie nach Hause wollen, müssen Sie sofort abreisen – bevor die Zusammenhänge Sie umgarnen und Ihre Neugier unwiderstehlich wird. Danach gibt es keinen Fluchtweg mehr.«

»Ich kann nicht einfach auf dem Absatz kehrtmachen und davonlaufen. Nicht, bevor ich der Familie begegnet bin, aus der ich angeblich stamme.«

»Keine Bange ... Sobald Sie genug Zeit haben, um zu begreifen, warum Sie hier sind, wissen Sie auch, was Sie tun müssen – ob Sie hierbleiben oder weggehen.«

Es war sinnlos, ihr zu widersprechen. Ich erinnerte mich an Charles' Worte: »Was geschehen wird, wird geschehen.«

»Natürlich haben Sie noch eine andere Möglichkeit«, fügte Honoria hinzu. »Wenn Sie sich einfach treiben lassen und nichts unternehmen, werden Sie sicher sein.«

»Sicher?« wiederholte ich bestürzt. »Wovor?«

Ihre Augen wurden übergroß, aber sie starrte nicht mich an und äußerte nur ein einziges Wort. Plötzlich klang ihre eben noch helle, klare Stimme tief und heiser. Und das Wort war deutlich zu hören. »Mord«. Sofort war Honoria wieder sie selbst. »Da sehen Sie's! Das habe nicht *ich* gesagt. Es war eine Warnung. Allerdings weiß ich nicht, was das bedeutet. Meinte Nathanial einen Mord, der schon geschehen ist? Oder einen, der noch passiert? Oft drückt er sich vage aus und ist nicht besonders hilfreich. Aber ich ignoriere nie, was er mir sagt.«

Ob das alles nur Schauspielerei war oder ob sie wirklich daran glaubte, konnte ich nicht erkennen. Doch sie wirkte offenherzig und fest überzeugt. Ehe ich sie fragen konnte, schnitt sie ein neues Thema an. »Daheim habe ich etwas für Sie – einen Brief. Nathanial empfahl mir, noch zu warten, bevor ich Ihnen das Schreiben gebe. Bald bekommen Sie es. Vorerst wissen Sie genug, um darüber nachzudenken.«

Ich stand vor einem Rätsel. Wer mochte mir hier in Charleston geschrieben haben, und wieso war der Brief in Honorias Hände gelangt? Ehe ich protestieren konnte, schwebte sie zur Tür und verließ mich ohne ein weiteres Wort. Ich starrte ihr nach und begriff die Situation auch nicht annähernd. Vielleicht sollte ich das auch gar nicht. Ich schien am Rand eines gefährlichen Abgrunds zu stehen. Sollte ich mich noch einen Schritt vorwagen?

Eine Zeitlang saß ich reglos da und wartete, bis sich die Luft ringsum beruhigte. Scheinbar bewegte sich Honoria Phelps in einer gewissen, von ihr selbst erzeugten Aura – falls dieser Ausdruck zutraf. Irgend etwas, das sie umgab, streckte unsichtbare Hände aus, berührte andere Menschen und verwirrte sie vermutlich ebenso wie mich. Wenn ich Charles wiedersah, hätte ich viele Fragen an ihn – besonders über diese eigenartige Frau.

Nach einem kurzen Schläfchen zog ich mich für das Dinner um. Ich hatte eine cremefarbene Seidenbluse eingepackt, mit winzigen blauen Enzianblüten gemustert. Weil Amelia auf dem Foto, das Charles mir gezeigt hatte, Blau trug... Noch entschlossener schlang ich ein blaues Samtband um meinen Kopf, um mein Haar aus der Stirn zu halten. Sicher würde ich Porter Phelps verblüffen, der immer noch an mir zweifelte. Aber auch meine eigene Skepsis hatte kaum nachgelassen.

Charles holte mich pünktlich in der Halle ab, und wir traten ins sanfte Licht des frühen Abends hinaus. Ehe wir in sein Auto stiegen, erklärte er, warum er allein gekommen war. »Porter hat unerwartete geschäftliche

Abhaltungen. Wir treffen uns im Restaurant. Darüber bin ich froh, denn so kann ich Ihnen noch ein bißchen von der Altstadt zeigen, bevor wir essen.« Stolz schwang in seiner Stimme mit, und während ich ihm zuhörte, sah ich mich mit den Augen einer Schriftstellerin um. »Hier wurden mehr historische Gebäude erhalten als in Williamsburg. Natürlich ist das kein Museum, wo die Vergangenheit ausgestellt wird. Hier leben und arbeiten immer noch Menschen. Manche Familien in Charleston können ihre Geschichte bis zum Freiheitskrieg zurückverfolgen. Aber bei uns wohnen auch viele Leute aus anderen Landesteilen, die sich in die Stadt verliebt und darum hier niedergelassen haben.«

Er fuhr langsam, damit ich die Schönheit der alten Häuser genießen konnte. Seine Stimme verriet mir, wie sehr er diesen Stadtteil an der Spitze der Halbinsel liebte.

Bis auf die King und die Meeting Street sah ich nur enge Straßen, wo schmale Häuser sich direkt an den Gehsteigen erhoben. Zwischen manchen lagen kleine Gärten und an Seitenmauern schöne Veranden. Charles drosselte das Tempo noch mehr, um eine Pferdekutsche mit Touristen vorbeizulassen.

»Das sind hauptsächlich Einfamilienhäuser«, erklärte er. »Aber in manchen größeren wohnen auch zwei Familien. Die Breite der Einfamilienhäuser wird von einem Zimmer und dem Flur eingenommen. Normalerweise sind sie einstöckig. Die Piazzas – wir nennen sie weder Veranden noch Terrassen – wurden seitlich gebaut, um die Bewohner gegen die Straße abzuschirmen, meistens an der Süd- oder Westseite, wo im Sommer eine angenehme Brise weht. In manchen Fällen führt die Vordertür direkt auf die Piazza. Oder man erreicht sie vom Gehsteig aus durch ein hübsches schmiedeeisernes Tor.«

Ich entdeckte auch größere Gebäude. Sie strahlten die Schönheit und Würde einer anderen Ära aus, und ihre Gärten lagen vor den Fassaden, voll üppiger Tropenpflanzen. Viele Einfamilienhäuser waren pastellfarben gestrichen – blau, rosa, grün, gelb, auch grau oder bräunlich. Einige schmiedeeiserne Balkone hingen über den Gehsteigen und erinnerten mich an das französische Viertel von New Orleans. Natürlich waren reiche Pflanzer aus Barbados und anderen Teilen Westindiens vor den Sklavenaufständen hierher geflohen und hatten ihre eigenen Vorstellungen von tropischer Architektur mitgebracht. In einer über dreihundertjährigen Geschichte waren verschiedene Perioden und Kulturen miteinander verschmolzen.

Wie es die schmalen Straßen erforderten, bewegte sich der Verkehr in gemächlichem Tempo. Niemand hatte es eilig. Eben erst aus dem Norden angekommen, bemerkte ich den deutlichen Unterschied zur New Yorker Hektik. Hier würde ich Zeit finden, Atem zu holen, mich von der blinden Arbeitswut zu befreien, in die ich mich nach Dougs Tod gestürzt hatte.

»Sie sind zu einer günstigen Jahreszeit hierhergekommen, Molly«, sagte Charles, »bevor uns die schwüle Hitze in die Häuser treibt oder überhaupt aus dem Low Country verscheucht. Ein Glück, daß so viel von unserer Altstadt erhalten blieb, trotz aller Hurrikane, Feuersbrünste und Erdbeben ... Charleston wird sich immer von solchen Katastrophen erholen und weiterbestehen.« Wieder hörte ich Stolz und Liebe aus seinen Worten heraus.

»Vor meiner Abreise habe ich einiges über Charleston gelesen, und es ist wunderschön, das alles mit eigenen Augen zu sehen.«

Charles zeigte auf ein Haus, an dem wir vorbeifuhren.

»Sehen Sie die Eisenrosetten? Sie verdecken die Enden der Stangen, die von einer Mauer zur anderen reichen, um ein vom Erdbeben geschädigtes Haus zusammenzuhalten.« Voll herzlicher Wärme schwelgte er in der Geschichte seiner Heimatstadt. »Am Abend des Erdbebens im Jahr 1886 blieben die Uhren um neun Uhr einundfünfzig stehen. Es war das größte, das die Ostküste jemals traf, und Charleston kriegte das meiste davon ab. Fast jedes Gebäude wurde zerstört, aber die Stadt überlebte. In gewisser Weise verdanken wir es der Armut nach dem Krieg, daß hier soviel erhalten blieb.«

Ich betrachtete die eisernen Rosetten, die häßliche Bolzen verbargen. »Wie meinen Sie das?«

»Jede andere Stadt wäre nach einer solchen Katastrophe abgerissen und im Stil eines neuen Zeitalters wiederaufgebaut worden. Aber dafür hatte Charleston nach dem Krieg kein Geld, und so reparierte man all die schönen alten Gebäude. Wenn jetzt ein neues Haus entsteht, muß es dem historischen Gesamtbild angepaßt werden. Leider haben wir einige unserer interessantesten Bauwerke verloren, darunter das erste Waisenhaus dieses Landes. Es wurde von Leuten, die ihren Besitz nicht zu schätzen wußten, dem Erdboden gleichgemacht.« Charles hatte sich persönlich für die Instandhaltung der Altstadt eingesetzt, und es beeindruckte mich, wieviel ihm die historischen Werte bedeuteten. »Jetzt ist das auch Ihre Stadt, Molly.«

»Noch nicht«, widersprach ich hastig. »Geben Sie mir etwas Zeit, Charles. Das alles ist zu schnell auf mich eingestürmt. Im Augenblick bin ich nur eine Besucherin.«

»Eine ganz besondere Besucherin. Ob Sie es akzeptieren oder nicht – Ihre Wurzeln liegen hier. Jetzt, wo Sie die Stadt gesehen haben, müssen Sie darüber schreiben.«

Das würde ich wahrscheinlich tun, denn ich war nie glücklich, solange sich in mir keine Ideen für ein neues Buch regten. Doch um über Charleston zu schreiben, mußte ich länger hierbleiben, als ich es vielleicht wünschte, und eine Menge lernen. Intensiver recherchieren konnte ich immer noch – nachdem ich einen neuen Schauplatz erst einmal emotional erfaßt hatte. Natürlich würde ich einen Roman, der in Charleston spielte, nicht aus dem Blickwinkel einer langjährigen Beobachterin schreiben, sondern die Stadt mit den Augen einer Fremden betrachten. Doch dieser Standpunkt konnte von Dingen beeinflußt werden, gegen die ich mich vorerst noch wehrte.

»Da ist ein Parkplatz«, sagte Charles. »Bitte, halten wir kurz. Daphnes Buchhandlung ist noch nicht geschlossen. Wir wollen sie überraschen.« Er steuerte den Wagen an den Straßenrand, und ich sah keine Möglichkeit zu protestieren, obwohl ich mich überrumpelt fühlte. Sein plötzlicher Einfall schien ihm mutwilliges Vergnügen zu bereiten.

Wir stiegen die wenigen Eingangsstufen hinauf und betraten den Laden, wo ein letzter Kunde von einem Verkäufer bedient wurde. Daphne Phelps kam uns entgegen, eine hochgewachsene Frau Mitte Dreißig, die eher distinguiert als hübsch aussah. Bei meinem Anblick riß sie ihre grünen Augen auf und strich verwirrt durch ihr hellrot gefärbtes Haar, einen Pagenkopf im Stil der zwanziger Jahre. »Mein Gott!« rief sie. »Im ersten Moment hielt ich Sie für Amelia. Sie sehen ihr genauso ähnlich, wie's Charles behauptet hat.« Während einer kurzen Pause wurde ich einer eingehenden Musterung unterzogen, die mich beunruhigte. »Aber Sie unterscheiden sich von ihr, auf subtile Weise. Das liegt nicht nur an der Frisur.« Ihr fester Händedruck verriet Charakterstärke und ein Selbstbewußtsein, das vielleicht die harten Linien in ihr Gesicht gegraben hatte. »Lassen Sie sich bloß nicht von den Mountforts vereinnahmen und überwältigen!« warnte sie.

»Das ist Molly Hunt, Daphne«, erklärte Charles hastig, wie auf ein Stichwort. »Sie möchte nicht Cecelia genannt werden. Molly, das ist Ihre Kusine, Daphne Phelps.«

Lächelnd zeigte sie auf den Ladentisch, wo sich mehrere Exemplare meines neuen Buchs stapelten. »Wie Sie sehen, haben wir Sie erwartet.«

Die blauen Schutzumschläge von »Kristallfeuer« mit dem nebelhaften Frauenkopf wirkten sehr imposant, und ich freute mich, so wie immer, wenn ich meine Bücher in einem Laden sah. Eine stolze Mutter, die ihr jüngstes Baby betrachtet ... »Meine Amnesie-Story«, erwiderte ich. »Hoffentlich gefällt sie Ihrer Kundschaft.«

»Ganz sicher. Ich las den Roman, sobald ich erfahren hatte, daß ich Sie kennenlernen würde. Das Foto auf der Rückseite des Schutzumschlags ist eine interessante Maske. Es muß Ihnen seltsam vorkommen, plötzlich in eine Familie zu geraten, von deren Existenz Sie nichts wußten.«

»Im Augenblick bin ich mir nicht mehr sicher, wer ich eigentlich bin«, gestand ich unbehaglich.

Sie tätschelte meinen Arm. »Ich beneide Sie nicht um das fragwürdige Vergnügen, alle Mountforts auf einmal zu treffen ... Aber Sie werden's schon überstehen. Würden Sie ein paar Bücher für mich signieren, Molly?«

Charles mischte sich ein. »Ein andermal. Jetzt sind wir mit deinem Vater zum Dinner im Jilich's verabredet, also müssen wir gehen.«

»Das dürfte ein interessanter Abend werden«, meinte Daphne. »Lassen Sie sich nicht von meinem Vater einschüchtern, Molly. Ich wäre gern dabei, um zu sehen, was passieren wird ...« Hoffnungsvoll schaute sie Charles an.

»Unmöglich«, entgegnete er. »Porter will sie ungestört begutachten und dann entscheiden, was zu tun ist.«

»Typisch für ihn! Der große Kapitän, der immer nur ›aye, aye, Sir‹ hören will ... Weiß Tante Valerie noch immer nicht Bescheid?«

»Ich habe Porter einzureden versucht, er müsse sie informieren, ehe jemand anderem was herausrutscht.«

»Hat er Honorias Geistern Maulkörbe umgehängt?«

Sie lachten über diesen privaten Scherz, den ich besser verstand, als sie ahnten.

Daphne reichte mir noch einmal die Hand. »Ich freue mich darauf, Sie bald wiederzusehen, Kusine. Vielleicht besuchen Sie mich mal? Meine Nummer steht im Telefonbuch. Ich kann als Heilmittel gegen zu viele Mountforts wirken, falls Sie so was brauchen.«

Ich erwiderte den kraftvollen Händedruck und fand sie sehr sympathisch – ohne mir träumen zu lassen, daß mich vor meinem Besuch in ihrem Apartment mehrere Ereignisse verändert und erschreckt haben würden.

Als ich mit Charles zur Tür ging, kam ein Mann herein. Wie seine lässige Haltung zeigte, fühlte er sich in Daphnes Laden zu Hause. Doch sobald er mich sah, erlosch sein freundliches Lächeln, und er starrte mich unverhohlen an. Diesen Blick kannte ich mittlerweile. Herausfordernd starrte ich zurück. Er war nicht viel älter als ich, trug sein widerspenstiges dunkles Haar etwas zu lang, und seine durchdringenden Augen erinnerten mich an einige Schurken, die in meinen Romanen vorkamen. Spielte auch er eine Rolle in dem Drama, das ich zu erleben schien? Ohne abzuwarten, bis wir einander vorgestellt wurden, begrüßte er mich. »Hallo, Cecelia! Freut mich, endlich die geheimnisvolle Frau kennenzulernen, von der alle Welt redet.« So wie ich sprach er mit Nordstaatenakzent, und Charles' zwangloser Charme fehlte im völlig.

Charles verbesserte ihn seufzend. »Das ist Molly Hunt. Molly, darf ich Sie mit Garrett Burke bekannt machen – dem Ghostwriter, der Porters Buch über die Mountforts zu Papier bringt.«

»Sagen wir, ich bin ein Mitarbeiter.« Nach kurzem Zögern gab er mir die Hand. Zu meiner Verwirrung drehte er meinen Arm herum, so daß das rote Muttermal am Handgelenk zum Vorschein kam. Sofort riß ich mich los. Seine forschenden Augen musterten mich unverwandt. Offenbar zog er meine Herkunft in Zweifel, trotz meiner Ähnlichkeit mit Amelia.

»Passen Sie auf, was Sie zu Garrett sagen!« warnte mich Daphne. »Er ist Journalist, und Sie würden ihm zu einer guten Story verhelfen.«

Garrett ignorierte diese Bemerkung und wandte sich zu meinem Begleiter, wobei ich den Eindruck gewann, daß er mich als völlig unwichtige Person beiseite schob. »Kommen Sie morgen abend zur Probe, Charles? Wir müssen dieses Duell noch ein paarmal üben. Letztes Mal hätten Sie mir fast ein Auge ausgestochen.«

»Morgen nicht, aber bald«, versprach Charles. »Arbeiten Sie inzwischen an den anderen Szenen.« Er drehte sich zu mir und erklärte: »Wir haben hier eine Schauspielertruppe, Stage Center nennt sie sich – lauter Halbprofis, und wir studieren gerade ein Stück über den Krieg zwischen den Nord- und Südstaaten ein. Garrett gibt einen ganz guten Unionsoffizier ab, den ich umbringen darf, wenn er auch ein miserabler Schauspieler ist.« Er sprach in scherzhaftem Ton, aber seine Stimme hatte eine gewisse Schärfe, die mich überraschte.

Garretts Miene verhehlte nicht, daß er den Fehdehandschuh nur zu gern aufhob. Ein Wunder, daß er nicht »Nieder mit den Südstaaten« ruft, dachte ich geringschätzig, und meine ganze Sympathie gehörte Charles, der nun hinzufügte: »Übrigens, Ihre Schwester Amelia hat das Stück ›Der Schattensoldat‹ geschrieben. Mittlerweile hat sich das Projekt zu einer Familienproduktion entwickelt. Sogar Honoria wirkt mit, als Regisseurin, und macht ihre Sache sehr gut – vermutlich mit Hilfe ihrer Geister.«

Also war Amelia Mountfort Schriftstellerin – so wie ich ... Charles fing meinen erstaunten Blick auf. »Oh, Amelia betreibt das nicht so ernsthaft wie Sie, sie schreibt nur zum Vergnügen.«

»Es ist ein verdammt gutes Stück«, warf Daphne ein. »Alle Klischees über den Norden und den Süden kommen drin vor – und noch viel mehr. Du brauchst dich nicht für deine Verlobte zu entschuldigen. Und Honoria ist tatsächlich eine hervorragende Regisseurin. Warten Sie nur, bis Sie diese Frau kennenlernen, Molly. Das wird Sie überwältigen.«

»Ich kenne sie schon«, bemerkte ich leichthin.

Charles und Daphne starrten mich an. Der Journalist war zu dem Tisch gegangen, wo sich einige Ausgaben von »Kristallfeuer« stapelten, und ergriff eines der Bücher. Doch ich spürte, daß seine Aufmerksamkeit eher mir galt als meinem Werk. Ich beeilte mich, eine Erklärung abzugeben. »Mrs. Phelps besuchte mich im Gasthof. Wahrscheinlich war sie neugierig, wie alle anderen auch.«

Verwundert schüttelte Daphne den Kopf. »Sie tut immer, was ihre Ratgeber empfehlen – und das kann zu unerwarteten Aktivitäten führen.«

»Ratgeber?« wiederholte ich. »Was meinen Sie?«

»Man könnte sie auch Geister nennen – falls Sie an so was glauben.«

Seit meiner Begegnung mit Honoria wußte ich nicht mehr, was ich glaubte. »Ich mag sie«, gab ich zu, »obwohl ich manchmal keine Ahnung hatte, wovon sie sprach. Sie findet, ich sollte so schnell wie möglich nach Hause fahren, denn mein Aufenthalt in Charleston scheint unter einem Unstern zu stehen.«

Offenbar hatte Charles vergessen, daß wir gehen mußten. Er schwieg ebenso wie Daphne, während Garrett Burke vorgab, das Buch in seiner Hand zu studieren. Seine konzentrierte Miene beunruhigte mich, und ich fuhr nervös fort: »Mrs. Phelps erwähnte ihre übernatürlichen Fähigkeiten, und ich bin mir nicht sicher, was das bedeuten soll.«

Daphne wechselte einen seltsamen Blick mit Charles und fragte: »Hat sie ihre übersinnlichen Kräfte demonstriert?«

»Ich denke schon. Plötzlich sprach sie mit veränderter Stimme. Sie scheint als Medium eines gewissen Nathanial zu fungieren.«

Charles grinste. »Der Geist von Mountfort Hall! Freunden Sie sich mit ihm an, Molly, denn er gehört praktisch zur Familie, dank Honoria und ihrer Katze.«

»Was hat Nathanial verkündet?« wollte Daphne wissen.

Es war mir unangenehm, die Botschaft zu wiederholen, denn sie klang viel zu melodramatisch. »Nur ein einziges Wort, das Mrs. Phelps mit tiefer, heiserer Stimme verkündete – ›Mord‹.«

Zunächst blieben alle stumm, und die Stille ließ mich frösteln. Garretts Blick klebte immer noch am Klappentext meines Buches, den er inzwischen auswendig kennen mußte.

»Wir müssen gehen, Molly«, sagte Charles abrupt. »Das Restaurant liegt ganz in der Nähe, also brauchen wir das Auto nicht. Auf bald, Daphne. Wir sehen uns bei der Probe, Garrett.« Während er mich zur Tür führte, drehte ich mich um und begegnete sekundenlang Burkes düsterem Blick.

Draußen erfüllte der frische Atem des Meeres die Abendluft. Der Duft von Magnolienblüten drang über einen schmiedeeisernen Zaun zu mir. Erleuchtete Schaufenster boten verschiedenartige Schätze dar, die mich zu jedem anderen Zeitpunkt fasziniert hätten. Aber im Moment beschäftigte mich nur, was in Daphnes Laden – lautlos – geschehen war. Als hätte sich sumpfiger Boden unter meinen Füßen geöffnet und mir die Kontrolle über meine Schritte entzogen ...

Zu meiner Erleichterung lenkte mich das Jilich's von diesen Gedanken ab. Wieder einmal betrat ich ein ehemaliges Lagerhaus. Der Oberkellner kannte Charles und geleitete uns zum reservierten Tisch. Wir setzten uns, und ich schaute mich voller Bewunderung um. Die Wände – bis auf eine freigelegte Ziegelmauer an einem Ende des Raums – waren in hellem Pfirsichrosa gestrichen, das zu den Tischtüchern und Servietten paßte. Ventilatoren zwischen alten Deckenbalken sorgten für sanfte klimatisierte Luftströme.

»Diese alten Lagerhäuser wurden einem guten Verwendungszweck zugeführt«, bemerkte Charles. »Vor dem Krieg häuften sich hier Reis, Indigo oder Baumwolle. Die Sklaven brachten aus ihrer Heimat wichtige Kenntnisse über den Anbau aller drei Produkte mit. Während des Kriegs brach natürlich die ganze Wirtschaft zusammen. Als die Soldaten heimkehrten, wirkten die Spuren der Zerstörung geradezu lähmend.«

Ich wollte nicht über jenen bedrückenden Krieg und

die Sklavenhalter nachdenken, die vielleicht meine Vorfahren gewesen waren, und so atmete ich auf, als Charles nach seiner Speisekarte griff. »Porter sagte, wir sollten nicht auf ihn warten, also werden wir bestellen.«

Interessiert studierte ich die große Karte und entschied mich für Sea Island-Krabbenkuchen mit einem Salat aus Spinat, Artischocken und Palmherzen. Charles wählte eine Spezialität des Jilich's – Garnelen mit Kokosraspeln und süßem Chutney.

Nachdem der Kellner unsere Bestellung aufgenommen hatte, schnitt ich das Thema an, das mir nicht aus dem Kopf ging. »Charles – ist jemand ermordet worden?«

»Natürlich! Viel Blut hat diesen Boden getränkt, Molly – seit dem Freiheitskrieg. Über welchen Mord sollen wir uns unterhalten?« Er sprach leichthin, in scherzhaftem Ton, und wich mir ganz offensichtlich aus.

»Honorias Stimme schien etwas ganz Bestimmtes zu meinen.«

»Klar. Spukt ein Geist nicht immer dort herum, wo er gestorben ist? Vor allem, wenn er verfrüht aus dem Leben scheiden mußte ...«

»Sie meinen – Nathanial hat wirklich existiert? Er ist kein nebulöses Wesen von – von irgendwo? Und er wurde getötet?«

»Ja, er hat mal gelebt, ist aber nicht ermordet worden. Eine lange Geschichte ... Müssen wir ausgerechnet jetzt darüber reden?«

»Vielleicht schon ...« Ich wußte selbst nicht, warum es mir so wichtig erschien. »Bitte, erzählen Sie von Nathanial. Er versuchte durch Honorias Mund mit mir zu sprechen, und Sie können sich sicher vorstellen, wie tief mich das bestürzte.«

Er spielte mit seinem Besteck, und ich merkte, wie unangenehm ihm mein Wunsch war.

»Bitte!« beharrte ich trotzdem.

3

»Tut mir leid, wenn Honoria Sie aufgeregt hat.« Charles wich dem Thema immer noch aus.

»O nein, im Gegenteil – ich fand sie faszinierend. Sie erwähnte auch, daß Nathanial der Geist von Mountfort Hall ist. Lebte er um die Entstehungszeit des Hauses?«

Er schüttelte den Kopf. »Edward Mountfort baute es zu Beginn des achtzehnten Jahrhunderts, und Nathanial Amory entstammte einer viel späteren Epoche. In meiner Kindheit kannte ich ihn recht gut. Damals war er Hauslehrer in Mountfort Hall, wo er mich ebenso wie die anderen Kinder unterrichtete, die auf der Plantage lebten – auch Daphne, obwohl sie etwas älter ist als ich. Und Honoria begegnete ihm, weil sie als Fremdenführerin arbeitete. Jetzt ist das Haus immer noch für Besucher geöffnet. Heutzutage kostet es viel Geld, ein altes Herrschaftsgebäude instand zu halten, also können wir die Dollars der Reisegruppen wirklich gebrauchen. In einem Schuppen wird gezeigt, wie man früher getöpfert und an Webstühlen gearbeitet hat. Die Privaträume der Familie liegen im ersten Stock und dürfen von Touristen nicht betreten werden.«

»Und wie hat sich Nathanial in einen Geist verwandelt?«

»Er ertrank im Ashley River, nicht weit von der Mountfort-Landebrücke. Ein Bootsunfall. Es geschah kurz nach Ihrer Entführung. Wenn man den Gerüchten glauben darf, hatte er ein leidenschaftliches Verhältnis mit Honoria. Porters erste Frau lebte damals natürlich noch. Nach ihrem Tod heiratete er Honoria. Inzwischen war auch der Hauslehrer gestorben, und Daphne glaubt, ihre Stiefmutter hätte nur in die Hochzeit eingewilligt, um sich über ihr gebrochenes Herz hinwegzutrösten.«

»Und deshalb hat sie in ihrer Phantasie auch einen liebevollen Geist erschaffen?«

»Ob er liebevoll ist, weiß ich nicht. Ich betrachte ihn eher als Ärgernis, denn Honoria benutzt ihn nur zu gern für ihre exzentrischen Zwecke.«

»Haben Sie ihn je gesehen?«

»Nur Honoria und ihre Katze stehen in Verbindung mit ihm. Bald werden Sie Miss Kitty kennenlernen.«

»Ein Tier mit übersinnlichen Kräften?«

»Sind das nicht die meisten Katzen? Oh – da kommt Porter. Reden wir nicht mehr über Nathanial. Geister sind nicht gerade sein Lieblingsthema.«

Der Oberkellner führte einen etwa Siebzigjährigen an unseren Tisch, über eins achtzig groß und stattlich gebaut. Wie ich wußte, hatte Porter Phelps früher eine Bank in Charleston geleitet und besaß sein eigenes Vermögen. Er erschien mir wie der Prototyp eines altmodischen Südstaaten-Gentlemans – im makellos weißen Anzug mit schmaler schwarzer Krawatte und weißen Schuhen. Er hatte eine Glatze, bis auf einen weißen Haarkranz, der von einem Ohr zum anderen reichte, und das verstärkte noch den Eindruck würdevoller Autorität. Kaum zu glauben, daß dieser hochgewachsene, überwältigende Mann mit Honoria verheiratet war ... Welch ein Kontrast!

Im Gegensatz zu anderen Familienmitgliedern zeigte Porter keine Verblüffung über meine Ähnlichkeit mit der Tochter seiner Kusine Valerie. Als Charles sich respektvoll erhob, gab es keine Zweifel mehr bezüglich der Frage, wer heutzutage das Oberhaupt des Clans war.

Förmlich machte er mich mit Porter bekannt, der sich über meine Hand beugte, aber meine Finger sehr schnell wieder losließ. Seine hellblauen Augen strahlten keine Wärme aus. Offenbar hielt er mich für eine Hochstaplerin und wünschte meine baldige Abreise. Nachdem der alte Mann Platz genommen hatte, bemerkte Charles: »Du hast gesagt, wir sollten nicht mit der Bestellung warten.«

»Natürlich. Ich trank erst am späten Nachmittag mit Valerie Tee und aß etwas, also bin ich nicht besonders hungrig.«

»Hast du's ihr erzählt?«

»Ich weiß nicht, ob's was zu erzählen gibt.« Porter bat den Kellner um einen Salat und seinen Lieblingswein, dann lehnte er sich zurück und ließ seinen Blick durch das Restaurant schweifen, als säße er allein hier.

Charles versuchte, Konversation zu machen. »Ich habe Molly erklärt, sie müsse unbedingt die Plantage besichtigen. Falls du einverstanden bist.«

Porter hob eine buschige weiße Augenbraue. »Selbstverständlich. Ich biete Miss Hunt sehr gern unsere Gastfreundschaft an.«

Trotz seiner Hochachtung für Porter schien sich Charles über die Art zu ärgern, wie ich behandelt wurde. Abrupt befahl er: »Zeigen Sie ihm Ihr Handgelenk, Molly.«

Ich behielt meine Hände im Schoß und wandte mich an Porter. »Bitte, lassen Sie mich erklären, wie ich die Situation sehe, Mr. Phelps. Bis vor kurzem wußte ich nicht, daß ich eine Zwillingsschwester haben könnte. Charleston fasziniert mich, aber ich bin immer noch ein Yankee, und es fällt mir schwer, an meine Entführung im Babyalter zu glauben. Aber nach meiner Begegnung mit Charles fand ich es notwendig, hierherzukommen und die Wahrheit herauszufinden – wenn das möglich ist.«

»Man kann Bluttests machen lassen«, warf Charles ein. »Da gibt's heutzutage ausgefeilte wissenschaftliche Methoden.«

Porter winkte ab. »Das Ergebnis wäre nicht schlüssig.« Immerhin hatte er sich ein wenig entspannt. Meine Worte beruhigten ihn offensichtlich. »Wie ich zugeben muß, besteht zwischen Ihnen und Amelia eine gewisse Ähnlichkeit – die ausreichen mag, um Charles' Augen zu überzeugen, aber vielleicht fallen die Unterschiede viel schwerer ins Gewicht.«

»Wenn man Amelias Haar etwas kürzer schneidet und die beiden gleich anzieht, würde man sofort erkennen, daß sie eineiige Zwillinge sind«, beharrte Charles.

»Kann sein. Ich nehme dir keineswegs übel, daß du dich da in etwas hineingesteigert hast, Charles.« Porter schaute mich wieder an. »Zumindest müssen Sie morgen Valeries Haus besuchen – nicht, um sie kennenzulernen. Das wäre unklug. Sie fühlt sich nicht wohl, und wir dürfen sie nicht aufregen. Aber Sie sollen Amelia sehen. Niemals würde sie Charles und mir verzeihen, wenn wir Sie abreisen ließen, ohne eine Begegnung herbeizuführen.«

Die Diskussion begann mich zu irritieren. Natürlich mußte ich mit Amelia zusammentreffen. Das konnten die beiden Männer nicht für uns entscheiden. Entschlossen wechselte ich das Thema. »Wohnen Sie in Charleston alle im selben Haus?«

»O nein«, erwiderte Porter. »Das Mountfort-Haus wurde 1790 an der South Battery gebaut. Die Häuser an der East Battery entstanden nach dem Krieg, als der Hafen durch Deiche befestigt worden war, und entstammen also einer jüngeren Epoche. Phelps Place, unser Heim, wurde 1735 in der Church Street errichtet.

Dort leben Honoria und ich, wenn wir in der Stadt sind. Meine Tochter Daphne hat sich ein eigenes Apartment genommen – obwohl wir genug Platz für sie hätten.« Deutlich gab er zu verstehen, wie sehr er Daphnes Unabhängigkeitsstreben mißbilligte, und ich verstand die junge Frau nur allzugut. Offenbar hatte es Streitigkeiten gegeben.

Diplomatisch lenkte Charles den alten Mann von diesem Ärgernis ab. »Hast du Honoria heute Nachmittag gesehen – nach ihrem Besuch bei Molly?«

Seine Mühe hatte Erfolg. »Meine Frau hat Sie besucht, Miss Hunt? Das hätte ich mir denken können.« Seine Stimme klang eher liebevoll als ungehalten. »Ich habe sie mit gutem Grund nicht zu diesem Dinner gebeten, denn manchmal neigt sie dazu, die Dinge in ihre eigene Hand zu nehmen. Erzählen Sie mir doch, was geschehen ist, Miss Hunt.«

»Sie glaubt, daß ich Cecelia bin«, erwiderte ich leise.

»Erwähnte sie auch, warum?« Seine Neugier schien sich in Grenzen zu halten, seine Überzeugung unerschütterlich zu bleiben.

»Sie berührte das Muttermal an meinem Handgelenk … Hier, schauen Sie sich's an, obwohl mir das alles immer peinlicher wird.« Ich streckte ihm meine Hand über den Tisch entgegen, und Porter warf einen kurzen Blick auf sie, dann schaute er sofort wieder weg.

»Ich finde, es gleicht Amelias Muttermal nur oberflächlich. Außerdem könnte das reiner Zufall sein. Sprechen Sie weiter.«

»Bei dieser Berührung erhielt Mrs. Phelps anscheinend irgendwelche Informationen, die alle ihre Zweifel ausräumten. Aber meine eigenen bestehen nach wie vor.«

»Sehr klug von Ihnen. Vielleicht sollten wir nicht bis

morgen warten. Bringen wir's doch gleich hinter uns. Wenn Sie gegessen haben, fahren wir zur South Battery, und Sie können Amelia sehen. Ich rufe sie vorher an, um ihr Bescheid zu geben und sicherzugehen, daß meine Kusine sich oben in ihrem Zimmer aufhält. Hoffentlich erübrigt sich eine Begegnung zwischen Valerie und Ihnen, solange Sie in der Stadt sind.«

»Und wenn Molly ihre Tochter ist?« gab Charles zu bedenken. »Würde Valerie dir jemals verzeihen?«

»Meine Kusine ist sehr emotional veranlagt«, entgegnete Porter kühl. »Und derzeit geht es ihr nicht gut. Außerdem hört sie immer auf mich.«

»Die familiären Verhältnisse verwirren mich immer noch«, gestand ich ihm. »Sind Sie mit den Mountforts blutsverwandt?«

»Simon, Valeries Mann und Amelias Vater, und ich waren Vettern zweiten Grades, aber er nahm den Namen an und ich nicht. Auf Umwegen sind alle alten Familien in Charleston miteinander verwandt. Wäre Simon am Leben geblieben, würde ich Mountfort Hall nicht allein verwalten.«

»Wie gut, daß du's tust«, betonte Charles und wandte sich zu mir. »Abgesehen von meiner Mutter, liebt Porter die Plantage mehr als sonst jemand. Nur ihm ist es zu verdanken, daß sie immer noch existiert. Übrigens, Porter, wie macht sich Garrett Burke? Ist das Buch bald fertig? In New York konnte ich Hillyard noch nicht über alle Einzelheiten informieren.«

»Garrett arbeitet in seinem eigenen Tempo, und was ich bisher gelesen habe, gefällt mir. Aber ich möchte das Manuskript erst dann genauer studieren, wenn es fertig ist. Dann können wir über Änderungen oder Zusätze reden. Er gab uns wirklich eine Menge Auftrieb, als er nach Charleston kam, um Nachforschungen über den

Südstaatenzweig seiner eigenen Familie anzustellen. Natürlich behauptet Honoria, es gebe keine Zufälle und es habe ihn hierher verschlagen, weil er genau der richtige Verfasser dieses Buches sei.«

»Vorhin trafen wir ihn in Daphnes Laden«, berichtete Charles. »Leider finde ich ihn nicht sehr sympathisch. Nun, vielleicht stört mich dieses Duell, das ich in Amelias Theaterstück mit ihm austragen muß. Er ist nämlich ganz versessen drauf, mich zu übertrumpfen. Wenigstens hatte ich etwas mehr Fechtstunden als er. Aber um ehrlich zu sein – wir brauchen beide noch ein paar Proben. Manchmal bedaure ich, daß Amelia uns nicht Duellpistolen, sondern Schwerter in die Hände gelegt hat.«

Die Schauspielertruppe schien Porter nur mäßig zu interessieren, und er tat Charles' Worte mit einem Achselzucken ab.

Die Vorspeisen wurden serviert und hohe Gläser mit Wein gefüllt. Vorübergehend ließ meine Nervosität nach, vom Hunger verdrängt, und ich bat Charles: »Erzählen Sie mir von dem Theater, wo das Stück aufgeführt werden soll.«

»Ursprünglich war es auch eins von unseren alten Lagerhäusern, aber es eignet sich perfekt für unsere Zwecke, mit genügend Platz für Bühne und Publikum und hinter den Kulissen für Garderoben, Versatzstücke, Kostüme, und so weiter. Da das Lagerhaus bis in die neunziger Jahre des vorigen Jahrhunderts den Mountforts gehörte und sie sich am Umbau zu einem Theater finanziell beteiligten, trägt es den Familiennamen. Bei allen gesellschaftlichen Aktivitäten üben die Mountforts einen gewissen Einfluß aus. Deshalb wäre es der Theaterleitung schwergefallen, Amelias Stück abzulehnen. Um so besser, daß ihr wirklich ein großer Wurf gelungen ist. Charleston wird ihr Werk lieben, denn diese Stadt lacht gern über sich selbst.«

»Ich hielt Amelia nie für besonders humorvoll«, bemerkte Porter.

»Oh, sie verblüffte auch mich. Hast du das Stück gelesen?«

Porter schüttelte den Kopf.

Während ich die beiden beobachtete, spürte ich eine seltsame Spannung zwischen ihnen. Obwohl Charles den alten Mann respektierte, der sicher viel für ihn getan hatte, wirkte er leicht gereizt. Konflikte unter der Oberfläche gehören zum Handwerk einer Romanschriftstellerin, und diese subtile Feindseligkeit interessierte mich. Wieder einmal überlegte ich, warum Charles und Amelia so lange mit der Hochzeit warteten. Da sie gemeinsam aufgewachsen waren, hatten sie ihr Beisammensein vielleicht für selbstverständlich gehalten und sich erst spät ineinander verliebt.

Während wir Kaffee tranken, verließ Porter den Tisch, um Amelia telefonisch auf unsere Ankunft vorzubereiten. »Sie mögen ihn nicht sonderlich, nicht wahr?« fragte ich Charles, sobald wir allein waren.

Erstaunt hob er die Brauen. »Doch, ich mag ihn. Er hat meiner Mutter und mir oft geholfen, auch meinem Vater, als er noch lebte. Vielleicht liegt es in der menschlichen Natur, einem Wohltäter mit gewissen Vorbehalten zu begegnen. Wenn ich Amelias Ehemann bin, werde ich mich gewiß nicht mehr so sehr in Porters Schuld fühlen.« Die Art, wie er das sagte, weckte mein Unbehagen. Ich hoffte, daß er seine Verlobte aufrichtig liebte und nicht nur den Namen Mountfort und das damit verbundene Vermögen heiraten wollte. »Wie ist Ihnen zumute?« fragte er abrupt. »Ich meine – jetzt, wo Ihre Begegnung mit Amelia unmittelbar bevorsteht? Sind Sie okay?«

»Ich bin mir nicht sicher ... Mein Instinkt sagt mir noch immer nicht, daß ich eine Zwillingsschwester habe. Andererseits bin ich ziemlich aufgeregt, fast ängstlich ... Warum weigert sich Mr. Phelps so entschieden, in mir Cecelia zu sehen?«

Charles zuckte die Achseln. »Wer weiß? Er spielt nun mal gern den Boß. Simon starb, als Amelia zehn war, und seither schaut sie zu Onkel Porter auf. Möglicherweise betrachtet er Sie als unliebsame Konkurrenz, Molly.«

»Was denkt Valerie?«

»Daß heute Dienstag und morgen Mittwoch ist – oder was auch immer. Eine etwas schwierige Person ... Wahrscheinlich möchte Porter Sie deshalb von ihr fernhalten. Sie könnte sich freuen – oder zusammenbrechen. Ich kenne keinen unberechenbareren Menschen als Valerie. Falls Sie ihr trotz der Vorsichtsmaßnahmen Porters begegnen – seien Sie auf alles gefaßt.«

»Das bin ich immer«, erwiderte ich, und er lächelte teilnahmsvoll, dann tätschelte er ermutigend meine Hand.

Porter kehrte zurück, vital und zielstrebig. »Wir werden von Amelia erwartet, also fahren wir sofort hin.« Offensichtlich wollte er den ganzen Unsinn möglichst rasch hinter sich bringen.

»Wie hat sie auf deinen Anruf reagiert?« fragte Charles, während wir das Restaurant verließen.

»Sie ist nervös, und ich riet ihr, nicht allzuviel zu erwarten.«

»Und Valerie? Wird sie uns nicht in die Quere kommen?«

»Oh, sie ist schon früh zu Bett gegangen, mit einer Migräne. Heute abend wird sie sicher in ihrem Zimmer im zweiten Stock bleiben.«

In zwei Autos fuhren wir zur South Battery, am Park

entlang, wo Virginische Eichen das ganze Jahr für frisches Grün sorgten. Der Deich am Cooper River bot einen Ausblick auf den Hafen, und Charles meinte, ich müsse einmal bei Sonnenuntergang hierherkommen.

In der Straße am Park standen große weiße Herrschaftshäuser dicht beieinander, um jeden Zentimeter des Hafenviertels zu nutzen. Balkone mit weißen Balustraden schmückten die Fassade des Mountfort-Hauses, da für eine Piazza der Platz fehlte. Charles parkte hinter Porters Wagen. Wir stiegen breite Eingangsstufen hinauf, die unter einem Torbogen endeten.

»Amelia erwartet uns im ersten Stock«, erklärte Porter und sperrte die Haustür mit seinem eigenen Schlüssel auf. Im Erdgeschoß durchquerten wir einen offiziellen Salon, wo ich einen schönen alten Perserteppich, kostbare Antiquitäten und edle Nippes bewunderte. Doch auf der Treppe galt meine Aufmerksamkeit nicht mehr der Einrichtung. In wenigen Sekunden würde ich der Frau gegenüberstehen, die vielleicht meine Zwillingsschwester war, und meine Knie wurden weich.

Vom Flur hinter der Treppe gingen mehrere Türen ab. Porter führte uns in ein elegantes Wohnzimmer. An einem der Fenster stand eine Frau, die uns den Rücken zukehrte und über den Park hinweg zum Hafen schaute. Sanft sprach der alte Mann auf sie ein, und ich spürte, wieviel ihm seine Nichte bedeutete. »Amelia, ich möchte dich mit Molly Hunt aus Long Island bekannt machen, die uns einen Besuch abstattet.« Ein unverfänglicher Wortlaut ...

Sie drehte sich nicht sofort um, und ich wußte nur zu gut, wie sie sich fühlte. Mein eigenes Herz klopfte wie rasend, und meine Emotionen drohten auf beängstigende Weise außer Kontrolle zu geraten. Charles umfaßte meinen Ellbogen, stützte mich verständnisvoll.

Als Amelia sich zu mir wandte, konnte ich sie nur anstarren, und auch ihre Augen wurden groß und rund. Ich blickte in einen Spiegel – aber nicht seitenverkehrt. Ja, das sahen andere Leute, wenn sie mich betrachteten. Sicher, Amelias dunkles Haar hing ihr auf den Rücken, und auf subtile Weise – wie ich schon an den Fotos erkannt hatte – war sie schöner als Molly Hunts Spiegelbild. Vielleicht lag es an einer gewissen inneren Ruhe, die mir fehlte, einer standesbewußten Haltung, die von guter Erziehung und alter Familientradition herrührte.

So wie ich trug sie Blau, ein schlicht geschnittenes geblümtes Kleid mit einem breiten Gürtel aus schwarzem Lackleder. Blaue Bänder hielten unsere feinen, glatten Haare aus der Stirn, und meine eigene Identität schien mir zu entgleiten.

Sie bewahrte mich vor einem albernen Tränenausbruch. Eine Zeitlang starrte sie mich an, als würde sie fürchten, was sie sah. Dann rannte sie mit einem leisen Freudenschrei zu mir und schlang beide Arme um meinen stocksteifen, widerstrebenden Körper. Ich wußte, warum ich mich gegen sie wehrte. Wenn ich mein Leben im Norden unbelastet fortsetzen wollte, mußte ich mich vor Amelia Mountfort retten. Statt dessen begann ich mich in ihrer Umarmung zu entspannen. Das Gefühl, das uns vereinte, traf mich völlig unvorbereitet – die selbstverständliche, bedingungslose Liebe zwischen eineiigen Zwillingen. Wie ich in diesem Moment erkannte, würde sich keine von uns je wieder von der anderen befreien können – und wollen.

»Immer wußte ich, daß ich dich eines Tages wiederfinden würde«, wisperte sie, die tränennasse Wange an meine gepreßt. »Und seit Charles mir von dir erzählte, fürchtete ich, es könnte ein Irrtum sein. Aber sobald ich dich sah, gab es keinen Zweifel mehr.« Sie ließ die Arme sinken und führte mich zu einem Sofa, dessen Bezug mit hellgelbem Primelmuster bedruckt war. Als wir nebeneinander saßen und uns an den Händen hielten, wandte sie sich zu Charles und Porter, mit der Selbstsicherheit einer Frau, die es gewohnt ist, ihre Wünsche erfüllt zu bekommen. »Bitte, geht hinaus. Meine Schwester und ich müssen erst einmal allein sein.«

Vielleicht hätte Porter protestiert, denn die sofortige Vertrautheit zwischen Amelia und mir mißfiel ihm sichtlich. Aber Charles schob ihn zur Tür, und beide verschwanden.

Seltsamerweise wußten wir jetzt, unter vier Augen, nichts zu sagen. Amelias Hand ließ meine nicht los, und etwas von ihrem Glück begann auf mich abzufärben. Als ihre Finger die meinen fester umklammerten, erwiderte ich den Druck ohne Zögern, in stummem Staunen. Mit leiser Stimme brach sie das Schweigen. »Wo wollen wir anfangen? Das letzte Mal waren wir auch in diesem Zimmer zusammen, ganz kleine Mädchen ... Und jetzt frage ich mich, wie ich dich kennenlernen soll.«

Ich bemühte mich, meine Verwirrung in Worte zu fassen. »Du wußtest immer, daß du eine Zwillingsschwester hattest. Aber ich wuchs als Einzelkind auf in einem anderen Teil des Landes – bei Menschen, die ich Eltern nannte und die mir nichts über meine Herkunft sagen konnten.«

»Wir müssen uns nicht beeilen«, meinte sie sanft. »Gehen wir langsam aufeinander zu, einen Schritt nach dem anderen. Cecelia, ich brauche dich – ich brauche dich so dringend!« Trotz ihrer Worte wagte sie sich zu schnell vor – und zu weit, und ich rückte ein wenig von ihr ab.

»Wenn du mich Cecelia nennst, können wir uns nicht näherkommen. So heiße ich nicht.«

»Natürlich nicht, und ich will dich auch nicht mehr so anreden – obwohl ich dir immer diesen Namen gab, wenn ich an dich dachte.« Wie seltsam, daß ich in ihren Gedanken existiert hatte, in Phantasien von einem realen Zwilling – während Polly meine erfundene Schwester war ... Ich beneidete Amelia um ihre Fähigkeit, mich vorbehaltlos zu akzeptieren. Fast schüchtern fügte sie hinzu: »Ich habe deine Bücher gelesen, Molly. Daphne Phelps gab sie mir, noch bevor ich erfuhr, wer du bist. Deine Romane gefallen mir so gut – und du ahnst nicht, wie oft ich das Foto auf der Rückseite des Schutzumschlags studierte und mich fragte, was für ein Mensch diese Autorin wohl wäre. Vielleicht erriet irgend etwas in mir schon damals die Wahrheit. Du bist, was ich immer sein wollte – eine erfolgreiche Schriftstellerin.«

Nun befanden wir uns wenigstens auf sicherem Terrain. »Charles erzählte mir von deinem wundervollen Theaterstück, das gerade geprobt wird.«

»Oh, das habe ich nur zum Spaß geschrieben. Und vielleicht aus Bosheit. Ich genoß es, Charles und Garrett einander als Widersacher gegenüberzustellen. Natürlich bin ich die Heldin des Dramas, und beide lieben mich. Ständig bekämpfen sie sich, weil Charles eifersüchtig ist und Garrett das nicht im mindesten interessiert. Ist es nicht merkwürdig, daß wir beide gern schreiben? Ach, es gibt so vieles, was wir nachholen müssen!«

Wie leicht wäre es mir gefallen, vor dem Charme meiner Schwester zu kapitulieren, die ich nun zum erstenmal sah ... Doch ich war mir noch immer nicht sicher, ob ich ihr ebenso offenherzig begegnen sollte wie sie mir. »Lange kann ich nicht in Charleston bleiben ...«, begann ich, dann ließ mich das plötzliche Entsetzen in ihrem Blick verstummen.

»Das darfst du nicht sagen! Wir haben uns doch eben

erst wiedergefunden. Manchmal geschehen die Dinge viel zu schnell für mich, und es gibt niemanden, mit dem ich reden kann. Es wäre so wundervoll, eine Schwester zu haben, die mir zuhört. So etwas mußt du doch auch empfinden?« Vorsichtig nickte ich, und sie fuhr fort: »Später, wenn wir Zeit haben, werden wir uns alles anvertrauen. Jetzt müssen wir erst mal an Mama denken und überlegen, wie sie reagieren wird. Nach deiner Entführung war sie völlig verzweifelt. Davon hat sie sich nie richtig erholt ...«

»Du mußt verstehen, daß ich eine Mutter hatte, die ich liebte«, unterbrach ich sie. »Und ich liebe sie immer noch. Sie starb erst letztes Jahr.«

Amelia beachtete meine Worte nicht. »Unseren Vater verloren wir, als wir zehn waren, Molly. Tut mir leid, daß du ihn nicht kanntest. Ich stand ihm sehr nahe, und ich werde ihn bis an mein Lebensende vermissen. In gewisser Weise gehörte er zu mir, während Mama zu dir gehörte.«

Davon wollte ich vorerst nichts wissen. Ich entzog ihr meine Hand, stand auf und ging in die Mitte des Zimmers. Schweigend beobachtete sie mich. Zum erstenmal, seit ich den Salon betreten hatte, ließ ich ihn bewußt auf mich einwirken – einen Raum, der mir als Teil meiner frühen Jugend vertraut geworden wäre, hätte man mich nicht entführt.

Das zarte Gelb der Tapete und des Teppichbodens erschien mir freundlich und beruhigend. Die Aquarelle an den Wänden zeigten Motive aus Charleston, das große Regal mit den vielen bunten Buchrücken lud mich zum Herumstöbern ein. Bei meinem letzten Aufenthalt in diesem Zimmer mußte ich etwas über ein Jahr alt gewesen sein. Babys können noch keine Erinnerungen speichern – oder? Warum erfaßte mich dann das eigenartige, fast tröstliche Gefühl, der Raum würde mich wiedererkennen und umarmen – obwohl er im Lauf der Jahre sicher mehrmals neu eingerichtet worden war?

Amelia schaute mich abwartend an, und plötzlich schien mich eine dunklere Emotion anzurühren, begleitet von einer unheimlichen Kälte.

Sofort spürte Amelia die Veränderung, die in mir vorging. »Was hast du, Molly? Was ist dir?«

Ich konnte es nicht erklären, wollte nur noch fliehen. Und so eilte ich in den Flur, wo an einer Seite die Stufen vom Erdgeschoß heraufführten und sich gegenüber eine schmalere Treppe nach oben schwang, neben einem Fenster, durch das man die abendlichen Lichter der Stadt sah. Als Amelia mir folgte, sagte ich hastig: »Ich kann nicht in dieses Haus ziehen. Vielleicht komme ich irgendwann wieder, und ich hoffe, du besuchst mich in New York. Doch ich muß in ein anderes Leben zurückkehren, in mein eigenes. Heute Nachmittag lernte ich Honoria Phelps kennen, und sie warnte mich vor einem längeren Aufenthalt in Charleston. Jetzt, wo ich hier bin, merke ich, daß sie recht hat.«

»Wir werden noch einmal miteinander reden«, erwiderte Amelia. Offenbar wollte sie die Hoffnung nicht aufgeben.

Eine Galerie erstreckte sich über der Eingangshalle zur anderen Seite des ersten Stocks. Dort lag hinter einem Torbogen ein Speisezimmer, und durch eine Glastür sah ich Charles und Porter auf einem kleinen Balkon sitzen.

Als Charles uns entdeckte, sprang er sofort auf und kam herüber. »Alles in Ordnung, Amelia?« Seine Fürsorge war ebenso klar zu erkennen wie ihre Wiedersehensfreude. Was sie für ihn empfand, ließ sich nicht vergleichen mit meiner einstigen sanften Liebe zu Douglas

Hillyard, und in diesem Augenblick beneidete ich sie. Es gab doch große Unterschiede zwischen uns.

Wir gingen auf den Balkon zu Porter, der seine Ungeduld nicht verbarg. »Nun, was glaubst du?« fragte er Amelia.

Ohne Zögern antwortete sie: »Molly ist meine Zwillingsschwester, Onkel Porter. Das steht zweifelsfrei fest – für uns beide. Nicht wahr, Molly?« Ich konnte nur nicken, und sie beschwor ihn mit flehender Stimme: »Sie soll sofort hierherziehen. Bitte, überrede sie dazu!«

Da ich wußte, daß er das nicht tun würde, ließ ich ihn gar nicht erst zu Wort kommen. »Das ist unmöglich, Amelia.«

»Warum, Molly?« fragte Charles. »Ich finde diese Idee sehr vernünftig. Wenn Sie ein Buch über Charleston schreiben wollen, wäre das ein guter Einstieg.« Seine Miene hellte sich auf, als ihm etwas einfiel. »Amelia, wir bringen sie morgen nach Mountfort Hall. Das dürfte ein erster wichtiger Schritt sein, meinst du nicht?« Ehe ich erneut protestieren konnte, sprach er hastig weiter, und irgendwie wurde mir die Kontrolle über die weiteren Arrangements aus der Hand genommen. »Sie müssen meine Mutter kennenlernen, Molly, und natürlich die wundervollen Zeugnisse der Familiengeschichte sehen, die auch Ihre ist.«

»Ich komme aus Long Island, New York«, erwiderte ich leise und erkannte bedrückt, daß ich nichts über meine Geschichte wußte. Das war mir immer klar gewesen, aber nun empfand ich eine seltsame Sehnsucht. Ich wollte plötzlich alles über meine Vergangenheit erfahren, die mich nie zuvor berührt hatte.

Amelia ignorierte meinen Einwand. »Ein großartiger Vorschlag, Charles! Morgen früh gehe ich zu einer Versammlung unserer Historischen Gesellschaft. Ihr beide könnt inzwischen schon mal zur Hall fahren, und ich komme dann zum Lunch. Bereitest du Evaline auf unsere Ankunft vor? Evaline Landry ist Charles' Mutter, Molly, und sie wird uns liebend gern zu Mittag bewirten.«

Mißbilligend runzelte Porter die Stirn. Sicher war er es nicht gewöhnt, daß seine Wünsche keine Beachtung fanden. Amelia und Charles ließen sich ausnahmsweise einmal nicht gängeln, was ihn sichtlich beunruhigte.

Mittlerweile wußte ich, wie sinnlos meine Erklärung gewesen wäre, ich wolle morgen nach Hause fliegen. Die sonderbare Empfindung, die mich im primelgelben Salon beunruhigt hatte, wirkte noch immer in mir nach. Beinahe so, als wäre mein ganzes Realitätsgefühl durch eine Zeitverschiebung von nur wenigen Sekunden erschüttert worden ...

Wenigstens konnte ich mich jetzt, wo alles entschieden war, entspannen und der Flutwelle anvertrauen, die mich dahintrieb. Mit den Gefahren einer schroffen Felsenküste, die vor mir liegen mochte, wollte ich mich vorerst nicht befassen.

Ich hatte mich auf dem Balkon in einen Sessel gesetzt und blickte über den dunklen Garten, der hinter dem Haus lag. Hinter Büschen und blühenden Bäumen verlief eine Straße, von Lampen sanft beleuchtet.

Die Brise, die nach Salzwasser roch, und die duftenden Gärten prägten eine Atmosphäre, die seit Jahrhunderten in Charleston herrschen mußte, und konnte einen die Autos vergessen lassen, die gleich hinter den Mauern vorbeifuhren. Hier gab es keine Wolkenkratzer. Die Häuser waren höchstens zwei Stockwerke hoch. Dazwischen ragten ein paar Kuppeln und Kirchtürme empor. Charles zeigte mir zwei Wahrzeichen der Stadt – St. Michael's und St. Philips's, hell angestrahlt.

Während ich im schwachen Licht neben Amelia saß, spürte ich, wie ich meine individuelle, unabhängige Persönlichkeit aufzugeben begann. Wir waren uns so ähnlich, wie es eineiige Zwillinge nur sein konnten. Aber wenn ich das akzeptierte, mußte ich mir einige Fragen stellen. Wie war ich entführt worden? Und was für ein Mensch war die Mutter, die ich nicht kannte, die offenbar den Schutz aller Menschen in ihrer Umgebung genoß? Was würden Valerie Mountfort und ich füreinander empfinden? Und warum wirkte Porter Phelps so fest entschlossen, eine Begegnung zu verhindern? »Wann soll unsere Mutter informiert werden?« fragte ich unvermittelt.

Sie schwiegen, und ich fühlte das allgemeine Unbehagen. Ehe ich eine Antwort erwarten konnte, geschah etwas, das uns aufschreckte. Im Zimmer hinter uns erklang ein Geräusch, Amelia drehte sich um und hielt bestürzt den Atem an. Eine schöne Frau in einem langen ringelblumengelben Morgenmantel stand in der Balkontür. Ihr Rosenparfum roch intensiver als der Blütenduft, der aus den Gärten heraufwehte. Als sie mich sah, legte sie eine zitternde Hand an die Kehle, und riß die blauen Augen auf. An ihrer Identität gab es keinen Zweifel, und so etwas wie Entsetzen stieg in mir auf. Wenn Valerie Mountfort mich ablehnte – wer war ich dann? In diesem Augenblick der Stille konnte ich sie nur anstarren.

Im Licht, das aus dem Speisezimmer fiel, sah ich sie nur undeutlich. Durch ihre glatte Haut schienen sich nur wenige feine Falten zu ziehen. Sie war schlank und, im Gegensatz zu Amelia und mir, hellblond. Ein langer Zopf hing ihr auf den Rücken, und am Hals zeigte sich der weiße Spitzenkragen eines Nachthemds. »Ich – ich hörte Stimmen«, stammelte sie und schaute mich unsicher an.

»Mama!« Bestürzt hörte ich tiefe Verzweiflung aus Amelias Ruf heraus.

»Val, meine Liebe, das ist deine zweite Tochter«, erklärte Charles. »Sie ist zu dir zurückgekehrt.«

Sie schwankte, und Porter eilte zu ihr, um sie aufzufangen, als sie zusammenbrach. Er hob sie hoch, sein zorniger Blick traf uns alle, dann trug er sie ins Wohnzimmer auf der anderen Seite des Hauses. Dort legte er sie behutsam auf das Sofa mit dem Primelmuster, das zu ihrem hellen Haar paßte. Amelia rannte hin, kniete neben ihrer Mutter nieder, sah zu Charles und mir auf. »Tut doch etwas!«

Valeries Gesicht war aschfahl geworden. Lange blonde Wimpern berührten ihre Wangen, kaum hörbare Atemzüge drangen aus dem leicht geöffneten Mund.

»Überlaßt das mir«, sagte eine Stimme von der Tür her, und ich drehte mich zu Honoria Phelps um. Die winzige Gestalt erweckte den Anschein, sie könnte – falls sie überhaupt zu irgend etwas zu gebrauchen war – bestenfalls eine Vitrine zieren. Doch sie kam mit energischen Schritten auf uns zu und übernahm sofort das Kommando. Sie schob Amelia beiseite und setzte sich neben Valerie auf den Rand des Sofas. Vehement rieb sie ihre Handflächen aneinander, bis sie vor Elektrizität zu knistern schienen, legte sie dann an die Schläfen der Ohnmächtigen und schloß die Augen.

Niemand im Zimmer rührte sich, alle blieben stumm. Wenig später hob Valerie die Lider und seufzte tief auf. In beruhigendem Flüsterton sprach Honoria auf sie ein. Ihre Worte verstand ich nicht.

»Sie wußte es«, bemerkte Porter verwundert. »Meine Frau weiß es immer, wenn sie gebraucht wird.«

Aber seine volle Aufmerksamkeit galt Valerie Mountfort, die sich nun allmählich von ihrem Schock erholte.

Schwer hing der Rosenduft in der Luft, und mir fiel ein, daß mich dieses Aroma immer traurig gestimmt hatte. Vielleicht konnte ich nun herausfinden, warum.

Tief schaute ich in die Augen dieser Frau, die meine Mutter war, und sie erwiderte meinen Blick ebenso eindringlich. Unfähig, zu sprechen oder auch nur einen Finger zu rühren, empfand ich eine beklemmende Schwäche, als ich schroff zurückgewiesen wurde. »Nein!«Jetzt klang Valerie Mountforts Stimme erstaunlich kraftvoll. »Das ist nicht meine liebe Cecelia, die ich vor so langer Zeit verloren habe.«

4

Honoria stand auf und sah uns der Reihe nach an. »Wer wird es ihr erklären?«

»Ich!« Amelia setzte sich zu ihrer Mutter, ergriff ihre Hände, und ich spürte, wie innig sie Valerie liebte. Ich selbst fühlte mich nur benommen. Was hier geschah, spielte keine Rolle – zumindest versuchte ich mir das einzureden, als ich meiner Schwester zuhörte.

Sie berichtete, wie Charles mich in New York kennengelernt und hierhergeholt hatte. Valeries Augen füllten sich mit Tränen. »Es tut mir leid«, versicherte sie mir. »Es war ein so großer Schock.« Um sich zu entschuldigen, streckte sie ihre Hand aus. »Natürlich mußt du Amelias Zwilling sein.«

Aber sie erkannte mich nicht als ihre Tochter an, und ich umfaßte ihre Finger nur widerstrebend. Ihre erste Reaktion hatte mich mehr überzeugt, als diese Tränen, die etwas zu schnell flossen. Anscheinend spürte sie mein Zaudern, denn sie zog ihre Hand sofort zurück und warf mir einen Blick zu, den ich kaum deuten konnte. Nicht nur Ablehnung – vielleicht sogar Feindseligkeit? Dann schaute sie weg, und es fiel mir schwer zu glauben, was ich in ihren Augen gelesen hatte.

Wieder einmal wurde die Situation von Honoria gerettet. »Natürlich war's ein schlimmer Schock für dich, liebste Val. Und ich bin sicher, Molly wurde seit ihrer Ankunft in Charleston von einem Schock in den anderen gestürzt. Also sollten wir bis morgen alle Emotionen ausschalten. Du gehörst ins Bett, Val, ebenso wie Molly.«

Valerie ließ sich von Honorias kleinen starken Händen auf die Beine ziehen, während Amelia besorgt danebenstand. Ehe meine Mutter, auf die Schulter der kleinen Frau gestützt, in den Flur ging, drehte sie sich zu mir um. Jetzt sah ich weder Ablehnung noch Feindschaft in ihrem Blick, nur eine Frage.

»Ich hätte verhindern müssen, daß sie's auf diese Weise erfährt«, seufzte Charles, nachdem die beiden die Treppe hinaufgestiegen waren. »Doch das läßt sich jetzt nicht mehr ändern. Ich bringe Sie nun zum Gasthof zurück, Molly. Honoria hat recht, Sie brauchen Ruhe.«

Angespannt schien Porter auf Geräusche im zweiten Stock zu lauschen. Er nahm es kaum zur Kenntnis, als ich mich verabschiedete, und ich begab mich dankbar in Charles' Obhut.

Wir setzten uns in sein Auto, fuhren durch dunkle, stille, fast leere Straßen. Eng reihten sich die Häuser entlang der Gehsteige aneinander, gelegentlich von Gärten mit Piazzas getrennt. Es kam mir so vor, als bewegte ich mich in einem Traum, als wäre nichts von alledem real. Nur der Blick, den Valerie Mountfort mir zugeworfen hatte, erschien mir als krasse Wirklichkeit. Ihre Entschuldigung und die Tränen hatten ihn nicht auslöschen können.

Langsam steuerte Charles den Wagen durch die Nacht, wies mich auf Gebäude von besonderem Interesse hin und half mir, mich zu entspannen. Als wir den Gasthof erreichten, stieg er nicht sofort aus. »Sind Sie okay, Molly? Im Mountfort-Haus hatte ich den Eindruck, die Dinge würden sich sehr ungünstig für Sie entwickeln. Aber Sie dürfen Valerie nicht so ernst nehmen. Es geht ihr nicht gut.«

»Ich weiß nicht ... Vielleicht sollte ich abreisen. Sicher, es gibt einiges, was ich wissen möchte, aber – ich kann für Valerie unmöglich eine richtige Tochter sein, und wenn ich hierbleibe, würde ich ihr nur weh tun.«

»Ich glaube, jetzt kann ich Sie nicht mehr gehen lassen«, erwiderte er seltsamerweise, dann fügte er rasch hinzu, als bereute er seine Worte: »Morgen um neun hole ich Sie ab. Das Frühstück wird in der Hotelhalle serviert, danach fahren wir nach Mountfort Hall. Sie dürfen Charleston nicht verlassen, ehe Sie den distinguierten Familiensitz Ihrer Ahnen gesehen haben.«

Dem konnte ich nicht widersprechen, und so fügte ich mich in mein Schicksal. Er ging um das Auto herum, öffnete mir die Tür, und als ich ausgestiegen war, hielt er meine Hand sekundenlang fest. »Danke, daß Sie hierhergekommen sind, Molly. Ich weiß, es war nicht einfach für Sie. Valerie ist in emotionaler Hinsicht nicht belastbar, noch weniger als Amelia, und Sie müssen sanft mit ihr umgehen. So war sie nicht immer. In meiner Kindheit erschien sie mir fröhlich und lebhaft. Doch dann vermochte sie den Verlust einer ihrer beiden Töchter und des Ehemanns nicht zu verkraften.«

Unerwartete Gefühle, die nicht mit Valerie Mountfort zusammenhingen, drohten mir die Kehle zuzuschnüren. »Ich wurde als Baby gestohlen – meiner Familie entrissen – gekidnappt! Ein gräßliches Verbrechen!

Ich will und muß wissen, wie das passiert ist! Vorher werde ich nicht abreisen.«

Meine plötzliche Erregung mußte ihn verwirrt haben, doch er antwortete in ruhigem Ton: »Ich war damals noch ein kleiner Junge, Molly, aber ich erinnere mich an das Gerede der Leute.«

»Wo war ich, als ich entführt wurde?«

»Im gelben Salon, wo Amelia uns heute abend erwartet hat.«

»Das meinte sie also, als sie sagte, dort sei sie zum letzten Mal mit mir zusammengewesen. In diesem Raum spürte ich irgend etwas Seltsames, Gefahrvolles – ich kann es nicht definieren. Was wissen Sie sonst noch?«

»Sie spielten mit Amelia auf einer Decke, die am Boden ausgebreitet war, und wurden von der Kinderfrau beaufsichtigt. Später entließ man sie natürlich, weil sie nicht gut genug auf Sie geachtet hatte. Jemand drang ins Haus ein, wickelte Sie in jene Decke, trug Sie davon und ließ Amelia zurück. Ich weiß nicht, warum der Entführer nicht beide Babys mitnahm. Valerie hielt sich im zweiten Stock auf. Sie hörte Amelia schreien, rannte hinunter und stellte fest, daß eine ihrer Töchter verschwunden war. In einem anderen Raum lag die gefesselte Kinderfrau, mit Äther betäubt. Es muß ein Alptraum gewesen sein. Simon eilte von seinem Büro nach Hause, die Polizei wurde verständigt. Alle Nachforschungen verliefen ergebnislos. Es gab keine Hinweise auf Ihren Verbleib – bis ich Hillyards Warteraum betrat und Sie dort sah – Gott sei Dank!«

»Ich bin mir nicht sicher, ob ich dem Himmel dafür danken soll. Vielleicht bringe ich nur noch mehr Unglück über die Familie.« Während ich das aussprach, überlegte ich, was ich damit meinte. Nicht einmal mir selbst konnte ich es erklären. Amelia hatte nicht so reagiert wie Valerie. Ohne Charles' Antwort abzuwarten, wünschte ich ihm eine gute Nacht und stieg rasch die Eingangsstufen des Gasthofes hinauf. In der Halle blieb ich kurz stehen und schaute mich in dem großen, gespenstischen Raum um, den ein unregelmäßiges Balkengeflecht einrahmte. Trotz der Lampen, die am Glasdach brannten, nisteten in den Ecken düstere Schatten. Wenigstens spähte niemand über ein Geländer auf mich herab.

Im Lift drückte ich auf den Knopf für den zweiten Stock und folgte mit schnellen Schritten der schmalen Galerie, die zu meiner Suite führte, um der bedrückenden Leere über der Halle zu entfliehen. In meinem Schlafzimmer knipste ich mehrere Lampen an, trat ans Fenster und blickte auf die Dächer von Charleston. Aber vor meinem geistigen Auge sah ich nur den gelben Salon. Was mochte mich in jenem Zimmer so eindringlich berührt haben? Irgend etwas war in die Vergangenheit zurückgekehrt, zu jenem grausigen Moment, wo grobe Hände mich gepackt und weggezerrt hatten. Weiß man denn, welche sensorischen Erinnerungen sich im Gehirn eines Babys einprägen, um Eindrücke zu hinterlassen, die Jahre später an der Oberfläche auftauchen können?

Das Läuten des Telefons ließ mich zusammenzucken. Nachdem ich mich gemeldet hatte, hörte ich Honorias Stimme. »Ich muß Sie bald sehen, Molly. Morgen fahre ich zur Plantage, denn soviel ich weiß, sind Sie auch dort. Wir müssen eine Möglichkeit finden, unter vier Augen miteinander zu sprechen. In der Vergangenheit sind schreckliche Dinge geschehen. Zuerst wollte ich Ihre Abreise beschleunigen. Jetzt wurde mir mitgeteilt, daß ich das nicht darf. An diesem Abend spürte ich es überdeutlich – Sie sind das Instrument, auf das ich all die Jahre gewartet habe. Außerdem müssen Sie diesen Brief lesen, den ich für Sie verwahrte. Molly – Sie müssen hierbleiben. Sie haben keine Wahl. Der Weg wird Ihnen gewiesen, und Sie müssen ihn gehen. Doch zunächst hoffe ich, Sie werden heute nacht gut schlafen, ohne böse Träume. Ich habe Ihnen ein bißchen was von meinem Kräutertee dagelassen. Machen Sie sich eine Tasse, die wird Sie beruhigen. Sie sind sehr müde und werden bald einschlummern.«

Allein schon der Klang ihrer Stimme besänftigte mich. Ich legte den Hörer auf und fand im Wohnzimmer ein Päckchen, das ich übersehen hatte. In der Kochnische bereitete ich den Tee zu, den ich im Bett trank. Wenig später übermannte mich der Schlaf, und ich erinnerte mich an keinen Traum, als ich am Morgen erwachte.

Heute würde meine Suche nach der »Wahrheit« beginnen, wie immer sie aussehen mochte. Honoria war »mitgeteilt« worden, ich müsse hierbleiben. Das wollte ich vorerst akzeptieren und Ausschau nach dem »Weg« halten, dem ich folgen sollte. Vielleicht hatte irgend etwas von dem hypnotischen Einfluß, den Honoria auf mich auszuüben schien, die Nacht überdauert. Jedenfalls würde ich die Hilfe nutzen, die sie mir anbot.

Morgensonnenlicht strömte hell durch die Fenster, und jetzt erschienen mir die Ängste der vergangenen Nacht lächerlich. Ich freute mich auf meinen Besuch in Mountfort Hall, auf das Wiedersehen mit Charles. Amelia liebte ihn, also war es nur natürlich, daß auch ich mich zu ihm hingezogen fühlte. Aber es war vor allem der Gedanke an meine Schwester, der mir Kraft gab und meine Lebensgeister weckte. Jetzt brauchte ich die imaginäre »Polly« meiner Kindheit nicht mehr. An diesem Tag würde ich wieder mit meiner richtigen Schwester zusammentreffen. Wie sollte ich da nicht glücklich sein? Die Erinnerung an Valerie und ihr bestürzendes Verhalten verdrängte ich.

Ein paar Minuten lang blieb ich noch im Bett liegen und blickte mich interessierter um als am Vortag. An einer Seite des Schlafzimmers hatte man die ursprüngliche Ziegelmauer freigelegt. Die Wände waren sehr dick, was tiefe Fensternischen verrieten. In einer Ecke ragte ein massiver Holzpfosten auf. Diese historischen Relikte verstärkten mein Gefühl, mit der Vergangenheit verbunden zu sein.

Nach der Dusche schlüpfte ich in eine braune Hose und eine hellgelbe Bluse mit bestickter Passe. Dann trat ich vor den großen Spiegel im Bad und suchte nach Veränderungen. Abgesehen von meinem kürzeren Haar, nicht ganz schulterlang, betrachtete ich Amelia Mountfort, und das machte mich irgendwie unsicher. Im Grunde kannte ich diese Frau doch gar nicht, die mein Gesicht und meinen Körper besaß. An diesem Morgen verzichtete ich auf ein Haarband.

In der Halle traf ich nur wenige Gäste. Ich schenkte mir am Buffet Kaffee ein, nahm mir Toast und eine Scheibe Melone. Während ich aß, vermied ich es, in die düsteren Regionen des hohen Raums hinaufzuschauen. Charles erschien pünktlich, nachdem ich zu Ende gefrühstückt hatte, und musterte mich wohlgefällig. »Oh, Sie mögen sogar dieselben Farben wie Amelia. Diese Gelbschattierung trägt sie auch. Aber es gibt Unterschiede. Ich würde euch beide nie miteinander verwechseln.«

Das beruhigte mich ein wenig. Ich verspürte das dringende Bedürfnis, an meiner eigenen Identität festzuhalten. Wir gingen zu Charles' Auto, das am Straßenrand parkte. Beim Einsteigen überlegte ich, ob ich ihm von Honorias abendlichem Anruf erzählen sollte und entschied mich dagegen, denn ich ahnte, daß es unsere gute Stimmung trüben würde. Und ich wollte den Ausflug nach Mountfort Hall ungestört genießen.

»Erst fahren wir nach Süden«, erklärte Charles, als er sein Auto in den Verkehrsstrom einreihte. »Das ist ein kleiner Umweg, aber Sie haben die untere Spitze der Halbinsel noch nicht gesehen.«

Wir folgten der East Bay Street zur Battery, wo wir ausstiegen und auf die Mauer kletterten. Vom Wasser wehte eine Brise herüber, immer noch frisch, obwohl sich der Tag allmählich erwärmte. Charles streckte einen Zeigefinger aus. »Da draußen liegt das Fort Sumter auf einer kleinen Sandbank. Dort begannen alle Schwierigkeiten wegen Lincolns perfider Strategie. In Charleston ging der Vorhang auf, doch die Regieanweisungen kamen aus Montgomery, der Hauptstadt der Konföderation, und vor allem aus Washington. Natürlich zwang Lincoln die Südstaaten, den ersten Schuß abzufeuern. Scheinbar schuldlos wollte er die Union in den Krieg führen.«

Ich hatte mir ein anderes Urteil über Lincoln gebildet, schwieg aber, und Charles fuhr fort. »Am Anfang der Schlacht stiegen die Bewohner von Charleston auf ihre Dächer, um zuzuschauen – bis die Kanonenkugeln gefährlich nahe einschlugen. Erst dann begriffen die Leute, daß tatsächlich Krieg war.« In seiner Stimme schwangen alte Leidenschaften mit, die Geschichte des Südens, und ich hörte verwundert zu. Hier war die Erinnerung an einen schrecklichen Kampf, der niemals hätte ausgefochten werden dürfen, noch zu frisch, um vergessen zu werden. Manche Mauern in Charleston zeigten noch die Spuren der Einschüsse. Plantagenhäuser waren geplündert und niedergebrannt, zahllose Leute in bittere Armut getrieben worden. Bis zum heutigen Tag wurden die alten Geschichten von der Großmutter an die Enkel, vom Vater an den Sohn weitergegeben. Ich vertrat den Standpunkt, nur der Krieg selbst wäre zu verurteilen – ein höchst seltsames Mittel zur Schlichtung von Streitigkeiten, das die Menschen immer noch als natürlich akzeptierten, unbegreiflicherweise.

»Wohin gehöre ich?« fragte ich wehmütig. »Ich bin weit weg von alldem aufgewachsen. Mit mir hat es nichts zu tun.«

»Blutsbande lassen sich nicht verleugnen«, entgegnete Charles. »Sie sind ein Mitglied der Familie Mountfort, Molly.« Seine Stimme nahm einen eindringlichen Klang an. »Ich wünschte, ich hätte vor dem Krieg in Charleston gelebt. Was für eine lebensfrohe, aufregende Stadt das war ... Und es gibt noch immer nichts, das uns lieber wäre als eine amüsante Party. Früher fanden wunderbare Bälle in den alten Plantagenhäusern statt – bis alles zusammenbrach.«

Ich starrte über den geschäftigen Hafen hinweg zur winzigen Erhebung des Forts über dem Wasser. Vielleicht würde ich Charles' glühenden Patriotismus in einem Roman verwerten, aber meine eigenen Gefühle keineswegs davon beeinflussen lassen. Ich *wußte*, wer ich war: Molly Hunt.

»General Beauregard spielte eine bedeutsame Rolle in jener Zeit«, erzählte er weiter. »Er stammte aus Louisiana, war aber der Konföderiertenheld von Fort Sumter. Die Damen in Charleston vergötterten ihn und sahen in ihm das Idealbild eines Soldaten.«

Es kam mir so vor, als hätte ich die ferne Welt des Romans »Vom Winde verweht« betreten. Doch das alles war tatsächlich geschehen. Auf diesem blutgetränkten Boden hatten Männer und Frauen die Geschichte des

Landes hautnah erlebt, und einige davon gehörten zu meinen Vorfahren.

»Sumter war in den damaligen Krieg verstrickt«, fuhr Charles in etwas ruhigerem Ton fort. »Und Fort Moultrie ist unser Relikt aus dem Freiheitskrieg. Beide bewachen den Hafen. Ich wollte Ihnen nur helfen, ein Gefühl für die Vergangenheit von Charleston zu bekommen, ehe Sie die Suche nach Ihrer eigenen beginnen.«

Wir fuhren durch den nördlichen Stadtteil, wo breite Brücken ein verwirrendes Labyrinth aus Wasserläufen überspannen – den Ashley River, den Cooper. Manche erstrecken sich zu den Sea Islands hinaus und kreuzen oft die Wege der Hurrikane. »Früher waren unsere Flüsse die Highways von Charleston«, bemerkte Charles, »und die großen Plantagen wurden immer in der Nähe eines Gewässers angelegt. »Am Ashley River blieben nur Drayton Hall und Mountfort Hall erhalten.«

Die Fahrt zur Plantage dauerte etwa eine halbe Stunde. Vom Highway, der sich durch das Low Country zieht, bogen wir in eine Seitenstraße, in die Richtung des Flusses. »Die Familie meiner Mutter verarmte im Krieg, so wie auch die Mountforts für eine gewisse Zeit. Beide Familien waren befreundet, und als junges Mädchen wurde sie oft nach Mountfort Hall eingeladen. Dort lernte sie meinen Vater kennen, der auf der Plantage arbeitete. Natürlich betrachtete man die Heirat als Mesalliance – eine junge Frau aus gutem Haus und ein Maurer. Aber meine Mutter tat, was ihr gefiel, so wie ihre Freundin Valerie. Etwas später wurde auf Mountfort Hall eine Häushälterin gebraucht, und meine Mutter behauptete, sie sei genau die richtige für diese Stellung. Seit meiner Kindheit hat sie diesen Job behalten.«

Er lenkte das Auto in eine breite Zufahrt, gesäumt von moosbehangenen Virginischen Eichen, deren

Zweige sich über unseren Köpfen trafen. Solche Bilder hatte ich bisher nur in Filmen gesehen. Charles sprach immer noch von seiner Mutter und lachte leise.»Einmal wurden Evaline und Valerie die strenge Disziplin von Mountfort Hall zuviel, und sie brannten gemeinsam durch. Natürlich wurden sie zurückgeholt und zur Vernunft gebracht. Danach wagten sie es nie wieder. Ich wünschte, ich hätte die beiden damals gekannt.«

Nun hörte ich kaum noch zu, denn meine Aufmerksamkeit konzentrierte sich auf die lange, prachtvolle Allee. Das eigenartige Gefühl eines Wiedererkennens stieg in mir auf.

»Links lagen früher die Sklavenhütten«, erklärte Charles.»Mein Vater renovierte die einzige, die übriggeblieben war, und baute sie zu einem komfortablen Cottage aus. Da wohnt meine Mutter immer noch. In alten Zeiten wurden die Sklaven nachts vom Haupthaus ferngehalten. Die Plantagenbesitzer achteten darauf, daß sich die Haus- nicht mit den Feldsklaven anfreundeten. Die weißen Familien fühlten sich oft unbehaglich in der Nähe ihrer Sklaven, obwohl sie ihnen Luxus und Reichtum verdankten. Man fürchtete, auch hier könnten Revolten ausbrechen so wie in Westindien, und das überschattete manchmal das Leben der Pflanzer und ihrer Angehörigen.«

Charles' Heim war ein hübsches kleines Häuschen. Rosenbüsche wuchsen unterhalb der weißen, in die ursprünglichen Mauern eingelassenen Fensterrahmen. Das einstige Ziegelrot war zu einem sanften, staubigen Rosa verblaßt, das im Sonnenlicht schimmerte.

»Zu gewissen Jahreszeiten kommen viele Touristen zu uns. Da drüben sehen Sie die Schuppen, wo altes Handwerk demonstriert wird.« Mein Blick folgte Charles' Zeigefinger. »Dort fertigen Einheimische

Töpferwaren, Kerzen, Stoffe und Körbe an. Sie können hingehen, wann immer Sie wollen. Aber jetzt besuchen wir erst einmal meine Mutter. Wahrscheinlich wartet sie im Haupthaus auf uns. Schauen Sie – da vorn!«

Die Zufahrt beschrieb eine Kurve, und plötzlich sah ich Mountfort Hall emporragen – am Ende der Kiesstraße, vor der Wiederbelebung des griechisch-klassischen Stils erbaut, aus rosigen Ziegeln, mit erhabenem Kellergeschoß und einem zwei Etagen hohen, anmutigen palladianischen Portikus. Charles bemerkte, der Eingang gehöre zu den ersten, die man hier in diesem Stil errichtet habe. Zu beiden Seiten führten breite Treppen auf die Terrasse hinter den schlanken weißen Säulen. Darüber stützten weitere Säulen ein kleines Vordach.

»Das ist die Rückfront des Hauses«, erklärte Charles. »Die Fassade, mit zwei Treppenfluchten ausgestattet, geht zum Fluß hinaus. Dort kamen die Gäste früher in ihren Booten an. Das Ufer liegt hoch genug, so daß das Haus vor Überschwemmungen geschützt ist. Nur eine Ecke des Gebäudes wurde im Krieg von Kanonenkugeln getroffen, der Rest blieb unbeschädigt. Ich glaube, ich habe Ihnen schon erzählt, daß Porter diesen Trakt restaurieren ließ und mein Vater die neuen Ziegel den alten anpaßte, die aus dem Lehm der Plantage bestehen.«

Es gefiel mir, wir stolz seine Stimme klang, wenn er von seinem Vater sprach. »Hat einer Ihrer Vorfahren im Krieg gekämpft?«

»Mehrere wurden getötet. Einer meiner Urgroßväter war Infanterist. Er fiel bei Gettysburg – weit weg von zu Hause.«

Als wir aus dem Wagen stiegen und zum Haus gingen, kam eine Frau aus dem hohen Tor und trat auf die

Säulenterrasse – hochgewachsen, in kerzengerader Haltung, das graue Haar ohne Scheitel schlicht nach hinten gekämmt. Sie glich ihrem Sohn, besaß aber markantere, energischere Gesichtszüge. Das streng geschnittene Kleid aus seidigem grauem Baumwollstoff wirkte beinahe wie eine Uniform. Der einzige Schmuck, eine Kette aus Gold, Silber und Geschützbronze, hing fast bis zur Taille herab.

Ich stieg die Stufen an der rechten Seite hinauf, und sie ergriff meine Hand. Ihre dunklen Augen musterten mich ernsthaft, und schon nach wenigen Sekunden fällte sie ihr Urteil. »Ja, die Ähnlichkeit ist unübersehbar.«

Charles küßte ihre Wange. »Nenn sie bloß nicht Cecelia! Das ist Molly Hunt, meine Liebe. Molly, das ist meine Mutter, Mrs. Evaline Landry.«

Sie lächelte etwas kühl, während sie mich zu taxieren schien. »Mein Sohn hat nicht erwähnt, ob Sie bei uns wohnen werden. Natürlich haben wir genug Platz, und ein Gästezimmer ist jederzeit vorbereitet.«

»Danke, aber ich werde abends nach Charleston zurückfahren«, erwiderte ich.

Kommentarlos akzeptierte sie meinen Entschluß. Ich wußte nicht recht, ob sie meine Ankunft guthieß oder mißbilligte. Offensichtlich gehörte sie ebenso zu Mountfort Hall wie ein Familienmitglied. Und wenn sie meine Ähnlichkeit mit Amelia auch anerkannte, so würde sie zweifellos auf Verhaltensmaßregeln von Porter Phelps warten, der in diesem Haus alle Entscheidungen traf. Mit einer knappen Geste forderte sie uns auf einzutreten. »Darf ich Ihnen ein paar Räume zeigen, Miss Hunt?«

Wir durchquerten eine Halle mit einem Teppichboden in neutraler Farbe. Gegenüber dem Eingang führten

Glastüren zum Fluß hinaus. Hinter dem Ufergebüsch sah ich Wasser funkeln. Zuerst folgten wir Mrs. Landry in einen luxuriösen Salon, zwei Kirstallüster hingen an der Stuckdecke. An einem Ende reflektierte ein riesiger Spiegel in einem reichgeschnitzten vergoldeten Rahmen den Raum und ließ ihn noch größer erscheinen, auf der anderen Seite leuchtete der geäderte weiße Marmor eines breiten Kamins. Das Porträt über dem Sims erregte sofort meine Aufmerksamkeit. Es zeigte einen attraktiven Mann mit gebieterischer Miene in der britischen Kleidung aus der Zeit des Amerikanischen Freiheitskrieges. Vielleicht war es schon gemalt worden, bevor die Kolonien rebelliert hatten. Seltsamerweise saß der Gentleman am Eingang eines Gebäudes, das wie ein griechischer Tempel aussah. »Edward Mountfort, Miss Hunt«, erklärte Evaline Landry respektvoll, »der Erbauer dieses Hauses – Ihr Ahnherr.«

Ich erwiderte den ziemlich herausfordernden Blick der gemalten Augen und las eine gewisse Belustigung darin. Fand der alte Knabe meine Anwesenheit in diesem Haus amüsant?

»Das muß ein faszinierender Mann gewesen sein«, meinte Charles. »Wenn Amelia hier herauskommt, redet sie immer mit ihm. Als er schon fast siebzig war, focht er ein Duell aus – in einem Alter, wo man sich normalerweise nicht mehr mit einem Jüngeren anlegt. Sie kämpften auf dem Rasen hinter dem Haus, und der alte Edward erlag seinen Verletzungen. Dieses Ereignis kommt in Amelias Theaterstück vor, aber sie hat die Handlung in die Zeit des ›Krieges gegen die Eindringlinge aus dem Norden‹ verlegt.« Ich runzelte die Stirn, dann sah ich ihn grinsen und wußte, daß er mich – die Yankee-Besucherin – absichtlich ein bißchen hänselte. »Garrett Burke, den Sie gestern in Daphnes Buchhandlung kennengelernt haben, und ich werden uns auf der Bühne duellieren. Aber keiner von uns beiden verkörpert Edward Mountfort. Arbeitet er heute hier im Haus, Mutter?«

Sie nickte verächtlich. »Er ist oben«.

»Gut. Ich habe unsere Schwerter im Auto mitgebracht, also können wir nachher ein bißchen proben. Nun werde ich mal nach ihm sehen. Bei meiner Mutter sind Sie in guten Händen, Molly.«

Sie schaute ihrem Sohn nach, die Brauen zusammengezogen, als würde ihr seine forsch-fröhliche Art mißfallen. Dann bemühte sie sich, ihre strenge Haltung abzulegen und lächelte mich an, diesmal etwas freundlicher. »Setzen wir unsere Besichtigungstour fort, Molly. Ich darf Sie doch so nennen?«

»Natürlich.« Ich ließ mich ins angrenzende Speisezimmer führen, wo ein Hepplewhite-Tisch mit passenden Stühlen für sechs Personen gedeckt war, aber viel mehr Leuten Platz geboten hätte. Auf geflochtenen Strohsets stand elegantes Royal Crown Derby-Porzellan. Das massive Silberbesteck war offensichtlich antik.

»Vor dem Krieg lagen Leinentücher auf dieser Tafel«, sagte Mrs. Landry. »Da gab es noch Sklavinnen, die sich um die Wäsche kümmerten und alles bügelten. Das Besteck wurde hier auf der Plantage hergestellt – von Sklaven, die sich als kunstfertige Silberschmiede erwiesen – und dann während des Krieges erfolgreich vor den Plünderern versteckt. Die Lüster sind Waterford-Originale. Dieses Haus brannte nie bis auf die Grundmauern nieder, im Gegensatz zu vielen anderen.« Sie strahlte die Selbstsicherheit einer Kennerin aus, die schon viele Besucher durch dieses Haus geleitet hatte, und sie verstand meine unausgesprochene Frage. »Früher habe ich ein paar Fremdenführer unterrichtet, darunter auch

Honoria Phelps – bevor sie Porters Frau wurde. Wenn niemand anderer verfügbar ist, übernehme ich immer noch selbst Führungen.«

Wir gingen zur Bibliothek am anderen Ende der Halle, dann zum Musikzimmer. Mrs. Landry gestattete mir nur einen kurzen Blick in beide Räume. Die düstere Bibliothek war mit westindischem Mahagoni getäfelt, statt des Kiefernholzes, das man in den meisten anderen Häusern aus derselben Epoche verwendet hatte. Der burgunderrote Teppich zeigte Abnutzungserscheinungen, ebenso wie die dunkelgrünen Ledersessel, über die sich ein Netzwerk aus dünnen Rissen zog. Das Musikzimmer war heller. Durch hohe palladianische Fenster in tiefen Mauernischen drang Sonnenlicht herein. Schonbezüge verdeckten alle Einrichtungsgegenstände außer dem Klavier. Mrs. Landry überquerte die Schwelle nicht, und ich empfand ein eigenartiges Unbehagen – als würde es hier spuken.

»Dieses Zimmer wird bei den Führungen nicht mehr einbezogen.« Der gepreßte Klang ihrer Stimme weckte meine Neugier.

»Warum nicht?«

Ihr Blick streifte das Instrument. »Mr. Phelps wünscht es nicht.« Wie diese ausweichende Antwort deutlich verriet, wollte sie mir nichts Genaueres über das Musikzimmer erzählen. Solche Geheimnisse regten natürlich meine schriftstellerische Phantasie an. Während wir durch das Haus gingen, machte ich mir zwar keine Notizen, prägte mir aber alle meine Beobachtungen ein. Wenn ich auch keine persönliche Verbundenheit mit Mountfort Hall fühlte – hier fand ich wundervolles Hintergrundmaterial für spannende Romane.

Wieder in der zentral gelegenen Eingangshalle, wo sich an einer Wand eine Treppe anmutig nach oben schwang, zeigte Mrs. Landry hinauf. »Heutzutage wohnt die Familie in den oberen Stockwerken. Dort finden keine Besichtigungstouren statt. Bei Partys wird natürlich das Erdgeschoß benutzt, so wie in früherer Zeit. Hier wollen wir auch die Hochzeit meines Sohnes mit Amelia feiern.«

»Wann wird das sein?« fragte ich.

»Im September«, antwortete sie und führte mich die Stufen hinauf. Im Erdgeschoß lagen schöne Teppiche aus China und dem alten Persien. Das dunkle, polierte Treppenholz wurde allerdings nicht von einem Teppich verdeckt und bildete einen interessanten Kontrast zum Perlgrau der Wände. Das Wohnzimmer im ersten Stock wirkte nicht so formell wie die unteren Räume, war mit komfortablen modernen Möbeln ausgestattet und verriet, daß es bewohnt wurde. In einem Korb entdeckte ich ein Strickzeug, auf dem Couchtisch Bücher und Zeitschriften. Durch einen Torbogen blickte ich ins private Speisezimmer, kleiner als das im Erdgeschoß. Von einer Gipsrosette an der Decke des Salons, umgeben von einem Stuckmuster aus Hartriegelblüten, hing ebenfalls ein Waterford-Lüster herab.

Mrs. Landry bemerkte das Ziel meiner Aufmerksamkeit und erklärte voller Stolz: »Die Herstellung dieser Stuckornamente erforderte großes handwerkliches Geschick. Man mußte sehr schnell arbeiten, solange der Gips noch feucht war, und durfte nichts mehr verändern, während er trocknete.«

Ich fühlte mich wie eine Fremde – eine Touristin, die Mountfort Hall besuchte. Nichts reichte aus der Vergangenheit zu mir herüber, nichts weckte den Eindruck, ich würde hierhergehören. Wenn es an der Zeit war, würde es mir gewiß nicht schwerfallen, nach Hause zurückzukehren. Die Ereignisse, die ich – von einer seltsamen Macht getrieben – ergründen wollte, hatten sich in Charleston abgespielt. Hier, auf der Plantage, wurde ich nicht stärker berührt als jeder andere, der eine romantische oder tragische Geschichte aus der Vergangenheit liest.

Nach einer Weile setzte ich mich hin, um ein paar Impressionen zu notieren. Mrs. Landry beobachtete mich interessiert. »Verwenden Sie in Ihren Büchern richtige Menschen als Vorbilder, ebenso wie Originalschauplätze?«

Ich schüttelte den Kopf. »Ich charakterisiere meine Personen sehr detailliert, aber sie entspringen alle meiner Phantasie.«

»Garrett Burke schreibt die Geschichte von Mountfort Hall. Vermutlich ist es ganz was anderes, eine erfundene Handlung zu Papier zu bringen.«

Das konnte ich nur bestätigen. Ich sah, wie sie vor einem in Leder gebundenen Album stehenblieb, das geöffnet auf einem Tischchen im Salon lag. »Das habe ich vor Ihrer Ankunft hervorgesucht. Hat Ihnen schon jemand ein Foto Ihres Vaters gezeigt?«

Diese Worte lösten eine unerwartete Erschütterung in mir aus. Nun vermochte ich mir nicht mehr einzureden, dies alles würde mich kalt lassen. »Nein ...«

»Simon Mountfort.« Sie legte ihren Finger auf einen kleinen Schnappschuß. »Natürlich wird ihm dieses Bildchen nicht gerecht. Sie müssen Ihre Schwester bitten, Ihnen das großartige Porträt im South Battery House zu zeigen.«

Während ich die Aufnahme eines hochgewachsenen Mannes mit gebieterischer Ausstrahlung betrachtete, fand ich keine äußeren Anzeichen einer Ähnlichkeit zwischen ihm und mir. Aber ich gewann die unerklärliche Überzeugung, daß dies mein Vater war, mein

Fleisch und Blut – ein Gefühl, das mich bei der Begegnung mit Valerie Mountfort nicht erfaßt hatte und das ich Charles' Mutter nicht anvertrauen wollte. »Ich weiß so wenig von ihm«, gestand ich. »Welchen Beruf übte er aus?«

»Ich nehme an, die Familie wird Ihnen nach und nach alles über ihn erzählen. Aber vielleicht sollte ich Ihnen diesen Kummer ersparen. Er war Jurist und wurde zwölf Jahre vor seinem Tod zum Richter ernannt. Porter Phelps nimmt an, Sie wären von jemandem entführt worden, den Richter Mountfort ins Gefängnis geschickt hatte und der sich rächen wollte.«

»Hätte man eine solche Person nicht aufspüren müssen?«

»Natürlich verfolgte man gewisse Spuren, fand aber keine Anhaltspunkte.«

Ich wandte mich von dem Fotoalbum ab und vermochte zum erstenmal den Schmerz Simon Mountforts und seiner Frau beim Verlust ihres Babys nachzuempfinden.

»Sicher ist das alles sehr schwierig für Sie«, meinte Mrs. Landry, »und schrecklich verwirrend. Wollen Sie ein bißchen allein sein? Vielleicht möchten Sie hinausgehen, zum Fluß ...«

Ehe ich antworten konnte, erklangen leichtfüßige Schritte auf der Treppe. »Molly? Wo sind Sie?«

»Das ist Mrs. Phelps«, seufzte die Haushälterin. »Sie brauchen nicht mit ihr zu reden, wenn Sie es nicht wünschen.« Nur zu deutlich verriet ihr Tonfall, wie ungelegen ihr Honorias Ankunft kam. »Wenn Sie rasch ins Speisezimmer hinübergehen ...«

Ich dankte ihr, nahm aber ihr Angebot, mir die Flucht zu ermöglichen, nicht an. Statt dessen rief ich: »Ich bin hier, Honoria!«

Sie eilte in den Salon und begrüßte mich freundlich. Ihr langes Kleid mit ockergelbem und indigoblauem Batikmuster paßte gut zu der zierlichen Figur. Auf dem Arm trug sie eine grauweiße kleine Katze, wie ein Schmuckstück. Das Tierchen starrte mich mit glänzenden bernsteinfarbenen Augen an, die vertikalen Pupillen verengten sich. »Hallo, Molly! Hi, Evaline! Ich nehme an, Sie haben schon mit der großen Besichtigungstour begonnen. Wenn Sie einverstanden sind, mache ich jetzt weiter.«

Als Porters Frau war Honoria die Herrin von Mountfort Hall. Ohne angesichts der abrupten Entlassung ihre Würde zu verlieren, erklärte Mrs. Landry, sie würde uns beim Lunch sehen. Dann verließ sie den Salon.

»Nun hab ich's schon wieder geschafft!« stöhnte Honoria. »Ich will nicht so tun, als wäre das *mein* Haus – wirklich nicht. Aber Evaline und ich sind in einigen Punkten verschiedener Meinung, und ich bringe das öfter zum Ausdruck als sie. Molly, das ist Miss Kitty. Sie lebt in Charleston bei Amelia und Valerie, ist aber *meine* ganz besondere Freundin, und sie begleitet mich liebend gern, wenn ich hierherkomme.«

Miss Kitty war ein hübsches Kätzchen, mit grauen Flecken im schneeweißen Fell, einem perfekt geformten dreieckigen Gesicht, rosa Nasenspitze und aufmerksamen spitzen Ohren. Sie schnüffelte, als würde ein verlockender Geruch zu ihr wehen, den sie wiedererkannte.

»Dieses Tier besitzt übersinnliche Kräfte«, fuhr Honoria fort. »Wahrscheinlich weiß es, daß Sie zur Familie gehören.«

Dazu gab ich keinen Kommentar ab. Ich kraulte die Katze hinter den Ohren und wurde mit einem Schnurren belohnt.

Das Album lag immer noch geöffnet auf dem Tisch

und erregte Honorias Aufmerksamkeit. »Oh, Evaline hat Ihnen wohl Fotos von Ihrem Vater gezeigt? Armer Simon! Hätte er doch bloß an Ihre Rückkehr geglaubt! Immer wieder versicherte ich ihm, man würde Sie finden. Welch ein Pech, daß er einen Herzanfall erleiden mußte! Er starb hier im Musikzimmer, am Klavier, und ich habe mich oft gefragt, warum.«

»Warum? Wie meinen Sie das?«

»Es ist nur so ein Gefühl ... Nun, vielleicht werden Sie gewisse Fragen klären ... Darüber wollte ich mit Ihnen reden.«

So etwas Ähnliches hatte sie schon einmal angedeutet, und damit wollte ich nichts zu tun haben. »Ich will Antworten erhalten – und keine geben.«

»Es wird Ihnen gar nichts anderes übrigbleiben. Der Augenblick kommt – und ich glaube, schon bald. Dann werden Sie eine Entscheidung treffen müssen.«

»Falls es darum geht, ob ich für immer in Charleston bleiben soll – ich gehöre nicht hierher. Die Vergangenheit, die dies alles hervorgebracht hat, ist nicht meine. Ich fühle mich nicht einmal annähernd mit ihr verbunden.«

Honoria lächelte sanft. »Sie brauchen Zeit, um sich an uns zu gewöhnen. Natürlich hätte ich Sie bei unserer ersten Begegnung nicht so aufregen dürfen. Manchmal kommen mir Worte über die Lippen, die ich nicht beabsichtige. Wie auch immer, wenn der richtige Zeitpunkt da ist, werden wir's beide erfahren.«

Schweigend streichelte ich die Katze, die sich ein wenig bewegte und mich mit wachsendem Interesse zu mustern schien. Der lange Schwanz klopfte auf Honorias Arm.

»Ich möchte Ihnen das Zimmer zeigen, das mir am besten in diesem Haus gefällt«, verkündete die winzige

Frau.»Es übt eine ganz besondere Faszination auf mich aus. Kommen Sie, Molly!«

Ich folgte ihr, mit meinen eigenen Fragen beschäftigt, die bisher noch niemand beantwortet hatte. Immerhin wußte ich nun, wo Simon Mountfort gestorben war und daß Honoria irgendeinen Verdacht hegte, was den Grund seiner Herzattacke betraf. Vielleicht verbargen sich auch unter dem Dach von Mountfort Hall die Antworten, die ich suchte, ebenso wie in Charleston.

Ehe Honoria die Tür erreichte, hielt ich sie zurück. »Sie haben einen Brief an mich erwähnt. Von wem ist er?«

»Oh, natürlich von Ihrem Vater! Sagte ich das nicht? Aber ich trage ihn jetzt nicht bei mir. Schon vor langer Zeit habe ich ihn versteckt, an einem sicheren Ort. Glücklicherweise erinnere ich mich, wo. Reden wir jetzt nicht darüber, Molly. Und erzählen Sie niemandem davon.«

5

Honoria schwebte vor mir in den Flur, von ihrer dünnen Batik-Robe umweht. Die Katze kletterte auf ihre Schulter und starrte mich mit unverwandter Aufmerksamkeit an. Ich wußte nicht recht, ob ich mich geschmeichelt oder beunruhigt fühlen sollte.

Die Mitteilung über den Brief meines Vaters hatte mich elektrisiert. Ich wollte Fragen stellen, ahnte aber, daß Honoria mir nichts verraten würde, bevor sie dazu bereit war. Meine prickelnde Nervosität – teils Erregung und neue Sehnsucht, teils nackte Angst – würde ich ertragen müssen, bis wir nach Charleston zurückgekehrt waren.

Vor einer geschlossenen Tür blieben wir stehen. »Da arbeitet Garrett Burke«, erklärte Honoria. »Nebenan liegt das Zimmer, das Sie sehen – und fühlen sollen.«

Ihre Worte erschienen mir seltsam, denn wir betraten einen kleinen Raum, an dem mir nichts Besonderes auffiel. Offenbar wurde er schon seit langer Zeit nicht mehr bewohnt. Sie eilte zu den Fenstern, die zum Fluß hinausgingen, und öffnete sie. Als sie das Kätzchen auf den Boden stellte, hockte es sich hin und fixierte mich immer noch.

Der Raum war ein schlicht eingerichtetes Schlafzimmer. Mein Blick streifte ein schmales Einzelbett, zwei Lehnsessel, einen Schreibtisch mit geradem Stuhl und einen kleinen runden Tisch mit Ausziehklappe. Der Kamin wurde von einer Holzwand verkleidet, da er seit der Installation einer Zentralheizung nicht mehr benutzt wurde. Keinerlei persönliche Gegenstände wiesen auf irgendwelche Bewohner hin, also schien Garrett nicht hier zu übernachten. Ein fremdartiger Geruch, der vielleicht vom Fluß hereindrang, verdrängte die muffige Atmosphäre. Ich sank in einen der beiden Lehnstühle und wußte nicht, wie ich die Fragen formulieren sollte, die mir auf der Zunge brannten.

Miss Kitty faßte einen Entschluß. Sie kam zu mir und öffnete das rosa Mäulchen, um zu miauen.

»Normalerweise ist sie nicht so redselig«, erklärte Honoria. »Aber nun möchte sie eine Bitte äußern.«

Ich verstand die Aufforderung und stellte das Bein, das ich über das andere geschlagen hatte, auf den Boden. Sofort sprang die Katze in meinen Schoß, legte sich zurecht und drückte den Kopf in meine Armbeuge. Während ich sie streichelte, hatte ich das lächerliche Gefühl, eine besondere Gunst zu genießen. »Ich glaube, ich habe mich in sie verliebt«, gestand ich.

Honoria lächelte. »Wahrscheinlich bringt das Kätzchen

Sie mit Amelia in Verbindung. Für gewöhnlich akzeptiert es keine fremden Leute. Sicher weiß es viel mehr von Ihnen, als Sie sich träumen lassen.«

»Geheimnissen Sie nicht ein bißchen zuviel in Miss Kittys Verhalten hinein?«

»Die Menschen sind viel zu arrogant gegenüber den Tieren«, erwiderte sie ernsthaft. »Sie meinen, ohne Worte könne es keine Gedanken geben. Aber es ist möglich, in Bildern zu denken. Vielleicht tun das die klügeren Tiere. Manchmal sieht man's ihnen an, wenn sie etwas zu ergründen versuchen. Bei Hühnern bin ich mir allerdings nicht sicher.«

Ich strich über Miss Kittys weiches, von Expeditionen im Freien völlig unbeeinträchtigtes Fell. »Sie muß eine von T. S. Eliots liebenswerten Jellicle-Katzen sein.«

»Das wäre möglich. Aber halten Sie ihre Zutraulichkeit nicht für selbstverständlich. Sie hat ihren eigenen Willen, wie die meisten Katzen.«

Irgendwie beruhigte es mich, das kleine Tier festzuhalten, das nun zufrieden schnurrte. »Was für ein braves, hübsches Kätzchen du bist«, flüsterte ich. Albernes, kindisches Gerede ... Aber Miss Kitty sah wohlwollend zu mir auf. Ich zwinkerte ihr zu, sie zwinkerte zurück, fühlte sich offenbar völlig sicher, und ich hoffte, wir hätten endgültig Freundschaft geschlossen.

»Niemand außer Miss Kitty kann Nathanial sehen«, fuhr Honoria fort. »Er war Hauslehrer auf Mountfort Hall und lebte eine Zeitlang hier, während ich als Fremdenführerin fungierte. Das war sein Zimmer, und nur in diesem Raum erscheint er manchmal.« Träumerisch schaute sie sich um, und ihre nächsten Worte überraschten mich. »Wir waren sehr verliebt, Molly – natürlich lange, bevor ich Porter heiratete. Deshalb bin ich sein Sprachrohr.«

Nachdenklich liebkoste ich das Kätzchen und versuchte, irgendwie Halt in der nebulösen Atmosphäre zu finden, die diese Frau überall erzeugte – wohin immer sie ging. Dann erinnerte ich mich an etwas, das mir Charles erzählt hatte. »Nathanial ist bei einem Bootsunfall ertrunken, nicht wahr?«

»Ja. Die Leute munkelten, er habe Selbstmord begangen. Eine Lüge! Er wurde ermordet. Das erzählte er mir selber, als er zum erstenmal zurückkehrte, um durch meinen Mund zu sprechen.«

Mühsam klammerte ich mich an mein Realitätsgefühl. »Hat er den Namen seines Mörders genannt?«

»Den kennt er nicht, Molly. Das alles war so schrecklich. Irgend jemand beschädigte das Boot, bevor Nathanial damit losfuhr. Es versank in der Mitte des Flusses, bei der Landebrücke. Alle wußten, daß er nicht schwimmen konnte, aber er angelte gern.« Sie ging zu der Glastür, die auf einen kleinen Balkon führte, öffnete sie und trat hinaus. Ich folgte ihr, Miss Kitty im Arm. Unterhalb einer steilen Böschung strömte der Fluß vorbei. Eine mit Gras bewachsene Straße, ursprünglich für Kutschen bestimmt, schlängelte sich zum Landesteg, ein Fußpfad aus Ziegeln führte auf direkterem Weg hin.

»Für Nathanial ist es unmöglich, die nächste Ebene zu erreichen, ehe sein Mörder entlarvt wird«, fügte Honoria traurig hinzu. »Und er hat mir mitgeteilt, daß Sie ihm helfen werden, Molly.«

Ich verstand, daß sie sich in ihrer damaligen Verzweiflung solche Phantasiegeschichten ausgedacht hatte. Aber nun war sie seit Jahren mit Porter Phelps verheiratet. Warum erhielt sie eine längst vergangene Tragödie auf so unheimliche Weise am Leben? Damit wollte ich nichts zu tun haben. »Bitte, belasten Sie mich nicht mit solchen Dingen!«

Miss Kitty begann sich in meinem Arm zu winden, und niemand kann eine Katze gegen ihren Willen festhalten. Also trug ich sie ins Zimmer und stellte sie auf den Boden. Sie rannte in die Mitte des Raums, sprang umher, fing an, mit den Vorderpfoten ins Leere zu boxen. Sie schien eine für uns unsichtbare Gestalt zu verfolgen, wenn ich mir auch sagte, sie würde einfach nur die Staubkörnchen in einem Sonnenstrahl jagen, der durch ein Fenster hereinfiel.

Auch Honoria kam vom Balkon zurück. »Nun haben wir Nathanial heraufbeschworen«, verkündete sie leise und liebevoll. »Könnte ich ihn nur ebenso sehen wie Miss Kitty! Wir müssen ganz still sein, Molly, und versuchen, uns mit ihm zu verständigen. Vielleicht hat er uns etwas mitzuteilen – jetzt, wo Sie hier sind.«

Das alles widerstrebte mir, aber ehe ich das Zimmer verlassen konnte, sprach sie wieder mit jener tiefen, rauhen Stimme, die ich bereits am Vortag gehört hatte. »Es ist an der Zeit, ihr den Brief zu geben ...« Die Worte rangen sich stockend über ihre Lippen, als kämen sie aus einer Kehle, die ihr fremd war.

Hastig antwortete sie mit ihrer eigenen Stimme. »Ich weiß, und ich tu's noch heute. Aber sag uns, wie wir dir helfen können, Nathanial.«

Das unheimliche Gespräch, das sie mit sich selber führte, wurde fortgesetzt. »Sie wird den Weg finden. Dann – kann ich endlich gehen ...« Die tiefe Stimme wurde schwächer.

»Bitte! Bitte, Nathanial ...«

Was immer sich in diesem Raum ereignet hatte, es war vorüber. Miss Kitty verlor das Interesse an ihrem Sonnenstrahl, setzte sich hin und leckte eine Vorderpfote ab, um sich hinter den Ohren zu waschen. Erschöpft sank Honoria in einen Sessel und schlug die

Hände vors Gesicht. Ich wartete hilflos. Wie sollte ich mich verhalten? Nichts in meinem Leben hatte mich auf die Geisterwelt vorbereitet, die für Honoria ganz selbstverständlich war.

Als sie die Hände sinken ließ und die Augen öffnete, hatte sie eine Entscheidung getroffen. »Sobald wir nach Charleston zurückgekehrt sind, kümmern wir uns um den Brief.«

Stimmen drangen durch die Fenster herein, Metall klirrte. Honoria eilte durch den Flur auf die andere Seite des Hauses, Miss Kitty und ich folgten ihr auf den Fersen. Wir traten auf den Balkon über der Eingangstür und schauten auf den Rasen herunter. Jenseits der Zufahrt duellierten sich zwei Männer. Ich hoffte, es würde sich nur um ein Scheingefecht handeln, obwohl mich die wütende Vehemenz ihrer Angriffe keineswegs beruhigte. Charles wußte Garretts Attacken geschickt zu parieren, doch der Journalist setzte seine untrainierte Kraft durchaus effektvoll ein. Während er sich zu amüsieren schien, schaute Charles ziemlich grimmig drein. Und als ihm das Schwert aus der Hand flog, hörte ich Garretts Triumphschrei.

»Das ist ja furchtbar!« rief Honoria hinunter. »So hat Amelia die Duellszene nicht geschrieben – und was ihr da treibt, entspricht auch nicht meinen Regieanweisungen. O Gott, ich glaube, Charles ist verletzt!«

Charles hielt seine Hand fest und starrte den lachenden Garrett erbost an. Aufgeregt stürmte Honoria ins Haus und die Treppe hinab, und ich rannte hinter ihr her. Miss Kitty, desinteressiert an diesen menschlichen Leidenschaften, blieb zurück.

In der Säulenhalle angekommen, stob Honoria die Treppe zur Rechten hinab, zu Garrett, der sich bereits in versöhnlichem Ton entschuldigte. »Tut mir leid, Charles, ich weiß, das steht nicht im Manuskript. Nächstes Mal lasse ich mich von Ihnen umbringen, das verspreche ich.«

Erbost beschimpfte die winzige Honoria beide Männer, während ich auf den Stufen stand und die Szene verblüfft beobachtete. Charles, in Hemdsärmeln und brauner Hose, wirkte so groß, schlank und elegant wie ein Südstaaten-Aristokrat aus einem historischen Roman. Und Garrett, breitschultrig und plebejisch, gehörte sichtlich der Gegenwart an. Aber etwas Eigenartiges, Unerklärliches ging von ihm aus.

»Sie wollten sich nur wichtig machen, Garrett!« schalt Honoria. »Wenn Sie Charles' tödlichen Schwertstreich nicht hinnehmen und das Duell nicht planmäßig beenden können – wie wollen Sie dann im nächsten Akt aus der Geisterwelt zurückkehren? Hören Sie auf, herumzualbern, und spielen Sie Ihre Rolle so, wie Amelia sie geschrieben hat!«

Eine eklatante Fehlbesetzung, dachte ich. Keine Sekunde lang konnte ich mir Garrett Burke als Geist vorstellen, der aus seinem Grab stieg. Die Notwendigkeit des Nordstaatenakzents hatte alle blind gemacht.

Er entschuldigte sich noch einmal, was immer noch eher beiläufig klang, und beteuerte, von nun an würde er sich ordentlich benehmen. Honoria wandte sich von ihm ab und ging zu Charles. »Dein Handgelenk ist verletzt, nicht wahr?«

Seufzend bewegte er die Finger. »In den ersten Minuten war es ganz gefühllos. Garrett hätte es fast gebrochen, als er sein Schwert gegen meines schmetterte, aber bald bin ich wieder okay.«

»Wahrscheinlich eine Verstauchung«, meinte Honoria. »Geh mit mir ins Haus, ich verbinde dir die Hand. Molly, machen Sie doch einen Spaziergang am Fluß! Ich komme später nach.«

»Ich zeige Ihnen den Weg, Miss Hunt«, erbot sich Garrett und begleitete mich, ohne meine Zustimmung abzuwarten. Wir folgten dem Ziegelpfad mit dem Fischgrätmuster die Uferböschung hinab und dann am Fluß entlang zum Landesteg. War Nathanial an jenem verhängnisvollen Tag von hier aus losgerudert. Eine Marmorbank unter den Zweigen einer Virginischen Eiche bot angenehmen Schatten, und wir setzten uns auf den kühlen Stein.

»Wissen Sie, wann Nathanial Amory gestorben ist?« fragte ich Garrett.

Er blinzelte verwirrt, antwortete aber bereitwillig: »Ich glaube, ein paar Monate nach Ihrer Entführung.« So viele Jahre bewahrte Honoria den Toten also schon in ihrem Herzen. Konnte man einem Geist die Treue halten, auch als Ehefrau treu bleiben? »Warum wollen Sie das wissen?« Garrett musterte mich genauso eingehend wie neulich in der Buchhandlung, und das machte mich nervös. Ich hätte es vorgezogen, allein am Fluß zu sitzen und die Stille zu genießen.

»Ich bin auf alles neugierig, was mit Mountfort Hall zusammenhängt«, erwiderte ich vorsichtig. »Und Honoria hat mir gerade von Nathanial erzählt.«

»Hat sie auch erwähnt, daß er in seinem ehemaligen Schlafzimmer spukt?«

Darüber wollte ich nicht reden. »Wieso interessieren Sie sich für Mountfort Hall?«

Aber er ließ sich nicht beirren. »Sind Sie dem Geist begegnet, mit dem Honoria in Verbindung steht?«

»Ich habe Miss Kitty kennengelernt«, entgegnete ich ausweichend.

Er lachte. »Okay, ich beantworte Ihre Frage zuerst. Als ich in den Süden kam, nahm ich einen Job bei einer Zeitungsredaktion in Charleston an und schrieb einen

Artikel über Mountfort Hall, das mich faszinierte. Ich führte umfangreiche Recherchen durch und sprach mit vielen Leuten, darunter Porter Phelps. Der Artikel gefiel ihm, und er fragte, ob ich zusammen mit ihm an einem Buch über die Geschichte der Plantage arbeiten wollte. Diese Chance ergriff ich sofort beim Schopf, und seither komme ich täglich hierher.«

Eine eher simple Erklärung ... Ich überlegte, ob er irgendwas verschwieg. »Warum haben Sie Charles das Schwert aus der Hand geschlagen? Das war ziemlich aggressiv, wie Sie zugeben müssen.«

»Wegen seiner Arroganz. Er war so felsenfest von seiner eigenen Meisterschaft und meiner Unfähigkeit überzeugt. Was ich tat, war natürlich keine Demonstration edler Fechtkunst. Nun habe ich Ihnen zwei Fragen beantwortet. Verraten Sie mir, was Sie von Honoria und ihren Talenten halten?«

»Ich mag sie«, gestand ich. »Gestern empfahl sie mir, sofort abzureisen. Das war ein bißchen unheimlich. Aber nun scheint sie zu glauben, meine Anwesenheit in Charleston wäre äußerst wichtig.«

»Irgendwie überrascht mich das nicht«, bemerkte er rätselhaft und wechselte das Thema. »Sicher wird man Sie einladen, bis zur Hochzeit hierzubleiben, da Sie zur Familie gehören. Das heißt, wenn die zwei tatsächlich vor den Altar treten.«

»Warum haben sie nicht schon längst geheiratet?«

»Wer weiß? Charles' Mutter dürfte die Hochzeitspläne mit wesentlich größerer Begeisterung verfolgen als Valerie, aber niemand steht den beiden im Weg. Vielleicht braucht Amelia Sie, Molly.«

Dieser Mann zeigte mir so viele Facetten seines Wesens, daß ich kaum damit Schritt halten konnte. Seine freundliche Besorgnis um Amelia wirkte echt, aber ich mißtraute ihm immer noch. »Wieso sollte sie mich brauchen?«

»Offenbar fürchtet sie sich vor irgend etwas. Spüren Sie das nicht, wenn Sie mit ihr zusammen sind? Vielleicht wird Sie Ihnen erzählen, was sie bedrückt.« Wir starrten uns sekundenlang in die Augen, dann schnitt er erneut ein anderes Thema an. »Kommen Sie heute abend zur Probe, Molly?«

»Das wäre sicher amüsant. Vielleicht möchte Amelia mich begleiten.«

Er schwieg eine Weile, und da stand mein Entschluß fest – ich wollte mir die Probe unbedingt ansehen. Schließlich sagte er: »Soeben habe ich Ihr letztes Buch zu Ende gelesen, Molly.« Dazu fiel mir kein Kommentar ein. Ich wartete, und er fügte hinzu: »Sie sind eine gute Schriftstellerin. Nur Ihr Held mißfällt mir. Den hätten Sie besser charakterisieren müssen.«

»Ich schreibe nicht für Männer«, erwiderte ich kühl. »Und den Frauen scheinen meine Romane zuzusagen.«

»Klar, romantische Ritter sind immer beliebt, aber nicht up to date.«

Da ich nicht um seine Kritik gebeten hatte, wollte ich sie auch nicht hören. Ich fühlte, wie er mich beobachtete, um meine Reaktion zu analysieren, und ich blickte ausdruckslos auf das fließende Wasser.

»Sie sollten erwägen, Harry Lime als Vorbild für Ihren nächsten Helden zu verwenden«, schlug er in mildem Ton vor. »Manchmal kann ein neues Sprungbrett sehr nützlich sein.«

»Ich weiß nicht, wovon Sie reden.«

»Sie erinnern sich doch an den Film ›Der dritte Mann?‹ «

»Natürlich. Orson Welles spielte den Harry Lime, einen durch und durch verachtenswerten Schurken.«

»Genau. Das wurde dem Publikum deutlich klargemacht, noch bevor Harry sein Gesicht zeigte. Dann war Orson Welles etwa sechs Minuten auf der Leinwand – und wir werden Harry Lime nie vergessen. Sicher, ein ziemlich mieser Typ – aber ein zwiespältiger Charakter. Und in dem Film kamen Personen vor, die ihn trotz allem liebten. Falls Sie für Ihr nächstes Buch keine lebenden Menschen als Modelle nehmen wollen, wäre es gar nicht so übel, wenn Sie Ihre Phantasie von Harry Lime anregen ließen. Oder denken Sie einfach nur an Orson Welles.«

Seine Worte verwirrten und ärgerten mich, und ich spürte, daß er mich immer noch beobachtete. Als ich ihn anschaute, lächelte er – keineswegs unfreundlich.

»Soeben habe ich Ihr jüngstes Kind attackiert, was, Molly? Glauben Sie, als Schriftsteller weiß ich, was Sie jetzt empfinden. Aber unsereins muß lernen, Kritik verstandesmäßig zu verarbeiten – nicht emotional. Stellen Sie sich Harry vor – ohne die bösen Züge. Vielleicht finden Sie dann einen ganz neuen Zugang zu Ihrem nächsten Helden.«

»Ohne böse Züge gibt es keinen Harry Lime.«

»Haben wir nicht alle die dunkle Seite? Die gab es auch bei romantischen Figuren wie Rochester und Heathcliff, darin lag ein Teil ihres Reizes. Wäre es nicht höchste Zeit für die Geburt eines neuen Heldentyps?«

Ehe ich antworten konnte, rief Charles nach uns und schwenkte seine bandagierte Hand. Garrett stand auf. »Ich muß wieder an die Arbeit. Lassen Sie sich nicht von diesen Leuten unterkriegen, Molly! Die Mountforts neigen dazu, jeden zu vereinnahmen, der ihnen über den Weg läuft. Und Charles steht dem Clan so nahe, daß er praktisch dazugehört.«

Es waren keineswegs die Mountforts, die meine Nerven strapaziert hatten, und ich war froh, ihn loszuwerden. Während er die Böschung hinaufkletterte, wechselte er ein paar Worte mit Charles, der gar nicht glücklich dreinschaute. Was gesprochen wurde, verstand ich nicht. Aber als er dann zu mir kam, verdrängte seine offenkundige Wiedersehensfreude meinen Ärger über Garrett.

»Amelias Auto ist gerade in die Zufahrt gebogen, Molly. Ich hatte gehofft, ich würde noch etwas Zeit finden, Sie herumzuführen. Aber meine verstauchte Hand machte mir einen Strich durch die Rechnung. Mutter sagte, wir könnten essen, sobald ihr beide, Amelia und Sie, bereit seid.«

Als wir das Haus erreichten, stieg Amelia gerade aus dem Wagen. Erfreut warf sie sich in Charles' Arme. Nachdem er sie zärtlich geküßt hatte, streckte sie mir die Hände entgegen. »Hallo, Molly! Ist Mountfort Hall nicht wundervoll? Spürst du endlich, daß du hierhergehörst?«

»Das Haus ist schön und faszinierend«, stimmte ich zu, »und ich habe einiges über seine Geschichte gelernt.« Aber deshalb gehörte ich noch lange nicht hierher.

Evaline Landry führte uns ins offizielle Speisezimmer. Als Gastgeberin saß sie am Kopfende der Tafel, mich an ihrer rechten und Amelia an ihrer linken Seite. Garrett erschien nicht, und so wurden nur zwei der drei verbliebenen Gedecke benutzt, von Honoria und Charles. Nun konnte ich den Raum genauer betrachten. Der chinesische Teppich, in leuchtendem Goldgelb, Grün und Dunkelblau, war jüngeren Datums als die exquisiten verblaßten Perser. Auf dem Sideboard aus Mahagoni, mit Messinggriffen an den Schubladen, stand massives Silber – ein Tablett mit einem kostbaren Kaffeeservice. An den Fenstern hingen dunkelgrüne Brokatvorhänge, etwas schwer für das sommerliche Wetter. Im Oberstock hatte man sich bereits gegen die bevorstehende Hitze mit dünneren Vorhängen und Schonbezügen aus kühlem Leinen gewappnet. Hier in diesem Zimmer behielt man die Förmlichkeit wahrscheinlich das ganze Jahr bei, weil es den Touristen vorgeführt wurde.

Frisch gepflückte Magnolienblüten füllten eine chinesische Schüssel inmitten der Tafel und verströmten süßen Duft. Der Kamin bestand aus zierlich geädertem weißem Marmor, die Wände waren in silbrigem Grau gestrichen. An der Stuckdecke prangte ein kunstvolles Schnörkelmuster. Eine Vitrine, wo sich in mehreren Regalen winzige Porzellanfiguren aneinanderreihten, fesselte meinen Blick. Ich bewunderte Dresdener Schäferinnen, kokette kleine Milchmädchen und Bäuerinnen – alle vollkommen in jedem farbigem Detail. Amelia bemerkte mein Interesse. »Onkel Porters Sammlung. Die mußt du dir mal genau ansehen.«

Ich schaute Honoria an und stellte fest, daß sie mich mit ironischer Miene beobachtete. Zählte auch sie zu den Miniaturen, die Porter sammelte? Nicht, daß ich ihm das zugetraut hätte, wenn ich ihn auch erst seit kurzem kannte. Der Bankdirektor im Ruhestand schien besser zu seinem Charakter zu passen. Andererseits, warum sollte ein ehemaliger Bankdirektor keine Miniaturen sammeln?

»Wollen Sie Ihren nächsten Roman in Mountfort Hall spielen lassen, Molly?« erkundigte sich Charles.

»Das weiß ich noch nicht. Ich schreibe Krimis, und vielleicht würde es mir widerstreben, den beschaulichen

Frieden dieses schönen Hauses mit bösen Romanfiguren oder verwerflichen Geschehnissen zu stören.«

Honoria mischte sich ein. »Glauben Sie, ein so altes Gebäude hätte niemals Entsetzen und Verbrechen und grauenhafte Todesfälle gekannt? Nichts könnte schlimmer sein als die tatsächlichen Ereignisse in diesen Mauern. Hier hat – wie überall – unentwegt der ewige Kampf zwischen Gut und Böse stattgefunden.«

Ich dachte an das Musikzimmer am anderen Ende der Halle, wo Simon Mountfort gestorben war. Könnte es mir gelingen, in einem Roman die unheimliche Atmosphäre dieses Raums einzufangen? Zu viele meiner Fragen hatte ich nicht gestellt, oder man war ihnen ausgewichen. Nun fragte ich mich, ob eine direkte Herausforderung irgend jemanden überrumpeln und zu Erklärungen veranlassen würde. »Heute morgen bin ich einem von den Hausgeistern begegnet«, berichtete ich, ohne Honoria anzuschauen.

Die plötzliche Stille und die ungeteilte Aufmerksamkeit, die mir galt, verwirrten mich. Ich hatte tatsächlich einen wunden Punkt getroffen. Das drückende Schweigen dauerte mehrere Sekunden; dann wurde der kritische Moment überwunden oder vielleicht nur aufgeschoben, als eine der schwarzen Hausdienerinnen eintrat und eine Silberterrine mit schwarzer Bohnensuppe vor Evaline Landry hinstellte. Die Frau benahm sich sehr zurückhaltend, strahlte aber die ruhige Selbstsicherheit eines Menschen aus, der sich in seiner Umgebung heimisch fühlt. Sofort erwachte mein Interesse. Hatten ihre Vorfahren vor dem Krieg als Sklaven auf Mountfort Hall gearbeitet? Sie sah eindrucksvoll aus – groß und knochig, mit sehr dunkler Haut, die auf die Reinheit ihrer Rasse schließen ließ. Zwei goldene halbmondförmige Spangen hielten das kurze, von grauen

Fäden durchzogene Haar aus der Stirn. An den Ohren hingen winzige goldene Ringe. Sonst trug sie keinen Schmuck zu ihrem schlichten grauen Kleid. Behende und mit dem Geschick langjähriger Erfahrung servierte sie uns das Essen. Doch ich ließ mich nicht von ihrer reservierten Art täuschen und vermutete, daß sie schon seit ihrer Jugend am Familienleben Anteil nahm und ihr nichts entging, was von Interesse war. Zweifellos wußten das auch meine Tischgefährten, denn meine sensationelle Verlautbarung wurde nicht kommentiert, während sich die Frau im Speisezimmer aufhielt.

Sie mußte meinen forschenden Blick bemerkt haben, denn plötzlich hob sie den Kopf und schaute mich über den Tisch hinweg an. Natürlich wußte sie sofort, wer ich war. Erschrocken hielt sie den Atem an. Offenbar hatte ihr niemand von meiner Ankunft erzählt.

»Danke, Orva«, sagte Evaline Landry und ergriff ihren Suppenlöffel. Mit leisen Schritten ging die Schwarze zur Tür. Ehe sie den Raum verließ, drehte sie sich noch einmal zu mir um.

Sobald sie verschwunden war, kam Amelia auf meine Bemerkung zu sprechen. »Du hast Nathanial wirklich getroffen, Molly? Wie amüsant! Was hat er gesagt?«

Ich aß einen Löffel Suppe, bevor ich antwortete. Ein heftiges Brennen auf meiner Zunge und im Hals nahm mir den Atem. Krampfhaft würgte ich.

»O Gott!« rief Honoria. »Wir hätten das arme Kind warnen sollen! Trinken Sie einen Schluck Wasser, Molly!«

Mrs. Landry lächelte. »Oh, ich hielt es für überflüssig, das zu erwähnen. Wenn Miss Hunt eine Mountfort ist, muß sie sich an unsere scharf gewürzten Low Country-Speisen gewöhnen – und ihren Gaumen darauf einstellen.«

Nachdem ich einen großen Schluck Eiswasser getrunken hatte, schüttelte ich den Kopf. »Ich werde wohl kaum lange genug hierbleiben. Nun, Amelia, ich habe Nathanial nicht direkt getroffen – er sprach mit Honorias Mund, aber was seine düsteren Äußerungen zu bedeuten hatten, verstand ich nicht. Das wird uns Honoria erklären müssen.«

Ich hatte leichthin gesprochen, fast scherzhaft, und Honoria musterte mich vorwurfsvoll. »Nathanials Worte waren keineswegs komisch, Molly. Ich bin das einzige Medium, durch das er sich mit dieser Welt verständigt, und ich weiß, wie ernst er es meint. Allerdings hat er nicht genau gesagt, was er von mir will – oder von Molly.«

Charles seufzte. »Was sollte Molly bezüglich der Vergangenheit unternehmen?«

»Sie ist ein Teil der Vergangenheit, auch wenn sie damals viel zu klein war, um sich an die Familie oder die Entführung zu erinnern«, beharrte Honoria. »Offenbar glaubt Nathanial, daß er nun eine wichtige Rolle spielen muß.«

»Wir sollten das alles endgültig begraben«, erwiderte Charles. »Keine Bange, Molly, es liegt schon so viele Jahre zurück.«

Um so mehr interessierte es mich, denn es war etwa zum Zeitpunkt des Kidnappings geschehen. »Wo wurde Nathanials Leiche gefunden, nachdem er ertrunken war?«

Wieder entstand ein drückendes Schweigen, dann ließ Evaline Landry ein Silberglöckchen erklingen, das neben ihrem Gedeck lag, rief Orva auf den Plan und verhinderte damit eine Beantwortung meiner Frage. Sie stecken alle unter einer Decke, dachte ich erbost. Und sie wollten mir all die wichtigen Informationen vorenthalten, obwohl sie mich als Amelias Zwillings-schwester anzuerkennen schienen.

Wenn die farbige Dienerin die ominöse Stille wahr-nahm, so ließ sie sich nichts davon anmerken, während sie eine junge Frau anwies, unsere Teller auf ein Tablett zu stellen. Sie selbst brachte eine große Platte mit Brat-hühnern, Klößen und heißem Maisbrot.

Honoria begann über das herrliche Wetter zu schwat-zen. »Noch nicht allzu heiß, was?« Und so wurde die Konversation auf Belanglosigkeiten gelenkt. Ich fand die Mahlzeit viel zu schwer und aß nur wenig von mei-nem frischen Salat, der meine Zunge freundlicher be-handelte als vorhin die schwarze Bohnensuppe. Erst als Orva uns allein ließ, befriedigte Mrs. Landry meine Neu-gier. »Ihre Mutter hat die Leiche gefunden, Miss Hunt.«

»Es war so grauenvoll!« ergänzte Honoria eifrig. »Wir hatten Nathanials Verschwinden noch gar nicht be-merkt. Die starke Strömung spülte seine Leiche ans Ufer, unter den Pfeilern der Landebrücke. Ein Sturm war aufgekommen, und nachher hing er zwischen den Pfo-sten fest, statt wieder in den Fluß hinausgetrieben zu werden. Valerie ging am Ufer spazieren, um den Sonnen-untergang zu bewundern. Und da sah sie ihn. Ich bin froh, daß ich damals nicht hier war. Dadurch brauchte ich die schreckliche Entdeckung nicht mitzuerleben.«

Ihre Stimme klang schmerzlich bewegt, und Amelia hob beschwichtigend ihre Hand. »Nicht, Tante Honoria! Du weißt, wie sehr du dich immer aufregst, wenn du daran denkst. Es ist schon so lange her. Du solltest es vergessen.«

»Das wird Nathanial nicht gestatten«, erwiderte Honoria. Nun wirkte sie etwas ruhiger.

»Das alles geschah in Amelias früher Kindheit«, bemerkte Charles kühl. »Jetzt dürfte es keine Rolle mehr spielen.«

»Wie war Nathanial Amory?« fragte ich. »Ein tüchtiger Lehrer?«

»Ich kam nicht allzugut mit ihm aus«, entgegnete er mit leichtem Bedauern.

»Weil du ein kleines Monstrum warst.« Ich bezweifelte, daß seine Mutter scherzte. »Nie wolltest du gehorchen, und Mr. Amory hatte alle Hände voll mit dir zu tun. Aber er war ein ausgezeichneter Lehrer. Und du hast trotz deines rüpelhaften Benehmens viel bei ihm gelernt.«

Auf dieses Thema ging Honoria nicht ein. Sie wandte sich wieder zu mir. »Nathanial war ein sanftmütiger, rücksichtsvoller Mann – intelligent und begabt. Er hätte viel mehr von seinen Gedichten veröffentlichen können – wenn er bloß bereit gewesen wäre, sie einem Verlag zu schicken. Aber er hielt sie für minderwertig. Nach seinem Tod verschwand das Notizbuch, in das er die Gedichte geschrieben hatte, ebenso wie sein Tagebuch. Ich nehme an, irgend jemand fand diese Aufzeichnungen unwichtig und warf sie weg. Glücklicherweise ist ein Teil seiner Poesie als Privatdruck erschienen, und den besitze ich.«

Seltsam, daß sie sich Porter Phelps zuwandte, überlegte ich. Nachdem sie einen so brillanten, schöpferischen Mann wie Nathanial geliebt hatte ... Wieder einmal blickte ich zu der Vitrine mit den Porzellanfiguren. Wenn Porter diese Frau geheiratet hatte, weil sie so zierlich aussah wie seine Dresdener Schäferinnen – was mußte er bei der Entdeckung ihrer beunruhigenden Talente und ihrer ausgeprägten Individualität empfunden haben?

»Kein Wort mehr über Nathanial!« forderte Amelia energisch. »Molly, ist dir aufgefallen, wie Orva dich angesehen hat? Ich glaube, sie war völlig verblüfft. Hat ihr denn niemand gesagt, daß du herkommen würdest?«

Offenbar hatte man das für überflüssig gehalten.

»Erzähl mir von ihr«, bat ich. »Wer ist sie?«

Charles übernahm es bereitwillig, meinen Wunsch zu erfüllen. »Sie heißt Orva Jackson, wuchs auf der Plantage auf und heiratete einen Mann, der auch sein ganzes Leben hier verbracht hatte. Jetzt ist er tot. Sie arbeitete immer auf Mountfort Hall, bis auf die kurze Zeit, wo sie im South Battery-Haus Ihre und Amelias Kinderfrau war. Sie trug zum Zeitpunkt der Entführung die Verantwortung für Sie. Obwohl ich damals ein kleiner Junge war, erinnere ich mich noch gut an die gewaltige Aufregung. Irgend jemand hatte ein Taschentuch mit Äther getränkt, um Orva zu betäuben, und sie in den Nebenraum gezerrt und gefesselt. Valerie war zu diesem Zeitpunkt im zweiten Stock. Als sie herunterkam, schrie Amelia aus Leibeskräften, und Sie waren verschwunden. Natürlich stellten die Polizisten der Kinderfrau unzählige Fragen, die sie nicht beantworten konnte. Die Familie mochte ihr Amelia nach diesem verhängnisvollen Tag nicht mehr anvertrauen. Seither ist sie hier draußen tätig. Im Grunde führt sie den Haushalt. Mutter gibt ihr die nötigen Anweisungen, aber sie erledigt fast alles selbst – zusammen mit ein paar Hilfskräften. Ihre Tochter Katy hat jetzt einen Job in Charleston und lebt auch dort.«

Kein Wunder, daß Orva bei meinem Anblick schokkiert gewesen war ... Ich mußte unbedingt eine Gelegenheit finden, mit dieser Frau zu sprechen, die mich vor so vielen Jahren betreut hatte.

»Du mußt Katy kennenlernen, Molly«, meinte Amelia. »Ich bin schon sehr lange mit ihr befreundet. Nathanial Amory unterrichtete auch sie, zusammen mit Charles und Daphne, die ein wenig älter ist. Jetzt arbeitet Katy in der städtischen Bibliothek. Heute abend bei der Probe wirst du sie treffen. Sie hat auch eine Rolle übernommen.«

»In ein paar Szenen brauchen wir ein schwarzes Dienstmädchen«, erklärte Charles.

»Es war nicht einfach, sie dazu zu überreden«, seufzte Amelia. »Sie wollte keine Klischee-Figur darstellen, aber das Stück spielt nun mal während des Kriegs, und damals gab's noch Sklaven. Immerhin habe ich die Rolle so prägnant wie möglich gestaltet, wenn sie auch klein ist.«

»Was hält sie davon, daß ihre Mutter immer noch in Mountfort Hall arbeitet?« fragte ich.

»Orva tut, was sie für richtig hält«, antwortete Mrs. Landry mit ruhiger Stimme, »und das tut sie sehr gut – sogar voller Stolz. Das versteht Katy nicht. Sie gehört einer anderen Generation an, einer anderen Zeit.«

Ungeduldig rutschte Amelia auf ihrem Stuhl umher. Als eine Gesprächspause entstand, legte sie ihre Gabel beiseite und lächelte uns alle an. »Länger kann ich nicht warten, Charles. Ich muß es Ihnen sagen!« Ihr Gesicht zeigte einen Ausdruck, den ich manchmal in einem Spiegel erblickte, wenn ich glücklich war – und den ich in letzter Zeit kaum mehr gesehen hatte. »Wir haben beschlossen, den Hochzeitstermin vorzuverlegen«, fuhr sie fort, »und das müssen wir nun mit euch besprechen. In einem Monat wollen wir heiraten.« Strahlend schaute sie Charles an, der ihr liebevoll zunickte.

»Schon so bald!« rief Honoria.

Etwas unsicher wandte sich Amelia zu mir. »Ohne dich möchte ich nicht Hochzeit feiern, Molly, und ich hoffe, wir können dich veranlassen, noch so lange hierzubleiben.«

Honoria verdrehte die Augen. »Jahrelang habt ihr gebraucht, um überhaupt einen Termin festzulegen.

Und jetzt diese plötzliche Eile ...«

»Das läßt sich alles arrangieren«, versicherte Charles unbekümmert. »Das Fest findet hier statt, wie geplant. Du hilfst uns doch, Mutter?«

Mrs. Landry verbarg ihre Freude nicht. »Natürlich. Es dürfte etwas schwierig werden, aber das schaffen wir schon.«

Ich fühlte mich wie in einer Falle und wurde von Bedenken geplagt, die eher mit Charles zusammenhingen, mit der peinlichen Lage, in die Amelia mich gebracht hatte. Verkörperte er wirklich alles, was ich mir unter einem edlen Romanhelden vorstellte? Inzwischen kamen mir da vage Zweifel. Aber ein Harry Lime war er bestimmt auch nicht. Ich spürte, wie er mich verstohlen beobachtete, als versuchte er ein kompliziertes Rätsel zu lösen, und mein Unbehagen wuchs. War er wirklich der richtige für meine Schwester?

»Natürlich bin ich gerührt, weil du mich bei deiner Hochzeit dabeihaben willst, Amelia – aber was wird deine Mutter dazu sagen?« fragte ich.

»*Unsere* Mutter, Schätzchen. Vor lauter Erleichterung, mich endlich verheiratet zu sehen, wird sie deine Anwesenheit kaum wahrnehmen. Sie hätte so gern wieder Babys in ihrer Nähe.«

Wenn von Valerie die Rede war, wirkte meine Schwester ruhig und gelassen, aber unter der Oberfläche spürte ich gewisse Ressentiments. Vielleicht ist das bei eineiigen Zwillingen üblich: was sie nicht aussprach, fühlte ich. Aber es bestand auch ein gravierender Unterschied zwischen uns beiden. Ich konnte diesen Ort und diese Menschen verlassen, wenn irgend etwas schieflief. Aber Amelia war hier angekettet – durch ihre Liebe zu Charles und Valerie.

»Das muß Porter sofort erfahren«, meinte Honoria.

»Oder habt ihr ihn schon informiert?«

Charles schüttelte den Kopf. »Dazu war noch keine Zeit. Amelia und ich frühstückten heute morgen zusammen, und dabei faßten wir unseren Entschluß.« Er griff nach ihrer Hand, und in ihrem Blick lag so viel Liebe – so viel verletzliche Liebe, daß mich die Sorge um ihr Glück immer stärker bedrückte. Aber ich war auch ein bißchen neidisch. Sicher, ich hatte Douglas sehr geliebt – aber nicht so über alle Maßen. Was Amelia für Charles empfand, war mir völlig fremd, und diese Erkenntnis erfüllte mich mit einer seltsamen Leere.

Die benutzten Teller wurden abgeräumt. Orva kam und ging unauffällig, aber ich vermutete, daß sie unsere Gespräche aufmerksam belauschte. Wem galt ihre Loyalität? Ich hoffte, meiner Schwester. Die würde vielleicht jemanden brauchen, dem sie trauen konnte.

Zum Dessert gab es Wassermelonenscheiben, so süß und saftig, wie ich sie in New York nie gegessen hatte. Sie schmeckten mir viel besser als die Vorspeise und der Hauptgang.

Beim Kaffee fragte Charles seine Verlobte, ob sie mich nach Charleston zurückbringen könnte. Er müsse einiges für seine Mutter erledigen und würde erst später in die Stadt fahren.

Während wir das Speisezimmer verließen, fragte ich Mrs. Landry, ob ich mit Orva Jackson sprechen dürfte. »Immerhin war sie meine Kinderfrau. Macht's dir was aus, ein paar Minuten zu warten, Amelia?«

Bereitwillig schüttelte Amelia den Kopf, als ahnte sie, was mich bewegte. Mrs. Landry entfernte sich, um Orva zu holen, und ich setzte mich mit meiner Schwester in ein kleines Nebenzimmer an der Landseite des Hauses.

»Ich verstehe, daß du mit Orva reden willst«, bemerkte Amelia, »aber sie weiß wirklich nichts über jene Zeit.«Sie sah deinen Entführer nicht, und im Lauf der Jahre wurden ihr schon genug Fragen gestellt.«

»Deshalb will ich sie gar nicht sehen. Sie soll mir sagen, wie ich als Baby war. Vielleicht kann sie mir auch etwas über unsere Eltern erzählen – Dinge, an die du dich nicht erinnerst.« Meine Sehnsucht, dies alles zu erfahren, wurde immer heftiger. Einige Teile des Puzzles hatten sich schon zusammengefügt. Aber es gab noch so viele Rätsel, und Orva war sicher ein wichtiges Bindeglied zur Vergangenheit.

Nervös wartete ich auf die Ankunft meiner einstigen Kinderfrau. Mrs. Landry würde sie zu mir schicken. Aber ob Orva mir Rede und Antwort stehen wollte, war einzig und allein ihre Entscheidung.

6

Wenig später betrat sie das kleine Zimmer, mit gestrafften Schultern, das dunkle Gesicht ausdruckslos. Doch wie die goldenen Ohrringe und die halbmondförmigen Kämme verrieten, besaß sie ihren Stolz. Der schlichte graue Baumwollstoff, der ihre Gestalt umhüllte, war nur eine Verkleidung.»Sie wollen mich sehen, Ma'am?«fragte sie, als ich aufstand, um sie zu begrüßen. Von Anfang an wollte ich ihr das Gefühl nehmen, hier könnte es sich um ein Gespräch zwischen Herrin und Dienerin handeln.

»Bitte, nehmen Sie Platz, Mrs. Jackson. Ich hoffe, Sie sind bereit, sich ein bißchen mit mir zu unterhalten.«

Sie schaute Amelia an, die ihr lächelnd zunickte. »Bitte, Orva. Meine Schwester möchte Ihnen nur ein paar Fragen stellen, die Sie gewiß nicht beunruhigen werden.«

Nachdem wir uns gesetzt hatten, kam ich sofort zum Kern meines Anliegens. »Sie müssen ziemlich schockiert gewesen sein, als Sie mich im Eßzimmer gesehen haben, Mrs. Jackson. Man hätte Sie auf meine Ankunft vorbereiten sollen.«

»Das hat Mr. Burke getan, Miss Cecelia, aber ich war trotzdem überrascht.«

Wieder einmal mußte ich erklären: »Mit diesem Namen bin ich nicht aufgewachsen. Ich heiße Molly Hunt.« Sie neigte den Kopf, sah mich abwartend an, und ich versicherte ihr: »Es geht mir nicht um die Entführung – nur um die Monate, bevor ich zu meinen Adoptiveltern kam. Wie war ich als Baby? Mrs. Mountfort möchte ich nicht danach fragen, das wäre wohl zu schmerzlich für sie. Und Sie kannten mich doch am besten, abgesehen von meinen Eltern.«

Sie schien erleichtert aufzuatmen. Offensichtlich hatte sie mit anderen Fragen gerechnet. Ein freundliches Lächeln erhellte ihr Gesicht, und ein Wortschwall brach aus ihr hervor. Ihre weiche Stimme klang fast melodisch. »Oh, ich erinnere mich wirklich gut an Sie, Miss Molly. Sie schrien viel öfter als Miss Amelia und machten's uns immer sofort klar, wenn Ihnen was mißfiel. Miss Valerie hatte nicht genug Milch, und so wurden Sie beide schon frühzeitig mit Fläschchen ernährt. Dabei entwickelten Sie einen prächtigen Appetit. Wären Sie gestillt worden, hätte sich die arme Miss Amelia mit dem begnügen müssen, was Sie übrigließen. O nein, Sie waren kein braves Baby. Nur Ihre Mama konnte Sie besänftigen. Ständig wollten Sie von ihr auf den Arm genommen werden, und sie schnüffelten an ihr, als hätten Sie ihren Duft ganz besonders gemocht.«

Rosen, dachte ich und schaute Amelia an. Meine Schwester hatte sich abgewandt. Tat es ihr weh, das alles zu hören? Abrupt stand sie auf. »Ich lasse euch allein. Bevor wir abfahren, will ich noch etwas mit Evaline besprechen.«

»Sie wirkt so bestürzt«, meinte ich bedauernd. »Warum könnten Ihre Worte sie aufgeregt haben?«

Orva zögerte, dann schlug sie alle Vorsicht in den Wind. »Sie sind der starke Zwilling, Miss Molly – das waren Sie schon damals, und ich spüre es auch jetzt. Vielleicht fürchtet sich Ihre Schwester vor irgendwas, das Sie tun könnten.«

»Ich werde gar nichts tun – jedenfalls nichts, was Amelia ängstigen würde.«

»Sie überlegen immer noch, wie lange Sie hierbleiben sollen, nicht wahr, Miss Molly?«

»Nun, ich fühle gewisse Unterströmungen, und die gefallen mir nicht. Ich würde gern etwas länger bleiben, um Amelia besser kennenzulernen – natürlich auch, weil sie ihren Hochzeitstermin mir zuliebe vorverlegt hat.« Kommentarlos nickte Orva, und ich fügte hinzu: »Immer wieder erkläre ich allen, ich sei in New York zu Hause.«

Sie senkte die Stimme, als befürchtete sie, belauscht zu werden. »Sie sind bei Ihrer Schwester zu Hause, Miss Molly. In ihrer frühen Kindheit gab ich ihr, was sie am dringendsten brauchte. Aber nachdem Sie – verschwunden waren, schickte man mich hier heraus.«

»Und was brauchte sie, Mrs. Jackson?«

»Bitte, nennen Sie mich Orva. Dieses kleine Baby brauchte sehr viel Liebe. Davon bekam sie nie genug.«

»Ich verstehe nicht ... Amelia wuchs doch in einer liebevollen Familie auf.«

»So mag es für einen Außenseiter aussehen. Nichts für ungut, Miss Molly – aber Miss Valerie konnte nichts dran ändern, obwohl es unfair war. Sie zog Sie vor, weil Sie mehr verlangten. Und als man Sie weggebracht hatte, kannte sie nur einen einzigen Gedanken – Sie zurückzuholen. Das wurde allmählich zu einer Besessenheit, die ihr Leben zerstörte. Mr. Simon verstand das alles und versuchte es an Miss Amelia wiedergutzumachen. Aber nach seinem Tod war sie ganz allein.«

Meine eigene Kindheit war immerhin von zärtlichen Adoptiveltern geprägt worden ... »Jetzt hat sie Charles Landry. Ein Ehemann, der sie aufrichtig liebt, wird sie für alles entschädigen.«

»Ja, natürlich.« Orva schaute mir eindringlich in die Augen.»In mancher Hinsicht gleichen Sie Ihrer Schwester. Aber es sind die Unterschiede, die Anlaß zur Besorgnis geben könnten.«

»Besorgnis?«

»Verzeihen Sie, Miss Molly, vielleicht ist das nicht das richtige Wort. Meine Tochter Katy schimpft immer mit mir, weil sie findet, ich würde mich falsch ausdrücken. Sie sagt, ich soll nicht so altmodisch daherreden. Dadurch kommt es oft zu Mißverständnissen.«

Ich bezweifelte, daß sie irgend etwas gesagt hatte, das sie nicht meinte. »Auf welche Weise unterscheide ich mich von meiner Schwester?«

»Sie wollen immer noch alles haben. So war auch Miss Valerie – vor der Tragödie. Und sie kann immer noch sehr temperamentvoll werden, wenn ihr was nicht paßt. *Sie* steuern viel hartnäckiger auf Ihre Ziele zu als Miss Amelia. Das spüre ich. Aber Sie werden nie von irgendwas so besessen sein wie Miss Valerie. Vielleicht sollten Sie sich vor Ihrer Mama in acht nehmen. Die weiß womöglich nicht, woran sie mit Ihnen ist.«

»Wieso sehen Sie das alles in mir, obwohl Sie mich damals nur ein paar Monate lang betreut haben?«

»Bei manchen Babys merkt man ganz deutlich, wie sie sich später entwickeln. Ihre Schwester braucht Sie, Miss Molly. Und ich glaube, Sie sind ihr was schuldig.«

»Ich wußte nicht einmal, daß ich eine Schwester habe, bevor Charles mich in New York erkannte. Das war purer Zufall.«

»Da bin ich anderer Ansicht, Miss Molly. Es war Schicksal.«

»Jetzt reden Sie wie Honoria Phelps.«

Lächelnd stimmte sie mir zu. »Miss Honoria besitzt gewisse Fähigkeiten. Die habe ich nicht – nur hin und wieder ein Gefühl. Und vielleicht ist es besser, wenn ich mich nicht in die Angelegenheiten weißer Leute einmische.«

Das konnte sie wohl nur zu mir sagen, einer Außenseiterin – nicht den Weißen, die zu ihrem Leben gehörten.

Ich wagte noch ein Frage. »Erinnern Sie sich an irgendwas Besonderes aus der Zeit, wo ich ein Baby war? Etwas das mir helfen würde, die Ereignisse besser zu verstehen?«

Unerwartet füllten sich ihre großen samtigen dunkelbraunen Augen mit Tränen. »Ich selbst machte mir viel öfter Vorwürfe als sonst jemand. Hätte ich bloß die Haustür versperrt! Doch so was taten wir in jenen Tagen nicht. Und so konnten diese Männer ungehindert hereinkommen.«

»Männer?«

»Es waren zwei, das weiß ich, denn ich hörte sie reden. Einer packte mich von hinten, der andere ließ sich nicht blicken. Deshalb konnte ich nicht feststellen, wie sie aussahen. Jedenfalls sprachen sie nicht wie Gentlemen – und irgendwie anders als die Leute hier. Vielleicht stammten sie aus New York. Ich verstand nur wenige Worte, bevor mir dieses stinkende Taschentuch aufs Gesicht gepreßt wurde.

»Und was hörten Sie?«

»Einer sagte irgendwas von einem Haupttreffer, und der andere befahl ihm, den Mund zu halten. Das war alles, was ich der Polizei erzählen konnte.« Orva verstummte, und ich spürte, daß sich ihre Gedanken überschlugen. Erinnerte sie sich an etwas, das sie den Beamten vielleicht verschwiegen hatte?

»Da war noch etwas, nicht wahr?« drängte ich.

Wehmütig lächelte sie. »Oh, Sie sind immer noch genauso wie die kleine Miss Cecelia – zielstrebig und hartnäckig. Aber was da sonst noch geschah, hätte der Polizei nicht weitergeholfen. Deshalb hab ich's nie erwähnt.«

»Wollen Sie's mir verraten, Orva?«

»Ich denke schon, obwohl's auch Ihnen nichts nutzen wird. Als ich mit diesem Ätherzeug betäubt worden war, hatte ich einen Traum – einen Alptraum. Damals lebte Mr. Nathanial noch, und er gab den Kindern Unterricht, Mr. Charles und Miss Daphne und auch meiner Katy. In jenem Traum kam er ganz verängstigt zu mir und fragte, ob er's erzählen sollte oder nicht. Dann sah ich ihn am Landesteg von Mountfort Hall in ein Boot steigen. Ich versuchte, ihn zu warnen, aber er hörte mich nicht, und ruderte auf den Fluß hinaus. Danach war der Traum ein einziges Durcheinander. Ich erinnere mich an nichts mehr. Irgendwann schüttelte mich ein Polizist. Die meisten Träume entschwinden, wenn man erwacht. Aber dieser verfolgte mich. Und als Mr. Nathanial ertrank, wußte ich, daß ich die Wahrheit geträumt hatte.«

»Wie lange danach starb er?«

»Nur ein paar Monate. Das war schlimm für mich, denn ich hätte es vielleicht verhindern können. Aber ich versuchte es nicht. Keine Ahnung, warum ...«

Sie stand auf, aber ich konnte sie noch nicht gehen lassen, und so folgte ich ihr in die Halle. »Orva. Sicher wissen Sie, daß Honoria glaubt, Nathanial sei nach Mountfort Hall zurückgekommen, um sie als Medium zu benutzen. Obwohl ihn angeblich nur die Katze sieht.«

»Nicht nur die Katze. Einmal sah ich ihn, in einer nebligen Nacht. Irgendwas trieb mich zum Landesteg, und da stieg er in ein Boot. Ich rief nach ihm, so wie damals in meinem Traum. Aber er hörte mich wieder nicht, ruderte in den Nebel hinaus und verschwand. Das jagte mir höllische Angst ein, und ich rannte ins Haus, so schnell meine Beine mich trugen.«

»Honoria behauptet, jemand habe das Boot beschädigt.«

Orva nickte.

»Aber warum?« fragte ich.

»Vielleicht wußte er irgendwas Schlimmes über die Entführung, Miss Molly. In diesem Haus konnte er eine ganze Menge aufschnappen. Und eines Tages hörte er womöglich was, das er besser nicht erfahren hätte. Damals arbeitete Miss Honoria hier als Fremdenführerin. Und Miss Valerie war sehr gern in Mountfort Hall, wo sie als junges Mädchen gelebt hatte. Natürlich waren auch Mr. Porter und Ihr Vater da.«

»Und was könnte Nathanial gehört haben? Glauben Sie, einer der Hausbewohner besaß irgendwelche Informationen?«

Orva trat einen Schritt von mir weg. »Nehmen Sie mich nicht ernst, Miss Molly. Manchmal rede ich genauso verrücktes Zeug wie Ihre Mama.«

»Ist meine Mutter wahnsinnig?«

Heftig schüttelte sie den Kopf. »Sie sagt nur komische Dinge. Aber sie ist ganz normal.«

Ich versuchte, auf anderen Wegen an sie heranzukommen. »Was wissen Sie über den Tod meines Vaters?«

Diese Frage schien sie zu erschrecken. »Gar nichts. Mr. Simon war wirklich ein guter Mensch. Miss Amelia und Sie liebte er mehr als sonst jemanden – von Ihrer Mama mal abgesehen.«

»Könnte er etwas erfahren haben, das ...«

»Ich sagte doch, davon weiß ich nichts«, unterbrach sie mich. »Er starb erst zehn Jahre nach Ihrer Entführung.«

Ihre Hände zitterten, und ich bemühte mich, sie zu beruhigen. »Danke, daß sie mit mir geredet haben, Orva. Ich wollte Sie nicht aufregen. Nun freue ich mich darauf, Ihre Tochter heute abend bei der Probe kennenzulernen. Soviel ich gehört habe, spielt sie in Amelias Stück mit.«

»Diese Katy!« Ihre Augen leuchteten auf. »Ein aufgewecktes Mädchen – so wie Sie, Miss Molly. Ich bin froh, daß sie von hier fort ist – auch wenn ich selber nie weggeben werde ...«

»Sicher würden Sie an keinem Ort der Welt bleiben, wenn Sie's nicht wollten.«

»Mag sein. Aber vielleicht gibt's hier noch ein paar unerledigte Dinge, um die man sich kümmern muß.« Wir gingen weiter durch die Halle, dann hielt sie plötzlich inne. Sie ergriff meine rechte Hand, drehte sie langsam herum und starrte auf den erdbeerroten Fleck. »Miss Molly, Sie haben ein anderes Muttermal als Miss Amelia. Das weiß ich von der Zeit her, als Sie noch ein Baby waren. Miss Amelia trägt das böse Zeichen. Deshalb müssen Sie hierbleiben. Wenn Sie abreisen, wird Ihrer Schwester womöglich etwas zustoßen, das Sie verhindern könnten. Aber wenn Sie bleiben, geraten vielleicht auch Sie in Gefahr. Sie oder Miss Amelia – die eine oder die andere. Die haben nie alle beide gebraucht.«

»Wen meinen Sie?«

»Ich sagte doch, Miss Molly, hören Sie nicht auf mich. Sicher werden sie eine Zeitlang dableiben. Dafür haben Sie den nötigen Kampfgeist.« Abrupt ließ sie meine Hand los und rannte davon, als wäre sie entsetzt über ihre eigenen Worte. Hatte sie eine böse Vorahnung, die mich betraf? Ein Schauer rann mir über den Rücken.

Die kleine grau-weiße Katze lief zu mir, begrüßte mich mit einem leisen »Miau« und rieb sich an meinem Schienbein. Ich hob sie hoch, und sie legte schnurrend die Pfoten auf meine Schulter.

Plötzlich drangen Stimmen zu mir. Sie schienen aus dem Schlafzimmer zu kommen, das von Nathanial Amory bewohnt worden war – und wo er vielleicht immer noch hauste. Im selben Moment eilte Amelia aus dem Hintergrund der Halle zu mir. »Hast du Orva aufgeregt, Molly? Sie wirkte ziemlich verstört, als sie die Flucht ergriff.«

»Wenn ich sie aufgeregt habe, dann geschah es nicht mit Absicht. Sie erzählte mir ein paar interessante Dinge über ...«

Hastig unterbrach sie mich. »Ich will nichts wissen! Vater sagte immer, nur die Gegenwart würde zählen, und daran glaube ich.«

Hatte sie recht? Das bezweifelte ich. Die Vergangenheit schien eine größere Rolle in der Gegenwart zu spielen, als meine Schwester dachte. Mir fiel ein, was Orva über unsere Muttermale gesagt hatte, und ich streckte meine Hand aus. »Ich bin neugierig. Ob unsere roten Flecken einander gleichen?«

Das irritierte Amelia nicht. Unbefangen hielt sie ihr Handgelenk neben meines. Ihr Muttermal war so flach und glatt wie mein eigenes, aber größer und die Pigmentation etwas rissig, was bei mir nicht zutraf. Die Konturen ihres Fleckchens erinnerten entfernt an einen Totenschädel. Hatte Orva deshalb von einem »bösen Zeichen« gesprochen?

»Sie sind nicht gleich«, bemerkte ich.

»Das ergibt auch einen Sinn. In manchen Dingen sind wir uns so ähnlich, in anderen so verschieden. Aber das macht nichts. Sicher gibt es mehr Gemeinsamkeiten ... Komm, wir holen Honoria, und dann fahren wir in die Stadt.«

Wir fanden Honoria in Nathanials Zimmer, wo sie auf mehreren Kissen auf dem Schreibtischstuhl saß und die Beine herabbaumeln ließ. Orva stand daneben, sprach mit ihr, und ich überlegte, wieviel sie wohl von unserer Unterredung erzählte. An einem der Fenster stand Garrett Burke und schaute zum Fluß hinab. Als er uns eintreten hörte, drehte er sich um. Sofort huschte die Negerin hinaus, wobei sie Amelia und mir nur kurz zunickte.

Honoria widmete sich wieder ihrer Beschäftigung mit Tarotkarten, die sie auf dem Schreibtisch gelegt hatte. Nach einer Weile sah sie zu mir hoch. »Ihretwegen befrage ich die Karten, Molly. Eine taucht immer wieder auf.« Sie berührte das Bild eines Skeletts, das eine Sense in der Hand hielt. Wenn ich auch nichts von Tarot verstand – dieser Anblick war kaum dazu angetan, mir Zuversicht einzuflößen. »Ja, die Todeskarte«, fuhr sie fort. »Aber fürchten Sie sich nicht. Meistens bedeutet sie nur eine Veränderung, etwas Neues in Ihrem Leben, vielleicht eine Umwälzung, den Tod Ihres bisherigen Lebens.«

»Mein bisheriges Leben ist keineswegs sterbenskrank, danke.«

Rasch schnitt Garrett ein anderes Thema an. »Schade, daß Sie in Ihrem Theaterstück keine Zwillingsschwestern eingebaut haben, Amelia. Das würde für amüsante Komplikationen und Verwechslungen sorgen. Der

Konföderiertensoldat liebt das eine Mädchen, der Bursche von der Union das andere. Aber wer könnte sie auseinanderhalten, wenn die Zwillinge ihre Rollen tauschten?«

Plötzlich grub Miss Kitty ihre Krallen in meine Schulter, und ich schrie leise auf, als ich sie hastig auf den Boden stellte. Sie hockte sich auf die Fersen, ignorierte mich und leckte eine rosa Pfote ab, um gründlich ihr Gesicht zu reinigen. Mir war es nie besonders schmeichelhaft erschienen, wie sorgfältig sich Katzen nach Kontakten mit Menschen zu putzen pflegen. Wenigstens hatte sie mich ebenso wie Garrett von jener Tarotkarte abgelenkt, die Honoria mir zudachte. »Soeben hat Miss Kitty etwas gespürt«, verkündete ich.

Traurig schaute Honoria sich um. »Ich wünschte, ich könnte ihn sehen.« Sie seufzte. »Aber vielleicht ist es besser, wenn mir das verwehrt bleibt.« Besser für Ihr Eheleben mir Porter? »Fahren wir jetzt nach Charleston zurück?« fragte sie Amelia. »Mein Mann brachte mich heute morgen hierher, aber ich hatte mich darauf verlassen, daß du mich mitnehmen würdest.« Sie schob die Tarotkarten zusammen, wickelte sie in ein Seidentuch und verstaute sie in einer schlichten Kiefernholzkassette. »Sie dürfen nicht durch Kontakte mit der Außenwelt beschmutzt werden«, erklärte sie. »Ich bin die einzige, die sie anfaßt.«

Garrett ging zur Tür. »Danke, daß Sie mir Ihre Zeit geopfert haben, Honoria. Bald werden wir uns wieder über Nathanial unterhalten. Bei meiner schriftstellerischen Arbeit komme ich gerade zu jener Zeit, und ich möchte in diesem Buch nur schildern, was wirklich geschehen ist.«

»Das weiß niemand«, entgegnete Honoria, und ihr Blick irrte wieder durch das Zimmer. »Also fragen Sie mich nicht.«

Ich ahnte, daß er sie trotzdem fragen würde. Auf der Schwelle blieb er stehen. Wieder einmal wurde ich auf eindringliche Art gemustert. »Hoffentlich kommen Sie heute abend zur Probe, Molly. Ich will alles wiedergutmachen, was ich heute an Charles verbrochen habe, und so dramatisch wie möglich sterben.«

»Sie werden so sterben, wie ich's Ihnen sage!« fauchte Honoria. »Von Ihnen lasse ich mir keine Schmierenkomödie vorspielen. Nachdem Sie Charles' Handgelenk verletzt haben, weiß ich nicht einmal, ob er heute abend sein Schwert halten kann.«

»Warum duellieren Sie sich eigentlich mir ihm?« fragte ich Garrett.

Er grinste. »Natürlich wegen einer schönen Dame«, erwiderte er und zeigte auf Amelia. »Übrigens habe ich Charles' Schwert nur ganz leicht angetippt. Er wurde nicht ernsthaft verwundet. Wahrscheinlich ließ er seine Waffe absichtlich fallen, weil ich mich nicht an das Skript hielt – und vielleicht machte ich ihm ein bißchen Angst. Aber heute abend werde ich mich ordentlich benehmen, das verspreche ich.«

Kritisch schaute ich ihm nach. Eindeutig kein Heldentyp . . . Er kehrte in sein Arbeitszimmer zurück, und wir gingen alle nach unten, zu Amelias Auto. Honoria setzte sich mit Miss Kitty in den Fond, ich nahm auf dem Beifahrersitz Platz. Die Katze kauerte in einer Tragetasche, die ihr gestattete, die Welt zu betrachten, und sie steckte neugierig den Kopf mit den gespitzten Ohren heraus. Als wir an der Slave Row vorbeikamen, sah ich Charles, der vor dem Landry-Cottage auf einen Fensterladen einhämmerte. Amelia winkte ihm zu, und er blickte uns lächelnd nach.

»Zuerst fahren wir zum Gadsden Inn«, erklärte Amelia, während die moosbehangenen Virginischen

Eichen an uns vorbeiglitten. »Du mußt sofort in unser Haus ziehen, Molly. Da gehörst du hin. Mama wird sich schon noch an dich gewöhnen. Jetzt glaubt sie noch nicht so recht, daß du wirklich ihre Tochter bist.«

Ich gab meinen Widerstand auf. Wenn ich einen Weg durch dieses Labyrinth finden wollte, blieb ich wohl besser in Amelias Nähe.

»Ich komme mit, Molly, und helfe Ihnen beim Pak-ken«, erbot sich Honoria. »Und danach möchte ich Ihnen im South Battery-Haus etwas zeigen.«

Vermutlich meinte sie den mysteriösen Brief, und ich konnte meine Ungeduld kaum noch bezähmen. Bald würde ich lesen, was mir Simon Mountfort, mein Vater, vor all den Jahren geschrieben hatte.

Da Charles am Morgen auf der Fahrt zur Plantage einen Umweg gemacht hatte, dauerte die Rückkehr nach Charleston nicht so lange. Wir überquerten die Brücke und erreichten wenig später die Hasell Street. Als wir vor dem Gasthof geparkt hatten, begleiteten Honoria und Amelia mich in meine Suite. Um meine Sachen zu packen, brauchten wir nicht lange, denn ich hatte nur einen Koffer und eine große Reisetasche mit-genommen.

Geschäftig eilte Honoria hin und her, holte meine Kosmetika aus dem Bad, gab sie mir, und ich verfrach-tete sie in die Tasche. Die alte Dame wirkte frisch und munter, wie von neuen Lebensgeistern erfüllt, und ich erriet unbehaglich, daß das mit mir zusammenhing.

Miss Kitty erwartete uns im Auto, dessen Fenster ge-öffnet waren, damit sich die Hitze nicht darin staute. Die unangenehme Schwüle eines typischen Charleston-Sommers stand uns allerdings noch bevor. Früher waren im Low Country oft Malaria-Epidemien und andere Sommerkrankheiten ausgebrochen. Seit der Erfindung der Klimaanlage konnte man in dieser Stadt auch die heißen Monate ertragen.

Die Fahrt von der Hasell Street zur South Battery führte an mehreren Häuserblocks vorbei, und Amelia fand einen Parkplatz direkt vor dem Mountfort-Gebäude.

Wissend nickte Honoria. »Wenn man einen Parkplatz braucht, kann man's immer vorher arrangieren. Man muß sich nur ganz fest auf das konzentrieren, was man will, und schon bekommt man's.«

Amelia lächelte. »Du mußt dich an Tante Honorias kleine Wunder gewöhnen, Molly. Die passieren immer wieder.«

An der Tür erwartete uns niemand, und meine Schwester benutzte ihren Schlüssel. Ich dachte an Orvas Worte. Um die Zeit meiner Entführung hatte niemand seine Haustür verschlossen.

Honoria brachte Miss Kitty in die Halle und nahm sie aus der Tragetasche. Sofort bewies die Katze, wie heimisch sie sich hier fühlte, rannte die Stufen hinauf und sprang auf ein Bücherregal, um zu beobachten, wie wir in den ersten Stock stiegen.

»In Mountfort Hall haben wir immer noch Hauspersonal«, erklärte Amelia, »aber hier nicht. Mutter und ich kochen gern. Natürlich kommt regelmäßig eine Putzfrau, aber auf Dienstboten, die hier wohnen, können wir verzichten. Seit den Tagen unserer Großeltern hat sich viel geändert. Ich habe ein Zimmer für dich hergerichtet, Molly, also laß dich häuslich nieder.«

Honoria und Miss Kitty folgten uns auf einer schmaleren Treppenflucht in den zweiten Stock. Die Schlafzimmer umgaben eine kleine Halle. Am anderen Ende, wo geschlossene Fensterläden die Sicht auf das Nachbarhaus versperrten, erhob sich eine Trennwand. Dahinter ragten Koffer und Kisten hervor – und ein Gegenstand, der mir ins Auge fiel, ein handgeschnitztes altes Schaukelpferd. Sicher hatte man es schon vor langer Zeit hierher verbannt, aber es mußte von mehreren Kindergenerationen geliebt worden sein und von vielen kleinen Händen seine Patina bekommen haben.

Amelia sah mein Interesse. »Zahlreiche Mountfort-Sprößlinge wuchsen mit Applejack auf. Urgroßvater Samuel nannte das Pferdchen so, als er seine Kindheit auf der Plantage verbrachte. Er fand den Namen hübsch, und der blieb erhalten – ganz egal, welche Kommentare die Erwachsenen dazu abgaben.« Sie beobachtete, wie Honoria dem alten Spielzeug einen scharfen, ironischen Blick zuwarf, so als würde sie etwas Bestimmtes von ihm erwarten. »Unser Spukpferdchen...«, fügte meine Schwester lächelnd hinzu, erläuterte aber nicht, was sie meinte.

Wir betraten ein kleines helles Schlafzimmer, wo Honoria mich daran hinderte, meine Sachen auszupacken. »Das kann warten, Molly. Ich habe heute nachmittag noch eine Verabredung, und vorher müssen wir was erledigen. Amelia, meine Liebe, hör mit diesem nervösen Gezappel auf und setz dich! Deine Mutter schläft wahrscheinlich, und es genügt, wenn du später nach ihr siehst. Jetzt werde ich euch beiden etwas erzählen.«

Amelia hörte den feierlichen Unterton aus der Stimme unserer Tante heraus und sank gehorsam in einen kleinen, mit Rüschen geschmückten Sessel. Ich wählte die Bank vor dem Toilettentisch, und Honoria – viel nervöser als wir beide zusammen – schwirrte im Zimmer hin und her. »Ich habe das nie erwähnt, Amelia, und es wäre auch sinnlos gewesen... Dein Vater gab mir zwei Tage vor seinem Tod einen versiegelten Brief, den niemand anderer als Cecelia Mountfort öffnen sollte.«

»Cecelia?« wiederholte meine Schwester. »Aber wir konnte er wissen …?«

»Ich versicherte ihm immer wieder, man würde deine Schwester finden, Schätzchen. Und er glaubte mir wohl, denn er schrieb einen Brief und bat mich, ihn Cecelia zu geben, wann immer sie heimkehren würde. Vermutlich ahnte er seinen baldigen Tod. Und jetzt ist es an der Zeit. Ich habe das Schreiben an einem sicheren Ort verwahrt, wo niemand jemals nachschauen würde, und nun wollen wir es holen.« Honoria eilte zur anderen Seite der Halle, wo das Schaukelpferd hinter der Trennwand wartete. Amelia und ich folgten ihr, und sie zeigte mit dramatischer Geste auf das Spielzeug. »Applejack hat all die Jahre lang Simons Geheimnis gehütet. Darin liegt vielleicht die Ursache seines Spuks.«

Miss Kitty schlich hinter uns her, als wollte sie sich an eine Beute heranpirschen. Niemand beachtete sie, und so erregte sie unsere Aufmerksamkeit, indem sie auf den Rücken des Schaukelpferds sprang und es in sanfte Bewegung versetzte. Aber jetzt hatte Honoria keine Zeit für sie, packte sie kurzerhand und drückte sie in meinen Arm. »Halten Sie sie mal, Molly.«

Die Katze grub ihre Krallen in meine Schulter, doch diese Unannehmlichkeit ertrug ich und beobachtete Honoria. Das Pferd war anscheinend auf einer Drehbank hergestellt worden, denn es besaß einen glatten, gleichmäßig abgerundeten Körper aus dunklem Holz. An einem Ende hatte man den Kopf – zu beiden Seiten flach, ohne die geringste Modellierung – befestigt, und am anderen ragte der Schwanz heraus. Geschweiftes Holz bildete die Mähne, mit braunen, gebogenen Linien bemalt, um Haare anzudeuten. Gerade Latten, die in den beiden Schaukeln steckten, stellten die Beine dar. Die ganze Figur wurde von runden Pflöcken in verschiedenen

Größen zusammengehalten. Die Augen, zwei gemalte braune Punkte, schienen etwas weit Entferntes zu fixieren, das wir nicht sehen konnten.

Ich kraulte Miss Kitty hinter den Ohren, um sie zu besänftigen, und da zog sie die Krallen ein, drehte den Kopf zur Seite und verfolgte interessiert, was Honoria tat. Applejacks Stummelschwanz steckte in einem Schlitz, und die alte Dame zog ihn mit aller Kraft heraus. In dem Schlitz befand sich ein mehrfach zusammengefaltetes Kuvert. Neugierig sprang die Katze von meiner Schulter auf den Rücken des Pferdchens zurück, das wieder zu schaukeln begann, während sie die Öffnung inspizierte, wo sich eben noch der Schweif befunden hatte. Niemand außer Honoria hätte ein so ungewöhnliches Versteck gewählt. Der Umschlag, den sie mir reichte, war an »Miss Cecelia Mountfort« adressiert und mit Siegelwachs verschlossen, das nach all den Jahren brüchig geworden war.

Zitternd setzte sich Amelia auf eine Truhe, und Honoria berührte ihre Hand, während sie sich zu mir wandte. »Gehen Sie in Ihr Schlafzimmer, Molly, damit Sie den Brief in Ruhe lesen können. Wir warten im Zimmer Ihrer Schwester, auf der anderen Seite der Halle.«

Ich schloß meine Tür hinter mir, fühlte mich verletzlich und auch ein wenig ängstlich. Wenn ich den Brief öffnete und die Zeilen las, die Simon Mountfort geschrieben hatte, würde sich vielleicht alles in meinem Leben ändern. Und ich wußte nicht, ob ich dafür bereit war. Trotzdem erbrach ich das brüchige rote Siegel und nahm drei zerknitterte Blätter mit dem Mountfort-Wappen heraus.

Ehe ich mit der Lektüre anfing, betrachtete ich die Handschrift, die mir sicher vertraut gewesen wäre, hätte ich mein bisheriges Leben in diesem Haus verbracht.

Sie wirkte kühn und energisch – bis zum Ende der dritten Seite, wo sie etwas zittrig wurde. Die Unterschrift war allerdings wieder markant und kraftvoll. Ich begann zu lesen.

»Meine geliebte entschwundene Cecelia – wie Honoria immer wieder beteuert, bist Du noch am Leben, und ich glaube ihr. Sie bezweifelt nicht, daß Du eines Tages nach Charleston zurückkehren wirst. Manchmal sieht sie Dinge, die uns anderen verborgen bleiben. Sie sagt, Du würdest schon erwachsen sein, wenn Du diesen Brief liest, und Dein eigenes Leben führen. Aber in Deinen Adern fließt das Blut einer alten Familie, mein liebes Mädchen. Es mag Dir schwerfallen, das zu akzeptieren, da Du anderswo aufgewachsen sein wirst, doch Du gehörst hierher.

Schon als Baby warst Du stark und selbstbewußt. Hingegen ist Amelia ein sanftmütiges, liebebedürftiges Kind, das leicht zu verwunden ist. Der Verlust ihrer Schwester hat ihr Leben in einer Weise beeinträchtigt, die Du vielleicht nie verstehen wirst. Ich fürchte, ich werde nicht mehr dasein, wenn sie mich braucht, aber die Zeit mag kommen, wo sie Dich braucht – und dann wirst Du ihr beistehen.

Die Dinge hier entwickeln sich nicht zum Besten. Seit zu vielen Jahren lebe ich mit Gewissensqualen, bin mir aber sicher, daß ich jetzt nichts mehr wiedergutmachen kann. Laß mich einfach nur erklären, daß ich meine Integrität verletzt habe – als Richter und auch als Südstaaten-Gentleman. Wie mir mein Arzt mitteilte, leide ich an Herzschwäche, und deshalb schreibe ich diese Zeilen, ehe es zu spät ist. Indem ich den Namen Mountfort vor Unheil bewahre, mache ich mich ebenso schuldig wie der Mann, den ich schütze.

Ich liebe Deine Mutter so innig wie eh und je, komme

aber nicht mehr an sie heran. Vielleicht wird es Dir gelingen.

Wenn Du nach Charleston zurückkehrst, meine liebste Cecelia, wirst Du eine Fremde in Deiner eigenen Familie sein. Du kannst nicht wissen, wie sehr Du geliebt wurdest, und so will ich es Dir in diesem Brief versichern. Deine Mutter liebte Dich zu sehr – und es kostete sie beinahe das Leben, Dich zu verlieren.

Die Vergangenheit kann sich in die Zukunft verwandeln. Darin liegt nach Honorias Überzeugung das Wesen des Karma – Ursache und Wirkung. Was wir säen, wird wachsen ... Ich habe mein eigenes Ende heraufbeschworen, denn sogar das Schweigen und die Angst vor dem Handeln bewirken sehr viel. Wenn man ein Unrecht begangen hat, muß es früher oder später ans Licht kommen und gesühnt werden. Allerdings nicht immer in ein und demselben Leben.

Deine Heimkehr könnte schlammige Tiefen veranlassen, an der Oberfläche aufzutauchen und Gefahren mit sich zu bringen. Wenn ich mich irre und nichts dergleichen geschieht, dann betrachte diesen Brief nur als Ausdruck einer törichten Angst. Geh behutsam mit Deiner Mutter um – sie hat von uns allen den größten Schmerz ertragen.

Um Dich wenigstens teilweise für die Ereignisse zu entschädigen, vermache ich Dir Mountfort Hall. Niemand weiß von diesem Entschluß, außer meinem Anwalt und jetzt Dir. Wenn Du nicht zurückkehrst, meine Tochter, und diesen Brief niemals liest, wird der Anwalt meine Wünsche verschweigen und Amelia als Erbin von Mountfort Hall benennen.

Nach meinem Tod – wann immer er erfolgen mag, werden meine liebste Frau und meine geliebte Amelia Briefe von mir erhalten. Darin steht nichts von den Dingen, die ich hier erwähne. Den Brief an Dich gebe ich in

Honorias Obhut. Sie wird ihn gut verstecken, so daß ihn niemand finden und vernichten kann, und eines Tages meiner Tochter überreichen, die ich nicht kenne, der ich aber intuitiv vertraue. Aus diesem Grund muß ich Dir eine schwere Bürde auferlegen. Wer immer für Deine Entführung und Nathanials Tod verantwortlich ist, soll entlarvt werden und nicht die Möglichkeit bekommen, weitere Menschenleben zu zerstören. Ich habe keine Beweise, also bleibt es mir verwehrt, Dir irgendwelche Anhaltspunkte zu liefern. Ich weiß nur, wie falsch ich gehandelt habe, mit schrecklichen Konsequenzen, die ich nicht aus der Welt zu schaffen vermag.

Vielleicht wird die höhere Macht, an die Honoria glaubt, Dich hierherführen und Dir helfen, die schwierige Aufgabe zu erfüllen. Ich hoffe und bete darum, daß Du Dein Bestes tun wirst, um die Wahrheit herauszufinden. Dein Dich liebender Vater, Simon Mountfort.«

Eine Zeitlang saß ich reglos da, die beschriebenen Blätter in der Hand, überwältigt von seiner Hinterlassenschaft – diesem Brief, Mountfort Hall und dem Labyrinth geheimnisvoller, vor so vielen Jahren verübter Verbrechen. Er hatte traurige, bestürzende Zeilen geschrieben, seine Angst in Worte gefaßt, aber nichts erzählt, was ich verwerten konnte, um das Rätsel zu lösen. Ich war mir nicht sicher, ob ich mit irgend jemandem über all das sprechen sollte. Was würde ich heraufbeschwören, wenn ich es tat? Andererseits konnte ich diese verwirrenden Dinge nicht für mich behalten.

Mehr als alles andere wünschte ich mir in diesem Moment, das Gesicht meines Vaters zu sehen. Nun, vielleicht gab es diese Möglichkeit. Mrs. Landry hatte mir erzählt, in diesem Haus würde ein Portrait von Simon Mountfort hängen. Ich mußte es finden, denn ich hoffte, in seinen Augen mehr zu lesen als in seinen Worten.

7

D en Brief meines Vaters immer noch in der Hand, stieg ich lautlos die Treppe hinab, damit Amelia und Honoria mich nicht hörten. An der Tür des viktorianischen Salons, in den ich bei meinem ersten Aufenthalt in diesem Haus nur einen kurzen Blick geworfen hatte, blieb ich stehen. Das Portrait hing über dem Kamin, von einer kleinen Lampe angestrahlt.

Simon Mountfort saß vor der Säulenhalle an der Flußseite des Plantagenhauses. Um die Entstehungszeit des Bildes mußte er bereits Richter gewesen sein, denn ich betrachtete keinen jungen Mann. Er trug lässige Kleidung, eine hellbraune Hose und ein dunkelbraunes Kordjackett über einem gelben Pullover. Eine Hand berührte ein geöffnetes Buch, das auf seinen übereinandergeschlagenen Beinen lag, die andere hielt eine Hornbrille. Er sah aus, als hätte er seine Lektüre eben erst unterbrochen, um zu einem Besucher aufzuschauen, den er – wie seine Miene verriet – nicht willkommen hieß.

Ein gemalter Sonnenstrahl streifte das dichte graue Haar über der wohlgeformten Stirn. Weder die halb geschlossenen Augen noch der Mund, dessen obere Lippe voller wirkte als die untere, zeigten eine Spur von Humor. Der Gesichtsausdruck erschien mir streng und distanziert, aber ich entdeckte auch eine Traurigkeit darin, die zu seinem Brief paßte. Also mußte das Porträt kurz vor seinem Tod gemalt worden sein.

Den Simon Mountfort, der mir so liebevoll geschrieben hatte, fand ich nicht in diesem Bild. Es enttäuschte mich tief und erzählte mir noch weniger als die Blätter in meiner Hand. Trotzdem regte sich Mitleid in mir. Er mußte ein starker, mächtiger Mann gewesen sein, ehe die Ereignisse ihn zur Verzweiflung getrieben hatten.

Ich kehrte dem Vater, den ich niemals kenne würde, den Rücken und ging nach oben. Die Tür meiner Schwester stand offen, und beide Frauen schauten mich an – Honoria erwartungsvoll, Amelia ängstlich. Bis zu diesem Moment war ich unschlüssig gewesen. Sollte ich ihnen den Brief zeigen? Doch nun wurde mir klar, daß mir nichts anderes übrigblieb. Es gab so vieles, was ich herausfinden wollte, und ich brauchte Hilfe. »Ich weiß nicht, was ich davon halten soll. Jedenfalls glaube ich, daß ihr lesen müßt, was er geschrieben hat. Ihr habt ihn beide gekannt, vielleicht könnt ihr mir einiges erklären.«

Honoria griff nach dem Brief. »Ich werde ihn zuerst lesen, denn meine Zeit wird knapp.« Um allein zu sein, eilte sie in die Halle. Amelia und ich schauten uns unbehaglich an. Um ihrem Blick auszuweichen, wanderte ich im Zimmer umher, einem hübschen, femininen Raum, der zu ihr paßte und einen starken Gegensatz zu dem schlichteren Stil im Haus meiner Adoptiveltern bildete. Über dem Vierpfostenbett wölbte sich ein Spitzenbaldachin, an dem vielleicht einmal ein Moskitonetz gehangen hatte, bevor eine Klimaanlage installiert und feinmaschige Gardinen an den Fenstern angebracht worden waren. Kreuzblumen schmückten die Spitzen der Pfosten, am Kopfende des Betts lagen mehrere kleine Kissen mit demselben Rosenmuster, das die Tapete aufwies.

Amelia beobachtete mich, und ich lächelte sie an. »Ein schönes Zimmer.«

»Glaubst du, ich sollte den Brief wirklich lesen, Molly?«

»Das weiß ich nicht. Überlassen wir die Entscheidung Honoria.«

»Was immer unser Vater geschrieben hat – Mama darf

141

es nicht erfahren. Sonst würde sie sich nur aufregen. Sie braucht noch etwas Zeit, um sich zu erholen.«

»Wovon? War sie krank?«

»Vom Schock, den ihr deine Ankunft versetzt hat.«

»Vielleicht wäre es besser, wenn ich zu ihr ginge. Eigentlich müßte sie darauf bestehen, mich zu sehen.«

Unglücklich schüttelte sie den Kopf. »Onkel Porter glaubt ...«

»Aber *warum*? Und wieso hört ihr alle auf ihn?«

»Er war immer wie ein Bruder für sie, Molly. Du weißt nicht, wie sie gelitten hat. Nie konnte ich ihr die verlorene Tochter ersetzen. Jetzt, wo du hier bist, werde ich Charles leichteren Herzens heiraten. Sobald sie dich akzeptiert, wird sie mich nicht mehr so sehr brauchen.«

Bedrückt hörte ich ihr zu und wußte nichts anderes zu tun, als sie zu umarmen. Sie fühlte sich zerbrechlich und klein an, obwohl sie genauso groß war wie ich. Versprechen konnte ich ihr nichts, von meiner eigenen Unsicherheit belastet, doch ich versuchte tröstliche Worte zu finden. »Jetzt sind wir wieder vereint, Amelia, und wir werden immer zusammengehören. Dieses Wissen wird uns verbinden, auch wenn wir getrennt sind.«

Während sie sich an mich klammerte, kehrte Honoria zurück, den Brief in der Hand und lächelte uns wohlwollend zu. »Wunderbar! Ich wußte es ja – ihr würdet euch großartig verstehen. Amelia, ich denke, du mußt den Brief deines Vaters lesen. Aber zeige ihn nicht deiner Mutter. Vorerst hat sie genug andere Probleme. Vielleicht später ... Molly, begleiten Sie mich bitte nach unten?«

Amelia ließ mich los und griff fast furchtsam nach dem Brief. Ich drehte mich nicht zu ihr um, als ich Honoria folgte. Miss Kitty war verschwunden, und nachdem die alte Dame ein paarmal nach ihr gerufen hatte, ließ sie die Tragetasche bei der Haustür stehen. Wir traten auf die Eingangstreppe hinaus.

»Ich möchte mit Ihnen über Simons Brief reden, Molly«, begann Honoria. »Das Erbe von Mountfort Hall ist ein erstaunlicher Liebesbeweis und wird einige Leute gewaltig aufregen, aber es ist nun mal Bestimmung. Er muß schrecklich traurig und besorgt gewesen sein, als er diese Zeilen schrieb. Und voller Schuldgefühle ... Er hatte tatsächlich ein schwaches Herz, und daran starb er. Vorher versuchte er, das Herz seiner Tochter zu erreichen, die er nie wiedersah. Aber seine Worte sind zu sehr von Verwirrung und Selbstvorwürfen erfüllt, um Ihnen zu nützen. Wußten Sie, daß Orva Jackson an jenem Tag seine Leiche fand? Die beiden waren gute Freunde, und sein Tod ging ihr sehr nahe.«

»Vielleicht spreche ich mit Orva darüber, wenn ich sie das nächste Mal sehe. Ich mag sie, und ich freue mich auch darauf, ihre Tochter kennenzulernen.«

»Das läßt sich leicht bewerkstelligen. Die Bibliothek, wo sie arbeitet, liegt mehrere Häuserblocks entfernt. Fragen Sie Amelia, ob Sie Ihnen das Auto leiht.«

Als Honoria die Stufen hinabsteigen wollte, hielt ich sie zurück. »Warum darf ich Valerie nicht sehen?«

»Oh, sie könnten sie jederzeit sehen, wenn's nach mir ginge. Aber Porter meint, es wäre vorerst nicht ratsam. Also müßten Sie mit ihm darüber reden.«

»Aber *warum*?«

»Vielleicht erfindet Valerie ihre eigenen Theaterstücke und erwartet von allen anderen, die ihnen zugedachten Rollen zu spielen. Jedenfalls ist es besser zu warten, bis sie wieder in der Lage ist, vernünftig zu denken.« Offenbar schaute ich so ungeduldig drein, wie mir zumute war, denn Honoria legte eine Hand auf meinen Arm. Mir war aufgefallen, wie sie diese Geste mit Erfolg bei anderen Leuten angewandt hatte, und auch ich fühlte mich auf subtile Weise beschwichtigt. »Nehmen Sie's nicht so schwer, Molly. Sie brauchen ebenfalls Zeit, denn das alles können Sie nicht auf einmal verkraften. Wir unterhalten uns ein andermal darüber. Jetzt muß ich mich beeilen, sonst komme ich zu spät zu meiner Verabredung. Ich hab's nicht weit, also gehe ich zu Fuß. Auf Wiedersehn! Und kümmern Sie sich um Ihre Schwester!«

Ich wünschte, jemand würde sich um mich kümmern. Aber mein Vater auf Long Island gehörte bereits zu einem anderen Leben. Was immer ich zu erledigen hatte – ich mußte es allein tun.

Als ich zu Amelia zurückkehrte, gab sie mir Simons Brief. »Danke, daß ich ihn lesen durfte«, sagte sie höflich. »Jetzt muß ich zu Mama gehen. Man darf sie nicht allzu lange allein lassen, wenn sie aufgeregt ist. Kannst du dich eine Zeitlang mit dir selbst beschäftigen, Molly?« Die Zeilen ihres Vaters hatten sie sichtlich erschüttert und veranlaßten sie, sich von mir zurückzuziehen.

»Natürlich«, erwiderte ich. »Mach dir keine Sorgen um mich. Ich möchte Katy Jackson kennenlernen, und Honoria schlug mir vor, in die Bibliothek zu gehen. Würdest du mir dein Auto leihen?«

»Aber selbstverständlich! Eine großartige Idee! Die Bibliothek liegt an der King Street und ist leicht zu finden. Grüß Katy von mir. Wir sehen uns später.« Sie gab mir die Schlüssel für den Wagen und das Haus, dann lief sie zu Valeries Zimmer, offenbar bestrebt, mir möglichst schnell zu entrinnen.

Als ich mein hübsches kleines Zimmer betrat, schlief Miss Kitty auf dem Bett. Sie hörte mich, miaute leise, dann drehte sie sich auf den Rücken und präsentierte mir ihren weißen Bauch, um sich streicheln zu lassen. Die Aufforderung war unwiderstehlich, und ich gehorchte. »Du hast dich versteckt, nicht wahr, Kätzchen? Schlaf weiter, ich komme bald zurück.« Da rollte sie sich zusammen, in ihren langen Schwanz gewickelt, der noch eine Weile zuckte und seine eigene hellwache Sprache sprach, während sie einschlummerte.

Ich verließ das Haus, stieg aber nicht sofort in Amelias blau-weißes Auto, das am Gehsteigrand parkte. Über der Mauer des Parks sah ich Möwen kreisen und beobachtete sie eine Weile. Der Geruch des Flusses wehte herüber, scharf und beißend, aber nicht unangenehm. Allmählich gewöhnte ich mich daran. Ich setzte mich ans Steuer, fand im Handschuhfach einen Stadtplan und studierte ihn. Die Bibliothek, nur fünf Autominuten entfernt, war tatsächlich leicht zu finden. Eine Statue von John C. Calhoun stand davor, dessen Mantel im ewigen Wind flatterte, während er über seine Stadt hinwegblickte.

Der Eingang zur Bibliothek befand sich an der Südwestecke des Gebäudes. Wie ich am Empfang erfuhr, würde ich Miss Jackson im Oberstock finden. Ich stieg eine lange Treppenflucht hinauf und betrat einen Lesesaal, wo Katy an einem Schreibtisch beim Fenster saß. Sie trug eine Baumwollbluse in der Farbe von Magnolienblüten und einen bunten, mit geometrischen Mustern bedruckten Rock. Nicht so groß und so knochig gebaut wie ihre Mutter, besaß sie einen sanft gerundeten Körper. Ihre Haut war schokoladenbraun, diskretes Rouge, das zum dunkelroten Lippenstift paßte, betonte die hohen Wangenknochen. Schwarze Ponyfransen fielen ihr in die Stirn.

»Ich bin Molly Hunt...«, begann ich, und sie schaute auf. Freundlich lächelte sie mich an.

»Ich weiß, wer Sie sind – wenn ich auch im ersten Moment dachte, Amelia hätte sich das Haar schneiden lassen. Meine Mutter rief mich an, um mir von Ihnen zu erzählen.« In wechselseitiger Sympathie schüttelten wir uns die Hand, und sie fuhr fort: »Es freut mich, daß Sie vorbeikommen. Wir werden uns zwar heute abend bei der Probe sehen, aber da bin ich zu beschäftigt, um mich mit Ihnen zu unterhalten. Nehmen Sie doch Platz! Im Augenblick gibt's hier kaum was zu tun.«

Außer uns beiden war niemand im Raum. Ich zog einen Stuhl heran und setzte mich ihr gegenüber. »Sie haben die Mountforts Ihr Leben lang gekannt, nicht wahr? Ich versuche immer noch, mich an die erstaunliche Wende in meinem Leben zu gewöhnen, und ich möchte etwas mehr über meine Familie erfahren.«

Sie nickte. »Sicher ist es nicht einfach, den Norden und den Süden in einer einzigen Person zu vereinen – insbesondere, wenn Sie Ihre südliche Hälfte kaum kennen. Früher lebte ich auf Mountfort Hall, weil meine Mutter praktisch zur Familie gehört. Natürlich kenne ich die jungen Leute, die immer noch meine Freunde sind. Wie kann ich Ihnen helfen?«

»Es gibt so viele Puzzle-Teile, und ich bemühe mich, sie zusammenzufügen. Wie mein Vater starb, weiß ich schon etwas länger. Aber ich erfuhr eben erst, daß Ihre Mutter seine Leiche gefunden hat. Wissen Sie etwas darüber?«

»Nicht viel. Mama wollte nie darüber reden, weil sie so traurig über seinen Tod war. Alle mochten Mr. Simon. Aber vor zwanzig Jahren waren wir Kinder, und man erzählte uns kaum etwas. Bevor Mr. Simon starb, saß er im Musikzimmer am Klavier und spielte ein Stück von Debussy, das Ihrer Mama sehr gut gefiel.«

Ihre Worte versetzten mich in jenen Raum zurück, wo

sich die Möbel unter Schonbezügen verbargen. Ich mußte unbedingt herausfinden, welches Werk des französischen Komponisten mein Vater gespielt hatte. Aber Katy Jackson machte mich ebenso neugierig wie die Vergangenheit. »Wo wurden Sie zur Bibliothekarin ausgebildet?«

Ihre Antwort überraschte mich. »Ich besuchte die Stony Brook University auf Long Island, und ich war oft in Ihrem Heimatort Bellport, Miss Mountfort.«

»Nennen Sie mich doch Molly. Nach dem Studium kehrten Sie nach Charleston zurück. Wollten Sie nicht im Norden bleiben?«

»Hier fühle ich mich wohler. In New York gibt es mehr Vorurteile gegen Schwarze, als ich dachte, allerdings von anderer Art, als wir sie hier an manchen Orten immer noch spüren. Bei uns haben die Leute bessere Manieren und lächeln einen an.«

Das Gespräch mit Katy wirkte beruhigend auf mich. Sie gehörte eindeutig der Gegenwart an. Mit ihr konnte ich offener reden als mit allen anderen, die ich seit meiner Ankuft in Charleston kennengelernt hatte. »Und ich fühle mich im Norden wohler«, erwiderte ich. »Es fällt mir schwer, einen Lebensstil zu akzeptieren, der sich grundlegend von meinem unterscheidet. Ich bin eine Mountfort ohne die Traditionen, die in der Familie zur zweiten Natur geworden sind.«

»Oh, Sie Glückliche! Wegen meiner Mutter muß ich immer noch einen Teil dieser Traditionen ertragen. Wie sie mir erzählte, sind Sie dem Geist von Mountfort Hall schon begegnet.«

»Begegnet? Das ist nicht ganz das richtige Wort. Nathanial Amory war doch auch Ihr Lehrer?«

Sie nickte. »Und zwar ein sehr guter. Wir alle liebten ihn. Sein Tod machte uns sehr traurig und jagte uns Angst ein.«

»Angst? Wieso?«

»Es geschah so plötzlich – und auf so seltsame Weise. Ich glaube, da wurde ziemlich viel unter den Teppich gekehrt. Niemand wollte mit uns Kindern darüber reden. Miss Honoria führte sich auf wie verrückt, und meine Mutter sprach dauernd von ominösen Zeichen und geheimnisvollen Warnungen.«

»Glauben Sie, jene Ereignisse stehen in irgendeinem Zusammenhang zur Gegenwart?«

»Vielleicht – wenn das Boot beschädigt wurde, bevor Nathanial auf den Fluß hinausruderte.«

»Aber die Polizei . . .«

»Natürlich führten die Beamten Ermittlungen durch, doch sie fanden das Boot nicht. Manche von uns überlegten, ob jemand dafür gesorgt hatte, daß es verschwunden blieb. Sonst wäre es womöglich zu einem Skandal gekommen, der den Ruf der Familie ruiniert hätte.« In ironischem Ton fügte Katy hinzu: »Die Polizei kam zu dem Ergebnis, Nathanial wäre tödlich verunglückt. Aber daran glaubt meine Mutter nicht.«

»Wie meinen Sie das?«

»Sie behauptet, jedes Ereignis, jede Tat, vielleicht sogar jeder Gedanke, den wir denken, würde Fäden in den Teppich des Lebens weben, das wir infolge unseres Schicksals führen müssen. Ohne Kristallkugel wissen wir nicht, ob das, was passiert, gut oder schlecht ist. Die Bedeutung der Geschehnisse erkennen wir erst, wenn wir Jahre später darauf zurückblicken. Manchmal kann aus schrecklichen Dingen etwas Gutes entstehen.«

Für mich war die Bekanntschaft mit Katy jedenfalls etwas Gutes. Ich vertraute ihr, und so berichtete ich von Simon Mountforts Brief, wobei ich mein Erbe allerdings nicht erwähnte. Nachdenklich hörte sie zu. »Sie müssen Ihrer Schwester helfen, Molly.«

»Natürlich. Aber wie? Manchmal glaube ich sie zu kennen, und dann entfernt sie sich plötzlich von mir. Fürchtet sie sich vor irgend etwas?«

Orvas Tochter schaute mir ernst in die Augen. »Vielleicht vor Ihnen.«

»Vor *mir*? Aber warum denn?«

»Das hätte ich wohl nicht sagen sollen ... Jedenfalls war sie vor Ihrer Ankunft völlig verängstigt. Ich habe wirklich keine Ahnung, wieso. Nun, jetzt wohnen Sie ja im South Battery-Haus, da können Sie sicher mit ihr reden.«

Ich bezweifelte, daß das sinnvoll wäre, und so schnitt ich ein anderes Thema an. »Ich würde gern etwas mehr über Nathanial Amory erfahren.«

»Möchten Sie ihn kennenlernen?« Verwirrt beobachtete ich, wie Katy aufstand, zu einem Regal ging und einen schmalen Band hervorzog. »Das sind die Gedichte, die er veröffentlichen wollte. Dank Honoria erschienen sie nach seinem Tod. Wenn Sie das Buch ausleihen wollen, trage ich es unter meinem Namen ins Register ein. Wir Kinder freuten uns damals sehr, als wir die Zeilen, die er uns vorgelesen hatte, gedruckt sahen. Auf der Rückseite des Schutzumschlags finden Sie sein Foto.«

Sie gab mir das Buch, und ich drehte es um. Aufmerksam betrachtete ich den Schnappschuß von einem schlanken, blonden jungen Mann, dessen große dunkle Augen in meine zu blicken schienen – ein unheimliches Gefühl nach den Ereignissen in Mountfort Hall ... Er trug eine Strickjacke und eine helle Hose. Unter seinem Arm steckten mehrere Bücher, und er lächelte die Person an, die ihn fotografiert hatte.

»Honoria machte dieses Foto«, erklärte Katy, »und sie fing die besondere Art ein, wie er die Leute anschaute –

so als würden ihn alle interessieren. Sein Tod war ein schwerer Schlag für uns Kinder. Wir vermißten ihn sehr.«

Und Honoria hatte er natürlich am meisten bedeutet. »Wie konnte sie Porter Phelps heiraten, nachdem sie Nathanial geliebt hatte?«

»Niemand kann sich gegen Mr. Phelps zur Wehr setzen. Wenn Sie lange genug hierbleiben, werden Sie das vielleicht selbst zu spüren bekommen, Molly.«

Es verblüffte mich, wie förmlich Katy über Porter sprach. In diesem Moment kam ein Mann in den Lesesaal, und sie erklärte, sie würde mich am Abend wiedersehen, ehe sie nach seinen Wünschen fragte. Ich dankte ihr für das Buch und kehrte zu Amelias Auto zurück.

Eine Zeitlang saß ich am Steuer, blätterte in dem schmalen Band, las hier und da eine Zeile. Nur diese Gedichte waren von dem Mann übriggeblieben, den seine Schüler so sehr geliebt hatten – ebenso wie die Frau, die ihn nicht vergessen konnte. Ich wünschte, ich hätte ihn gekannt – nicht als Geist.

Das Buch in meiner Hand schien sich wie von selbst zu öffnen, und mein Blick fiel auf den Titel eines Gedichts –»An Nora«. Die Worte klangen etwas altmodisch, als ich sie laut las. So als hätte der Verfasser Anleihen bei historischer Poesie gemacht und die Gegenwartsliteratur verschmäht...Das traurige Liebesgedicht handelte von Regen und Tränen und Magnolienduft. Der Grat zwischen echten Gefühlen und Sentimentalität kann sehr schmal sein, aber ich bezweifelte nicht, daß diese Zeilen aus dem Herzen des Dichters kamen und daß er von einer verbotenen Liebe sprach. Nora? Honoria? Eine bezaubernde junge Honoria? Aber warum war es eine verbotene Liebe gewesen?

Ich steckte das Buch in meine Handtasche, noch nicht bereit, zum South Battery-Haus zurückzukehren.

150

Vorher wollte ich die Altstadt von Charleston auf eigene Faust erforschen. Als ich mich später an jenen Entschluß erinnerte, dachte ich an das Schicksal, an das Orva und Honoria glaubten. Es mußte Bestimmung gewesen sein, die zur vermeintlichen »Zufallsbegegnung« im Warteraum des Verlags geführt und mir so viele Möglichkeiten eröffnet hatte. Aber als ich an diesem Nachmittag den historischen Stadtteil besichtigte, glaubte ich immer noch, aus freiem Willen zu handeln.

8

Ich orientierte mich am Stadtplan, fuhr die Meeting Street hinab und stellte den Wagen ab, um zu Fuß zur Markthalle zu gehen. Allmählich wurde mir der Charakter der Altstadt vertraut. Charles hatte mir erzählt, ein Drittel der Gebäude sei von einem Feuer zerstört worden. Die Belagerung und das Bombardement durch die Unionstruppen hatten Charleston in Schutt und Asche fallen lassen. Auch von Hurrikanen, Tornados und dem schlimmsten Erdbeben der Geschichte der Ostküste war die Stadt stark beschädigt worden. Aber während ich nun durch die sonnigen Straßen wanderte, sah ich keine Spuren dieser Katastrophen, nur hin und wieder Bolzen von Querstreben, die dem Schutz vor Erdbeben dienten – echt oder auch nicht, denn manchmal prangten diese Rosetten an neueren Häusern nur zu dekorativen Zwecken.

Immer wieder wird sich Charleston von allen Unbilden erholen, dachte ich, sein Guthaben registrieren, seine Wunden kurieren und in die Zukunft schreiten. Diese Stadt gehört zu den kostbarsten Schätzen Amerikas, und ich empfand einen neuen, unerwarteten Stolz, weil ich hier geboren war. Vielleicht erinnerte sich irgend etwas in meinem Blut doch an die Vergangenheit. Welch eine Genugtuung würde ich empfinden, wenn ich dieses Gefühl in einem Roman verwertete ... Ich hatte schon ein paar gute Ideen, die ich später aufschreiben wollte.

Nach einem Bild, an das ich mich erinnerte, erkannte ich die große Markthalle, ein eindrucksvolles Bauwerk im römischen Stil, auf erhabenem Grund. Ein Fries aus Schafs- und Rinderköpfen verkündete, daß hier früher Fleisch verkauft wurde. Nun befand sich im ersten Stock ein Konföderiertenmuseum, während in der langen Arkade des Erdgeschosses Läden und Marktstände ihr buntes Allerlei anboten.

Ich schlenderte umher, blieb immer wieder stehen, um das Warenangebot zu mustern. Am Ende der Arkade schaute ich Korbflechtern bei ihrer komplizierten Arbeit zu. Die schönen Kreationen – Behälter und Matten aus Fächerpalmwedeln und Kiefernadeln – lagen auf Decken am Boden. Die Kunst der Korbflechter stammt von afrikanischen Vorfahren und ist nur im Low Country von South Carolina zu finden. Ich beschloß, mehrere dieser Erzeugnisse mit nach Hause zu nehmen, wollte aber ein andermal wiederkommen und meine Wahl treffen.

»Zu Hause« – das war immer noch der Ort, wo ich bisher gelebt hatte und wohin ich zurückkehren würde. Ich nahm mir vor, vom South Battery-Haus aus meinen Vater anzurufen und ihm einiges zu erzählen, was in den vergangenen Tagen geschehen war.

Ziellos setzte ich meinen Weg fort und gelangte zum Charleston Place – aus der jüngeren Epoche, aber von der Architektur her der Umgebung angepaßt. Ich fand den Eingang zum Omni Hotel und betrat die Halle. Eine

Sitzgruppe bei der Tür lud zum Verweilen ein. Ich setzte mich und beobachtete die Menschen, wie sie kamen und gingen. Ein breiter Korridor zog sich an teuren Geschäften vorbei, die viel besucht wurden. Ich saß gegenüber von zwei grandiosen Treppenfluchten, die zu einem Balkon führten. Darüber hing ein kunstvoll gearbeiteter Lüster aus Glas und Metall. Der Hallenboden bestand aus großen hellen Marmorquadraten, mit rosa Glitzersteinen verziert. Überall standen dickbauchige weiße Blumengefäße.

Ein unaufhörlicher Menschenstrom besuchte die Geschäfte oder kam aus der Richtung unsichtbarer Aufzüge nahe der Rezeption. Entspannt saß ich da und ließ alles von mir abgleiten, was mich seit meiner Ankunft in Charleston beunruhigt hatte. Zu Amelia fühlte ich mich sehr hingezogen, doch so vieles hatte mich bestürzt, vor allem die Begegnung mit Valerie Mountfort.

Nach einer Weile stand ich auf und sah mich in der Hotelregion hinter den beiden Treppen um. Ich kam zu einem abseits stehenden Tisch, an dem ein Mann und eine Frau saßen. Daphne Phelps und Garrett Burke neigten sich zueinander und sprachen leise. Während ich zögerte und überlegte, ob ich die beiden anreden oder mich rasch entfernen sollte, gab sie ihm ein kleines Etui, und aus irgendeinem Grund blieb ich stehen. In ihre Unterhaltung vertieft, bemerkten sie mich nicht.

Garrett öffnete das Etui, schaute hinein und steckte es in eine Tasche seines Jacketts. Dann blickten beide auf und entdeckten mich. Ihre Verwirrung verriet mir sofort, daß es sich um ein heimliches Treffen handelte. Für mich machte das keinen Unterschied. Für eine Flucht war es jedenfalls zu spät.

»Hallo, Molly!« Garrett sprang auf. »Hat man Sie von der Leine gelassen?«

»Das klingt ja so, als wäre ich eingesperrt gewesen«, antwortete ich etwas schärfer als beabsichtigt.

Daphne zwirbelte eine Strähne ihres glatten roten Haars, ein großer Jadering funkelte im Lampenlicht. Ihr Lächeln wirkte ironisch. »Hi, Molly! Sie können's ruhig erfahren – Garrett ist ein feindlicher Spion, und ich bin eine Konföderiertenagentin. Irgendwelche Kommentare?«

»Ich werde Sie nicht verraten«, versprach ich.

Langsam stand sie auf. »Was immer Sie denken – Sie irren sich. Vielleicht gibt es teuflische Pläne, aber wir stecken nicht dahinter. Bis später, Garrett. Ich muß in den Laden zurück und überlasse es Ihnen, mit Molly fertig zu werden.«

Unbehaglich schaute ich ihr nach, während sie davonschlenderte. Wäre ihre Reaktion auf unsere Begegnung nicht so übertrieben ausgefallen, hätte ich das Rendezvous als Angelegenheit betrachtet, die mich nichts anging, und mir nichts dabei gedacht. Aber so . . .

»Freut mich, Sie wiederzusehen, Molly«, bemerkte Garrett erstaunlich unbefangen. »Trinken Sie eine Tasse Tee mit mir? Der Palmetto Court ist sehr hübsch und liegt gleich da drüben. Ich würde gern mit Ihnen reden.«

Ob auch ich mit ihm reden wollte, wußte ich nicht so recht, aber mir fiel kein Vorwand ein, um ihn erfolgreich abwimmeln zu können. Ich folgte ihm in einen Innenhof, wo uns ein Kellner an einen Tisch führte. Ein hellblauer Schirm schützte uns vor der Sonne. Über uns raschelten Fächerpalmwedel in der leichten Brise.

Ich hatte mich in Garrett Burkes Gesellschaft noch nie wohl gefühlt. Seit der ersten Begegnung in Daphnes Buchhandlung schien er mich kritisch zu beobachten. Zu welchem Urteil mochte er inzwischen gelangt sein?

Anfangs hatte keiner von uns viel zu sagen. Der Tee wurde mit Toaststreifen und Keksen serviert. Ich nippte an meiner Tasse, aß ein paar Bissen und fragte mich, worüber ich sprechen sollte. Über die Dinge, die mich bewegten? Warum nicht? Mal sehen, was passierte … Großen Schaden konnte ich nicht anrichten, denn Garrett war ein Außenseiter, so wie ich.

»Wissen Sie, wovor sich meine Schwester fürchtet?« begann ich. »Irgend etwas scheint ihr Sorgen zu machen, und ich wüßte gern, was es ist.«

»Halsen Sie sich nicht mehr auf, als Sie verkraften würden, Molly.«

»Aber ich muß doch verstehen, was da vorgeht. Kurz vor seinem Tod schrieb mir mein Vater einen Brief, den Honoria mir heute nachmittag gab. Offenbar hatte sie ihm versichert, ich würde zurückkehren. Es ist ein seltsamer Brief voller Andeutungen und ohne nennenswerte Informationen.«

»Möchten Sie mir erzählen, was drin steht? Oder noch besser – darf ich den Brief lesen?«

Nach kurzem Zögern stimmte ich zu und nahm das Kuvert mit den drei Seiten aus meiner Handtasche. Immerhin war Garrett der Mountfort-Biograph. Und alles, was Familie und die Vergangenheit betraf, mußte ihn interessieren. Langsam und sorgfältig las er Simons Zeilen. Ich beobachtete seine Miene, die nichts verriet.

»Mountfort Hall ist ein eindrucksvolles und gefährliches Erbe, Molly«, meinte er, als er mir den Brief zurückgab. »Nun lautet die große Frage: Warum hatte Simon so schreckliche Gewissensbisse?«

»Ich bin mir nicht sicher, ob ich das überhaupt wissen will – es sei denn, das Geheimnis bedroht Amelia. Andererseits könnte die Wahrheit meiner Schwester und meiner Mutter noch mehr Kummer machen. Vielleicht wäre es besser, die Vergangenheit ruhen zu lassen.«

»Aber wenn sie die Gegenwart beeinflußt? Wie können Sie das ignorieren?«

Unglücklich schüttelte ich den Kopf.»Im Augenblick empfinde ich nur Verwirrung. Ich würde lieber einen Roman schreiben, als dies alles zu erleben. Meine Hauptpersonen wissen immer, was sie tun müssen. Ich fühle mich hier völlig hilflos.«

»Ihre Romanfiguren beziehen ihre Beweggründe und ihre Kräfte von Ihnen, also können Sie nicht so hilflos sein.«

Seine Worte überraschten mich. Mein Adoptivvater hatte nie besonders viel von meinen schriftstellerischen Fähigkeiten und meiner Situation als unabhängige Frau gehalten, und das mochte sich auf meine Selbsteinschätzung ausgewirkt haben.

»Es war durchaus mutig von Ihnen hierherzukommen«, fügte Garrett hinzu. »Also sollten Sie mal versuchen, eine neue Einstellung zu sich selbst zu finden. Sie haben mehr mit Ihren weiblichen Romanpersonen gemeinsam, als Sie glauben. Möglicherweise gelingt es Ihnen, dieses mysteriöse Lügennetz zu zerreißen, und die Mountforts können aufatmen und brauchen die Vergangenheit nicht mehr zu fürchten, wenn die Wahrheit enthüllt wird.« Jetzt war sein Gesicht nicht mehr ausdruckslos. Die Maske, hinter der er sich so oft verschanzte, war verschwunden. Zorn und Leidenschaft drangen an die Oberfläche.

Ich bemühte mich, meiner Stimme einen ruhigen Klang zu geben. »Mir geht es nur um Amelias Sicherheit, um ihr Glück.«

»Braucht sie dann keinen festeren Boden unter den Füßen als ein nebulöses Lügengespinst?«

»Erklären Sie mir, was Sie meinen.«

156

»Das kann ich nicht. Bei meiner Arbeit an der Mountfort-Story stoße ich auf dunkle Winkel, und es drängt mich, sie zu erforschen. Vielleicht jagen sie mir sogar ein bißchen Angst ein. Porter möchte vermutlich, daß ich auslasse, was zuviel verraten würde. Sicher ist er nicht sehr erfreut über Ihre Anwesenheit, die alles kompliziert.«

»Und wenn einer dieser dunklen Winkel mit ihnen zusammenhinge?«

Das schien ihn zu amüsieren. »Glauben Sie, ich schreibe meine eigene Story?«

Ich begann, mich über Garrett Burke zu wundern. Wo war er aufgewachsen und zur Schule gegangen? Welche Frauen hatte es in seinem Leben gegeben? Was verband ihn mit Daphne? Ich erinnerte mich, wie interessiert sie ihn angesehen hatte.

»Geben Sie den Versuch auf, mich zu ergründen.« Sein Lächeln verspottete mich. »Ich bleibe lieber ein faszinierendes Rätsel. Was halten Sie von Amelias und Charles Landrys baldiger Hochzeit?«

»Sie liebt ihn zweifellos. Aber nach dem sogenannten Duell zu schließen, das Sie beide heute miteinander ausgefochten haben, sind Sie nicht gerade verrückt nach Charles. Was haben Sie gegen ihn? Glauben Sie, daß er meine Schwester wirklich liebt?«

»Das werden Sie wahrscheinlich selbst herausfinden – wenn Sie ausharren und nicht vor allem davonlaufen, was Sie erschrecken könnte. Ihre Romanheldinnen ergreifen doch auch nicht die Flucht, oder?«

»Die sind so tapfer, wie ich's gern wäre. *Ich* würde vielleicht das Weite suchen.«

»Ziehen Sie erst mal kräftig an den Fäden, die das Lügennetz auseinanderreißen.«

Ausweichend erklärte ich: »Jetzt muß ich zum South

Battery-Haus zurückfahren, sonst macht sich Amelia Sorgen um mich.«

Er achtete nicht auf meine Worte. »Möchten Sie in einen dieser dunklen Winkel schauen, Molly?« Als ich schwieg, zog er das kleine Etui aus der Tasche, das Daphne ihm vorhin gegeben hatte, und öffnete es. Darin lag auf einem Wattekissen ein winziges Schmuckstück aus Silber mit einer rosa Koralle, kunstvoll zu einer Lotosblüte geformt. Vorsichtig nahm ich es heraus, drehte es hin und her. »Ein einzelner Ohrring? Was hat das zu bedeuten?«

»Genau. Was ist mit dem Pendant passiert? Daphne meint, diesen Ohrring müßte einer der besten Juweliere von Charleston hergestellt haben, vor vielen, vielen Jahren. Während ihrer Kindheit geriet der Schmuck auf seltsame Weise in ihre Hände. Sie verwahrte ihn als geheimen Schatz und vergaß ihn – bis vor kurzem. Etwas erinnerte sie daran – sie brachte ihn mir und erzählte die Geschichte. Die könnte bei einem jener dunklen Rätsel eine Rolle spielen. Vielleicht wird Daphne Sie einweihen. Ich bin mir nicht sicher, ob's ihr recht wäre, wenn sie wüßte, daß ich Sie informiert habe.«

»Warum haben sie mir den Ohrring dann gezeigt?«

Ein zynisches Grinsen grub eine tiefe senkrechte Falte in eine seiner Wangen und machte mich ziemlich nervös. »Vielleicht macht's mir Spaß, den Schlamm ein bißchen aufzuwühlen, Molly-Cecelia. Mal sehen, was passieren wird, nachdem der Ohrring aufgetaucht ist. Wenn Sie wollen, begleite ich Sie zum South Battery-Haus.«

»Ich habe mir Amelias Wagen ausgeliehen. Er parkt auf der anderen Seite der Markthalle.«

Unterwegs berichtete ich von meinem Besuch bei Katy Jackson in der Bibliothek. Und als wir das Auto erreichten, nahm ich Nathanials Gedichtband vom Rücksitz und zeigte ihn Garrett. »Das kennen Sie sicher schon?«

Nachdenklich begann er, in dem dünnen Büchlein zu blättern. »Ja, in der Bibliothek von Mountfort Hall gibt's mehrere Exemplare. Lesen Sie mal die Seite zwölf, Molly. Es würde mich interessieren, was Sie davon halten.«

»Anscheinend kehren wir immer wieder zu Nathanial zurück«, erwiderte ich, als er mir das Buch zurückgab. »Sind Sie bei Ihren Recherchen auf irgendwas gestoßen, das mit seinem Tod zusammenhängt?«

»Das ist einer der dunkelsten Winkel. Seltsam, wie stark mich die Mountforts und alle Leute berühren, die mit ihnen zu tun hatten ... Nathanial Amory fasziniert mich, aber ich bin nicht mehr sicher, ob ich objektiv Bericht erstatten kann. Seine Geschichte erscheint mir besonders tragisch.«

Wieder spürte ich seine Zurückhaltung und ahnte, daß er mehr herausgefunden hatte, als er eingestehen wollte. »Sie haben eine Entdeckung gemacht, nicht wahr?«

»Nicht direkt ... Honoria gibt mir die schwierigsten Rätsel auf.«

»Weil sie Nathanial zu heiraten hoffte?«

»Das bezweifle ich. Offenbar sah er keinen Grund, ihr zu verschweigen, daß daheim eine Ehefrau auf ihn wartete.«

»Tatsächlich! Warum hat das noch niemand erwähnt? Wieso kam er überhaupt hierher? Stand er in verwandtschaftlichen Beziehungen zu den Mountforts?«

»Das behauptet Porter. Vermutlich war Nathanial ein illegitimes Kind, was allerdings zu seiner Zeit keine Rolle mehr gespielt haben dürfte. Jedenfalls möchte

Porter den Hauslehrer in der Familiengeschichte nicht genannt sehen.«

»Honorias wegen?«

»Das wäre möglich.«

»Werden Sie Porters Wünsche berücksichtigen?«

Garrett blieb mir die Antwort schuldig und musterte mich wieder auf jene beunruhigende Weise.

»Könnte er Honoria den Namen Nora gegeben haben?« fragte ich.

Natürlich wußte er, daß ich das Gedicht gelesen hatte, doch er zuckte nur die Achseln und öffnete mir die Autotür, um das Gespräch zu beenden. »Wir sehen uns heute abend auf der Probe, Molly. Kommen Sie hinter die Bühne, da wartet eine mysteriöse Welt, die eine Krimi-Autorin interessieren müßte. Bis bald.« Mit diesem abrupten Abschied wollte er weiteren Fragen ausweichen. Er war nicht unfreundlich gewesen, verstand es aber immer wieder, eine Maske vor sein Gesicht zu ziehen, die mich daran hinderte, die von ihm festgelegten Grenzen zu überschreiten. Seufzend beobachtete ich ihn, als er davoneilte, nicht mit langen, anmutigen Schritten wie Charles, sondern mit federndem, ungeduldigem Gang, als würde er dem Leben immer neue reizvolle Aspekte abgewinnen.

Ich setzte mich ans Steuer und schlug Nathanials Buch bei Seite zwölf auf. Der Titel schien mich anzuspringen – »Ode an rosa Lotosblüten«. Und das Gedicht beschrieb eine zierliche Blüte, aus einer Koralle geschnitzt, in Gold gefaßt. Das Dunkel des speziellen Winkels vertiefte sich. Warum hatte Nathanial eine Ode an Ohrringe verfaßt? Und warum Gold, wenn das Schmuckstück, das ich gesehen hatte, aus Silber war? Konnte man das mit dichterischer Freiheit erklären?

Ich fuhr zur South Battery und parkte Amelias Wagen in der Nähe des Hauses. Während ich die Halle durchquerte, erregte Simons Porträt wieder meine Aufmerksamkeit, und ich blieb in der Salontür stehen. Ich fühlte, daß der Mann auf dem Bild mir etwas zu sagen hatte.

Ein leises Geräusch zu meiner Linken ließ mich zusammenzucken. Valerie Mountfort saß dem Porträt schräg gegenüber, in ihrem langen rosa Morgenmantel, die Hände im Schoß gefaltet. Über einer Schulter hing ihr der blonde Zopf. Unverwandt schaute sie mich an. »Ich habe auf dich gewartet, Cecelia – falls dein Name so lautet. Amelia ist ausgegangen, also könnten wir uns unter vier Augen unterhalten. Auf eine solche Gelegenheit hoffe ich seit deiner Ankunft.«

Sie war der einzige Mensch, dem ich das Recht zugestand, mich Cecelia zu nennen. Ich setzte mich, plötzlich angespannt und unsicher.

»Etwas mußt du verstehen«, begann sie. »Das heißt, wenn ich's selber verstehe ... Simon warf mir einmal vor, ich würde versuchen, mit einer Illusion zu leben, die mich zerstören könnte, und das würde Amelia schaden. Vielleicht hatte er recht, aber ich konnte nicht anders. Cecelia war das Baby, das ich viel mehr liebte als das andere. Für sie baute ich in meiner Phantasie ein Leben auf. Wir waren Freundinnen, so wie ich auch mit Amelia Freundschaft geschlossen hatte. Immer wieder versicherte Honoria, du würdest zurückkommen, und ich glaubte ihr. Aber ich glaubte auch an meine Phantasiegebilde und erwartete, die heimgekehrte Cecelia müßte meine imaginäre Tochter sein, in Fleisch und Blut verwandelt. Eine Selbsttäuschung, natürlich – aber es fiel mir schwer, das zu akzeptieren.«

Für Illusionen hatte ich Verständnis, wenn ich die meinen auch auf Romane beschränkte, die ich schrieb.

Ich versuchte, es Valerie ein wenig zu erleichtern, mich als ihr Kind anzuerkennen. »Wir sind uns noch fremd, aber das wird sich ändern, wenn wir uns besser kennengelernt haben.«

Ihr vernichtender Blick wies solche Banalitäten entschieden zurück. »Mir ist zumute, als hätte ich meine Tochter zweimal verloren. Zum erstenmal, als sie ein Baby war – und jetzt wieder, weil du jemand bist, den ich nicht kenne. Sogar dein Akzent ist ganz falsch.«

»Ein Yankee mit Südstaatenblut . . .« Ich zwang mich zu lächeln, wollte den Kummer lindern, der in Valeries Herzen zu wachsen schien. Nur zu gut begriff ich, warum alle ihr Bestes taten, um sie zu schützen und zu schonen. Sie wirkte so zerbrechlich, als könnte ein schwacher Windhauch sie davonwehen.

Sie richtete sich ein wenig auf, und der Funke, der ihre schönen Augen plötzlich erhellte, überraschte mich. Mir fiel ein, daß Charles mir erzählt hatte, sie sei als junges Mädchen lebhaft und abenteuerlustig gewesen und sogar einmal mit seiner Mutter durchgebrannt. »Schon gut«, erwiderte sie, »das spielt keine Rolle mehr. Ich weiß jetzt, das ich mein verlorenes Baby niemals zurückbekomme, und einen Ersatz will ich nicht.« Sie stand auf und berührte ihren langen blonden Zopf. Ihr Lächeln, viel zu strahlend und gekünstelt, würdigte mich zu einem Gast herab, der höflich behandelt werden mußte. Während sie sich bewegte, drang Rosenduft zu mir und erzeugte eine Atmosphäre tröstlicher Sicherheit, der jede reale Basis fehlte. Kindheitserinnerungen, einem Baby eingeprägt, das sie im Arm gehalten hatte? »Du könntest etwas für mich tun«, fügte sie hinzu.

»Natürlich. Was?«

»Amelia erwähnte, Simon habe dir kurz vor seinem Tod einen Brief geschrieben. Dürfte ich ihn lesen?«

Warum war meine Schwester ihrem Entschluß, der Mutter den Brief zu verschweigen, untreu geworden? Ich zögerte, denn ich wußte nicht, wie Valerie auf die Worte ihres verstorbenen Mannes reagieren würde. Andererseits sah ich keine Möglichkeit, ihr den Wunsch abzuschlagen. Also zog ich das Kuvert aus meiner Handtasche und gab es ihr. Sie schaltete eine Stehlampe ein und begann zu lesen. Tränen rollten über ihre Wangen, und ich fragte mich vergeblich, wie ich sie trösten sollte.

Nachdem sie ihre Lektüre beendet hatte, faltete sie die drei Blätter zusammen und steckte sie in den Umschlag zurück. »Auch das ist eine Illusion, Cecelia – eine andere Phantasie. Simon nahm die Schuld für gewisse Dinge auf sich, die andere ihm antaten. Sein schlechtes Gewissen entbehrte jeder Grundlage. Ich fürchte, er war oft schwach und unfähig.«

Was sie da sagte, irritierte mich. Ich hatte mir ein liebevolles Eheleben meiner Eltern ausgemalt, und nun klang Valeries Stimme bitter und unversöhnlich. Was konnte sie Simon nicht verzeihen? Ich stand auf und trat vor sein Porträt, das über dem Kamin hing. »In diesem Bild sehe ich meinen Vater nicht, um so realer wirkt er für mich in seinem Brief. Ich wünschte, ich hätte ihn gekannt – so, wie er wirklich war.«

Valerie folgte mir. »Dieses Porträt zeigt nur wenig von dem Simon, mit dem ich so lange zusammengelebt habe. Ich mochte es nie, aber ihm gefiel es. Der Maler verlieh ihm eine innere Kraft, die er nicht besaß.«

Ich wußte, daß willensstarke Menschen dazu neigen, Sanftmut und Rücksichtnahme als alberne Schwäche zu verdammen. Instinktiv näherte sich mein Herz dem Vater, entfernte sich von Valerie Mountfort. Abrupt kehrte sie dem Porträt den Rücken, verbannte Simon aus ihrem Leben und drückte mir den Brief in die Hand.

»Natürlich muß Mountfort Hall meiner Tochter Amelia gehören – nicht dir.«

»Das finde ich auch«, stimmte ich ihr zu, doch für sie war das Thema bereits abgeschlossen.

»Amelia hat mir erzählt, du würdest heute abend zur Probe gehen. Ich warte lieber bis zur Premiere. Das Stück habe ich schon gelesen. Ich glaube, da ist ihr etwas ganz Besonderes gelungen.«

»Es ist doch interessant, daß wir beide eine schriftstellerische Ader haben.«

Sie zuckte die Achseln. »Amelia hat mir dein neues Buch gegeben, aber das ist leider nichts für mich. Kriminalromane regen mich zu sehr auf.«

Vor allem, weil du inmitten eines ungelösten Rätsels lebst, dachte ich und überlegte, ob sie auch vor realen Kriminalgeschichten zurückschreckte. »Mochtest du Nathanial Amory?« fragte ich impulsiv, und sie runzelte verstört die Stirn.

»Nein! Ich erklärte Simon, es sei mir in tiefster Seele zuwider, daß Daphne und der kleine Charles, der praktisch unser Pflegekind war, von einem Fremden unterrichtet wurden. Aber Simon dachte, Nathanial würde den Horizont der Kinder erweitern. Und seine Zeugnisse waren in der Tat ausgezeichnet.«

»Warum mochtest du ihn nicht?«

»Ich kannte ihn kaum.« Weil sie zu tief um die entführte Tochter trauerte? Aber Nathanial war schon vor der Tragödie auf Mountfort Hall gewesen. »Natürlich bedauerte ich seinen schrecklichen Tod«, fuhr sie fort. »Aber es machte mir keineswegs großen Kummer, daß er aus unserem Leben verschwunden war. Simon um so mehr. Ich glaube, er kam nie darüber hinweg – obwohl er gewiß nicht mit Nathanial befreundet war. Mein Mann fühlte sich viel zu oft schuldig an Dingen, für die er nichts konnte. Damit stellte er meine Geduld immer wieder auf eine harte Probe. Ich hoffe, du verzeihst mir, Cecelia, aber ich bin jetzt müde. Vor kurzem war ich krank, und ich muß meine Kräfte schonen. Wenn Amelia heimkommt – würdest du ihr bitte sagen, ich möchte sie sehen?«

»Natürlich.« Ich beobachtete, wie sie zur Tür ging, und entschloß mich zu einer letzten Frage. »Hast du jemals Ohrringe mit Korallen besessen, in der Form von Lotosblüten?«

Verwundert drehte sie sich um. »Ja – die habe ich immer noch. Simon ließ sie vor vielen Jahren für mich machen. Ich trage sie schon lange nicht mehr. Wieso weißt du davon?«

»Heute nachmittag besuchte ich Katy Jackson in der Bibliothek, und da gab sie mir ein Buch mit Nathanials Gedichten. Darin las ich eine »Ode an rosa Lotosblüten«, die ein Paar Ohrringe beschrieb. Die müssen ungewöhnlich schön sein, und man erzählte mir, sie würden dir gehören.« Diese Geschichte stimmte nicht ganz, aber ich wollte verschweigen, daß ich einen Ohrring gesehen hatte – nicht in Gold, sondern in Silber gefaßt.

»Ja, sie sind wirklich schön. Eines Tages werde ich sie dir zeigen.« Valerie verließ das Zimmer, in aufrechter Haltung. Als ich ihr nachschaute, empfand ich nichts für die Frau, die mich geboren hatte. In jeder Hinsicht waren wir uns fremd, und wahrscheinlich gab es kaum etwas, das uns einander näherbringen würde. Nicht nur ihre Phantasie von der Tochter hatte sich in Nichts aufgelöst – auch meine von der »richtigen« Mutter.

Ich wartete, bis sie die Treppe hinaufgestiegen war, ehe ich in die Halle ging, um mein Zimmer aufzusuchen. Amelia stürmte zur Haustür herein, und ihr

Anblick schockierte mich. Sie hatte ihr Haar schneiden lassen, zu einem knapp schulterlangen Pagenkopf mit Innenrolle, wie auch ich ihn trug. Lachend zog sie mich vor einen Spiegel, und unsere Ähnlichkeit überwältigte mich. »Oh, wir werden viel Spaß haben!« rief sie. »Charles meinte, wenn wir die gleiche Frisur hätten, würde uns niemand auseinanderhalten können. Nun können wir allen Leuten Streiche spielen!«

In diesem Moment wirkte sie blutjung – ein übermütiges Mädchen. Ich wünschte, unsere Ähnlichkeit würde mich nicht so bedrücken. Irgendwie kam es mir vor, als hätte ich einen Teil von mir selbst verloren. Wenigstens unsere Mienen im Spiegel unterschieden sich deutlich, und Amelia imitierte mein Stirnrunzeln. »Was hast du, Molly? Ich dachte, du würdest dich freuen.«

»Es freut mich, daß ich eine Schwester habe. Aber ich möchte niemanden zum Narren halten oder ...«

»Sei doch nicht so spießig! Jetzt kann ich so wie du werden, tüchtig und selbstbewußt.«

Diese Worte beschrieben wohl kaum, wie ich mich fühlte. »Wenn wir den Mund aufmachen, sind wir leicht an unseren verschiedenen Akzenten zu erkennen.«

Sie hörte jemanden die Eingangstreppe heraufsteigen und lief zu einem Fenster. »Da ist Charles! Er wird mit uns essen und bringt uns dann zum Theater. Fangen wir an, Molly! Paß auf!«

Sie öffnete die Tür und schaute Charles wortlos an, der sie freundlich anlächelte. »Hallo, Molly!« Dann wandte er sich zu mir und schnappte verwirrt nach Luft.

Amelia unterdrückte ihren Lachreiz, hängte sich bei mir ein, und wir standen ihm gegenüber – wenn ich das Spiel auch nur widerstrebend mitmachte. Eine kleine Weile zögerte er, dann nahm er meine Schwester in die

Arme. »Du kannst mich höchstens zehn Sekunden lang hinters Licht führen.«

Enttäuscht zog sie einen Schmollmund. »Aber wieso ...«

Er lachte. »Molly ist die alte Lady, und du bis ein Kind. Dadurch wirst du dich immer verraten, Amelia.«

Diese Erklärung mißfiel mir zwar, aber ich war erleichtert, weil jeder die Charade über kurz oder lang durchschauen würde. Die Unterschiede zwischen Amelia und mir verbargen sich hinter der Fassade, aber jeder, der uns kannte, würde uns auseinanderhalten. In meiner Überraschung über die neue Frisur meiner Schwester hatte ich vergessen, was ich ihr ausrichten sollte. »Deine Mutter will dich sehen.«

Sie nickte. »Ich gehe sofort hinauf. Hoffentlich regt sie sich nicht allzusehr über meinen Haarschnitt auf. Seht doch mal in der Küche nach, was es zu essen gibt.«

Charles schenkte mir sein liebenswürdiges Lächeln, und ich war froh, mit jemandem zusammenzusein, der nicht voller düsterer Ahnungen steckte wie Garrett Burke. »Ich bin so glücklich über Ihren Besuch, Molly. Für Amelia sind Sie ein wahrer Segen. Und keine Bange – eine echte Identitätskrise ist nicht zu befürchten.«

»Anfangs war ich ziemlich über ihre Frisur erschrocken«, gab ich zu. »Ich möchte mein Ego nicht verlieren.«

»Diese Gefahr besteht nicht. Aber ich wünschte, Amelia würde Ihnen tatsächlich gleichen – dem Wesen nach. Kümmern wir uns ums Essen und erzählen Sie mir von Ihrem Nachmittag.« Wir wanderten in die Küche, wo ich den Spaziergang durch die Markthalle und den Aufenthalt im Omni Hotel schilderte, ohne die Begegnung mit Daphne und Garrett zu erwähnen. Dann berichtete ich von meinem Gespräch mit Katy

Jackson. »Offenbar wurde auch sie von Nathanial Amory unterrichtet.« Dieses Thema verfolgte mich unablässig.

»Das stimmt. Simon setzte sich sehr für die Bürgerrechte der Schwarzen ein und meinte, Kinder seien nicht von vornherein mit Vorurteilen behaftet, die würden ihnen von den Erwachsenen suggeriert. Ich bin Ihrem Vater dankbar, daß er mich davor bewahrt hat.«

»Douglas sagte einmal, Vorurteile würden eine Ablehnung von Menschen oder Dingen bedeuten, die man nicht verstehe.«

»Leider wissen wir nicht immer, was wir nicht verstehen. Aber hören wir zu philosophieren auf. Heute abend kommen meine Mutter und Orva zur Probe. Dazu habe ich die beiden überredet. Immerhin treten ihre Kinder in dem Stück auf.« Erfolgreich hatte er mich vom Thema Nathanial weggelotst, doch das war vielleicht nicht mit Absicht geschehen.

»Wie geht's Ihrer Hand?« fragte ich. »Können Sie heute abend die Duellszene spielen?«

»Oh, die Verstauchung ist nicht so schlimm. Ich habe ein bißchen übertrieben, um Garrett einiges heimzuzahlen. Er war es, der sich nicht ans Skript hielt, und ich mißtraue ihm. Nun, heute abend kriegen wir die Szene sicher besser hin. Dafür wird Honoria sorgen.«

»Warum mögen Sie Garrett nicht?«

Charles begann Sandwiches zu machen. »Wer hat Ihnen eigentlich beigebracht, ständig diese pointierten Fragen zu stellen, Molly? Liegt das an Ihrem Beruf? Sie erinnern mich ein bißchen an Ihre Mutter in jüngeren Jahren. Sie war oft sehr direkt. Haben Sie das geerbt?«

»Wie soll ich das wissen?«

»Jedenfalls mag ich Sie so, wie Sie sind. Zu schade, daß Sie Ihr bisheriges Leben nicht hier verbracht haben,

168

wo Sie hingehören . . . Dann wäre vieles anders.« Er warf mir einen forschenden Blick zu, den ich nicht deuten konnte.

Als ich mich gerade unbehaglich zu fühlen begann, kam Amelia zu uns und richtete einen Sandwichteller für ihre Mutter her. Sie trug ihn zu Valerie hinauf, kehrte zurück, und wir setzten uns zu einem zwanglosen Dinner.

Amelias gute Laune war verflogen. »Warum hast du Mama den Brief unseres Vaters gezeigt, Molly? Sie hat sich furchtbar aufgeregt.«

»Nachdem du ihr davon erzählt hattest, wollte sie den Brief lesen, und das konnte ich nicht verhindern. Doch sie wirkte schon vorher angespannt. Wir unterhielten uns ein wenig – wie zwei Fremde.«

»Aber das seid ihr nicht!« klagte sie. »Charles, hilf mir doch, ihr das klarzumachen!«

Lächelnd schüttelte er den Kopf. »Molly wird die Situation sicher meistern, mein Schatz.«

Sie selbst fand sich nicht zurecht, und ich spürte ihre Sorge, die manchmal an kalte Angst grenzte. Was lag ihr so schwer auf der Seele? Vielleicht würde ich heute abend während der Probe, wenn ich gut aufpaßte, irgendwelche Hinweise erhalten. Ich mußte einen Weg finden, um meiner Schwester zu helfen, wie immer das Problem auch aussehen mochte.

9

Das Mountfort-Theater lag an der Ecke einer schmalen Straße und einer Seitengasse. Das einstige Lagerhaus zeigte an der unteren Hälfte die ursprüngliche Ziegelmauer, die obere war mit Stukkaturen geschmückt. Zwei große Torbögen führten ins Foyer. Darüber hing ein buntes Schild, bemalt mit Schauspielern in phantasievollen Kostümen, vor einem Publikum im verschwommenen Hintergrund. Darunter stand: »Stage Center Players – Workshop.«

Amelia, Charles und ich betraten das Foyer, wo Fotos und Theaterplakate an den Wänden hingen. An der rechten Seite befand sich die Kasse, durch zwei Schwingtüren erreichte man den Zuschauerraum.

Wir gingen durch die linke Tür hinein, und ich blieb stehen. Im schwachen Licht schaute ich mich um. Zwei Gänge teilten die gepolsterten Sitzreihen, die leicht zur hell erleuchteten Bühne hin abfielen. An den Wänden sah man zu beiden Seiten die Originalziegel. Das Lagerhaus war nicht verschönert worden, erfüllte seinen jetzigen Zweck aber sehr gut. Sobald hier ein Publikum saß und die Lampen erloschen, würde nur noch die Bühne zählen. Sie war klein und eignete sich wohl eher für intime Szenen. Es gab kein Proszenium und keine Rampenlichter, nur einen schlichten weißen Rahmen. Ein grüner Vorhang schirmte die Hinterbühne ab. Im Dunkel darüber tummelten sich Motten.

Auf der Bühne schienen Daphne, Garrett und Honoria lebhaft zu diskutieren. Die alte Dame inszenierte das Stück nicht nur, sie spielte auch mit – in ihrer Rolle als Regisseurin. Sie trug Jeans, die offenbar aus einem Kinderladen stammten, und ein blaues T-Shirt reichte ihr bis unter die Knie. Um ihr Haar hatte sie ein Tuch geschlungen, mit blaugrünen Mosaikfiguren gemustert, und am Oberkopf zusammengebunden, so daß sie etwas größer wirkte. Als sie unsere Schritte im Zuschauerraum hörte, trat sie an den Bühnenrand. »Du kommst zu spät, Charles! Ohne Amelia und dich können wir die nächste Szene nicht proben.«

170

Charles rannte die Stufen an der linken Seite hinauf, aber Amelia blieb neben mir stehen, ihre Hand auf meinem Arm. In der ersten Reihe entdeckte ich Evaline Landry und Orva Jackson, zwischen den Kulissen wartete Katy auf ihren Auftritt.

Verblüfft starrte Honoria meine Schwester und mich an. »O Gott, welche von euch ist welche?«

Ehe wir zum Theater gefahren waren, hatte Amelia erklärt, bei unserem ersten Erscheinen als eineiige Zwillinge müßten wir uns möglichst gleich anziehen, und mir Jeans und ein Hemd geliehen. Beides paßte mir perfekt, und sie war ähnlich gekleidet. Strahlend lächelte sie die alte Dame an und zeigte wortlos auf mich.

»Dann komm herauf, Amelia!« befahl Honoria und fiel auf das Täuschungsmanöver herein. »Über deine Frisur reden wir später.«

Charles schlenderte auf die Bühne. »Schau mal genauer hin, Honoria. *So* ähnlich sehen sie sich gar nicht.«

Es überraschte mich immer wieder, wie schnell sie sich bewegen konnte. Ihre Füße schienen die Stufen kaum zu berühren, als sie herablief. Mißbilligend trat sie vor Amelia hin. »Du hattest so schönes Haar. Warum hast du's abschneiden lassen?«

»Es hätte zu lange gedauert, bis Mollys Haare gewachsen wären. Und ich wollte herausfinden, ob wir uns wirklich gleichen. Sei nicht böse.«

Charles lachte über Honorias Verwirrung, und Daphne, für die Versatzstücke zuständig, kam zum Bühnenrand und schaute herab. Sogar Katy verließ ihren Posten zwischen den Kulissen, um festzustellen, was hier geschah, und ich bemerkte Orvas Interesse. Mrs. Landry hatte eine unbeteiligte Miene aufgesetzt, als wollte sie sich aus Familienstreitigkeiten heraushalten.

Und Garrett stand etwas abseits, studierte das Skript in seiner Hand, aber ich ahnte, daß ihm nichts entging.

»Tatsächlich. Charles hat recht«, meinte Daphne. »Wenn ihr den Mund haltet, kann man euch nicht unterscheiden.« Grüne Funken tanzten in ihren Augen, und auf der Bühne wirkte sie sehr imposant, fast so groß wie Charles.

Ich vermochte ihre Belustigung nicht zu teilen. »Natürlich werde ich den Mund aufmachen. Ich habe nicht vor, die Leute auf den Arm zu nehmen.«

»Sehr gut, Molly«, lobte Honoria. »Bloß keine albernen Tricks!«

Garrett – alles andere als der strahlende Held, kleiner und muskulöser als Charles – sah von den Papieren in seiner Hand auf und warf mir einen seltsamen, mitfühlenden Blick zu. Glaubte er, wir würden uns gegen die Südstaatenstreitkräfte verbünden?

»Geh endlich auf die Bühne, Amelia, damit wir mit dieser Szene weitermachen können!« forderte Honoria ungeduldig.

Während meine Schwester die Stufen hinaufrannte, setzte ich mich neben Orva.

»Amelia hat den Unionssoldaten versteckt«, erklärte die Regisseurin. »Du, Charles, trittst auf und erwartest, von deiner Herzallerliebsten freudestrahlend begrüßt zu werden – deren Frisur überhaupt nicht mehr zu ihrer Rolle paßt.«

Der kleine Seitenhieb störte Amelia nicht im mindesten. Sie bückte sich, um Honorias Wange zu küssen und wurde sofort wieder getadelt. »Nimm dir keine Freiheiten bei der Regisseurin heraus. Auf diese Weise kannst du mich nicht umgarnen. Hoffentlich kriegst du den Dialog heute besser hin als letztes Mal. Du magst die Verfasserin des Stücks sein, aber eine Schauspielerin müssen wir erst noch aus dir machen.«

Während der Probe beobachtete ich hauptsächlich Honoria. Sie schien die Texte aller Darsteller auswendig zu können, und wenn sie mit deren Leistungen unzufrieden war, spielte sie ihnen die betreffende Szene temperamentvoll vor. Als Garrett vom Konföderiertensoldaten aus dem Versteck gezerrt wurde, ahmte sie sogar den Akzent des Nordamerikaners nach. Und sie konnte Amelia wundervoll imitieren. Einmal legte sie eine Pause ein, um der ganzen Truppe einen Vortrag zu halten. »Normalerweise treten bei Stage Center keine solchen Amateure auf. Charleston wird euch nur wegen des Namens Mountfort zuschauen, die Aufführung genießen und euch alles verzeihen. Aber ihr sollt so gut wie möglich spielen und die Leute überraschen.«

Danach schienen Charles und Amelia sich etwas eifriger zu bemühen, aber bei Garrett war ich mir nicht sicher.

Katy, das Dienstmädchen, hatte ein paar Worte zu sagen, als sie Charles gegenübertrat, der in den imaginären Salon eines Südstaaten-Herrschaftshauses stürmte. Sie sprach ihren Text sehr nett, machte eine gute Figur, und ich hoffte, Orva würde mit ihr zufrieden sein. Das hübsche Profil der Schwarzen verriet nichts, aber sie beugte sich vor und schien Gefallen an der Szene zu finden.

Geschickt hantierte Daphne mit den Versatzstücken, fungierte als Inspizientin und stand Honoria nie im Weg, die keinen Zweifel daran ließ, wer hier alles unter Kontrolle hatte. Nach einem ihrer Wutausbrüche hörte ich Orva zu meiner Verblüffung leise lachen. Wie ich schon zu Anfang geahnt hatte, schauspielerte auch die Regisseurin.

In seiner Konföderiertenuniform würde Charles großartig aussehen. Die Rolle war ihm auf den Leib geschrieben. Hingegen wirkte Garrett – der Unionssoldat, von einer Südstaatenschönheit versteckt – weniger überzeugend. Ich konnte nur hoffen, daß Honoria vor der Premiere noch etwas mehr aus ihm herausholen würde.

Das Duell wurde mit Schwertern ausgefochten, wie sie die Offiziere zu jener Zeit getragen hatten, und mit Hingabe gespielt. Charles vollführte seine vorgeschriebenen Bewegungen mit natürlicher Anmut. Und Garrett, wesentlich plumper, benahm sich wenigstens ordentlich und brach verwundet zusammen, wie es sein Part verlangte. Über den Bühnenrand hinweg zwinkerte er mir zu, als der erste Akt beendet war.

In der nächsten Szene beschuldigte Amelia ihren Verlobten voller Leidenschaft des Mordes und weinte herzzerreißend um ihren sterbenden Helden. Offensichtlich genoß sie die Rolle, die sich grundlegend von ihrem normalen Verhalten unterschied.

»Gut!« lobte Honoria. »Das war genau richtig, Amelia. Aber du darfst den Soldaten nicht karikieren, Charles. Spiel den edlen Helden, oder das Publikum wird lachen. Wer der Held ist, wird man ohnehin nicht mehr wissen, wenn Garrett als Geist zurückkehrt. So, jetzt machen wir eine Pause, dann proben wir die erste Geisterszene.«

Ich schaute Orva an, die jetzt deutlich zeigte, wie prächtig sie sich amüsierte. Mrs. Landry ließ sich immerhin dazu herbei, mir zuzulächeln. Während der Probe hatte sie mich mehrmals angestarrt, ihre Aufmerksamkeit aber sofort wieder auf die Bühne konzentriert, wenn ich ihrem Blick begegnet war. »Charles spielt wirklich gut«, meinte sie selbstgefällig und schaute mich wieder durchdringend an. »Natürlich hat Amelia die Rolle für ihn geschrieben.«

»Sicher«, stimmte ich zu und fragte mich, warum ich sie nicht mochte.

Ich hatte genug von dem Stück gesehen, und bevor Honoria die Truppe für die nächste Szene zusammentrommelte, verschwand ich hinter der Bühne. Garrett hatte mir geraten, dort Nachforschungen anzustellen. Gewiß würde mich niemand vermissen. Ich betrat eine schwach erleuchtete, verwirrende Welt, stieg ein paar Stufen hinauf und spähte in eine Garderobe, wo eine Lampe brannte. Ein langer Schminktisch mit Regalen und einem Spiegel zog sich an einer ganzen Wand entlang, mit mehreren Stühlen. Auf der Platte entdeckte ich ein paar Schminkkoffer. Vermutlich gehörten sie den Darstellern in dem Stück, das gerade auf dem Spielplan stand. An den Abenden, wo Honoria probte, hatten sie frei. Auf einem Ständer steckte eine Frauenperücke, am Boden sah ich hochhackige rote Satinpantoffel. Vermutlich lag die Herrengarderobe auf der anderen Seite.

Durch einen schmalen Korridor erreichte ich eine Treppe, die nach unten führte. Und im tiefer gelegenen Geschoß erkannte ich, wie groß die Räumlichkeiten hinter der Bühne waren. Das Theater selbst nahm nur einen geringen Teil des Gebäudes ein. Über mir verlor sich alles in schwarzer Finsternis, nur von wenigen nackten Glühbirnen erhellt, die an Drähten herabhingen.

Die faszinierende Atmosphäre regte meine schriftstellerische Phantasie an. Wie ich diese Eindrücke in einem Roman verwerten würde, spielte im Moment keine Rolle. Ich ließ die Umgebung einfach nur auf mich wirken. Eine Romanautorin muß sich die kindliche Fähigkeit erhalten, alles Neue und Exotische zu bewundern. Und es fiel mir nicht schwer, diese Szenerie entzückt zu betrachten. Ein idealer Schauplatz für eine Kriminalgeschichte ...

Überall häuften sich Versatzstücke, die man in irgendwelchen Dramen benutzt hatte und vielleicht wieder einmal brauchen würde. Sie wurden in Regalen verwahrt, zwischen denen kreuz und quer schmale Gänge hindurchführten. Es gab auch lange Kleiderständer, mit historischen und modernen Kostümen. Auf einem kleinen Kühlschrank stand eine Schachtel mit Herrenhüten. Zwei hohe künstliche Palmen, die dringend neue Wedel benötigten, lehnten an einem Schirmständer. Neben einem Lehnsessel, der schon bessere Tage gesehen hatte, entdeckte ich einen schmiedeeisernen, in fleckigem Weiß gestrichenen Gartenstuhl. Ein Regal enthielt nur Perücken, mit einem Plastiktuch abgedeckt.

Weiter hinten stieg der Boden etwas an. Darauf stapelten sich Bretter und Leitern, neben einer langen Werkbank. Was immer auf der Bühne gebraucht wurde, konnte hier wahrscheinlich angefertigt werden. Ich folgte einem Korridor und geriet noch tiefer in das düstere Chaos hinein, wanderte an verschiedenartigen Lampen vorbei – Tisch- und Stehlampen, und es gab sogar eine Straßenlaterne, mit der man vielleicht Gaslicht vortäuschte. Hinter einer Ecke drückte sich eine einsame Kaffeekanne an eine alte Schreibmaschine. Die Glühbirnen, die an manchen Stellen herabbaumelten, warfen seltsame Schatten, die sich grundlos zu bewegen schienen. Oder wehte hin und wieder ein Windzug herein? Die Luft kam mir eher abgestanden vor, roch muffig und nach Staub.

Während ich umherschlenderte, versuchte ich mir einzuprägen, was ich sah. Aber hier herrschte eine solche Vielfalt, daß ich mir unmöglich alles merken konnte. Vielleicht würde ich wiederkommen und ein paar Fotos mit Blitzlicht knipsen.

Instinktiv begriff ich, daß an einem so abgeschiedenen Ort die merkwürdigsten Dinge passieren mochten. Immer wieder blieb ich stehen und lauschte. Die Geräusche, die von der Bühne zu mir drangen, waren kaum zu hören.

Eine mittelalterliche Waffe erregte mein Interesse, ein langer Pfahl mit einer Schneide unterhalb der Spitze. Eine Hellebarde? Sie lehnte an einem ausgehängten Türflügel. Könnte sie einer meiner Romanfiguren nützlich sein, als Freundin oder Feindin? Zu einem bösartigen Charakter würde sie zweifellos besser passen.

Ich begann eine Romanhandlung zu ersinnen, die sich um die Hellebarde rankte. Tief in meine Gedanken versunken, empfand ich Honorias Wutschrei auf der fernen Bühne als höchst unwillkommene Störung. Aber dann entschloß ich mich zur Umkehr, denn ich wollte wissen, welches Mitglied der Schauspielertruppe sie dermaßen erzürnt hatte.

Als ich zwischen die Kulissen trat, blickte ich auf die Bühne, wo Garrett gerade die Geisterszene spielte. Ich blieb außerhalb des Blickfelds und beobachtete Honorias dramatisches Mißvergnügen. »Sie sind ein *Geist*, Garrett! Also können sie nicht wie ein Müllkutscher herumstampfen. Wir werden das Licht dämpfen, um Ihnen zu helfen, und vielleicht lassen wir ein paar Nebelschwaden wallen. Aber wenn Sie so rumstolpern und gegen die Möbel stoßen, zerstören Sie die ganze Illusion.«

Er wandte mir den Rücken zu, und wie die gestrafften Schultern erkennen ließen, störte ihn die Kritik. Ich spürte, daß er gar nicht in diesem Stück mitspielen wollte, und fragte mich, warum er sich der Truppe überhaupt angeschlossen hatte. Daphne, die mir gegenüber zwischen den Kulissen stand, sprach leise auf ihn ein. »Nehmen Sie's nicht so tragisch, Garrett. Sie hat recht.«

Seine Schultern schienen sich ein wenig zu entspannen. »Okay, Honoria. Vielleicht sollte ich die Rolle abgeben. Suchen Sie sich einen anderen Yankee-Soldaten.«

Sofort ändere Honoria ihre Taktik. »Dafür ist es zu spät. Tut mir leid, daß ich wütend wurde, Garrett. Heute abend sind wir alle ziemlich nervös, und ich glaube, Sie werden Ihre Sache sehr gut machen, wenn Sie mal über die Figur nachdenken, die Sie darstellen. Soeben sind Sie als Geist in die Welt zurückgekehrt, und wissen nicht, wer oder was Sie sind. Wahrscheinlich ist Ihnen nicht einmal klar, daß Sie den Tod erlitten haben. Also brauchen wir unsichere Schritte, ein bißchen mehr Verwirrung. In diesem Moment sieht Amelia Sie zum ersten Mal, ist entsetzt und verängstigt. Sie hat Charles nicht verziehen, daß er Sie getötet hat, aber wie kann sie einen Geist lieben? Versuchen Sie, ein Gefühl für die Ereignisse auf der Bühne zu kriegen, Garrett. Sie haben auch in Mountfort Hall Recherchen durchgeführt. Also denken Sie an Nathanial. Amelia, es ist doch Nathanial, den du dir bei der Gestalt des Unionssoldaten zum Vorbild genommen hast, nicht wahr?«

Daphne machte eine abwehrende Geste, aber Amelia bestätigte ohne Zögern: »O ja. Die Idee dazu kam mir, weil du immer wieder Nathanials Geist heraufbeschwörst. Strengen Sie Ihre Phantasie an, Garrett, dann wird's schon klappen.«

Er erwiderte ihr Lächeln nicht und zeigte auch keine Kooperationsbereitschaft. »Bedaure – ich bin nicht in der richtigen Stimmung für Geister. Können Sie vorerst auf mich verzichten, Honoria? Proben Sie doch die Szene zwischen Amelia und Charles.«

»Also gut, machen Sie eine Pause.« Honoria kehrte ihm mißbilligend den Rücken und ermahnte Amelia: »Deine Augen dürfen nicht so strahlen. Du zweifelst an

Charles und bist tief bestürzt über seine Tat. Halb und halb warst du in den Unionssoldaten verliebt, den du im Haus versteckt hast. Und deshalb darfst du jetzt nicht in Charles' Arme sinken. Das verbieten die Worte, die du selbst geschrieben hast.«

Garrett verließ die Bühne so hastig, daß er mit mir zusammenstieß. Er packte meinen Ellbogen. »Verschwinden wir von hier. Mir reicht's.«

Ich riß mich los. »Ich bin hergekommen, um mir die Probe anzuschauen, und das werde ich auch tun.«

»Wenn Sie wollen, können Sie sich diesen Blödsinn in einer Stunde wieder ansehen, dann werden sie alle immer noch dasein. Ich möchte Ihnen was zeigen.«

Ich ärgerte mich über seine typisch männliche Ungeduld und die abfällige Äußerung über Amelias Stück. Andererseits erwachte meine Neugier. Auch Garrett gehörte zu dem Puzzle, das ich zusammenfügen wollte. Als er durch die Finsternis zur Bühnentür eilte, folgte ich ihm. Wenigstens besaß er soviel Anstand, am Ausgang auf mich zu warten und mich die paar Stufen zur schmalen Seitengasse hinabzuführen, die zwischen zwei Querstraßen verlief. Ranken überwucherten Ziegelmauern, die Zweige der Bäume warfen in einer leichten Brise schwankende Schatten. Durch einen dünnen Dunstschleier tauchte der Mond die ganze Szenerie in ein unheimliches Licht. Blumenduft wehte zu mir, vermischt mit dem Geruch des Flusses und des Meeres.

Garrett legte die Hände auf meine Schultern und drehte mich herum. »Schauen Sie...« Ich legte den Kopf in den Nacken und betrachtete einen angestrahlten Kirchturm, der in den Himmel ragte, vor dem Hintergrund des granatroten Widerscheins, den die Lichter der Stadt erzeugten. Schwarze Fenster klafften in dem Turm, der zum Mond zeigte. Schatten modellierten ihn und gaben ihm eine mysteriöse Form. »St. Philip's«, erklärte Garrett. »Noch mehr Geschichte von Charleston. Auf diesem Friedhof liegt John. C. Calhoun begraben und neuerdings auch DuBose Heyward, der ›Porgy‹ geschrieben hat. Lassen Sie einfach den Atem der Geschichte auf sich wirken.«

Der hohe goldene Turm schien Ruhe und Frieden auf die niedrigen Dächer auszustrahlen – so hoch erhaben über den verwirrten menschlichen Gefühlen, daß der schöne Anblick seiner stillen Gelassenheit meine Stimmung hob. Der Moment wirkte erregend und besänftigend zugleich. Nie hätte ich erwartet, von Garrett Burke ein solches Geschenk zu erhalten. »Danke«, sagte ich leise.

Sein Groll schien zu verfliegen. Seine Hände glitten von meinen Schultern. »Da vorn an der Straße gibt's ein Café. Würden Sie mir dort Gesellschaft leisten, Molly? Danach können Sie ins Theater zurückgehen.«

Träumerisch folgte ich ihm, immer noch unter dem Eindruck jener magischen Minuten. Wir wanderten über den unebenen Ziegelboden der schmalen Gasse. Hinter alten Bäumen blinkten zu beiden Seiten erleuchtete Fenster. »Das ist die Philadelphia Alley«, erklärte Garrett. »Hier wurden in früheren Zeiten richtige Duelle ausgetragen, aber meistens mit Pistolen.« Mühelos konnte ich mir die Dramen vorstellen, die sich in dieser nächtlichen Schattenwelt abgespielt hatten.

Wir überquerten die Straße, wo zu dieser späten Stunde kaum Verkehr herrschte, und betraten das Café. An kleinen runden Marmortischen standen altmodische Eissalon-Stühle. Wir wählten einen Tisch am Fenster. Garrett bestellte Kaffee und Limonenpastetchen. Ich begnügte mich mit einer Tasse Kaffee. Während wir uns gegenübersaßen, glaubte ich, ihn allmählich besser kennenzulernen. Gefühle schienen ihn zu bewegen, die ich ihm nicht zugetraut hatte. Wie ich mit seiner Wut oder seiner Sanftmut umgehen sollte, wußte ich allerdings nicht.

»Sie sehen irgendwie entrückt aus, Molly«, meinte er.

»Das ist ein gutes Wort für die Emotionen, die mich seit meiner Ankunft in Charleston erfüllen. Ich kann mir nicht mehr sicher sein, wer ich bin und wohin ich gehöre. Bevor ich heute abend das South Battery-Haus verließ, telefonierte ich mit meinem Adoptivvater, und da erschien er mir seltsam fremd. Seit dem Tod meiner Mutter nimmt er seine Umwelt kaum noch wahr. Andererseits fühle ich mich nur ganz vage wie Simon Mountforts Tochter. Diese Ungewißheit mißfällt mir. Ich brauche festen Halt.«

»Amelia ist real genug. Wenn Sie Ihre Schwester liebenlernen, wäre das ein Anfang.«

»Ich denke, ich liebe sie bereits. Und ich möchte nicht abreisen, bevor ich verstehe, was mit ihr geschieht. Wenn sie in Schwierigkeiten steckt, könnte ich ihr vielleicht helfen.«

Unsere Bestellung wurde serviert. Ich trank heißen schwarzen Kaffee und genoß die Wärme, die sich in meinem Körper ausbreitete. Das Frösteln, das ich zuvor verspürt hatte, hing nicht mit dem milden Abend zusammen.

»Ich bin ein guter Zuhörer«, bemerkte Garrett, »falls Sie reden wollen.«

»Eigentlich gibt es nichts zu erzählen. Darin liegt ja das Problem. So, wie mir zumute ist, könnte ich beinahe den Yankee-Geist spielen. Übrigens, Amelia hat keinen Blödsinn geschrieben, wie Sie's bezeichnen, Garrett. Gute Schauspieler könnten dem Stück Leben einhauchen.«

»Ich weiß. Und ich hätte mich nicht so abfällig äußern sollen. Ich mag Amelia, aber ihre hingebungsvolle Liebe zu Charles stört mich.«

»Zu einem Konföderiertensoldaten ...«

Er schnitt eine Grimasse.»Lachen Sie mich nicht aus! Ich sorge mich ernsthaft um Ihre Schwester.«

»Weil sie Charles so sehr liebt? Kann man denn überhaupt zu intensiv lieben? Ich glaube, ich beneide sie. Was haben Sie gegen Charles?«

Lässig grinste er mich an. »Vielleicht bin ich auch neidisch.«

»Weil Sie sich zu Amelia hingezogen fühlen?«

»Wie gesagt, ich mag sie, und möchte nicht, daß sie verletzt wird. Möglicherweise beneide ich Charles, weil ihm immer alles so leichtgemacht wurde.«

»Er wurde keineswegs mit einem silbernen Löffel im Mund geboren.«

»Trotzdem hatte er niemals Schwierigkeiten. Und nun wird er bald zum Mountfort-Clan gehören. Das hat er sich wahrscheinlich schon immer gewünscht, genauso wie seine Mutter. Seit Jahren freut sie sich darauf, einmal eine höhere Position einzunehmen als die der Haushälterin oder Fremdenführerin von Mountfort Hall. Das Testament Ihres Vaters durchkreuzt natürlich diese Pläne.«

Der Kummer, der in Garretts Stimme mitschwang, verwirrte mich. Und ich konnte nicht glauben, daß er Charles Landry tatsächlich beneidete. Dazu war er eine viel zu ausgeprägte, selbstbewußte Persönlichkeit. »Diesen Teil des Briefs habe ich ignoriert«, erwiderte ich. »Das Erbe meines Vaters schockiert und beglückt mich zugleich, aber ich will Mountfort Hall gar nicht haben.«

Das Fenster des kleinen Cafés warf ein Lichtquadrat auf die Straße. Nur ein einziger anderer Tisch war besetzt, Stille erfüllte den Raum. Ich schaute hinaus, in die schmale Gasse, wo der Bühneneingang lag. Darüber schwebte der Turm von St. Philip's in einem goldenen Schleier. Garrett folgte meinem Blick und begann in fast träumerischem Ton zu sprechen.»Honoria glaubt an das Schicksal, und sie ist überzeugt, daß eine höhere Macht Sie aus einem ganz bestimmten Grund hierhergeführt hat, Molly. Der Brief Ihres Vaters scheint das zu bestätigen.«

»Das kann ich nicht akzeptieren. Ich will mein Leben selbst in die Hand nehmen. Und den richtigen Weg durch dieses Labyrinth finden, in das ich hier geraten bin. Aber wie kann ich das – als Außenseiterin?«

»Für Ihre Schwester sind Sie keine Fremde. Haben Sie bemerkt, wie Amelia Sie manchmal anschaut – mit soviel liebevollem Vertrauen?«

»Ich weiß nicht, ob ich das möchte.«

»Sie haben bereits angefangen, in Charleston Fuß zu fassen. Bleiben Sie bloß vorsichtig und wachsam! Und passen Sie auf, daß man Sie nicht mit Amelia verwechselt – nachdem sie nun die gleiche Frisur trägt wie Sie.«

Ich verstand nicht, was er meinte, wollte aber keine Fragen stellen, um den inneren Frieden nicht zu stören, den ich in diesem beschaulichen Lokal gefunden hatte. Inzwischen hatte ich meine Tasse leer getrunken und Garrett sein letztes Pastetchen gegessen. »Danke für diese Erholungspause«, sagte ich. »Aber nun muß ich ins Theater zurückgehen.«

Wenige Minuten später schlenderten wir wieder durch die Seitengasse, zwischen ummauerten Gärten und Piazzas. Am Bühneneingang legte er eine Hand auf meinen Arm. »Ich komme nicht mit hinein, Molly. Für heute habe ich genug von der Probe, also gehe ich zu meinem Hotel. Ich hab's nicht weit.«

Der Abschied wirkte seltsam förmlich, im Gegensatz zu den beinahe intimen Augenblicken, die wir geteilt hatten. Höflich wünschten wir uns eine gute Nacht, und er öffnete die Tür für mich, dann ging er zu der Straße, an der die Theaterfassade lag.

Als die Bühnentür hinter mir ins Schloß fiel, befand ich mich erneut in einer faszinierenden Phantasiewelt, die mir jetzt noch dunkler erschien. Die nackten Glühbirnen, die an Querbalken hingen, spendeten kaum Licht. Unter der hohen Decke verschwammen alle Konturen in undurchdringlicher Schwärze. Von der Bühne drangen keine Geräusche zu mir, und plötzlich war ich mir nicht sicher, welche Richtung ich einschlagen mußte. Der Gang, dem ich folgte, führte um ein paar Ecken, und bald hatte ich die Orientierung restlos verloren.

Am meisten beunruhigte mich die Stille. Und ich erkannte keinen der Gegenstände wieder, die mich umgaben. Von einem hohen Regal blickten lächelnde oder stirnrunzelnde Theatermasken auf mich herab, als amüsierten sie sich über meine Verwirrung und wollten ihr Bestes tun, um mein Unbehagen zu schüren. Waren die anderen ohne mich gegangen? Nein. Amelia hätte sicher auf mich gewartet.

Aufs Geratewohl bog ich in einen anderen Korridor und redete mir ein, die Truppe sei gewiß nicht verschwunden, ohne die Lichter zu löschen und den Bühneneingang zu versperren. Bald würde ich irgend etwas entdecken, das mir bekannt vorkam, und mich daran orientieren können.

Ich ging an einer Schaufensterpuppe vorbei, an der ein Besen lehnte. Beides hatte ich zuvor nicht gesehen. Der muffige Geruch des alten Gebäudes bedrückte mich, und ich sehnte mich nach frischer Luft. Aber nun wußte ich nicht einmal mehr, wie ich die Bühnentür an der Seitengasse erreichen sollte. Ein Korb voller künstlicher Steine versperrte mir den Weg, und ich umrundete ihn mit unsicheren Schritten. Auf einem Tisch standen Teller mit künstlichem Essen, wirklichkeitsnah modelliert. Schlaff hing eine Thermoskanne am Griff eines Teekessels, den man auf eine Bank gestellt hatte. Neben einer leeren französischen Weinflasche sah ich zwei hohe Bierkrüge.

Entschlossen wehrte ich mich gegen das bestürzende Gefühl, ich wäre in den Traum eines Wahnsinnigen geraten. Diese Dinge hatten sich einfach im Lauf der Jahre hier angesammelt. Und niemand machte sich die Mühe, sie sinnvoll zu ordnen. Geradezu perfekt für einen Kriminalroman … Ich zwang mich, wieder wie eine Schriftstellerin zu denken. Wenn meine Umgebung ein bißchen unheimlich wirkte, mußte ich das genießen und meinen Nutzen daraus ziehen.

Hatte ich tatsächlich Schritte in meiner Nähe gehört? Suchte jemand ein Versatzstück, ohne irgend etwas von meiner Anwesenheit zu ahnen? »Hallo!« rief ich, bekam aber keine andere Antwort als das Knacken und Knistern des alten Gebäudes, das mir jetzt nicht mehr so still erschien. Irgendwo knarrte ein Bodenbrett. War ein Fuß darauf getreten – der Fuß einer Person, die hier heimlich herumschlich, da sie nicht auf meinen Ruf reagiert hatte?

Plötzlich verhielt ich mich so, wie es meinen Romanheldinnen niemals einfallen würde – ich geriet in Panik und begann einen Korridor entlangzulaufen, ohne zu bedenken, wohin er führen mochte. Im schwachen Licht sah ich die drei Stufen erst, als ich darüber stolperte. Ich verlor das Gleichgewicht, nachdem ich hinaufgetaumelt war, und fiel mit lautem Krach in wirbelndes Dunkel.

Später merkte ich, daß ich mir an der Ecke eines eisernen Holzofens den Kopf angeschlagen hatte. Ich wußte nicht, wie lange ich dagelegen hatte, ehe ich wieder zu mir kam. Hammerschläge schienen in meinem Gehirn zu dröhnen, und ich rührte mich nicht, bis der Schmerz nachließ.

Der Lärm meines Sturzes hatte niemanden alarmiert, und ich war immer noch allein. Der Boden, wo ich lag, roch nach Staub und auch ein bißchen nach Fisch. Unter einem Tisch, nicht weit von meiner Nase, standen Schachteln mit ungereinigten Muscheln.

Zunächst war ich zu benommen, um Angst zu empfinden. Das Pochen in meinem Kopf erforderte meine ganze Konzentration. Das Grauen kam erst, als ich eine Hand auf den Boden stützte, um mich aufzurichten und einen langen Pfahl berührte. Die daran befestigte Schneide zeigte direkt auf mein Gesicht, nur wenige Zentimeter entfernt. Einige Sekunden lang blieb ich reglos liegen und starrte die mittelalterliche Hellebarde an, die ich zuvor an der ausgehängten Tür hatte lehnen sehen. Die konnte ich nun nirgends entdecken. Jetzt erinnerte ich mich an die sonderbare Frage, die ich mir angesichts dieser Waffe gestellt hatte – Freundin oder Feindin?

Ich hob sie auf und benutzte sie als Stütze, um zitternd aufzustehen. Würde sie mein Freund sein, wenn ich mich verteidigen mußte? Ein phantastischer Gedanke ... Hinter mir lagen die drei Stufen, die ich heraufgestolpert war. Niemand hatte mich mit der Hellebarde angegriffen. Den Kopf hatte ich mir selber angeschlagen. Und es sah fast so aus, als hätte jemand die Waffe während meiner Ohnmacht neben mich gelegt und wäre dann weggegangen, ohne mir zu helfen. Oder vielleicht befand sich der Unbekannte noch in meiner Nähe, um mich zu beobachten und zu belauschen ... Waren vorhin nicht Schritte in dieser schweigenden Welt zu hören gewesen? Neue Panik erfaßte mich.

Der Schrei, der sich aus meiner Kehle rang, war nicht geplant. Und bei diesem einen Schrei blieb es nicht. Ich brüllte wie am Spieß, und wer immer noch im Theater sein mochte, mußte mich hören. Und wenn tatsächlich ein Feind in der Nähe lauerte – würde ihn mein schrilles Gekreisch in die Flucht schlagen?

Es war Charles, der mich fand und in die Arme nahm. »Seien Sie doch still, Molly. Alles ist wieder okay. Was war denn los?« Zunächst war ich unfähig zu sprechen, klammerte mich an seine Schultern, und er streichelte besänftigend meinen Rücken. »Wir haben vorn auf Sie gewartet. Gerade ging ich in den Zuschauerraum, um das Licht zu löschen, und da hörte ich Sie schreien.«

Das Gebrüll hatte meine Kopfschmerzen noch verstärkt, aber wenigstens zitterte ich nicht mehr, als Charles mich in den Armen hielt. »Tut mir leid. Ich habe mich da hinten verirrt. Plötzlich glaubte ich, jemand wäre hinter mir her. Ich wollte fliehen, stolperte über die Stufen und schlug mir die Schläfe an diesem Ofen an. Wie dumm von mir! Ich habe wohl eine zu rege Phantasie. Bitte, bringen Sie mich hier raus, Charles.«

Er führte mich zur dunklen Bühne, zwischen den leeren Sitzreihen hindurch. Die Hellebarde hatte er mir aus der Hand genommen und zurückgelassen. Ich war außerstande gewesen, sie noch einmal anzuschauen. Allein schon der Gedanke daran ängstigte mich, und ich verschwieg meinen Verdacht, jemand könnte sie neben mich gelegt haben. Als wir das beleuchtete Foyer erreichten, umringten mich die anderen. Sofort sah Amelia, daß ich verletzt war. »Molly, deine Stirn blutet!«

Behutsam wischte sie das Blut mit einem Papiertaschentuch weg, und irgend jemand gab mir ein Aspirinröhrchen, drückte mir ein Glas Wasser in die Hand. Nachdem ich zwei Tabletten geschluckt hatte, sah ich mich um. Honoria stand sichtlich besorgt neben meiner Schwester, Katy und Orva, die mich aufmerksam zu beobachten schien, hielten sich im Hintergrund, wo sie die weiteren Ereignisse abwarteten.

Offenbar hatte nur Charles mein Geschrei gehört. Seine Mutter machte einen vernünftigen Vorschlag. »Fahr deine Schwester nach Hause, Amelia, verbinde ihr die Wunde und bring sie ins Bett. Für heute hat sie sicher genug erlebt.«

Daphne Phelps, die auf der Straße gewartet hatte, kam herein und erfuhr, was geschehen war. Von allen Anwesenden wirkte sie am wenigsten verstört. »Eigentlich hätten Sie's besser wissen müssen, Molly. Wie sind Sie bloß auf die Idee gekommen, hinter der Bühne rumzustöbern, wo Sie sich nicht auskennen? Sie können von Glück reden, daß sie sich nicht den Hals gebrochen haben.«

»Ich habe nicht herumgestöbert. Garrett begleitete mich bis zum Seiteneingang, und ich dachte, ich würde mühelos den Weg zur Bühne finden. Leider verirrte ich mich. Es war so dunkel, und ich hörte keine Geräusche, die mir weitergeholfen hätten. Anfangs war ich nur verwirrt, dann geriet ich in Panik.«

Alle starrten mich an, als hätte ich plötzlich zwei Köpfe. »Garrett?« wiederholte Honoria. »Sind Sie mit ihm hinausgegangen?«

»Ja. Wir tranken in einem kleinen Lokal Kaffee, dann brachte er mich zum Theater zurück. Er dachte, ihr würdet noch eine Weile proben.«

»Das versuchten wir«, erwiderte Amelia, »aber ohne

Garrett kamen wir im zweiten Akt nicht voran, so daß wir's schließlich aufgaben. Wir wußten nicht, wohin Sie verschwunden waren.«

»Kein professioneller Schauspieler würde sich so benehmen wie Garrett!« fauchte Honoria. »Vielleicht sollten wir seine Rolle tatsächlich jemand anderem geben.«

Amelia legte ihr einen Arm um die Schultern. »Du sagtest selbst, jetzt sei es zu spät, um noch was zu ändern. Außerdem hast *du* ihn ausgesucht.«

»Ich werde mit ihm reden«, erbot sich Daphne. »Natürlich können wir jetzt nichts mehr ändern. Er wird's schon schaffen.« Ihre Stimme klang freundschaftlich und tolerant, und so wurde das Problem in ihre fähigen Hände gelegt.

Honoria ergriff mein Handgelenk und drückte einen Finger auf das erdbeerrote Muttermal. »Ich spüre, wie es pulsiert.«

»Das ist mein Herzschlag«, entgegnete ich ungeduldig.

Sie schüttelte den Kopf, und ihr Blick bekam wieder diesen weltfernen Ausdruck. »Es hat begonnen. Nun gibt es kein Zurück mehr. Etwas ist geschehen, nicht wahr, Molly? Irgend etwas hat Sie bedroht.« Sie mußte die Abwehr in meinem Gesicht gelesen haben, denn sie fuhr hastig fort: »Schon gut, wir sprechen ein andermal darüber. Evaline hat recht – Amelia soll Sie heimbringen.«

Aber als wir uns einem der Torbögen näherten, hielt Daphne uns zurück. »Heute abend hatten wir zum erstenmal Publikum – wenn wir auch nicht viel zu bieten hatten. Ehe wir alle nach Hause gehen und die Probe vergessen, sollten wir uns anhören, wie's den Zuschauern gefallen hat. Aber zuerst will ich eine unserer Mitwirkenden befragen. Katy, du hast von den Kulissen aus zugesehen ...«

189

Das Mädchen, das bereits den Ausgang erreicht hatte, drehte sich um. »Es war interessant und ich glaube, Amelias Stück behandelt nicht nur die üblichen Nord-Süd-Klischees. Und es ist natürlich ein Antikriegsdrama. Ich bin gespannt, ob wir damit Erfolg haben.«

Ich wollte nicht mehr hier herumstehen und mir Diskussionen über das Stück anhören, sah aber ein, daß es für meine Schwester wichtig war.

»Orva?« fragte Daphne. »Was halten Sie davon?«

Die grauhaarige Schwarze war die größte von uns allen, sogar größer als Charles. Würdevoll antwortete sie: »Der Geist des Unionssoldaten könnte etwas heraufbeschwören, das man besser ruhen ließe.«

»Sie sollten da nichts hineingeheimnissen, Orva«, protestierte Daphne. »Es ist doch nur ein Theaterstück.«

»Und nur Illusion«, ergänzte Charles leichthin. »Das ist nicht der richtige Zeitpunkt für produktive Kritik, Daphne. Die arme Molly kann sich kaum noch auf den Beinen halten.«

Doch Daphne ließ nicht locker und wandte sich zu Evaline Landry. »Bitte, sag uns, welchen Eindruck du gewonnen hast.«

»Ich finde das Stück unglaubwürdig«, gab Mrs. Landry zu, fing meinen Blick auf und lächelte schwach. »Aber alles, was sich in den letzten Tagen ereignet hat, ist unglaublich, nicht wahr?«

Ich wollte mich nur noch hinlegen und darauf warten, daß das Pochen in meinem Kopf verebbte. »Zeit fürs Bett«, wisperte Charles mir ins Ohr und öffnete die Tür. Wir traten in die angenehm kühle Nachtluft hinaus. Tief atmete ich die vermischten Gerüche ein, die zur Atmosphäre von Charleston gehörten.

Als wir Charles' Auto erreichten, fragte mich Orva: »Werden Sie bald wieder zur Hall hinauskommen, Miss

Molly? Ich habe mich an gewisse Ereignisse aus der Kindheit Ihres Daddys erinnert. Er war etwas jünger als ich, und ich könnte Ihnen einiges erzählen.« Ich dankte ihr und versicherte, ich würde sie besuchen, sobald ich mich besser fühlte.

Sie stieg mit Katy in Mrs. Landrys Wagen. Daphne verabschiedete sich, und Charles fuhr Amelia und mich zum South Battery-Haus.

»Wir werden Mama verheimlichen, was dir zugestoßen ist, Molly«, entschied Amelia. »Sie hat sich ohnehin schon so über meinen Haarschnitt aufgeregt, und ich will ihr nicht noch mehr davon zumuten.«

Ich selbst wollte nichts als Ruhe. Vor dem Haus angelangt, küßte sie ihren Verlobten liebevoll und erklärte, sie würden sich morgen sehen. Er warf mir einen eigenartigen Blick zu, als wollte er mir etwas sagen, doch dann zerzauste er nur freundschaftlich mein Haar, bevor ich ausstieg.

Ich floh sofort in mein Zimmer, zog mich aus und kroch ins Bett. Amelia brachte mir ein Glas heiße Milch und Amarant-Kekse. Sie setzte sich für eine Weile zu mir. Meine Kopfschmerzen hatten nachgelassen, und ich hörte ihr schläfrig zu. »Garrett hätte dich nicht allein durch die dunkle Lagerhalle gehen lassen dürfen. Heute abend hat er sich einfach unmöglich benommen. Charles ärgert sich schrecklich über ihn und meint sogar, Onkel Porter solle sich einen anderen Ghostwriter für das Mountfort-Buch suchen. Dieser Ansicht bin ich allerdings nicht. Ich habe schon einiges gelesen, was er geschrieben hat, und es ist wirklich gut. Nun, die Wogen werden sich bald glätten, und bei der nächsten Probe klappt's sicher besser. Sogar Honoria hat heute die Beherrschung verloren. Niemand sollte Garrett anschreien, wo er doch solche Komplexe hat.«

Wohlig sank ich in mein Kissen. »Heute abend hat er mir etwas wunderbares gezeigt – den beleuchteten Kirchturm von St. Philip's. Seit meiner Ankunft habe ich mich noch nie so friedlich gefühlt wie in jenem Augenblick, und dafür bin ich Garrett dankbar.«

»Ja, er kann sich innerhalb weniger Sekunden in einen völlig anderen Menschen verwandeln. Daphne weiß, wie sie ihn behandeln muß. Sie steht ihm am nächsten von uns allen.« Die Augen fielen mir zu, und Amelia küßte meine Wange. »Gute Nacht, Schwesterherz«, flüsterte sie. Als sie die Tür schloß, mußte ich schon eingeschlafen sein.

Ein undefinierbares Geräusch weckte mich – eine sanfte, gleichmäßige Bewegung mit einem seltsam harten Klang. Irgendwie hatte ich das Gefühl, ich müßte diese Laute von meiner Kindheit her kennen. Sie schienen aus einem anderen Teil des Stockwerks heranzudringen. Sicher würde ich nicht einschlafen können, bevor ich dieses gedämpfte stetige Pochen identifiziert hatte.

Als ich mich aufsetzte, sah ich, daß Amelia meine Sachen ausgepackt haben mußte. Mein Bademantel lag über dem Fußende des Bettes, meine Pantoffeln standen bereit. Mein Kopf schmerzte nicht mehr. Ich berührte den Verband, den meine Schwester über der Platzwunde an meiner Stirn angelegt hatte und spürte nur noch ein leichtes Brennen.

Ich schlüpfte in Bademantel und Pantoffeln, dann öffnete ich lautlos die Schlafzimmertür. Das Geräusch wurde lauter, und jetzt erkannte ich es. Hinter der Trennwand, wo die Koffer und Truhen standen, schwang das Schaukelpferd hin und her, das all die Jahre lang das Geheimnis von Simons Brief bewahrt hatte. Saß ein unermüdlicher Reiter darauf?

10

Der Wohnraum im zweiten Stock, von dem mehrere Schlafzimmer abgingen, wurde um diese nächtliche Stunde nur von einer einzigen Tischlampe beleuchtet. An der Vorderseite lag ein kleiner Balkon. Reglos stand ich da, schaute mich um und lauschte. Ein paar Stunden lang hatte ich tief und fest geschlafen. Jetzt war ich hellwach. Neugier erfaßte mich, aber auch ein vages Unbehagen.

Die anderen Schlafzimmertüren waren geschlossen. Nichts rührte sich. Offenbar hatte das Geräusch weder Amelia noch ihre Mutter gestört.

Auch ich hörte jetzt nichts mehr, und so trat ich auf den Balkon hinaus, unter den Sternenhimmel. Zu beiden Seiten erhoben sich die majestätischen weißen Häuser der South Battery in friedlicher Stille, von Straßenlampen beschienen. An allen Balkonen schimmerten weiße Balustraden. Gelbe Lichtpfade flossen über das Wasser des Hafens. Irgendwo improvisierte jemand auf einem Jazzklavier.

Nächtliche Ruhe umgab mich, dann erklang wieder das pochende Geräusch. Diesmal hörte es nicht auf, als ich in den Wohnraum zurückkehrte, und es drang tatsächlich aus dem Dunkel hinter der Trennwand herüber, der ich mich nun vorsichtig näherte. Ich drückte auf einen Lichtschalter. Sofort verlangsamte sich die heftige Bewegung des Holzpferdes. Niemand saß auf seinem Rücken, niemand verkroch sich zwischen Kisten und Koffern. Nur Miss Kitty ließ sich blicken. Ich hätte sie verdächtigt, doch sie stand reglos auf dem Deckel einer Truhe, das Fell vor Entsetzen gesträubt. In Mountfort Hall machte es ihr sichtlich Spaß, mit Nathanials »Geist« zu spielen. Was immer das Schaukelpferd bewegt hatte, mußte ihr feindlich vorkommen.

Ungeduldig schüttelte ich den Kopf und verdrängte solche nervösen, übertriebenen Gedanken. Aber als jemand meine Schulter berührte, schrie ich beinahe auf. Ich fuhr herum und sah Valerie Mountfort hinter mir stehen, die sich lächelnd entschuldigte. »Tut mir leid, Cecelia, ich wollte dich nicht erschrecken. Ich hörte das Pferd schaukeln, und deshalb beschloß ich nachzuschauen. Aber du warst vor mir hier. Jetzt steht es natürlich wieder still – wie immer, wenn jemand in seine Nähe kommt.«

In ihrem langen weißen Nachthemd mit den Spitzenrüschen an den Handgelenken sah sie selber wie ein schöner Geist aus. Blondes Haar ringelte sich um ihre Stirn, der lange Zopf hing auf den Rücken. Im schwachen Licht wirkte sie erstaunlich jung – jünger als Amelia, so als wäre irgendwann in der Vergangenheit die Zeit für sie stehengeblieben. Selbstverständlich eine Täuschung, denn ich hatte bei Tag ihr trauriges, müdes Gesicht betrachtet.

Sie kauerte sich auf den gewölbten Deckel einer niedrigen alten Truhe, die Knie unter dem voluminösen Hemd angezogen, und schlang die Arme darum. Miss Kittys gesträubtes Fell senkte sich allmählich.

Die sonderbare Frau, die angeblich meine Mutter war, musterte mich ruhig. »Bleib noch ein bißchen da und sprich mit mir, Cecelia. Gestern habe ich mich so lange ausgeruht. Jetzt bin ich hellwach und kann nicht schlafen. Es muß drei Uhr morgens sein.«

Auch meine Müdigkeit war verflogen. Ich setzte mich auf einen Stuhl und wartete etwas beklommen, was geschehen würde. Plötzlich sprang Miss Kitty an mir vorbei, flog durch die Luft und landete auf dem Rücken des Schaukelpferds, das sanft auf und ab zu wippen begann. Was die Katze alarmiert hatte, war offenbar verschwunden, Applejack wieder ihr Freund.

»Ist es Miss Kitty, die das Pferd ständig in Bewegung versetzt?« fragte ich.

»Das passiert auch, wenn sie nicht im Haus ist, und sie könnte niemals so heftig schaukeln. Eine Zeitlang habe ich unseren Geist nicht gehört. Vielleicht ist er deinetwegen zurückgekehrt, Cecelia – um herauszufinden, was du im Schilde führst. Eigentlich gehört Applejack auf die Plantage, zu den anderen Familiengeistern. Ich muß ihn möglichst bald hinausschicken.« Ihre Stimme klang gelassen, so als würde sie die Anwesenheit von Geistern für selbstverständlich halten. Da ich keinen Kommentar abgab, fügte sie hinzu: »Wie hast du dich an der Stirn verletzt?«

Ich berührte den kleinen Verband. »Es ist nicht schlimm. Heute abend, während der Probe, erforschte ich die Lagerhalle hinter der Bühne, wo die Versatzstücke verwahrt werden. Ich stolperte über ein paar Stufen und schlug mir den Kopf an.«

»Wie verlief die Probe?«

»Nicht besonders gut. Honoria war mit Garrett Burkes schauspielerischer Leistung unzufrieden, und als sie ihn kritisierte, lief er einfach weg.«

Valerie senkte die Knie und stellte die nackten Füße auf den Boden. Da verlor Miss Kitty das Interesse an Applejack, sprang ihr in den Schoß und erzwang sich so Aufmerksamkeit. Wohlig begann sie zu schnurren, als meine Mutter sie liebevoll streichelte. »Ich wünschte, sie könnte reden. Manchmal scheint sie mehr von allem zu wissen als sonst jemand.«

»Und was passiert deiner Meinung nach?« Ich konnte sie weder »Mutter« noch »Valerie« nennen, und ich war beunruhigt über ihre Stimmung in diesen frühen

Morgenstunden. Ein eigenartiger Funke schien in ihr zu knistern und würde womöglich ein Feuer auslösen, das ich nicht löschen konnte. Vielleicht war sie gar nicht so schwach, wie alle glaubten.

Sie ignorierte meine Frage. »Manchmal denke ich an den Sumpf in den Zypressengärten. Dort veranstalteten wir Picknicks, vor allem, wenn die Azaleen blühten. Meine Mutter war damals schon alt. Sie liebte jenen unheimlichen Ort.« Ihre Mutter – meine Großmutter. Könnte ich doch nur eine Vergangenheit akzeptieren, die mir immer noch irreal erschien ... Versonnen fuhr sie fort: »Im Sumpf ist es oft totenstill. Die grüne Fläche erstreckt sich wie ein Teppich in alle Richtungen, und darin wachsen Zypressen in Gruppen oder einzeln. Die grüne Farbe stammt von den Wasserlinsen, die sich nur wellen, wenn ein Wind weht. Dann teilen sie sich, und man sieht das schwarze Wasser darunter. An der Oberfläche wirkt alles ruhig und friedlich – so wie unser einstiges Leben, als Porter und ich noch jung waren und Simon sich noch nicht – verändert hatte. Meine erste und einzige Liebe ... Zu keinem anderen schaute ich so auf wie zu ihm. Bis ich ihn heiratete und herausfand, wie er wirklich war.«

Wieder einmal störte mich ihre Kritik an meinem Vater. Nun sprach sie etwas schneller. »Der grüne Teppich bleibt ganz ruhig – bis ein Sturm aufkommt. Dann erwacht der Sumpf zum Leben, wühlt sich selber auf, als würde das Unterste zuoberst gekehrt und alle Geheimnisse enthüllen. Seltsame Gegenstände werden hochgespült, von denen niemand auch nur ahnen konnte, daß sie unter dem friedlichen Grün verborgen waren. Bist du der Sturm, Cecelia? Wirst du die versteckten Geheimnisse unseres Lebens aus der Tiefe emporholen?«

»Wenn das geschieht, dann nicht auf meinen

Wunsch – obwohl man vielleicht aufdecken sollte, was zu lange vergraben war.«

»Nein!« Der plötzliche heftige Klang ihrer Stimme erschreckte mich. »Laß den Sumpf alles verhüllen, was häßlich ist, was nicht entblößt werden darf. Dann können wir wieder glücklich sein – und in Sicherheit. Ich glaube, genau das wollte Simon. Ich war zu oft ungeduldig und verlangte zuviel von ihm, wollte mein Baby zurückhaben, und das konnte er mir nicht geben. Wäre ich freundlicher gewesen, hätte er vielleicht nicht sterben müssen.« Warum verstrickte sie sich in Widersprüche, was meinen Vater betraf? Eben noch hatte sie sich ziemlich abfällig über ihn geäußert.

»Man sagte mir, er sei herzkrank gewesen.«

Sie riß sich zusammen, wurde wieder ruhig – zu ruhig. »Ja. *Mir* hat er das nie verraten. Er mißtraute mir, möglicherweise mit gutem Grund.«

Trotz ihrer scheinbaren Selbstkritik fragte ich mich, ob sie wußte, welche Wirkung sie auf Simon ausgeübt hatte. Seine Haltung mochte nicht mit Vertrauen zusammengehangen haben, sondern mit dem Wunsch, ihr Kummer zu ersparen. Geistesabwesend streichelte sie die Katze und fügte hinzu, als würde sie laut denken: »Vor langer Zeit hörte ich auf, ihn zu lieben. Ich war zu jung und hatte einen imaginären Mann geheiratet. Er war mir stark und klug erschienen, wie mein Vetter Porter, aber bald erkannte ich einen unfähigen Schwächling in Simon.«

Porter – stark und klug? Meine ganze Sympathie galt Simon Mountfort. Abrupt schob Valerie die Katze von den Knien, Miss Kitty schlug einen Purzelbaum in der Luft, landete auf den Pfoten und hockte sich sofort hin, um sich zu putzen.

»Ich habe eine Idee, Cecelia. Du willst doch noch nicht ins Bett!«

Ich sah ein mutwilliges Funkeln in Valeries Augen und fühlte mich noch unbehaglicher. »Was hast du vor?«

»Ziehen wir uns an, aber leise, damit Amelia nichts merkt. Sie würde uns zurückhalten. Nehmen wir meinen Wagen. Es ist nicht weit.«

»Nicht weit? Wohin?«

»Laß dich überraschen. Du wirst es sehen, wenn wir da sind.«

»Um drei Uhr morgens?«

»Das ist die beste Zeit – von dunkler Magie erfüllt. Sei keine Spielverderberin, Cecelia. Zieh dich an, wir treffen uns unten.«

Unsere Rollen waren vertauscht worden. Jetzt schien sie mir wie eine junge Frau, ein Mädchen voller Abenteuerlust. Mir kamen Bedenken, aber wenn ich Amelia weckte, würde ich wohl nie erfahren, was ihre Mutter mir zeigen wollte. Außerdem mußte ich Valerie weder mögen noch Vertrauen zu ihr fassen, um sie zu begleiten. Solange ich wachsam blieb, konnte mir nichts passieren. Wie naiv ich damals doch war ...

Miss Kitty folgte mir in mein Zimmer und schaute zu, wie ich eine graue Hose und eine leichte Jacke anzog. Sie schien mein Verhalten interessant, aber normal zu finden. Was mochte in ihrem kleinen Katzenhirn vorgehen? Manchmal bewies sie ihre eigene besondere Intelligenz, besaß aber nicht die Fähigkeit, die Dinge zu analysieren oder zu bewerten. »Schlaf inzwischen, Kätzchen«, flüsterte ich. »Und erzähl niemandem, daß ich mit meiner Mutter ausgehe.« Sie blinzelte mir zu, rollte sich auf dem Bett zusammen und schloß die Augen, die Schwanzspitze unters Kinn geschoben.

Am Fuß der Treppe wurde ich von Valerie erwartet. »Du hast ja ewig lange gebraucht, Cecelia.«

Zum ersten Mal sah ich sie nicht in einem rüschenbesetzten Morgenmantel oder Nachthemd. Sie trug einen weiten geblümten Rock und einen rosa Pullover, zum Schutz gegen den Wind, der oft vom Meer herüberwehte. Aber was mich viel mehr faszinierte als ihre Kleidung war der Schmuck, der an ihren Ohren schimmerte – Korallen, wie Lotosblüten geformt, in Gold gefaßt. Worin immer das Geheimnis des einzelnen silbernen Ohrrings bestand – es hatte nichts mit Valerie Mountfort zu tun, die immer noch ihr goldenes Paar besaß.

Sie berührte eines ihrer Ohren. »Du wolltest sie doch sehen. Deshalb habe ich sie angelegt.«

»Sehr hübsch.«

Sie öffnete die Haustür, rannte die Eingangstreppe hinab, und ich folgte ihr etwas langsamer. Ein Weg führte an der Seitenwand des Gebäudes vorbei zum Hinterhof, wo ihr Auto stand. Ich sank neben ihr auf den Beifahrersitz, spürte ihre seltsame Erregung, jenen Übermut, der mir unbehaglich war. Noch hatte ich mir den Stadtplan von Charleston nicht eingeprägt und konnte mir die Richtung nicht merken, die sie einschlug – eine Tatsache, die ich später bedauern sollte.

Wir fuhren durch leere, stille Straßen, nur in wenigen hell erleuchteten Häusern fanden Partys statt. Die Gärten, wo sich jetzt nur nächtliches Getier tummelte, kamen mir mysteriöser vor als tagsüber, und die Blumen dufteten süßer. Zwischen den Flüssen, die sich an der Spitze der Halbinsel trafen, schlummerte Charleston.

In der Broad Street, deren Namen Valerie nannte, erblickte ich ein imposantes Gebäude mit stuckverzierten Ziegelmauern. Als wir davor parkten, sah ich zwei hohe Treppen, die zu einer palladianischen Säulenhalle emporführten, darunter eine Tür zwischen zwei Bogenfenstern.

Von einem fieberhaften Eifer getrieben, stieg Valerie aus dem Auto. Was immer mir bevorstand – würde ich die Situation meistern? Etwas beklommen folgte ich ihr zwischen Eisengeländern die Stufen zur Rechten hinauf und dann eine lange Mitteltreppe zum Eingang. »Wo sind wir?« Plötzlich fühlte ich mich sehr wehrlos.

Sie nahm einen Schlüssel aus ihrer Tasche und schwenkte ihn triumphierend. »Das ist die Börse, eines der ältesten Gebäude von Charleston. Früher war sie zum Fluß hin geöffnet, wo die Schiffe ihre Ladung auf einer Steinterrasse löschten. Sie wurde gebaut, als die Stadt noch eine königliche Kolonie war. Hier spürt man den Atem der Geschichte. Ich kann es kaum erwarten, dir alles zu zeigen.« Sie sperrte die Tür auf und lachte über meinen fragenden Blick. »Manchmal führe ich hier immer noch Schulkinder herum, und deshalb behalte ich den Schlüssel.«

Nervös schaute ich über die Schulter zur Straße, wo sich nichts rührte.

»Wir machen kein Licht«, versicherte Valerie beruhigend. »Wenn ein Streifenwagen vorbeifährt, werden die Polizisten nichts sehen. Komm endlich, Cecelia!«

Im schwachen Widerschein der Straßenlampen sah ich eine Empfangstheke gleich neben dem Eingang, auf der sich Broschüren stapelten. Der Steinboden der riesigen Halle war abgetreten und uneben.

»Schon vor über zweihundert Jahren wurden hier Geschäfte gemacht«, teilte Valerie mir mit. »Die alten Ziegel und Steine existieren immer noch. Natürlich diente das Haus während des Freiheitskrieges anderen Zwecken. Das zeige ich dir später, zuerst gehen wir nach oben.«

Ich hatte keine Ahnung, was sie veranlaßte, um diese Stunde eine Besichtigungstour mit mir zu unternehmen –

in aller Heimlichkeit. Immer noch wirkte sie wie elektrisiert, und ich wünschte, ich könnte ihre Absicht erraten.

Wir gingen in den Oberstock hinauf. Die Straßenbeleuchtung warf gelbe Flecken auf einen polierten Holzboden, zwei Kamine schimmerten weiß im schwachen Licht. Anmutige Säulen mit verschnörkelten Kapitellen trugen die Decke. Über den Kaminsimsen hingen Porträts, die – wie Valerie erklärte – Königin Henrietta Maria und König Charles I darstellten, den Vater des Mannes, nach dem Charleston benannt war. Ich bewunderte den prachtvollen Lüster. Zweifellos standen wir in einem Ballsaal – aber warum?

Valerie breitete die Arme aus und bewegte sich im Rhythmus einer unhörbaren Musik. »Was für herrliche Partys haben hier stattgefunden! Wie oft tanzte ich mit Simon in diesem Saal! Das alles gehört zu den Dingen, die du wissen mußt, Cecelia.«

Natürlich, sie hatte mich aus einem ganz bestimmten Grund hierhergeführt. Sie umarmte einen imaginären Partner, ihre Füße bewegten sich im Walzertakt, und ich glaubte, sie in einem Ballkleid aus Samt und Spitze zu sehen, während sie mit ihrem hochgewachsenen Ehemann tanzte, vielleicht in jener fernen Jugendzeit, als sie ihn noch liebte – oder ihre irreale Vorstellung von einem Traummann. Und Simon? War sie die Erfüllung seiner Wünsche gewesen?

Als ich Valeries Tanz beobachtete, glaubte ich, Musik zu hören. Nicht Johann Strauß. Vielleicht Cole Porter oder Irving Berlin. Sie drehte sich, wirbelte umher, wie von einem starken Arm gestützt. In meiner Phantasie tauchten andere Tanzpaare auf. Schließlich blieb meine Mutter lachend stehen und applaudierte einem unsichtbaren Orchester, dann lief sie zu mir, leichtfüßig wie ein junges Mädchen. »Das wollte ich schon immer tun – einmal noch in diesem Saal tanzen, mit meinem Partner. Normalerweise führe ich Schulkinder hierher und versuche, ihnen die Geschichte der Stadt nahezubringen. Einmal wollte die Bundesregierung dieses Gebäude verkaufen, und es hätte abgerissen werden können. Stell dir das vor! Aber 1913 brachten die »Daughters of the American Revolution« den Kongreß dazu, die alte Börse unter Denkmalschutz zu stellen. Natürlich bin ich eine Tochter der Revolution, so wie du auch, Cecelia. Unsere »Daughters of the Confederacy« kamen erst später.«

Ich wußte nicht, wofür sich diese patriotischen Frauenvereine heutzutage einsetzten, aber die historischen Informationen faszinierten mich. Vielleicht war meine Mutter mit mir hierhergekommen, um mich für die Geschichte Charlestons zu begeistern.

»Jetzt zeige ich dir den größten Schatz, den dieses Gebäude versteckt.« Valerie rannte davon. »Den bewundert man am besten im Dunkel vor dem Morgengrauen...« Sie eilte die Treppe hinab zu einer weiteren, die in ein tiefer gelegenes Geschoß führte.

Ich zögerte. »Müssen wir wirklich da hinunter?«

Plötzlich warnte mich eine innere Stimme. Ihre Worte von einem »versteckten Schatz« und dem »Dunkel vor dem Morgengrauen« beunruhigten mich.

»O ja, Cecelia! Hier lebt die Geschichte. Willst du nicht wissen, wo du herkommst?«

Aus einem alten weißen Haus auf Long Island – ohne blutrünstige Geschichte ... Was sollte ich mit dieser unheimlichen Welt anfangen, in die Valerie Mountfort mich führte! Trotz meiner Bedenken stieg ich hinter ihr die Stufen hinab, wie unter einem seltsamen Zwang. Als sie den Ziegelboden des Kellers erreichte, tätschelte sie meinen Arm. »Paß auf, hier kann man leicht stolpern! Diese Ziegel sind uralt und uneben, im Lauf der Jahrhunderte von zahllosen Schritten abgenutzt. Hier ist das Verlies, Cecelia.«

Die Luft roch muffig. Tagsüber schaltete man wahrscheinlich den Touristen zuliebe eine Klimaanlage ein. Blindlings tastete ich nach einem Halt, bis Valerie mehrere Lampen anknipste, die den riesigen Raum allerdings nur unvollkommen erhellten. Sekundenlang glaubte ich, wir wären nicht allein. Dann erkannte ich, daß ringsum die historischen Ereignisse in diesem Gebäude auf Dioramen dargestellt wurden, mit lebensgroßen Figuren in Kostümen aus der Vergangenheit.

Valerie spielte ihre Rolle als Fremdenführerin.»Isaac Haye, ein bedeutender Patriot im Freiheitskrieg, wurde in diesem Verlies von den Briten gefangengehalten und dann hingerichtet. Hier saßen auch gewöhnliche Verbrecher, darunter der Pirat Steve Bonnard. Immer wieder finde ich es sonderbar, daß ich an diesem Ort nicht die Gegenwart der Toten spüre. Honoria meint, sie seien hier so verzweifelt gewesen, daß sie nun lieber woanders spuken. Trotzdem – wenn wir ganz still sind und lauschen, hören wir vielleicht die Schreie, die von diesen Wänden und Säulen und Torbögen widerhallten – Schreie, deren Echo nie verstummen wird ...«

Ich versuchte meine Ohren vor der Stille zu verschließen. Warum wir hier waren, hatte Valerie mir noch immer nicht verraten, und mein Unbehagen wuchs. Sie zog eine Taschenlampe hervor und ließ den Lichtstrahl über die kunstvollen Ziegelbögen zwischen den Stützpfeilern gleiten. »Nimm meine Hand, wir steigen zur Brücke hinauf«, befahl sie. Ihre Finger fühlten sich glühend heiß an, als würde ein wildes Fieber in ihr brennen. Ich betrat mit ihr einen Steg, über den Resten einer alten Ziegelmauer gebaut. Valerie ließ den Strahl ihrer Taschenlampe schweifen. »Charleston war die einzige britische Kolonie in Amerika, die eine Stadtmauer besaß. Die Börse wurde über dem Deich errichtet, von dem du da unten einen Teil siehst. Andere Abschnitte dieses Walls tauchen in anderen Bereichen der Altstadt auf.«

Ihre Worte klangen vernünftig – ein Text, den sie vermutlich im Schlaf aufsagen konnte ... Aber ein sonderbares, erwartungsvolles Zittern in ihrer Stimme zerrte an meinen Nerven. Als ich sie bat, diesen unseligen Ort zu verlassen und mit mir nach oben zurückzukehren, hörte sie kaum zu. Sie wollte ganz offensichtlich hierbleiben – und ich würde nicht gehen, ehe ich wußte, warum sie mich in dieses historische Bauwerk geführt hatte.

Wir wanderten in einen anderen Sektor des Verlieses, wo lebensgroße Figuren weitere tragische Gefängnisszenen darstellten. Unter breiten Ziegelbögen sammelten sich bedrohliche Schatten, die das Licht der Taschenlampe zu bewegen schien. Plötzlich hatte ich genug. Ich wollte nicht noch tiefer in dieses Labyrinth eindringen. Inzwischen war mir mein Orientierungssinn völlig abhanden gekommen, und ich wußte nicht, wo ich die Treppe finden würde. Müde lehnte ich an einer Ziegelsäule und versuchte das schmerzverzerrte Gesicht einer zerlumpten Diorama-Gestalt in meiner Nähe zu übersehen. An diesem Ort hatte das Leid einst grausige Realität erlangt. »Ich gehe keinen Schritt weiter, bevor du mir nicht erklärst, warum du mich hierhergebracht hast.«

Valerie kicherte belustigt, dann fragte sie in ernsthaftem Ton: »Du kannst mich nicht Mutter nennen, was?«

»Tut mir leid«, begann ich, aber sie unterbrach mich sofort.

»Natürlich kannst du es nicht – weil ich nicht deine Mutter bin. Und du bist nicht Cecelia, die ich verloren habe. Ich weiß nicht, warum du nach Charleston gekommen bist – oder vielleicht doch. Du wußtest von dem Erbe, das du mit meiner Tochter Amelia teilen könntest. Dafür sorgte Simon in seinem Testament und in diesem Brief an Cecelia. Falls sie innerhalb von fünfunddreißig Jahren heimkehrt, ist sie erbberechtigt. Falls Amelia früher stirbt, bekommt Cecelia alles. Im Lauf der Jahre ist das Vermögen gewachsen. Womöglich schwebt Amelia in schrecklicher Gefahr. Und wenn Cecelia ihr Erbe nicht beansprucht, würde alles an Amelia fallen. Dies bringt wiederum Cecelia in Lebensgefahr.«

»Ich weiß nichts von alldem ...«

Valerie ignorierte meinen Einwand. »Natürlich bist du eine Hochstaplerin. Du hast Charles und ein paar andere zum Narren gehalten, auch Amelia. Aber mich nicht. Sicher, deine Ähnlichkeit mit meiner Tochter verwirrte mich anfangs – schockierte mich sogar. Aber die echten Gefühle einer Mutter bewahrten mich vor einem Irrtum. Du bist nicht mein geliebtes Baby, das mir genommen wurde. Und du wirst deine Reise hierher so bitter bereuen, daß du nie wiederkommen wirst. Dafür will ich sorgen. Heute nacht sollst du einen Vorgeschmack auf die Strafe spüren, die ich dir zugedacht habe – nur eine kleine Andeutung ...«

Ihr Wahn war offensichtlich, und ich erkannte, daß jeder Versuch, vernünftig mit ihr zu sprechen, sinnlos gewesen wäre. War es ihre Hand, die hinter der Bühne die Hellebarde neben mich gelegt hatte?

Ich mußte fliehen, die Treppe suchen, die Straße erreichen und Hilfe holen. Würde ich mich bloß nicht so verloren und verwirrt fühlen ...

Valerie zeigte mit ihrer Taschenlampe in eine dunkle Ecke. »Da drüben steht ein Faß, Molly Hunt. Da kannst du dich setzen und dir's bequem machen. Du mußt höchstens ein paar Stunden warten, bis man die Börse öffnen und dich entdecken wird. Vielleicht wirst du sogar ein bißchen schlafen.«

Sie wollte mich also hier allein lassen. Das mußte ich verhindern. Aber während ich ihren Arm zu umfassen versuchte, drückte sie auf einen Schalter, und das schwache Licht im Keller erlosch. Im selben Moment knipste sie auch die Taschenlampe aus und entfernte sich aus meiner Reichweite. Wo sich der Schalter befand, hatte ich nicht feststellen können, weil alles so schnell geschehen war.

Nachts konnte sich Valerie Mountfort in diesem Gebäude ebenso sicher bewegen wie tagsüber. Sie lief davon, ihre Schritte hallten auf dem Ziegelboden, das Echo blieb noch eine Weile in den Torbögen hängen, drang von allen Seiten zu mir, und so war es mir unmöglich, die Richtung zu erkennen, die sie eingeschlagen hatte.

Als die Geräusche verklangen, wirkte die Stille ebenso beklemmend wie die Finsternis. Auf der Treppe oder dem dicken Steinboden über mir hörte ich Valeries Schritte nicht. Nun würde sie in ihr Auto steigen, nach Hause fahren und mich meinem Schicksal überlassen, ohne Gewissensbisse.

Ich zwang mich zur Ruhe. Hier unten wäre panische Angst meine schlimmste Feindin. Meine Phantasie durfte nicht mit mir durchgehen. Ich fühlte mich nur desorientiert – das war alles. In diesem Verlies würde mir nichts zustoßen. Vorsichtig suchte ich meinen Weg zu dem Faß, das sie mir gezeigt hatte, setzte mich und dachte über meine Situation nach. Vielleicht konnte ich mir sogar die Zeit vertreiben, indem ich meine schriftstellerischen Fähigkeiten mobilisierte. Sicher, in einem Kriminalroman würde sich dieses Erlebnis großartig verwerten lassen, aber in der Wirklichkeit hätte ich gern darauf verzichtet.

Entschlossen bekämpfte ich das Zittern, das meine Glieder erfaßt hatte. Vielleicht würde ich mich erinnern, in welcher Richtung die Treppe lag. Wenn ich mein Bewußtsein einfach nur öffnete, Gedanken und Eindrücke in mich strömen ließ, mochte es irgendwann gelingen. Regungslos saß ich da, versuchte mich zu entspannen und wartete – auf eine Erleuchtung?

Bleischwer lastete das Schweigen auf mir. Dann raschelte plötzlich etwas in meiner Nähe, schien über den Boden zu kriechen. Ratten oder Mäuse? Früher hatten die Schiffe jenseits des Deichs ihre Frachten gelöscht, die in dieses Gebäude gebracht worden waren. Das mußten für die Ratten wundervolle Zeiten gewesen sein. Mitleidig dachte ich an die Gefangenen, die hier in Ketten gelegen hatten. Aber sicher hatte man ihnen wenigstens Kerzenlicht vergönnt – und die Ratten verjagt.

Pechschwarzes Dunkel kann eine sonderbare lähmende Wirkung ausüben. Nicht nur meine Augen waren blicklos, auch meine inneren Visionen erloschen, von kalter Furcht besiegt. Nicht einmal einen Blindenstock besaß ich, mit dem ich mir einen Weg ertasten konnte. Trotzdem wollte ich nicht stundenlang auf meine Rettung warten. Irgendwie mußte ich die Treppe finden, die nach oben führte. Dort würde ich im Schein der Straßenlampen die Rezeption sehen, ein Telefon, und um Hilfe bitten. Allerdings wußte ich nicht, wen ich anrufen sollte. Doch mit diesem Problem wollte ich mich erst beschäftigen, wenn ich den Oberstock erreicht hatte.

Ich schloß die Augen, um nicht mehr ins finstere Nichts starren zu müssen. Als ich sie wieder öffnete, um meinen ersten Schritt in die Freiheit zu wagen, erschien mir das Dunkel nicht mehr so undurchdringlich. Meine Augen begannen sich daran zu gewöhnen, und ich entdeckte einen schwachen Lichtschimmer. Ich erinnerte mich an Bogenfenster, die ich unter den beiden steilen Treppenfluchten gesehen hatte, als ich mit Valerie zum Eingang der alten Börse hinaufgestiegen war. Und dazwischen gab es eine Tür.

Ich stand auf. Die Hände ausgestreckt, um nirgendwo anzustoßen, bahnte ich mir einen Weg zwischen den Säulen, über den unebenen Ziegelboden, zu meinem etwas helleren Zielbereich. Einmal prallte ich gegen einen Glasschrank, der mit lautem Widerhall klirrte – offenbar ein Schaukasten.

Noch ein paar Schritte – und meine Finger berührten die kalte Außenwand mit den Fenstern und der Tür – die natürlich versperrt war. Die Fensterläden ließen sich ebenfalls nicht öffnen. Nun war ich weiter denn je von der Treppe entfernt, aber ich wußte wenigstens, daß sie auf der anderen Seite des Gebäudes nach oben führen mußte.

Dank des schwachen Lichts sah ich nun die schwarzen Konturen der Ziegelsäulen und konnte ihnen leichter ausweichen. Trotzdem suchte ich meinen Weg immer noch mit ausgestreckten Händen, mehr oder weniger blindlings.

Als sich die Ziegel unter meinen Füßen in Holz verwandelten und der Boden leicht anstieg, breitete ich die Arme seitwärts und spürte die Geländer der »Brücke« über dem alten Deich. Noch tiefer wollte ich nicht in das Verlies eindringen, und so wählte ich eine andere Richtung.

Schritt für Schritt bewegte ich mich voran – hoffentlich auf die Stufen zu. Allzuweit konnten sie nicht mehr entfernt sein. Plötzlich berührten meine tastenden Finger etwas, das mir einen Schreckensschrei entlockte – warmes menschliches Fleisch. Entsetzt zuckte ich zurück. An diesem Ort jemanden anzutreffen, der wußte, daß ich hier war, der mich im Dunkel belauerte ... Gellend schrie ich, von allen Seiten stürmte das Echo meiner eigenen Stimme auf mich ein, die mir fremd und gespenstisch vorkam.

Und dann mischten sich noch andere Laute in mein Gebrüll. Jemand lachte – das Gesicht, das ich angefaßt hatte. Und ich erkannte Valerie Mountforts Gelächter. Wütend und zitternd lehnte ich mich an eine Säule, unfähig, auch nur ein Wort hervorzubringen. Sie leuchtete mir mit der Taschenlampe in die Augen. »Tut mir leid, Molly, ich dachte nicht, daß ich dich dermaßen erschrecken würde. Natürlich hatte ich nie beabsichtigt, dich fünf Stunden hier unten schmoren zu lassen. Ich wollte dir nur ein bißchen Zeit zum Nachdenken geben – damit du merkst, wie unwillkommen du in Charleston bist. Hier mögen wir keine Hochstapler. Wie gesagt, was du heute erlebt hast, war nur ein Vorgeschmack auf die Unannehmlichkeiten, die dich erwarten, wenn du hierbleibst. Jetzt bringe ich dich hier raus. Aber verrat mir vorher, was du getan hättest, wenn ich wirklich weggegangen wäre.«

Irgendwie zwang ich mich, in ruhigem Ton zu antworten, wenigstens einen Rest meiner Würde und Selbstkontrolle zu wahren. »Ich hätte die Treppe gefunden, am Empfang telefonisch um Hilfe gebeten – und dann meinem rettenden Engel von deinem niederträchtigen Benehmen erzählt.«

»Was überhaupt keine Rolle spielen würde ...«, meinte sie leichthin. »Alle sind an meine impulsive Art gewöhnt. In früheren Zeiten hätte mich die Familie vermutlich auf dem Dachboden eingesperrt und meine

Existenz geheimgehalten. Aber meine süße Tochter ist mir treu ergeben, so albern sie auch manchmal sein kann. Und von Wahnsinn spricht heutzutage niemand mehr. Man gebraucht Wörter wie ›Neurosen‹ oder ›Psychosen‹, und diese Leiden lassen sich selbstverständlich alle ärztlich behandeln. Aber eine Therapie lehne ich ab. Ich werde gut versorgt, und man berücksichtigt alle meine Wünsche. Natürlich tue ich nur selten wirklich extravagante Dinge.« Ihre Belustigung wirkte kein bißchen verrückt, und dadurch jagte sie mir noch mehr Angst ein. Wahrscheinlich können Psychotiker ihren eigenen Wahn sogar verstandesmäßig erfassen.

»Ich nehme an, du weißt genau, was du tust«, erwiderte ich. »Aber ich verstehe nicht, *warum* du es tust. Ob ich nun Amelias Zwilling bin oder nicht – das Erbe interessiert mich nicht. Doch das wirst du mir wohl kaum glauben.«

Meine Worte wurden ignoriert. »Wen hättest du denn angerufen? Um vier Uhr morgens?«

Das hatte ich mir während meiner Suche nach der Treppe überlegt. Nicht Amelia – sie wäre zu verzweifelt über die Handlungsweise ihrer Mutter gewesen. Auch nicht Honoria, die Porter aufgescheucht hätte. Nicht Charles – niemals Charles, aus Gründen, die ich mir nicht erklären konnte. Vielleicht Garrett – aber ich hätte das Mitgefühl einer Frau gebraucht. Also war meine Wahl auf Daphne gefallen, die mir als die Vernünftigste des ganzen Clans erschien. Sie wäre mir zu jeder Tages- oder Nachtzeit zu Hilfe geeilt, ohne großes Aufhebens darum zu machen. »Ich hätte Daphne Phelps angerufen«, sagte ich wahrheitsgemäß.

»Eine gute Entscheidung. Gib mir deine Hand, Molly, ich bringe dich zur Treppe.«

Wieder berührten mich fieberheiße Finger, und ich

mißtraute ihr immer noch. Sie benutzte ihre Taschenlampe, bis wir die unterste Stufe erreichten, und knipste
sie dann aus. Sofort merkte ich, was sie vorhatte, und
umklammerte ihre Hand. Doch sie riß sich mit erstaunlicher Kraft los und lief die Treppe hinauf. Erneut von
Finsternis umgeben, die mich zu ersticken drohte,
lehnte ich mich ans Geländer.

»Eine wunderbare Idee, Molly!« jubelte Valerie. »Ruf
Daphne an!« Sie rannte über den Steinboden, dann
hörte ich, wie die Haustür hinter ihr ins Schloß fiel.

Mühsam unterdrückte ich meinen sinnlosen Zorn.
Immerhin hatte sie mich zur Treppe geführt. Mit Hilfe
des Geländers und des willkommen Widerscheins der
Straßenlampen, die vor den Fenstern brannten, stieg ich
hinauf. Auf der Empfangstheke sah ich das Telefon, das
meine Rettung versprach. Ich rief die Auskunft an und
fragte nach Daphnes Nummer.

11

Mit schläfriger Stimme meldete sie sich, war aber
sofort hellwach, als ich ihr knapp die nackten
Tatsachen meiner Situation schilderte. Ich sei bei der
alten Börse gestrandet und könne nicht zum Mountfort-Haus zurückfinden. Sie stellte keine Fragen, mußte
aber meinen seelischen Zustand erahnen, denn sie
zögerte keine Sekunde lang. »Bleiben Sie, wo Sie sind,
Molly! Ich ziehe mir was über und komme so schnell
wie möglich.«

In diesem finsteren geschichtsträchtigen Gebäude
hielt ich es nicht länger aus. Nachdem ich den Hörer aufgelegt hatte, ging ich hinaus und wartete auf der

Terrasse, zwischen den beiden steilen Treppen. Ich schaute die Broad Street hinab, die einstige gesellschaftliche Grenze von Charleston, bis zum angestrahlten Turm von St. Michael's, der die Dächer und ein paar Kuppeln überragte. Der Anblick erinnerte mich an St. Philip's, und ich fand es tröstlich, an jenen Moment zu denken, als Garrett mir in der Seitengasse beim Theater seine »Überraschung« gezeigt hatte. Sollte ich ihm von den Ereignissen dieser Nacht erzählen? Vielleicht würde er kein Mitleid bekunden und meinen Leichtsinn sogar tadeln, aber wenigstens aufmerksam zuhören.

Die Nachtluft war sanft, die Balustrade unter meinen Händen fühlte sich kühl an.»St. Philip's gefällt mir besser«, flüsterte ich dem schimmernden weißen Turm über der Broad Street zu, was St. Michael's, im Bewußtsein seiner eigenen Schönheit, nicht zu stören schien.

Durch die stillen Straßen drangen Gelächter und Stimmen zu mir – Geräusche einer Party, die im Morgengrauen zu Ende ging. Hinter einigen Fenstern schalteten Frühaufsteher Lampen ein. Und in der Ferne hörte ich ein Auto, Daphnes Wagen? Ich eilte eine der Treppen hinab und blieb ungeduldig auf dem Gehsteig stehen. So schnell wie möglich wollte ich dem überwältigenden Schatten der alten Börse entrinnen.

Die Morgendämmerung berührte den Himmel über dem Wasser, und ich begrüßte das erste Tageslicht. Der Gedanke an Valerie Mountfort legte sein eigenes Dunkel über mein Gemüt. Vielleicht war sie zu bemitleiden, aber sie hatte mir gräßliche Angst eingejagt und sich zu nah an eine gefährliche Grenze herangewagt. Jetzt konnte ich sie nicht mehr als meine Mutter betrachten.

Das Auto gehörte tatsächlich Daphne. Als sie am Gehsteigrand hielt und die Beifahrertür öffnete, gelassen und wie üblich Herrin der Lage, atmete ich erleichtert auf. Sie wartete, bis ich eingestiegen war, und stellte noch immer keine Fragen. »Zu so unchristlicher Stunde und unter diesen Umständen fahre ich Sie besser nicht zur South Battery. Wir frühstücken bei mir und warten, bis Amelia aufgestanden ist, dann bringe ich Sie hin. Inzwischen können wir reden – falls Sie mir erzählen wollen, was passiert ist.«

Sie hatte ein Apartment in einem renovierten alten Haus gemietet, und wir stiegen über eine geschwungene Treppe zu einer hellblau gestrichenen Tür hinauf. »Meine Lieblingsfarbe«, erklärte Daphne und holte ihren Schlüssel hervor. »Damit schützt man sich im Nahen Osten vor dem bösen Blick.«

Ich bezweifelte, daß sie an so etwas glaubte, aber es machte ihr wohl Spaß, sich unkonventionell zu verhalten. Sobald ich über die Schwelle der blauen Tür trat, fühlte ich mich wohl – und in Sicherheit. Meine Gastgeberin führte mich durch ein gemütliches Wohnzimmer, wo sich zahllose Bücher auf Tischen und Sesseln stapelten. Achtlos wies sie auf das Durcheinander. »Ich lese immer bis drei oder vier Uhr nachts.«

Der kleine Speiseraum ging in die Küche über. Daphne riet mir, mich ein bißchen umzusehen, während sie Speck in Scheiben schnitt und Eier für Omeletts verquirlte. Eine Glastür führte auf eine Piazza hinaus, die über einem Garten mit Ziegelmauer lag. Nun konnte ich wieder den Turm von St. Philip's bewundern, der nur wenige Häuserblocks entfernt leuchtete. Ein Pfad aus einzelnen Steinen zog sich durch den Rasen des Gärtchens, in einer Ecke breitete ein alter Pekannußbaum anmutig seine Zweige aus.

»So eine idyllische Atmosphäre habe ich jetzt nötig«, gestand ich. »Die Aufregungen in dieser Nacht waren einfach zuviel für mich.«

Zum Frühstück setzten wir uns auf die Piazza, und ich erzählte, was geschehen war. Interessiert hörte Daphne zu, bestrich eine Toastscheibe mit Butter und verteilte Marmelade darauf. Vorerst vergeudete sie keine Zeit mit Kommentaren. Aber als ich schilderte, wie ich im dunklen Verlies Valeries Gesicht berührt hatte, erschauerte sie.»Oh, da kriegt man ja eine Gänsehaut! Diesen unheimlichen Ort kenne ich recht gut, und um nichts auf der Welt möchte ich nachts allein da unten sein. Hören Sie, ich werde mit Valerie und Amelia reden, aber ich fürchte, das nützt nichts. Mein Vater wird wütend sein, wenn er's erfährt – falls wir's ihm überhaupt verraten. Er liebt Valerie wie eine Schwester und hat große Angst um sie.«

»Ist sie – seelisch gestört?« Ich wählte meine Worte sehr vorsichtig. »Oder spielt sie Theater?«

»Vielleicht trifft beides zu. Allerdings treibt sie's nie soweit, daß wir uns ernsthaft sorgen müßten. Sie ist bekannt für ihre ungeheuerlichen Possen.«

Ich fragte micht, wo die Grenze für »zu weit« verlief.

»Nur gut, daß Sie die Polizei nicht verständigt haben!« fuhr Daphne fort. »Vielleicht ist Valerie nie erwachsen geworden. Alle Leute haben sie immer geliebt und beschützt. Und Ihr Vater behandelte sie stets so, als wäre sie das junge Mädchen geblieben, das er vor Jahren kennengelernt hatte. Die Frauen in den Südstaaten sind gewiß nicht zerbrechlich, aber sie geben es vor – eine Komödie, die eher zur Vergangenheit als zur Gegenwart paßt. Nach der Tragödie änderte sich Valerie oberflächlich betrachtet nicht allzusehr. Aber unterdrückte Gefühle stauten sich in ihr, darunter auch Zorn – der Zorn eines Kindes. Das Erwachsenwerden hob sie sich für später auf.«

Jeder fand Entschuldigungen für Valerie Mountfort, irgendwelche Gründe, die sie daran hinderten, sich wie eine Erwachsene zu verhalten. Warum begegnete man ihr mit so unerschöpflicher Toleranz?

»Jedenfalls sollten Sie vorerst nicht an der South Battery wohnen«, meinte Daphne. »Verlassen Sie die Stadt für eine Weile, Evaline wird Sie im Plantagenhaus einquartieren, und ich berufe eine Familienkonferenz ein, bei der wir besprechen, was mit Valerie geschehen soll. Natürlich wird mein Vater Sie für alles verantwortlich machen, Molly, und vielleicht hat er teilweise recht. Was hat Sie bloß bewogen, Valerie mitten in der Nacht zur alten Börse zu begleiten?«

»Ich glaube, ihre Begeisterung wirkte irgendwie ansteckend. Und ich hoffte, sie etwas besser kennenzulernen, wenn ich auf ihre Wünsche einging. Vielleicht wären wir uns tatsächlich nähergekommen – hätte sie nicht etwas ganz anderes beabsichtigt.«

»Es ist wohl keine so gute Idee, daß Sie Valerie besser kennenlernen wollen. Wie auch immer, jetzt brauchen Sie erst einmal Ruhe. Sie sehen ziemlich erschöpft aus. Wenn Sie gegessen haben, legen Sie sich hin. Es ist noch früh. Später holen wir einen Teil Ihrer Sachen aus dem South Battery-Haus, und Sie ziehen für einige Tage nach Mountfort Hall. Ich rufe Evaline an und gebe ihr Bescheid.«

»Wie komme ich hinaus?«

»Ich telefoniere auch mit Charles. Normalerweise kann er sein Büro nach Belieben verlassen und wird Sie sicher gern zur Plantage fahren.«

Da ich todmüde war, erklärte ich mich mit allem einverstanden. Sobald ich auf Daphnes Bett sank, schlief ich ein.

Ich mußte über eine Stunde geschlafen haben. Einigermaßen erholt wachte ich auf, von neuen Fragen erfüllt. Die erste stellte ich, während ich mit Daphne die Treppe hinabstieg. »Nachdem Sie gestern das Omni Hotel verlassen hatten, sprach ich mit Garrett. Er zeigte mir den Ohrring, den Sie ihm gegeben hatten. Anfangs dachte ich, er würde Valerie gehören und der andere wäre verlorengegangen. Aber in der letzten Nacht trug sie zwei Ohrringe, die genauso aussahen wie jener einzelne, aber die Korallenblüten waren nicht in Silber, sondern in Gold gefaßt. Wissen Sie, woher der silberne Schmuck stammt?«

Sie ging vor mir zum Auto und antwortete über die Schulter: »Ein Kind fand ihn auf der Plantage, in einer Angelschnur verfangen, und brachte ihn mir. Ich war noch ein kleines Mädchen und verwahrte ihn als geheimen Schatz. Neulich erinnerte ich mich daran und gab ihn Garrett.«

»Warum?«

Unbehaglich wandte sie sich zu mir. »Können wir's vorerst nicht dabei bewenden lassen? Das ist eine komplizierte Geschichte, die ich Ihnen lieber ein andermal erzähle.«

Sie fuhr mich an ein paar Häuserblocks vorbei zur South Battery, während Charleston erwachte, und sperrte die Haustür mir ihrem eigenen Schlüssel auf. »Ich benutze das Telefon im Erdgeschoß, Molly. Gehen Sie hinauf und packen Sie Ihre Sachen. Und seien Sie bitte so leise wie möglich, damit Sie Amelia nicht wecken.«

Auf dem Weg zur Treppe traf ich Miss Kitty. Normalerweise begrüßte sie alle Leute mit einem kurzen »Miau«. Aber nun setzte sie sich auf die unterste Stufe, legte den Kopf in den Nacken und jaulte jämmerlich.

»Okay, okay«, sagte Daphne, »ich hab's ja schon verstanden. Sie will auf die Plantage zurück, Molly. Hier hält sie's immer nur ein paar Tage aus. Bei Honoria würde sie gern bleiben, aber mein Vater macht sich nichts aus Katzen. Ich hole die Tragetasche, dann können Sie Miss Kitty mitnehmen. Für Amelia hinterlege ich eine Nachricht, damit sie weder Sie noch das Kätzchen sucht.«

Ich bückte mich, streichelte das weiche grau-weiße Fell, und sofort legte sich Miss Kitty auf den Rücken, um ihren Bauch streicheln zu lassen. Eine Zeitlang erfüllte ich ihr den Wunsch, dann eilte ich auf lautlosen Sohlen zum zweiten Stock hinauf, in mein Zimmer. Alles war ruhig. Nicht einmal das Schaukelpferd knarrte, und ich hoffte, Valerie und Amelia vor meiner Flucht nicht zu begegnen. Die Katze folgte mir und beobachtete interessiert, wie ich ein paar Sachen in meinen Koffer warf.

Aber ehe ich alles beisammen hatte, was ich brauchte, kam Amelia im Pyjama zu meiner Tür. »Was ist los, Molly? Wohin gehst du?«

»Daphne meinte, ich sollte für eine Weile in Mountfort Hall wohnen.«

»Warum? Und wieso hörst du auf Daphne?«

Leider konnte ich mich nicht vor einer Erklärung drücken. »Nimm doch Platz, Amelia. Vielleicht ist es besser, wenn du Bescheid weißt.« Wieder einmal schilderte ich, was in der alten Börse geschehen war. Amelia wurde blaß, Tränen glänzten in ihren Augen. Noch bevor ich meinen Bericht beenden konnte, schlug sie schluchzend die Hände vors Gesicht.

Ich setzte mich zu ihr. »Willst du mir nicht die Wahrheit über deine Mutter sagen?«

Unglücklich strich sie über ihre nassen Wangen und sah mich an. »*Unsere* Mutter. Als du entführt wurdest, brach sie zusammen und wurde sehr krank.«

»Geisteskrank?«

»Da bin ich mir nicht sicher. Daddy glaubte nicht daran. Er meinte, ihr körperlicher Zustand hätte ihr Gefühlsleben beeinträchtigt. Allmählich schien es ihr besserzugehen – nur ...« Sie unterbrach sich. »Ach, ich möchte nicht darüber reden.«

»Das mußt du aber.«

Zögernd fuhr sie fort: »Mama begann die Menschen in ihrer Umgebung zu manipulieren, indem sie immer wieder Nervenzusammenbrüche erlitt. Sie fand heraus, wie sie sich verhalten mußte, um ihre Ziele zu erreichen. Meistens spielt sie uns nur was vor. Sie ist nicht verrückt, Molly. Letzte Nacht wollte sie dir nur Angst einjagen. Und du hast nach ihrer Pfeife getanzt, so wie wir alle.«

»Warum tut sie mir so was an? Sie hält mich nicht für ihre Tochter. Aber die Strafe, die sie mir für meinen ›Betrug‹ zugedacht hat, erscheint mir ziemlich extrem.«

»O Gott, Molly, das alles ist so kompliziert. Es stimmt, du bist anders als die Tochter, die in Mamas Phantasiewelt lebt. Und du stellst zu viele Fragen nach dem Tod unseres Vaters. Ich glaube, davor fürchtet sie sich.«

»Wegen des Briefs?«

»Vielleicht haben wir alle Angst vor Enthüllungen über die Vergangenheit. Dieser schlammige Teich war ganz ruhig, bevor du kamst. Und jetzt wird er aufgewühlt.«

»Möglicherweise hat Garrett irgendeine Spur gefunden. Auf der Plantage werde ich Nachforschungen anstellen. Daphne telefoniert gerade mit Charles. Er soll mich hinausfahren. Möchtest du nicht mitkommen?«

»Ich wünschte, ich könnte es. Leider hab ich heute beim historischen Verein zu tun. Aber ich ziehe mich an und gehe mit dir nach unten, um Charles zu begrüßen.«

Sie eilte aus meinem Zimmer, und ich schloß den

Koffer. Miss Kitty begleitete mich hinunter und schnüffelte an ihrer Tragetasche.

»Hat Sie jemand gehört?« fragte Daphne.

»Amelia. Valerie ließ sich nicht blicken. Ich mußte meiner Schwester erzählen, was passiert ist.«

»Und wie hat sie's aufgenommen?«

»Mit heißen Tränen.«

Verächtlich schüttelte Daphne den Kopf. »Typisch Amelia! Vielleicht fürchten alle mit Recht, was Sie aus dem schlammigen Teich unserer Vergangenheit ans Licht holen könnten.« Die gleiche Metapher hatte Amelia benutzt, und sie gefiel mir überhaupt nicht.

»Haben Sie Ihre Telefongespräche erledigt, Daphne?«

Sie nickte. »Evaline wird ein Zimmer für Sie herrichten. Und Charles müßte bald hier sein, Molly. Sie tragen eine ziemlich entschlossene Miene zur Schau.«

»Die ist nicht entschlossen, sondern grimmig.«

»Wie auch immer, passen Sie auf. Wenn Valerie beabsichtigt, Sie in die Flucht zu schlagen, könnte sie auf dem richtigen Weg sein.«

»Ich bleibe hier, wenigstens vorerst.«

»Also wissen Sie, was Sie tun wollen.«

Es läutete am Haustor, und sie ließ Charles herein. Amelia stürmte die Treppe herab, direkt in seine Arme. Liebevoll umarmte er sie, während Daphne die Katze in die Tragetasche verfrachtete und mir anvertraute.

»Wenn ich's einrichten kann, komme ich später hinaus«, versprach Amelia ihrem Verlobten.

Aber er schüttelte den Kopf. »Ich werde nicht draußen bleiben. Wenn ich zurück bin, melde ich mich bei dir.«

Auf der Fahrt nach Norden, durch belebte Straßen, erzählte ich meine Geschichte zum dritten Mal. Die

Wiederholungen begannen mich zu ermüden, aber Charles mußte alles erfahren. Nachdem ich Bericht erstattet hatte, berührte er meine Hand. »Arme Molly! Mit meinem Vorschlag, Sie sollen nach Charleston kommen, habe ich Sie allen möglichen Unannehmlichkeiten ausgesetzt. Erst der Zwischenfall im Theater – und jetzt das! Man müßte endlich etwas unternehmen, was Valerie betrifft.«

Seine Worte klangen so freundlich, daß ich mich an seine Schulter lehnen wollte. Aber das tat ich natürlich nicht. Er war der Verlobte meiner Schwester, und ich wußte noch immer nicht, ob ich ihm trauen durfte.

»Daphne hat recht«, fügte er hinzu. »Es ist besser, wenn Sie für eine Weile aus Charleston verschwinden.«

»Oder wenn ich nach Hause zurückkehre . . .«

»Sie sind zu Hause, Molly. Spüren Sie das noch immer nicht?«

»Im Moment fühle ich nur, daß einige Leute meine Abreise wünschen, darunter Valerie Mountfort.«

»Deshalb sollten Sie nicht davonlaufen. Seit ich Sie in New York kennenlernte, dachte ich oft über die Unterschiede zwischen Ihnen und Amelia nach. Sie mögen einander ähnlich sehen, aber Sie sind ein ganz anderer Charakter, und Sie werden hierbleiben.«

»Da bin ich mir nicht so sicher.«

»Sie fürchten sich doch nicht ernsthaft vor Valerie?«

»Letzte Nacht hatte ich eine Heidenangst.« Ich starrte durch die Windschutzscheibe, nahm aber kaum etwas von der Gegend wahr.

»Okay, das ist verständlich. Aber jetzt, im hellen Tageslicht?«

»Sagen wir einfach, ich freue mich auf Mountfort Hall.«

Bei unserer Unterhaltung fiel mir wieder einmal

seine weiche, melodische Sprechweise auf – ein krasser Kontrast zu Garretts rauhem Nordstaatenakzent.

»Wir fahren nicht sofort zur Plantage«, erklärte Charles. »Vorher möchte ich Ihnen einen meiner Lieblingsplätze zeigen, den die ganze Familie früher gern besucht hat.«

Er meinte es gut, das wußte ich, aber ich wollte möglichst schnell auf Mountfort Hall eintreffen und allein sein. Ich brauchte Zeit, um nachzudenken, sah aber keine Möglichkeit, Charles von seinen Plänen abzubringen. »Das Gebiet, das Sie gleich sehen, wurde einmal mit Reis bebaut«, erzählte er. »Als dann der neue Langkornreis auf den Markt kam, war unser South Carolina-Reis, der im Wasser wuchs, nicht mehr gefragt. Also pumpte man aus dem nahen Cooper River noch mehr Wasser auf die einstigen Reisfelder und pflanzte Zypressen. Jetzt erstreckt sich dort schönes Sumpfland, mit Wanderwegen und Azaleengärten. Im nächsten Frühling fahre ich mit Ihnen hin, wenn die Azaleen blühen.«

Im nächsten Frühling? Ich wagte kaum an die nächste Woche zu denken. Wir bogen in eine Seitenstraße, die ein paar Meilen nach Osten führte. Schilder wiesen auf die Zypressengärten hin. Durch ein breites Tor fuhren wir auf einen Parkplatz. »Jetzt kümmert sich die Parkverwaltung von Charleston um diese Gärten«, erklärte mein Begleiter. »Um diese Zeit werden wir sie fast für uns allein haben. Die abgeschiedene Lage und die Einsamkeit gehören zum besonderen Reiz dieser Freizeitoase.«

Mir blieb nichts anderes übrig, als mit ihm auszusteigen und ein Vergnügen vorzutäuschen, das ich nicht empfand. Wir ließen die Autofenster geöffnet, damit es Miss Kitty nicht zu heiß wurde, und schlenderten zum Wasser.

Eine Böschung fiel sanft zum Ufer ab, wo vertäute Ruderboote lagen. Verwundert betrachtete ich den glatten grünen Film aus Wasserlinsen, der sich vor mir erstreckte, soweit das Auge reichte, und die Wasserfläche völlig bedeckte, so daß keine Spiegelung zu sehen war.

Ein Fremdenführer hätte uns zur Verfügung gestanden, aber Charles zog es vor, selbst hinauszurudern. Er half mir in ein Boot, wo ich mich auf einer schmalen Holzbank niederließ, dann setzte er sich hinter mich und ergriff das Paddel. Wir glitten vom Ufer weg. Der rotgestrichene Bug durchpflügte die grüne Schicht, und ringsum begannen Löcher zu klaffen, wo dunkles Wasser glänzte. Allmählich entspannte ich mich und genoß die friedliche Umgebung. Die Einsamkeit, die Charles gepriesen hatte, wirkte wie Balsam auf meine strapazierten Nerven.

Er betätigte das Paddel so geschickt, daß nur ein leises Plätschern die Stille durchbrach. So wie Garrett mich am Vorabend mit St. Philip's überrascht hatte, so schenkte Charles mir nun diese beschauliche Bootsfahrt, die meiner Seele ebenso wohltat wie der Anblick des schönen Kirchturms. Auch das jetzige Erlebnis würde in irgendeinem meiner Romane auftauchen, aber vorerst überließ ich mich einfach nur den neuen Eindrücken.

Grüne Wellen schlugen an den Bootsrumpf, und überall erhoben sich silbergraue Zypressen. Manchmal fuhren wir so dicht an einer Baumgruppe vorbei, daß Charles den Kahn mit dem Paddel wegschieben mußte. Weit blieb das Ufer hinter uns zurück, und sogar das gelegentliche Zwitschern eines Vogels schien dem magischen Schweigen anzugehören. Weiter vorn stand ein langbeiniger blauer Reiher auf einem Stück Treibholz und hielt nach Fischen Ausschau. Als wir ihm zu nahe kamen, breitete er seine mächtigen Schwingen aus, flog davon und ließ die langen Beine herabhängen. Das schöne Bild nahm mir den Atem. »Danke, Charles ...« Ich schaute über die Schulter und flüsterte nur, um die wundervolle Stille nicht zu stören.

Er steuerte in die Richtung des gegenüberliegenden Ufers, wo ein Wald aus niedrigen Stümpfen aus dem Schlamm ragte. Charles bemerkte mein Interesse und erklärte: »Diese Pflanzen heißen Atemknie, Molly. Sie wachsen an den Wurzeln der Virginischen Sumpfzypresse und kommen nur im seichten Wasser zum Vorschein. Die hier wurden gefällt, weil das Holz sehr begehrt ist. Daraus werden Lampen und Uhren für die Souvenirläden hergestellt.«

An manchen Zypressen hingen kleine Schilder mit numerierten Pfeilen, die den Bootsfahrern den Weg zu tieferen Kanälen wiesen. »Es hat lange nicht geregnet«, bemerkte Charles, »und an manchen Stellen ist der Sumpf zu seicht für die Boote, und sie könnten steckenbleiben.«

Trotz der Schönheit ringsum erschauerte ich bei dem Gedanken, hier festzusitzen, bis uns jemand suchte oder zufällig vorbeikam.

»Schauen Sie!« Charles zeigte nach vorn. »Das sieht zwar wie ein Baumstamm aus, der langsam dahingleitet, ist aber der Rücken eines Alligators. Hier kann man nicht schwimmen.«

Die Stille, durch die wir langsam glitten, erweckte den Eindruck, ich würde mich unendlich weit von der Welt entfernen, die ich kannte. Ein grünlicher Schimmer schien uns einzuhüllen, als wir zwischen immer dichtere Zypressengruppen gerieten. Nur wenn ich zu den Spitzen der hohen Bäume hinaufschaute, sah ich hier und da ein blaues Himmelsfleckchen. Charles ließ das Paddel los und das Boot treiben. Meine Nerven hatten sich längst beruhigt, und ich ruhte mich aus, körperlich und seelisch. Wenigstens für eine kleine Weile war ich in Sicherheit.

»Molly«, flüsterte Charles, »liebe Molly ...« Sein Finger strich über meinen Nacken und hob eine Haarsträhne. Ich erstarrte unter der Berührung, traute weder ihm noch mir selbst. Und dann beugte er sich vor, um meinen Hals zu küssen. »Liebste Molly – weißt du, was du mir bedeutest?«

Sofort verflog mein Gefühl inneren Friedens, und ich neigte mich vor, um seinen warmen Lippen auszuweichen. »Nein, Charles! Amelia ...«

»Ich weiß, es ist falsch, Molly, aber ich muß dir einfach sagen, was ich empfinde. Ich glaube, es begann schon in New York, bei unserer allerersten Begegnung. Ich konnte nicht aufhören, dich anzustarren. Und du hast es gemerkt, nicht wahr? Für mich warst du Amelia, die ich liebe, aber andererseits viel aufregender – eine unbekannte, verlockende Frau. Dieses Paradoxon mußte ich klären und dich nach Charleston holen, zu deiner richtigen Familie. Nicht nur dir und deinen Verwandten zuliebe – auch meinetwegen.«

Ich mußte ihn zum Schweigen bringen – obwohl irgend etwas in mir die Zärtlichkeit seiner Finger und den sanften Kuß genossen hatte. »Amelia ist meine Schwester.« Meine Worte klangen steif und kalt, doch das spielte keine Rolle. »Ich mag sie, und es ist wohl offensichtlich, wie sehr sie – dich liebt.« Es hätte lächerlich gewirkt, weiterhin beim förmlichen »Sie« zu bleiben.

»Ich weiß«, stimmte er bedrückt zu. »Und ich wollte auch nicht, daß dies hier geschieht. Anfangs kämpfte ich dagegen an. Ich liebe Amelia schon seit unserer Kindheit. Aber du bist eine Frau – und sie ist immer noch ein junges Mädchen. Wahrscheinlich wird sie sich niemals ändern. Du bist nicht Amelia, und würdest du ihr nicht so verwirrend ähnlich sehen ...«

»Du hast recht«, unterbrach ich ihn, »ich bin nicht Amelia.«

»O Molly, ich kann meine Gefühle nicht länger unterdrücken.«

»Das ist dein Problem. Was mich betrifft, so ist überhaupt nichts geschehen. Jetzt sollten wir zum Ufer zurückkehren. Du bringst mich nach Mountfort Hall, dann fährst du zu Amelia, und hier draußen im Sumpf ist überhaupt nichts passiert.«

»Es passiert aber, Molly. Ich will Amelia nicht verletzen, weiß Gott! Aber ich kann nichts mehr gegen meine Gefühle tun, dafür ist es zu spät. Manche Dinge im Leben ändern sich nun mal.«

Er sprach mit melancholischer Gewißheit, und mein Widerstand wuchs. »Ich mag dich, und ich bin froh, daß du mich nach Charleston geholt hast – zumindest glaube ich das. Aber jetzt zweifle ich an meiner Identität. Ich brauche dich als Freund, und den will ich nicht verlieren.«

Er legte die Hände auf meine Schultern. »Du zitterst, Molly.«

»Natürlich, ich rege mich ja auch auf! Und du hörst mir gar nicht zu!«

»Ich verstehe, daß du dich deiner Schwester gegenüber loyal verhalten willst, und das bewundere ich. Obwohl du sie kaum kennst, steht sie dir nahe.«

»Weil wir Zwillinge sind. Und mit dir verbindet mich nichts.«

»Sei dir da nicht so sicher.« Er griff nach dem Paddel, tauchte es in den grünen Brei, und das Boot glitt voran.

Es erzeugte nur geringe Wellen. Erst als ein sanfter Windstoß die Oberfläche bewegte, teilte sich die Wasserlinsenschicht. Im schwarzen Wasser spiegelten sich die blauen Himmelsflecken zwischen den Zypressenspitzen. »Du brauchst Zeit, Molly, ebenso wie ich«, fuhr Charles fort. »Zuviel ist zu schnell geschehen. Aber ich mußte dir einfach gestehen, was in mir vorgeht, und dir's an einem Ort sagen, wo du nicht weglaufen kannst. Hier mußt du mir wenigstens zuhören.«

Weglaufen? Wut stieg in mir auf. Natürlich, dachte ich, das alte Macho-Konzept von der flüchtenden Frau und dem starken Mann, der sie verfolgt und einfängt und viel besser weiß, was für sie beide gut ist ... Aber solche Gedanken gehören der Vergangenheit an – was manche Männer allerdings noch immer nicht begreifen.

Ich wußte, daß ich noch einige Zeit in Charleston verbringen und gewisse Probleme lösen mußte, die meine Schwester und meine Mutter betrafen – und das Rätsel meiner Entführung. Aber ein Ruderboot war nicht der geeignete Schauplatz für irgendwelche Konfrontationen. Ich brauchte einen Ort, wo ich notfalls weg*gehen* konnte.

Wir näherten uns einer kleinen geschwungenen Brücke. Sie überwölbte den Weg zum Landesteg, lautlos glitten wir durch den Schatten des Halbmonds, den sie auf die grüne Fläche warf. Nun hatten wir von unserem Startplatz aus einen vollen Kreis beschrieben. Ein anderes Boot mit Touristen schob seinen Bug in den Sumpf. Zwischen grauen Zypressenstämmen sah ich ein rotes Männerhemd aufleuchten. Stimmen drangen zu uns, während der Kahn aus dem Blickfeld verschwand und der grüne Film wieder glatt und unversehrt dalag. Doch für mich war dies kein Ort friedlicher Stille mehr, und ich sehnte mich nach irgendeinem anderen, wohin ich fliehen konnte – obwohl mir dieses Wort mißfiel.

Schweigend half Charles mir an Land, umfaßte behutsam meinen Ellbogen. Auf dem Weg zum Auto schaute ich ihn nur ein einziges Mal an. Der belustigte Ausdruck in seinen Augen wirkte nicht gerade beruhigend auf mich. Vermutlich war Charles Landry ein Mann, der warten konnte, in der sicheren Gewißheit, letzten Endes ans Ziel seiner Wünsche zu gelangen. Tiefes Mitleid mit meiner Schwester erfüllte mich. Natürlich konnte ich ihn loswerden. Aber was sollte mit meiner Schwester geschehen?

Als wir in den Wagen stiegen, miaute Miss Kitty klagend. Ich nahm sie aus der Tragetasche, und während der Fahrt zum Highway rollte sie sich auf meinem Schoß zusammen. Schnurrend schaute sie mich an, mit großen, täuschend unschuldigen Augen. Nur der lange Schwanz, der sanft auf meine Knie schlug, schien eine andere Sprache zu sprechen. Es spendete mir einen gewissen Trost, den kleinen warmen Körper festzuhalten, und ich wünschte, ich könnte mich ebenso zufrieden fühlen wie das Kätzchen.

Wir überquerten die Halbinsel in Richtung Ashley River. Charles schwieg immer noch. Erst auf der breiten, von Virginischen Eichen gesäumten Zufahrt, an deren Ende Mountfort Hall aufragte, begann er in ruhigem, vernünftigem Ton auf mich einzureden. »Alles wird so bleiben, wie es ist, Molly. An der Oberfläche. Vorerst werden nur wir beide wissen, was heute morgen geschehen ist. Schwierige Entscheidungen liegen vor uns. Mach dir keine Sorgen. Manches wird sich von selbst regeln. Natürlich muß ich meine Mutter möglichst bald informieren.«

Vorsichtig packte ich Miss Kitty wieder in die Tragetasche und gab ihm keine Antwort. Vielleicht war die Mutter klüger als der Sohn.

Orva Jackson mußte das Auto von einem Fenster aus gesehen haben, denn sie kam zum palladianischen Eingang, um uns zu begrüßen. Plötzlich hatte ich eine Idee. Sollte ich Orva um Rat bitten? Falls es mir gelang, die Barriere ihrer Zurückhaltung zu durchbrechen ...

12

»Kommen Sie doch herein!« forderte Orva uns auf. »Miss Evaline richtet gerade Ihr Zimmer her, Miss Molly. »Geben Sie mir Ihr Gepäck.«

»Danke, Orva, das trage ich hinauf«, erbot sich Charles. »Ich möchte sehen, wo meine Mutter dich untergebracht hat, Molly.«

Ich übergab die Katze der sichtlich widerstrebenden Schwarzen. »Wenn Miss Honoria nicht da ist, zerkratzt sie mit ihren scharfen Krallen die Möbel«, klagte sie, »wirft alles mögliche um und springt immer nur dorthin, wo sie nicht sein soll. Wie ein kleines Kind, wenn der Lehrer aus dem Klassenzimmer geht ... Komm jetzt, Miss Kitty, und benimm dich halbwegs anständig.«

Tatendurstig sprang das grau-weiße Tierchen aus der Tragetasche und krallte sich in den Gobelinbezug des nächstbesten Sessels. Orva gab ihm einen wirkungslosen Klaps. Wie üblich gegen alle Erziehungsmaßnahmen immun, zog sich Miss Kitty in eine Ecke zurück, um angeekelt ihr weiches Fell zu putzen.

Das Gästeschlafzimmer lag im Dachgeschoß, das ich – wie Orva erklärte – für mich allein haben würde. Wir stiegen zwei lange Treppenfluchten hinauf, dann blickte ich durch den Flur zu einer offenen Tür am anderen Ende.

»Sehr schön!« meinte Charles zufrieden. »Das beste Zimmer im ganzen Haus, zumindest, was die Aussicht betrifft.«

Er wirkte so erfreut, daß mir die Einsamkeit, die ich hier oben genießen sollte, zu mißfallen begann. Garrett Burke würde nur tagsüber hier sein – nachts niemand, außer Evaline und vielleicht Charles. Ich beschloß, Honoria anzurufen und sie zu bitten, Mountfort Hall für die Dauer meines Aufenthalts zu besuchen.

»Ein hübscher Raum«, lobte ich und hoffte, Charles würde verschwinden.

Statt dessen ging er zu einem Fenster und öffnete es. Der Schlammgeruch des Flusses, vermischt mit Blütenduft, drang herein. »Da! Das unverwechselbare Aroma unseres Low Country! Vielleicht glaubst du's nicht, Molly, aber das wirst du vermissen, wenn du abgereist bist.«

Evaline Landry begrüßte mich freundlich, doch ich überlegte, wie sie wohl auf das Interesse ihres Sohnes an mir reagieren würde.

»Der Ausblick hier oben gefällt mir«, beteuerte ich, »aber an ein so großes Haus bin ich nicht gewöhnt. Könnte ich ein Zimmer in einer tieferen Etage bekommen?«

Sie schüttelte den Kopf. »Tut mir leid, aber das ist unmöglich, Miss Hunt. Unten liegen die Familienräume – abgesehen von dem Zimmer, das Mr. Burke benutzt. Die Räume für die Mountforts und die Phelpses müssen stets bereit sein – falls sie herkommen.«

Orva war in der Tür stehengeblieben. Nun schlug sie leise vor: »Ich würde in das Zimmer neben Ihrem ziehen, wenn Sie sich dann besser fühlen, Miss Molly, und dort schlafen, solange Sie hier sind.«

»Eine gute Idee«, meinte Evaline, wenn auch ohne Begeisterung. Offensichtlich hielt sie meinen Wunsch für eine alberne Laune und empfand nur Verachtung dafür.

»Danke, Orva, das wäre nett«, sagte ich. »Wenn's Ihnen nicht zu viele Umstände macht ...«

»Keineswegs, Ma'am. Mein Zimmer liegt im Keller, und es wird mir gewiß nicht schwerfallen, ein paar Sachen heraufzubringen.«

»Dann wäre das ja geregelt«, bemerkte Charles. »Allerdings hätte ich dich nicht für so ängstlich gehalten, Molly. Ich fahre jetzt nach Charleston zurück – oder soll ich noch etwas erledigen, Mutter?« Sie verneinte, und er wandte sich wieder zu mir. »Bis bald.«

»Soll Orva Ihnen beim Auspacken helfen, Miss Hunt?« fragte Mrs. Landry, nachdem er gegangen war.

Um das leichte Gepäck, das ich mitgenommen hatte, konnte ich mich auch allein kümmern. Aber da ich mit Orva reden wollte, stimmte ich zu. Evaline blickte sich ein letztesmal im Zimmer um, wünschte mir einen angenehmen Aufenthalt und ließ uns allein.

Endlich entspannte ich mich ein wenig. »Setzen Sie sich, Orva. Ich muß nicht viel auspacken, aber ich möchte die Gelegenheit nutzen und mit Ihnen sprechen.« Sie nahm etwas unbehaglich Platz, und ich erklärte: »Hier gibt es kaum noch jemanden, dem ich traue. So viele seltsame Dinge sind geschehen. Aber ich habe das Gefühl, daß ich mich an Sie wenden kann.« Schweigend saß sie auf ihrer Stuhlkante und wartete. Sollte ich es wagen, von Charles zu erzählen? »Inzwischen ist eine neue Situation entstanden, und ich weiß

230

nicht, wie ich sie meistern soll. Vielleicht können sie mir helfen, Orva.«

Ernsthaft neigte sie den Kopf, und ich sah die beiden halbmondförmigen Kämme glänzen. »Es geht vermutlich um Mr. Charles. Plötzlich benimmt er sich Ihnen gegenüber so vertraut. Nun, das habe ich kommen sehen.«

Verblüfft starrte ich sie an, aber es erleichterte mich auch, daß sie mir einen Schritt voraus war. »Vorhin fuhren wir in einem Boot durch den Zypressensumpf. Dort gefiel es mir sehr gut, aber dann ...« Ich zögerte.

»Für ihn ist es sehr schwer, Miss Molly. Sie und Ihre Schwester gleichen sich wie ein Ei dem anderen – und sind doch so verschieden. Das hat ihn vielleicht durcheinandergebracht.«

Ich hängte meine Kleider in den Schrank und suchte nach den richtigen Worten. »Er mag Amelia, und ich glaube, er liebt sie sogar. Aber jetzt bildet er sich ein, er will mich ...«

»Und was immer Mr. Charles will, er ist dran gewöhnt, es zu bekommen. Sie sollten ihm mal einen Schock versetzen, Miss Molly, und ihn aufrütteln. Zum ersten Mal in seinem Leben wird er seinen Kopf nicht durchsetzen.«

»Oh, ich möchte mir nicht einmal anhören, was er sagt.«

Orva dachte eine Weile nach und blickte durch das Fenster zum Fluß. »Vielleicht sollten Sie mit Miss Evaline reden. Was sie sagt, nimmt er ernst, und sie wird eine Lösung für das Problem finden.« Sie sah mir an, wie sehr mir ihr Vorschlag mißfiel und fuhr fort: »Da sie ihren Sohn sehr genau beobachtet, wird sie's so oder so merken. Ich will mal drüber nachdenken, Miss Molly, und dann unterhalten wir uns nochmal.«

Wenigstens hatte ich meine Sorge mit Orva geteilt, der ich mich viel enger verbunden fühlte als meiner furchterregenden Mutter. Wir ließen meine Tür offen, ehe wir zusammen die Treppe hinabstiegen, und ich erklärte, ich würde nun Garrett Burke besuchen. Da schenkte sie mir ein warmherziges Lächeln, das irgendwie heilsam auf mich wirkte, und ging weiter nach unten.

Auch Garrett hatte seine Tür nicht geschlossen. Die Schreibmaschine klapperte.

Als ich an die Türfüllung klopfte, drehte er sich um. Miss Kitty war bereits eingetroffen. Sie tanzte nicht mit Sonnenstrahlen, sondern schlief zusammengerollt auf einem Fensterbrett. »Hallo, Garrett!« grüßte ich. »Komme ich ungelegen?«

»Nein, nein, im Moment befasse ich mich ohnehin nur mit unwichtigen Dingen. Mein Gehirn muß irgendwie blockiert sein. Kein einziger brauchbarer Gedanke ...«

»Dieses Gefühl kenne ich. Schon seit einer Ewigkeit bin ich unfähig, konkrete Pläne für mein nächstes Buch zu schmieden. Ich habe nur vage Visionen.«

»Wenigstens werden Sie bei Ihren Romanen nicht von öden, unwiderruflichen Fakten eingeengt. Die sogenannten Tatsachen, die Nathanial Amorys Tod betreffen, sind zwar recht interessant, aber nebulös, und kein Familienmitglied will den Mund aufmachen. Sogar Honoria weicht meinen Fragen aus, als hätte sie Angst, irgendwelchen Staub aufzuwirbeln.«

Auch ich hatte keine Informationen zu bieten, also beobachtete ich die schlummernde Katze. Jetzt, im selben Raum mit Garrett, wußte ich nichts zu sagen. Ich brachte es einfach nicht über mich, Charles' Annäherungsversuch zu erwähnen.

Garrett strich durch sein dichtes dunkles Haar und rückte den Stuhl vom Schreibtisch weg.»Was treiben Sie hier draußen, Molly?«

»Ich wohne hier, zumindest ein paar Tage, weil ich es ratsam fand, Charleston für eine Weile zu verlassen.« Ich setzte mich neben Miss Kitty auf das Fensterbrett und schob sie ein wenig zur Seite. Sie blinzelte mich an, dann schlief sie weiter. Ihre rosa Zungenspitze lugte aus dem Mäulchen, und ich verlor wieder einmal mein Herz an sie.

»Was ist passiert?« fragte Garrett.

»Das ist eine lange Geschichte, und ich hab's langsam satt, sie immer wieder zu erzählen. Jedenfalls verstehe ich mich nicht allzugut mit meiner Mutter, und Daphne schlug mir vor, fürs erste nach Mountfort Hall zu ziehen. Ich habe ein Zimmer im obersten Stockwerk bekommen, und Orva will nebenan schlafen, damit ich nicht allein bin.«

»Eine gute Idee – obwohl Ihnen hier nichts passieren dürfte.« Aber seine Stimme klang skeptisch.

»Hier? Was meinen Sie? Eigentlich sollte mir nirgendwo was passieren.«

Garrett stand auf und streckte sich. »Anscheinend haben Sie das besondere Talent, immer wieder in Schwierigkeiten zu geraten.«

»Wegen der Leute, die meine Abreise herbeisehnen?«

Er zerrte das Blatt aus der Schreibmaschine, zerknüllte es und warf es in den bereits übervollen Papierkorb. »Ich kann die Story nicht weiterschreiben, bevor ich neue Informationen gesammelt habe. Auf Porters Wunsch soll ich die ›Episode‹, wie er Nathanials Tod nennt, ganz auslassen. Aber das will ich nicht.«

Auf Nathanial konnte ich mich jetzt nicht konzentrieren. »Wollen wir über Ohrringe reden?«

»Warum?«

»Daphne hat Ihnen gestern einen gegeben, mit einer Koralle in Lotosblütenform. Und Valerie besitzt ein Paar, das fast genauso aussieht.«

»Ich weiß.«

»Hören Sie auf, in Rätseln zu sprechen, und erklären Sie mir, welche Bedeutung dieser einzelne Ohrring hat!«

»Nathanial schrieb ein Gedicht über Ohrringe. Das habe ich Ihnen gezeigt.«

»Aber daraus werde ich nicht schlau. Bitte, Garrett ...« Selbst wenn er mich ärgerte, fühlte ich mich bei ihm seltsamerweise wohler als in Charles' Gesellschaft. Garrett nahm wenigstens zur Kenntnis, was ich sagte.

»Die Ohrringe hängen mit der Vergangenheit zusammen, Molly, aber ich weiß nicht, in welcher Weise. Der einzelne, den Daphne mir gab, war auf Mountfort Hall gefunden worden. Irgend etwas hatte sie neulich daran erinnert, und sie erzählte mir, wie er in ihre Hände gelangt war. Mehr weiß ich auch nicht, also lassen wir's dabei bewenden.«

Dazu war ich nicht bereit. »Daphne sagte mir, ein kleines Mädchen habe ihr den Ohrring vor vielen Jahren gebracht, als sie selber noch ein Kind war.«

»Molly, mit alldem haben Sie nichts zu tun, und es ist sicher besser, wenn Sie sich da nicht einmischen.«

»Oh, doch, diese Dinge gehen mich sehr wohl was an. Ich habe eine Zwillingsschwester, um die ich mich sorge, eine geistesgestörte Mutter, die ich nie gekannt habe, und einen Vater, der unter mysteriösen Umständen gestorben ist. Wie kann ich jemals wieder

234

die Frau sein, die ich vor meiner Ankunft in Charleston war?«

Er wandte sich von seinem Schreibtisch ab. »Okay – eins zu null für Sie. Ich werde Ihnen erzählen, was ich weiß, wenn's auch nicht viel ist. Nachdem ich mich gestern von Ihnen verabschiedet hatte, ging ich mit dem Ohrring in das Juweliergeschäft, aus dem er stammt. Der alte Mann, der diese kleinen Kunstwerke herstellte, lebt noch, und er erinnerte sich sehr gut an die Ohrringe. Er konnte mir sogar sagen, wer sie in Auftrag gegeben hatte ...«

Als Garrett zögerte, bekam er von mir ein Stichwort. »Simon hat seiner Frau Ohrringe mit goldgefaßten Lotosblüten geschenkt. Und Sie haben mir einen mit Silberfassung gezeigt.«

»Auch dieses zweite Paar wurde von Simon bestellt. Leider habe ich keine Ahnung, für wen und was das bedeutet. Vielleicht spielt es gar keine Rolle. Die Welt wimmelt nur so von Ohrringen, deren Pendant verschwunden ist.«

»Aber Sie interessieren sich für dieses Geheimnis, nicht wahr? Ich glaube, mein Vater hatte eine Geliebte, der er die billigeren Ohrringe verehrte.«

Nachdenklich starrte er mich an. »Das bezweifle ich. Nach allem was ich so höre, hat er keine Frau außer Valerie angeschaut.«

Ich wünschte, das wäre die Wahrheit, konnte mir aber nicht sicher sein. »Daphne sagte, der einzelne Ohrring sei in einer Angelschnur verfangen gewesen. Könnte die Nathanial Amory gehört haben? Warum wurde sein Fischerboot nie gefunden?«

»Da fallen mir zwei Möglichkeiten ein. Die Strömung des Flusses hat es in den Atlantik getrieben. Oder es ist versteckt worden.«

Ich spürte, wie sehr ihn diese Dinge bedrückten. Seine Recherchen zwangen ihn, sich mit einem Geist zu befassen.

»Warum finden Sie die Umstände von Nathanials Tod nach all den Jahren immer noch so wichtig?« fragte ich.

»Vielleicht ist die Vergangenheit mit der Gegenwart verknüpft. Das Buch, das ich schreibe, soll die Wahrheit enthalten – obwohl Porter das verhindern möchte. Es muß ein ehrlicher Bericht werden.«

»Und wie wollen Sie sich über Porters Wünsche hinwegsetzen?«

»Er behauptet, Nathanials Tod habe nichts mit der Mountfort-Geschichte zu tun, aber ich habe da gewisse Zweifel. Und ich lasse mich nicht von meinem Plan abbringen, was auch geschieht.«

Sein Interesse an Nathanial schien beinahe zur Besessenheit auszuarten. Plötzlich erwachte Miss Kitty, sprang vom Fensterbrett und boxte wieder einmal mit den kleinen Pfoten nach Staubkörnchen in einem Sonnenstrahl. »Honoria glaubt, die Katze kann Nathanial sehen«, sagte ich. »Vielleicht findet er keine Ruhe, bevor die Wahrheit ans Licht gekommen ist.«

»Jetzt reden Sie wie Honoria. Aber wer weiß – womöglich hat sie recht.«

Er antwortete so leise, daß ich mich vorbeugen mußte, um ihn zu verstehen. »Nathanial war mein Vater. Deshalb bin ich hier. Und deshalb muß ich allen Spuren folgen, zu welchem Ende auch immer.«

Nun war das Rätsel gelöst, das Garrett umgeben hatte. Ich fand seine Eröffnung weniger erstaunlich als beängstigend. An die möglichen Konsequenzen wollte ich nicht denken, und ich wußte auch nichts zu sagen.

Während er Miss Kittys Possen beobachtete, fuhr er mit ruhiger Stimme fort: »Mein richtiger Name lautet natürlich nicht Burke. Das ist der Mädchenname meiner Mutter. Ich heiße Amory. Bevor mein Vater starb, schrieb er meiner Mutter einen Brief, den sie mir erst kurz vor ihrem Tod zeigte. Offenbar spürte sie, daß sie nicht mehr lange leben würde. Ein paar Jahre, bevor sie jenen Brief erhielt, hatte Nathanial sie verlassen. Er arbeitete auf Mountfort Hall als Hauslehrer. Damals war ich noch klein. Trotz ihrer Verzweiflung sprach meine Mutter oft von ihm. Sie hatte ihn wohl sehr geliebt, und diese Gefühle waren nicht erwidert worden. In South Carolina wollte er Nachforschungen über einen entfernten Familienzweig anstellen – möglicherweise eine illegitime Verwandtschaft. Seine eigene Blutlinie führte zu den Mountforts. Während er hier tätig war, stieß er auf eine diffamierende Information, die zumindest *einem* Mountfort schaden konnte. In seinem Brief an meine Mutter deutete er an, er würde sich vielleicht auf gefährliches Terrain begeben, aber ihm gehe es ums Prinzip. Ein Unrecht müsse beseitigt werden ...«

»Und dann starb er«, sagte ich in Garretts Schweigen hinein.

Er nickte. »Als meine Mutter erfuhr, er sei ertrunken, glaubte sie nicht an einen Unfall. Aber gegen die mächtigen Mountforts konnte sie nichts unternehmen, außerdem fehlten ihr die finanziellen Mittel und der Mut, es zu versuchen. Erst vor zwei Jahren erzählte sie mir von ihrem Verdacht – als sie mir den Brief meines Vaters zeigte. Danach blieb mir keine Wahl – ich bin es ihm schuldig, die Wahrheit herauszufinden.«

»Ihre Mutter muß ihn bis zum Tod geliebt haben, Garrett.«

»Ja – wenn ich ihm auch niemals übelnahm, daß er sie verlassen hat. Sie war ein schwieriger Mensch, ganz anders als er – eine Realistin, der seine Dichtkunst nichts bedeutete. Sie hatten zu jung geheiratet und sich dann zu schnell auseinandergelebt. Immerhin schien er die gescheiterte Ehe zu bedauern. Er schickte mir Briefe, die ich immer noch besitze – Briefe, wie man sie einem kleinen Kind schreibt. Einmal erwähnte er seine Absicht, mich wiederzusehen. Aber ehe er Zeit dafür erübrigen konnte, starb er.«

»Honoria muß ganz bezaubert von ihm gewesen sein.«

Er lächelte.»Ich bin froh, daß die beiden sich gefunden haben.«

»Weiß Honoria, wer Sie sind?«

»Vielleicht ahnt sie es, mit Hilfe ihrer sogenannten übersinnlichen Kräfte. Von mir hat sie's nicht erfahren, aber möglicherweise von meinem Vater – falls sein Geist tatsächlich hier spukt. Sie fühlt sich hin und her gerissen, weil sie Porter gegenüber zur Loyalität verpflichtet ist. Nur Daphne kennt die Wahrheit. Und jetzt Sie, Molly. Ich saß in einer Sackgasse fest – bis Sie kamen.«

»Wieso macht meine Anwesenheit einen Unterschied?«

»Jeder reagiert anders auf Sie. Ich glaube, Sie haben Kräfte wachgerüttelt, denen Sie vielleicht nicht gewachsen sind. Also seien Sie vorsichtig.«

»Ich weiß doch gar nichts, was irgendwen gefährden könnte.«

»Irgend etwas muß es da geben. Ich bin mir nicht sicher, was … Ist seit unserer letzten Begegnung irgendwas Unangenehmes passiert?«

Da ich die peinliche Szene im Zypressensumpf nicht schildern wollte, erzählte ich von meinem Mißgeschick hinter der Bühne und dem unheimlichen Abenteuer im Verlies der alten Börse, in das meine Mutter mich geführt hatte. Grimmig hörte Garrett zu, dann erwiderte er: »Ich sehe noch keine Zusammenhänge, aber womöglich kämpfen wir beide gegen dieselben Leute.«

»Nicht gegen alle Mountforts!« wandte ich hastig ein. »Ich liebe meine Schwester. Und ich bedaure meine Mutter, weiß aber nicht, wie ich ihr helfen kann. Jedenfalls habe ich nicht die geringste Ahnung, wohin ich mich wenden soll.«

»Ich glaube, Honoria können wir vertrauen. Selbst wenn sie meine Identität nicht kennt – sie scheint irgend etwas zu spüren, das mir ihre Freundschaft eingetragen hat. Sie glaubt, Nathanials Boot wäre von einer Person beschädigt worden, die herausgefunden hatte, daß er nicht schwimmen konnte – und deren Ohrring sich in der Angelausrüstung verfing.«

»Es war also eine Frau?«

»Der Verdacht liegt nahe, aber es gibt keinen Beweis. Zunächst befanden sich die Ohrringe im Besitz eines Mannes. Welch komplizierte Möglichkeiten ...«

»Simon Mountfort?«

»Das habe ich nicht behauptet. Ich fürchte, mittlerweile ist die Spur zu alt, um verfolgt zu werden. Sicher ließ die schuldige Person den passenden Ohrring verschwinden, nachdem sie das Boot so präpariert hatte, daß es den ›Unfall‹ verursachte und dann langsam versank – außerhalb des Flusses, im tiefen Atlantik.«

»Wissen Sie, wer zum Zeitpunkt von Nathanials Tod in Mountfort Hall war?«

»Alle – weil eine Party veranstaltet wurde. Daphne, damals noch ein Kind, kam mit ihrem Vater. Honoria, als Fremdenführerin tätig, wohnte auf der Plantage. Natürlich lebten auch Evaline und Charles hier, ebenso wie Orva und ihre kleine Tochter Katy. Die war es übrigens, die den silbernen Ohrring fand und Daphne übergab.«

»Katy? Warum hat Daphne das nicht erwähnt?«

»Spielt es denn eine Rolle, wer den Schmuck aufgestöbert hat?«

»Vielleicht schon – falls Katy sich an etwas erinnert, das sie niemandem anvertraut hat. Was ist mit Daphnes Mutter?«

»Porters erste Frau war Invalidin und ging selten aus. Ich glaube nicht, daß sie an der Party teilnahm.«

Garrett wirkte so niedergeschlagen, und er mußte mein stummes Mitleid in meinen Augen gelesen haben, denn er hielt meinen Blick fest. Ein eigenartiger Funke sprang zwischen uns über – oder eine Erkenntnis. Es kam mir so vor, als hätten wir uns kurz berührt. »Danke, Molly«, flüsterte er.

Unsicher ging ich zur Tür und wußte nicht, was geschehen war. Er hielt mich nicht zurück, und ich stieg die Treppe hinab.

Ein Raum in diesem Haus zog mich ganz besonders an. Auf dem Weg zum Musikzimmer begegnete mir niemand. Das Klavier schien auf mich zu warten. Und ich setzte mich vor den geschlossenen Deckel. An diesem Instrument hatte mein Vater in den letzten Minuten seines Lebens Debussy gespielt. Ich wünschte, ich hätte ihn gekannt – oder ich könnte jetzt mit ihm sprechen, vielleicht sogar über jenen Augenblick zwischen Garrett und mir und alles, was sich daraus ergeben mochte. Doch zunächst mußte ich Antworten auf die alten Fragen finden.

Ich würde noch einmal mit Orva reden. Und mit Honoria. Sicher wußten die beiden vieles, wovon sie im Lauf der Jahre niemandem erzählt hatten. Diese Erinnerungen wollte ich an die Oberfläche locken. Ich legte die Arme auf den glänzenden schwarzen Holzdeckel über der Tastatur und vergrub den Kopf darin. Und dann hielt ich stumme Zwiesprache mit meinem Vater: Du hast mich geliebt, als ich ein Baby war. Vielleicht liebst du mich immer noch. Wenn etwas von dir weiterlebt in diesem Haus, in diesem Raum – dann hilf mir zu erkennen, was ich tun soll ...

So inbrünstig ich auch darum bat – ich erhielt keine Antwort. Gerade wollte ich aufstehen, als mir ein leises Geräusch verriet, daß jemand von der Halle hereingekommen war. Schweigend wartete die Person hinter mir. Ich hoffte, sie würde wieder gehen. Doch da sich nichts regte, drehte ich mich schließlich auf der Klavierbank um.

Honoria Phelps musterte mich mit ernster Miene, wie immer in dramatischer Aufmachung. Die Batikrobe mit dem Muster in intensivem Königsblau und Dunkelblau reichte bis zu ihren Füßen. Kupferohrringe berührten beinahe ihre Schultern. Auf ihrem Arm schlief das Kätzchen und sah aus, als gehörte es zum Kostüm.

Ich konnte die exotische Erscheinung, die kein bißchen an Porters Dresdener Schäferinnen erinnerte, nur anstarren.

»Schauen Sie nicht so verdutzt drein, meine Liebe«, sagte sie sanft. »Sie brauchen mich, also bin ich da. Ich habe Amelia mitgebracht, die unterhält sich gerade mit Evaline. Schon den ganzen Morgen spürte ich, daß Sie meinen Besuch wünschen. Und als das Gefühl unwiderstehlich wurde, fuhr ich hierher.«

»Ich wollte Sie anrufen«, erwiderte ich lahm.

»Das wäre überflüssig gewesen. Ich rief Daphne in der Buchhandlung an, und sie erzählte mir, Charles habe Sie nach Mountfort Hall gefahren. Außerdem schilderte sie Ihr nächtliches Erlebnis mit Valerie und erklärte, warum sie Ihnen empfohlen hatte, auf die Plantage zu ziehen. Ich weiß nicht, ob dies der richtige Ort für Sie ist.«

»Honoria, ich muß tatsächlich mit Ihnen reden«, gab ich zu, und ihre Nähe spendete mir erstaunlichen Trost.

»Dann wollen wir draußen picknicken und Evaline die Mühe ersparen, uns den Lunch zu servieren. Ich habe im Kühlschrank nachgesehen. Es gibt kaltes Huhn, Kartoffelsalat und einen Rest Maisbrot, also können wir uns ein wahres Festmahl gönnen.«

Sie stellte die Katze auf den Boden, und ich folgte ihr in die große moderne Küche hinter dem Speisezimmer im ersten Stock. Nachdem wir einen Picknickkorb gepackt hatten, führte Honoria mich zum Flußufer. Unter einer alten Virginischen Eiche, die ihre mächtigen Äste über dem Wasser ausbreitete, standen ein kleiner Tisch und Metallstühle. Wir stellten unsere Pappteller darauf, aßen aber mit dem Silberbesteck, das die alte Dame mitgenommen hatte, und tranken Limonade aus hohen Kristallgläsern. Es schmeckte köstlich. Ich war froh, dem Haus mit seinen konfliktreichen Unterströmungen vorerst entronnen zu sein. Für eine kleine Weile glaubte ich sogar, ich könnte aufhören, Fragen zu stellen, und alles einfach auf sich beruhen lassen.

Honoria riß mich nicht aus dieser angenehmen Stimmung. »Die Eiche ist mindestens zweihundert Jahre alt. Sie hat Kriege und Hurrikane überlebt, und ich hoffe, sie wird auch künftigen Stürmen standhalten. Wie oft mußten wir nach einem besonders schlimmen Unwetter den Verlust majestätischer Bäume beklagen ...«

In ihrer Gesellschaft entspannte ich mich zusehends, und nach dem Essen war ich bereit, gelassen und vernünftig über meine Probleme zu sprechen. »Heute morgen fuhr Charles mit mir zu den Zypressengärten«, begann ich.

»Klar, er bildet sich ein, er würde Sie lieben«, entgegnete sie seelenruhig. »Sie sind die andere Hälfte Ihrer Schwester – offenbar die Hälfte, zu der er sich im Moment am stärksten hingezogen fühlt.«

Andere Leute sahen offenbar, was ich selbst nicht bemerkt hatte. Oder nicht bemerken wollte? Mit einem lauten Knall stellte ich mein Glas auf den Tisch. »Bitte! Amelia und ich sind völlig verschieden, und er kann uns nicht beide lieben.«

»Und Sie wollen ihn nicht für sich gewinnen?«

»Natürlich nicht!«

»Nun, er ist ein attraktiver Mann.«

Das konnte ich nicht leugnen, denn ich hatte seinen Charme schon oft zu spüren bekommen. Sollte ich mit Honoria über Garrett reden, der mich viel mehr interessierte? Hastig verdrängte ich diesen Gedanken. Sie verstand es viel zu gut, meine Gefühle zu ergründen. Und außerdem mußte sie – wie Garrett betont hatte – bei allen ihren Entscheidungen und Urteilen auch Porter berücksichtigen.

»Ich bleibe ein paar Tage hier«, verkündete sie. »Zumindest ebenso lange wie Sie, Molly. Sobald sich die Wogen bezüglich Ihrer Mutter geglättet haben, kehre ich nach Charleston zurück. Inzwischen muß ich wegen der Theaterproben täglich pendeln. Die Premiere findet bald statt – wenn ich auch nicht weiß, ob die Inszenierung jemals fertig wird. Das Stück wird eine Woche laufen, dann kann ich wieder frei über meine Zeit verfügen.«

Derzeit war die Aufführung das allerletzte, was mich interessierte, und ich faßte eine meiner Fragen in Worte.

»Als Sie mit mir in Nathanials ehemaligem Zimmer sprachen, sagten Sie, ich könnte vielleicht Simons Todesursache herausfinden. Was meinten Sie damit?«

»Ich tat alles, was ich konnte. Glauben Sie mir, ich hab's versucht.«

»Alle behaupten, er habe einen Herzanfall erlitten, und dann weichen sie weiteren Fragen aus.«

»Sie sollten mit Orva reden, Molly. Wenn Sie auch nicht direkt zu uns gehören, so sind Sie doch mit ihr verbunden, von früheren Zeiten her. Einige ältere Schwarze stehen immer noch unter dem Eindruck, sich schützen zu müssen – ein Erbe ihrer versklavten Vorfahren, die sich an die sehr vernünftige Regel hielten, man dürfe sich nicht in die Probleme der Weißen einmischen. Daran hält Orva vermutlich immer noch fest, aber versuchen Sie doch mal, sie aus der Reserve zu locken.«

»Glauben Sie, daß sie mehr als die anderen weiß?«

Honoria nickte. »Das ist nur so ein Gefühl. Mit mir hat sie nie frei von der Leber weg gesprochen. Wahrscheinlich mißtraut sie meinen Geistern.«

»Zu mir war sie sehr freundlich. Sie wird sogar in den Raum neben dem Gästezimmer ziehen, wo Mrs. Landry mich einquartiert hat, damit ich nicht so allein bin. Hoffentlich gelingt es mir, ihr Informationen zu entlocken. Honoria – einige Leute wollen mich anscheinend beschützen. Warum? Welche Gefahr droht mir?«

Hilflos hob sie die Hände. »Ich sehe immer wieder einen dunklen Nebel, der Ihre Gestalt umgibt, weiß aber nicht, was das bedeutet. Heute nacht möchte ich versuchen, das festzustellen – auf direkterem Weg.«

»Wie? Was meinen Sie?«

»Manchmal spricht Nathanial ganz unvermittelt durch meinen Mund. Doch damit kann ich nicht rechnen, und es gibt keine Möglichkeit, ihn zu befragen. Diesmal will ich ihn zwingen, zu mir zu kommen. Und alle sollen dabei sein. Ich glaube, es wird funktionieren – dank Ihnen.«

Das gefiel mir ganz und gar nicht. »Ich lege keinen Wert auf solchen Séancen-Spuk. Das ist doch purer Unfug.«

»Sie irren sich, Molly. Ich werde weder eine altmodische Séance abhalten, noch eine andere Methode anwenden, um Geister heraufzubeschwören. Statt dessen will ich einfach nur eine bestimmte Szenerie arrangieren, damit Nathanial mich als Medium benutzen kann, falls es ihm möglich ist. Wenn er kommt, werden alle Anwesenden die Gelegenheit erhalten, ihm Fragen zu stellen – auch Sie.«

Ich war immer noch skeptisch, wußte aber, daß ich Honoria nicht von ihrem Plan abzubringen vermochte. »Laden Sie Garrett dazu ein?«

»Selbstverständlich – wenn er dabeisein möchte...« Sie packte die Sachen in den Korb, die wir bei unserem Picknick benutzt hatten. »Sie müssen mich nicht ins Haus zurückbegleiten, Molly. Schauen Sie sich hier draußen ein bißchen um. Sehen Sie den Weg da drüben? Er führt zu einem Ort, der Sie vielleicht interessieren wird. Folgen Sie ihm.«

Es klang so, als versuchte sie mich loszuwerden, doch für mich spielte das keine Rolle. Ich hatte ohnehin nichts anderes zu tun. Langsam wanderte ich den Pfad entlang zu einem Wäldchen, in düstere Gedanken versunken. Ich brauchte Stille und Ruhe, um mir über einiges klarzuwerden.

Diese Ruhe sollte mir nicht vergönnt werden. Aber davon ahnte ich noch nichts, als ich den Schatten zwischen den Bäumen erreichte.

13

Der deutlich ausgetretene Weg entfernte sich vom Fluß. Früher mußte dieses Gebiet dicht bewaldet gewesen sein, jetzt klafften große Lücken zwischen den Bäumen. Ich schlenderte dahin, von dem Gefühl begleitet, ich würde mich einem undefinierbaren Ziel nähern. Aber ich nahm mir vor, bald ins Haus zurückzukehren und Orva Jackson aufzusuchen. Irgendwie mußte ich sie veranlassen, mir zu helfen.

Der Pfad führte bergauf, und nach einer Biegung öffnete sich eine gerodete Fläche mit einem kleinen Hügel in der Mitte. Hinter einer niederen Ziegelmauer sah ich Grabsteine aus Granit – den Familienfriedhof der Mountforts.

Als ich auf das Gatter zuging, erklang ein schriller Schmerzensschrei in meiner Nähe, und ich drehte mich verwirrt um. Ein Pfau trabte durch die Wiese rings um den Friedhof und zog die Schleppe seines schweren Gefieders hinter sich her, das irisierend in der Sonne schimmerte. Meine Anwesenheit schien ihn nicht zu stören. Als er den schmalen Kopf hob, bebte sein Federkrönchen. Wieder stieß er einen schrillen Schrei aus.

Noch nie hatte ich einen Pfau aus der Nähe gesehen, und ich beobachtete ihn fasziniert. Die zahlreichen Augen auf dem langen Schweif schienen mir nachzustarren, während ich zum Friedhofsgatter ging.

Eine Stimme drang über die Mauer, und da wußte ich, daß ich nicht auf mein Gespräch mit Orva warten mußte. »Er ist prachtvoll, nicht wahr, Miss Molly? Miss Honoria nennt ihn ›König Midas‹. Sie sollten ihn mal sehen, wenn er vor einer Pfauhenne umherstolziert und sein Rad schlägt.« Sie öffnete mir das Gatter, und als ich eintrat, zeigte sie auf einen Marmorstein. »Das ist Mr. Simons Grab. Ich bringe ihm jede Woche Blumen.«

War sie die einzige, die sein Andenken in Ehren hielt? Der Friedhof wirkte sehr gepflegt, also mußte jemand oft hierherkommen. Ein paar Steine sahen sehr alt aus. Im Lauf der Jahre waren die Inschriften verblaßt. Das imposanteste Grabmal hatte man für Edward Mountfort errichtet, den Erbauer der Hall. Ein Marmorengel bewachte seine letzte Ruhestätte.

»Kommen Sie, Miss Molly, da drüben können Sie sich ausruhen.« Orva führte mich zu einer weißgestrichenen schmiedeeisernen Bank in der Nähe von Simons Grab, und ich setzte mich in den Schatten eines Magnolienbaums. Seine weißen Blüten verströmten einen süßen Duft. Die Negerin ließ sich auf einem winzigen Grashügel nieder, zog die Knie unter dem geblümten Rock an und stützte das Kinn darauf. Eine bessere Gelegenheit für eine Unterhaltung konnte ich mir nicht wünschen.

»Orva, ich möchte Ihnen danken, weil Sie für ein paar Tage zu mir ins Dachgeschoß ziehen. In Ihrer Nähe werde ich mich besser fühlen. An ein so riesiges Haus bin ich nicht gewöhnt.«

»Das macht mir wirklich keine Mühe, Miss Molly.« Sie zeigte zu Simons Grab hinüber. »In der kurzen Zeit, bevor Sie weggebracht wurden, waren Sie der Liebling Ihres Daddys. Und auch mir bedeuteten Sie sehr viel.

Ich sorgte für Sie und liebte Sie wie mein eigenes Fleisch und Blut – Sie und Ihre Schwester.«

»Sie sagten doch, Sie hätten meinen Vater in seiner Kindheit gekannt. Würden Sie mir davon erzählen?

»Ihre Grandma Laura – sie liegt da drüben – gab Mr. Simon und mir Unterricht, bevor wir zur Schule gingen. Sie lehrte mich lesen – und richtig zu sprechen. Aber Katy meint, das habe nicht viel genutzt.«

»Sie fanden meinen Vater, als er gestorben war ...«

Schweigend nickte sie.

»Wie ist es geschehen?«

Ohne aufzublicken, antwortete sie: »Es war so schrecklich, Miss Molly. Er spielte diese schöne Musik auf dem Klavier, die Ihre Mama so liebte. Und plötzlich hörte er auf mit einem lauten Mißklang. Ich arbeitete gerade am anderen Ende der Halle. Sofort stieg eine böse Ahnung in mir auf, ich rannte ins Musikzimmer, und da saß er zusammengesunken auf der Klavierbank. Sein Kopf lag seitwärts auf den Tasten.«

Vor kurzem hatte auch ich meinen Kopf auf den Deckel über der Tastatur gelegt ...

Die nächsten Worte schienen sich schmerzlich aus Orvas Kehle zu ringen. »Nie werde ich vergessen, wie er aussah.«

»Was meinen Sie?«

»Als wäre irgend etwas ins Zimmer gekommen und hätte ihn zu Tode erschreckt.«

»Sind Sie jemandem begegnet?«

Sie schüttelte den Kopf und schaute mich noch immer nicht an.

»Wäre jemand aus dem Zimmer gegangen, hätte ich's gemerkt. Aber ich traf niemanden.«

»Dann kann auch niemand dagewesen sein, Orva.«

»Aber es gibt einen Ort, an den ich nicht dachte, ehe ich davonlief und Hilfe holte. Hinter dem Musikzimmer liegt ein kleines Büro, das Mr. Simon benutzte. Dort schrieben die Hausherrinnen früher ihre Briefe und hielten die Rechnungsbücher in Ordnung. Und da versteckte sich jemand, während ich wegrannte.«

»Haben Sie das irgendwem erzählt?«

»Einmal versuchte ich mit Mr. Porter drüber zu reden. Aber er meinte, ein Herzanfall könnte jeden erschrecken, und dann würde er eben so aussehen wie Mr. Simon, als ich ihn fand. Aber das war's nicht, Miss Molly. Ich glaube, er beobachtete oder hörte etwas, und das jagte ihm solche Angst ein, daß sein armes Herz den Schock nicht verkraftete.«

»Und wer könnte ihn dermaßen erschreckt haben?«

Sie schwieg eine Weile, dann hob sie den Kopf und starrte mich mit großen Augen an. »Jetzt spielt das keine Rolle mehr, Miss Molly. Es ist zu spät. Manchmal habe ich das Gefühl, der ganze Boden von Mountfort Hall zittert wie ein Sumpf. Mr. Porter sagte, ich solle mir keinen Unsinn einbilden ... Aber ich weiß nicht, was passieren würde, wenn ich nur einen falschen Schritt mache. Erwähnen Sie das alles lieber nicht, wenn wir wieder im Haus sind.«

Der Vergleich mit dem Sumpf ließ mich erschauern. »Haben Sie jemals mit Katy über diese Dinge gesprochen?«

»Sie war ein junges Mädchen, als Ihr Daddy starb, und seit sie erwachsen ist, haben wir nicht oft drüber geredet. Das ist auch besser so. Das Sumpfwasser soll man nicht aufwirbeln.«

»Tagelang versuche ich nun schon, meinen Vater kennenzulernen. Und ich glaube, dabei behindern mich die Umstände seines Todes. Es kommt mir so vor, als würde ich niemals wissen, was für ein Mensch er war, wenn ich nicht herausfinde, was wirklich geschehen ist.«

»Er war ein guter Mann, Miss Molly, das dürfen Sie mir glauben.«

»Aber er dachte, er wäre für irgend etwas Grauenvolles verantwortlich.«

»Kümmern Sie sich nicht drum, Miss Molly. Schauen Sie mal in die Ecke des Friedhofs – da liegt Mr. Nathanial. Ziemlich abseits, nicht wahr? Vielleicht war er mit den Mountforts verwandt. Aber man wollte ihn wohl nicht in der Nähe der Familiengräber bestatten.«

Ich kehrte zu dem Thema zurück, das mich in erster Linie interessierte. »Orva, erinnern Sie sich, wer in Mountfort Hall war, als mein Vater starb?«

»O ja. Damals wurden ständig Partys gefeiert, und das ganze Haus war voll. Alle Verwandten und Freunde kamen aus der Stadt heraus.« So wie an Nathanials Todestag … Aber ehe ich weitere Fragen stellen konnte, stand Orva behende auf. »Ich muß wieder an die Arbeit, Miss Molly. Auch Miss Honoria will im Dachgeschoß wohnen, nicht in ihrem üblichen Zimmer im ersten Stock, also gibt's da eine Menge vorzubereiten. Jetzt haben Sie gleich doppelte Gesellschaft, und das halte ich für eine gute Idee. Ich gehe jetzt zurück, aber bleiben Sie noch da, Miss Molly, und unterhalten Sie sich ein bißchen mit Ihrem Daddy. Vielleicht kann *er* Ihnen erzählen, was Sie wissen wollen. Miss Honoria glaubt an so was – und ich wohl auch.«

Im Moment hatte ich Simon Mountfort nichts zu sagen, und ich wollte nicht allein hierbleiben. »Bitte, warten Sie auf mich!« rief ich Orva nach, die zum Gatter eilte, und ihr blieb nichts anderes übrig, als meinen Wunsch zu erfüllen. Ich blickte in die Ecke, zu Nathanial Amorys kleinem Grabstein. Davor lagen keine Blumen, aber ich nahm an, daß Garrett den Friedhof regelmäßig besuchte. In meinen Gedanken formten sich Worte, deren Intensität mich überraschte. *Hilf mir, den Weg zu finden, Nathanial. Hilf mir, deinem Sohn zu helfen – und uns allen.*

Kein Zeichen wurde mir gegeben – oder wenn doch, so fehlte mir die Gabe, es zu deuten. Jenseits der Mauer kreischte wieder der Pfau, und ich rannte Orva nach.

Schweigend gingen wir durch das Wäldchen, bis das Haus in Sicht kam. Krampfhaft überlegte ich, wie ich Orva veranlassen konnte, mir alles zu verraten, was sie wußte oder welchen Verdacht sie hatte. Schließlich erkundigte ich mich, weil mir nichts Besseres einfiel: »Hat Mrs. Phelps ihre Pläne für heute abend erwähnt?«

Orva beschleunigte ihre Schritte, als wollte sie meinen unangenehmen Fragen entrinnen. »Ja, Miss Honoria sprach davon, aber mit solchen Dingen will ich nichts zu tun haben. Wenn man die Geister herbeiruft, kann man mehr Tote wecken, als sie glaubt. Ich finde, man sollte sie ruhen lassen. Und Sie lassen sich besser auch nicht auf so was ein, Miss Molly.«

»Ich will es nicht – aber ich muß es tun.«

Abrupt blieb sie stehen. »Dann komme ich auch. Vielleicht kenne ich einen nützlichen Zauber.«

»Meinen Sie, Honorias Methode sei nicht gut?«

»Doch, die ist okay, aber sie kennt die Macht nicht, die sie heraufbeschwören will. Deshalb werde ich dabeisein.« Ich folgte Orva zur Flußseite des Hauses. Dort entdeckte ich eine Tür, die ich vorher nie gesehen hatte, und fragte danach. »Vielleicht möchten Sie sehen, was da unten im Keller ist, Miss Molly? Für die meisten Leute eine große Überraschung ...«

Obwohl man früher hauptsächlich mit Booten nach Mountfort Hall gefahren war, präsentierte sich die Fassade am Fluß weniger eindrucksvoll als die dem Land zugewandte Säulenhalle. Graue Steinstufen führten zu einem schlichteren Eingang, eine Kutschenstraße zog sich um das Haus herum, und unter der Treppe gab es eine ebenerdige Tür zwischen zwei Bogenfenstern, was mich unangenehm an die alte Börse erinnerte.

Orva hielt mir die Kellertür auf, und ich betrat einen kühlen, schattigen Raum mit hoher Decke, der erstaunlicherweise der Vorhalle eines griechischen Tempels glich. Sie lachte leise. »Jetzt wundern Sie sich, was, Miss Molly? Das hat dem alten Mr. Edward sicher großen Spaß gemacht.«

Zu beiden Seiten des Eingangs erhob sich eine schlichte dorische Säule, nur eine trug ein Kapitell. Andere Säulen standen im Raum – abgebrochen oder unvollendet und doch sehr imposant. Im Hintergrund führten brüchige Marmorstufen zu einer Tempelruine – zwei Pfeiler, teilweise zerstört, trugen eine Oberschwelle.

Der ganze Raum wirkte surrealistisch, wie von Dali gemalt. Vermutlich stammten die weißen Marmorstücke aus Griechenland, und man hatte sie in jener Zeit hierher transportiert, als die Altertümer des Landes geplündert worden waren.

»Wissen Sie, warum Edward Mountfort den Keller so ausgestattet hat?« fragte ich Orva.

»Das weiß niemand. Mr. Porter hofft, Mr. Garrett wird alte Tage- oder Rechnungsbücher finden, die Hinweise enthalten. Von dem Marmor, aus dem dieses Haus gebaut wurde, blieb eine ganze Menge übrig. Vielleicht wollte Mr. Edward einfach nur seinen eigenen kleinen Tempel haben. Es ist irgendwie unheimlich hier unten und angeblich nicht sicher, also kommt nur selten jemand her. Mr. Edward gefiel's natürlich. Er ließ sich vor den griechischen Säulen malen.«

Sogar das Tageslicht, das durch die beiden Fenster hereinfiel, erschien mir gespenstisch. Und ich konnte mir vorstellen, wie dieser »Tempel« aussehen würde, wenn ihn Mondstrahlen beleuchteten. Wir gingen um eine Treppe herum, die ins Nichts führte, und erreichten eine Kellerregion, deren Boden mit grauen Steinen gepflastert war – vermutlich Schiffsballast. Am anderen Ende des Raums strömte Sonnenschein herein. Orva zeigte mir die Dienstbotenquartiere. Vor dem Sezessionskrieg hatten die Sklaven natürlich in Hütten gewohnt, fern vom Haupthaus. Damals war auf einer großen offenen Feuerstelle gekocht worden. Jetzt stand dem Personal eine moderne Küche zur Verfügung, mit einem langen Eßtisch.

Orva führte mich in ihr komfortables Zimmer. Sie hatte sogar ein eigenes Bad. »Ich wurde auf der Plantage geboren, Miss Molly, und wuchs auch hier auf. Die Stadt mag ich nicht besonders, wenn Katy mir auch ständig in den Ohren liegt und verlangt, ich soll zu ihr ziehen. Hier draußen leisten mir die Geister Gesellschaft – die guten.«

»Und welche sind das?«

Statt einer Antwort lächelte sie nur. »Wenn Sie ein paar Minuten warten, Miss Molly ... Ich packe nur rasch ein paar Sachen und ziehe zu Ihnen ins Dachgeschoß. Dann richte ich das Zimmer für Miss Honoria her. Eines Tages werden wir einen Lift haben, Mr. Charles sagt, das ist das erste, was er hier einbauen lassen will, wenn er mit Miss Amelia verheiratet ist. Die Hauptküche liegt natürlich oben, also müssen die

Mahlzeiten nicht mehr hinaufgetragen werden wie in alten Zeiten.«

»Wollen Charles und meine Schwester nach der Hochzeit in Mountfort Hall leben?«

»O ja, Ma'am, Mr. Charles liebt das Haus.«

Wir gingen in die Halle hinauf, wo wir Daphne trafen. »Hey, Molly!« begrüßte sie mich. »Ich habe Sie gesucht. Wir müssen unbedingt miteinander reden.«

Nachdem ich mich bei Orva bedankt hatte, stieg sie die Treppe hinauf. Ich folgte Daphne in den offiziellen Salon, wo sie den Ventilator einschaltete – einen modernen Anachronismus zwischen antiken Lüstern. Sie wirkte ziemlich nervös, im Gegensatz zu ihrer sonstigen Gelassenheit. Als wir uns auf ein grünes Damastsofa gesetzt hatten, fragte ich: »Haben Sie heute nicht in der Buchhandlung zu tun?«

»Ich werde von einer tüchtigen Assistentin vertreten. Molly – ich habe mit Ihrer Mutter gesprochen. Sie bereut ihr Verhalten in der vergangenen Nacht. Und heute nachmittag fuhr ich mit ihr hierher. Ich glaube, sie möchte sich bei Ihnen entschuldigen und alles erklären. Sie weinte sogar ein bißchen, und ich hoffe, Sie geben ihr eine Chance.«

Eine weitere Zusammenkunft mit Valerie Mountfort war wirklich das letzte, was ich mir wünschte. »Ich habe nichts mit ihr zu besprechen. Und ich traue weder ihren Tränen noch ihrer Reue.«

»Sicher ist es Ihr gutes Recht, ihr mit Vorsicht zu begegnen, aber ich finde, Sie sollten nachgeben. Heute abend werden sie alle an dieser Show teilnehmen, die Honoria veranstaltet, und die könnte höchst aufschlußreich werden. Im Augenblick sitzen Valerie und Amelia bei Evaline und schmieden Hochzeitspläne. O Molly, ich weiß, daß Ihre Mama Sie sehen will.«

Ich ahnte, daß Valeries Wunsch nichts mit Daphnes innerer Unruhe zu tun hatte, und fragte: »Warum sind Sie eigentlich so nervös?«

Sie sprang auf und ging zu einem Fenster. »Ich habe so ein komisches Gefühl wegen heute abend, Molly. In gewisser Weise ist Honoria schrecklich naiv und denkt nicht drüber nach, was sie bewirken könnte – etwas, das uns womöglich alle vernichtet.«

Etwas Ähnliches hatte auch Orva angedeutet.

»Ich dachte, Sie glauben nicht an Honorias übersinnliche Kräfte«, erwiderte ich.

»Die fürchte ich nicht, sondern andere Dinge – zum Beispiel das menschliche Element, das genug Angst bekommen könnte, um in solchen Zeiten gefährlich zu werden.«

»Das menschliche Element? Was meinen Sie damit?«

»Das ist ja das Problem – ich bin mir nicht sicher. Jedenfalls habe ich Dad von Honorias Plan erzählt. Den hatte sie ihm natürlich verschwiegen! Ich hoffe, er kommt her und verhindert den Unsinn. Wenn nicht, werde ich keinesfalls daran teilnehmen, und Sie sollten sich da auch raushalten, Molly. Dad konnte nie verstehen, daß er eine Frau geheiratet hatte, die einen Geist liebt. Er kann ziemlich arrogant sein und hält sich an seine eigenen Grundsätze. Für Porter Phelps wäre es unmöglich, Honoria so zu akzeptieren, wie sie ist. Also zieht er es vor, sich über sie zu amüsieren und ihre Launen hinzunehmen. In seinen Augen ist sie ein kleines Püppchen, das nichts Schlimmes anstellen kann, und da macht er sich eben selber was vor. Nun, ich wollte Sie nur warnen, Molly. Das Spiel, das heute abend stattfinden soll, könnte alles zerstören.«

»Auf welche Weise?«

Daphne wandte sich vom Fenster ab. »Je weniger Sie wissen, desto besser. Nun muß ich auch Garrett informieren.«

»Er weiß es bereits.«

»Nicht alles.«

»Was gibt's denn noch?«

Ernst und nachdenklich musterte sie mich. »Darüber kann ich jetzt noch nicht sprechen. Vielleicht nie. Zu viele Menschenleben stehen auf dem Spiel. Manchmal halte ich es für besser, nicht an diese Dinge zu rühren – niemals ...«

»Damit ein Mörder nicht entlarvt wird? Das ist es doch, was Honoria beabsichtigt – das Rätsel eines Mordes zu lösen.«

Verblüfft hob Daphne die Brauen. »Daran dachte ich nicht – sondern an die Entdeckung, die Nathanial Amory vor seinem Tod gemacht hat, was immer das auch gewesen sein mag. Sie wissen, wer Garrett ist, nicht wahr, Molly?«

Ich nickte. »Heute hat er's mir erzählt. Aber wenn Honoria den Geist Nathanials heraufbeschwört – was sie sich offenbar zutraut –, wird er nur die Wahrheit sagen. Wovor fürchten Sie sich?«

»Seien Sie sich nicht so sicher, was eine Informationsquelle betrifft, die wir unmöglich verstehen können. Ich glaube, Geister verfolgen ihre eigenen Interessen, genau wie die Menschen. Honoria mischt sich da in unselige Dinge ein, und vielleicht läßt sie den Geist aus der Flasche fahren. Oh, ich weiß nicht, was ich von alldem halten soll. Jedenfalls habe ich Angst.«

»Ich glaube, Honoria läßt sich nicht von ihrem Plan abbringen.«

»Dad könnte sie zurückhalten, wenn er sich dazu

entschließt. Jetzt will ich mit Garrett reden. Gehen Sie doch zu Evalines Cottage und versöhnen Sie sich mit Ihrer Mutter! Bald wird eine Touristengruppe durch Mountfort Hall geführt, also müssen wir ohnehin von hier verschwinden. Bis später!« Sie eilte in die Halle, und ich beschloß, ihren Vorschlag zu befolgen.

Ich schaltete den Ventilator aus und verließ das Haus. Vom Parkplatz her näherten sich bereits einige Leute. Eine Gruppe wanderte zu einem kleinen Souvenirladen hinter einer Wiese, wo Schafe weideten. Andere Besucher gingen in das langgestreckte, niedrige Gebäude, wo auf herkömmliche Weise Indigofarben hergestellt und Webstühle betätigt wurden. Charles hatte mir das alles gezeigt, und ich war fasziniert gewesen. Als ich an der Werkstatt vorbeiging, spähte ich durch ein Fenster und sah einen jungen Mann an der Töpferscheibe arbeiten. Die Stimme eines Reiseführers drang zu mir heraus. Zu jeder anderen Zeit wäre ich stehengeblieben, um zuzuhören. Aber Daphnes Furcht hatte mich angesteckt, und ich sehnte mich nach meiner Schwester. Vielleicht würde Amelia mir helfen, mich an der Realität festzuklammern. Ihr Glück bedeutete mir sehr viel, und bei diesem Gedanken brachte ich sogar den Mut auf, Valerie Mountfort gegenüberzutreten.

14

Das Landry-Cottage, eine ehemalige Sklavenhütte, erinnerte kaum an die Vergangenheit. Die Ziegel waren zu hellem Rosa verblaßt. Rosenbüsche blühten unterhalb der Fenster. Niedere Stufen führten zu einer schmalen Tür, die noch aus alter Zeit stammte. Als ich anklopfte, verstummten die Stimmen im Haus, und Evaline ließ mich eintreten. »Guten Tag, Miss Hunt.« Trotz der förmlichen Begrüßung gewann ich nicht den Eindruck, ich wäre ihr unwillkommen. Ich ging in das Zimmer, das früher das einzige gewesen war. Charles Vater hatte an der Rückfront mehrere Räume angebaut.

Die rustikale Einrichtung wirkte sehr gemütlich. Hier wäre die Eleganz von Mountfort Hall fehl am Platz gewesen. Kleine Schleifen banden karierte Sitzkissen an den Stühlen fest. Die meisten Möbel bestanden aus regionalem Holz und sahen eher schlicht aus.

Doch in meinen Augen paßte die Rolle der Hausdame vom Herrschaftssitz viel besser zu Evaline. Auf einem Schreibtisch lächelte mich ein gerahmtes Foto ihres Sohnes an, mit jener fröhlichen Selbstsicherheit, die ich nur zu gut kannte und die an Arroganz grenzte. Rasch schaute ich weg.

In der Mitte des Raumes stand Amelia und probierte ihr Brautkleid an. Eine ältere Schneiderin kniete vor ihr und steckte den Saum ab. Liebevoll lächelte meine Schwester mir zu. Obwohl wir eineiige Zwillinge waren, würde ich niemals so schön sein wie sie. Ihr Glück verlieh ihr eine Ausstrahlung, die ich nie erreichen konnte. Nicht einmal zu Dougs Lebzeiten hatte ich so ausgesehen, wenn ich damals auch mit meinem Schicksal zufrieden gewesen war. »Werde ich allen Ansprüchen genügen, Molly?« rief sie mir zu und wußte natürlich, daß es nur eine einzige Antwort gab.

Beim Gedanken an Charles fiel es mir schwer, so warmherzig zu bejahen, wie ich es wollte. Doch ich versicherte, sie sei eine zauberhafte Braut. War ich jemals so jung gewesen wie Sie? Die Unschuld stand ihr gut. Allerdings kann das eine eher negative Eigenschaft sein, wenn das Jungmädchenalter überschritten ist.

In einer dunklen Ecke nahm ich eine Bewegung wahr. Valerie Mountfort stand auf und kam zu mir. Ohne mich zu begrüßen, sagte sie hastig: »Bitte, geh mit mir hinaus, Molly. Wir müssen miteinander reden. Es ist sehr wichtig für mich.«

Evaline Landry, die neben Amelia und der Schneiderin stand, warf mir einen kurzen Blick zu und nickte fast unmerklich. Offenbar blieb mir nichts anderes übrig, als meiner Mutter aus dem Cottage zu folgen.

»Ich bin gleich wieder da«, versprach ich Amelia, und Valerie führte mich in den warmen Nachmittag hinaus. Sie ging voran, so wie in der letzten Nacht, aber diesmal machte sie höflich Konversation und schaute immer wieder über die Schulter, um festzustellen, ob ich hinter ihr blieb. Welches Ziel steuerte sie an, und warum kam ich überhaupt mit? Ich verlangsamte meine Schritte und zwang sie mehrmals, auf mich zu warten. Als wir uns dem Haupthaus näherten, blieb sie stehen und drehte sich zu mir um. »Hab keine Angst. Ich kann dir deine Nervosität nicht verübeln. Letzte Nacht habe ich mich gräßlich benommen. Manchmal bin ich unfähig, gegen meine Launen anzukämpfen, und deine Rückkehr hat mich ziemlich aus der Fassung gebracht.«

Offenbar hielt sie diese Entschuldigung für plausibel und ausreichend. »Ich weiß nicht, ob es eine Möglichkeit gibt, zu erklären oder zu beschönigen, was du mir zugemutet hast«, entgegnete ich.

Sie lächelte kühl. »Ich wünschte, ich könnte dich mögen. Vielleicht wird sich das mit der Zeit ändern. In meiner Phantasie habe ich mir eine ganz andere Tochter ausgemalt, und du wirst meiner erträumten Cecelia niemals gleichen. Jedenfalls solltest du anerkennen, daß ich mehr gelitten habe als du.«

Wir gingen weiter, und ich erwiderte: »Ich habe überhaupt nicht gelitten. Meine Adoptiveltern liebten mich, und ich wuchs in einem glücklichen Heim auf. Also vermisse ich das Leben nicht, das ich in Charleston geführt hätte.«

Wir kamen zu den Eingangstreppen an der Landseite des Hauses, und sie rannte hinauf. Ich folgte ihr in die Halle und ins Musikzimmer. Ohne dem Klavier einen Blick zu gönnen, betrat sie einen kleinen Nebenraum, offensichtlich das Büro meines Vaters, das Orva erwähnt hatte. Eine ganze Wand wurde von einem Bücherregal eingenommen. Schöne massive Möbel ergänzten die Einrichtung. Valerie schaute sich um. »Jahrelang habe ich keinen Fuß in dieses Zimmer gesetzt. Aber es wurde immer in Ordnung gehalten, wie zu der Zeit, als Simon noch lebte. Hier erledigte er den ganzen Schreibkram, der mit der Verwaltung seiner Plantage zusammenhing. Natürlich kümmerte sich Porter schon damals um die wichtigen finanziellen Angelegenheiten. Meinem Mann bedeutete Mountfort Hall längst nicht soviel wie seinem Vetter. Ich glaube, meistens saß Simon einfach nur hier und las – um den Dingen zu entfliehen, mit denen er nicht fertig wurde. Nimm doch Platz, Molly.«

Ich wählte den Schreibtischstuhl mit der geraden Lehne und dachte voller Zuneigung an meinen Vater. Allmählich begann ich mir ein Bild von ihm zu machen, und ich fand ihn viel sympathischer als meine Mutter oder Porter Phelps.

»Nun möchte ich dir etwas sagen.« Sie setzte sich auf die Ecke einer Couch. »Hier kann uns niemand hören, also wollen wir ganz offen miteinander reden.«

»Worüber?« Deutlich schwang mein Widerwillen in meiner Stimme mit, aber Valerie schien es nicht zu bemerken und sich ausschließlich auf ihr Vorhaben zu konzentrieren.

»Über deine Schwester. Du bist die einzige, die sie von einem schrecklichen Fehler abhalten kann.«

»Welchen Fehler meinst du?«

»Oh, sie weiß es nicht, und sie würde jedes Wort bestreiten, das ich jetzt sage. Vielleicht ist es deine Schuld, daß ich sie vernachlässigt habe. Denn ich konnte jahrelang nur an mein entführtes Baby denken.«

Diese Ausrede war so unfair, daß ich sie keiner Antwort würdigte. Valerie stand auf, nahm einen Brieföffner vom Schreibtisch und setzte sich wieder. »Diesen kleinen Dolch schenkte ich deinem Vater – noch vor deiner und Amelias Geburt. Er mochte ihn sehr, obwohl er sich einmal damit schnitt.« Sie zog die schmale Klinge aus ihrer etwa sechs Zoll langen Scheide und hielt sie mir hin. »Da siehst du, wie scharf er geschliffen ist.«

Ich rührte ihn nicht an. »Warum hast du mich hierhergeführt?«

Sorgfältig schob sie den Brieföffner in seine Hülle zurück. »Ich weiß, ich zögere es hinaus – weil es mir so schwerfällt, es auszusprechen, Molly – deine Schwester darf Charles Landry nicht heiraten.«

In meiner Verblüffung wußte ich nichts zu erwidern. Wenn ich Valerie auch zustimmte, so ahnte ich doch, daß Amelia sich nicht von ihren Hochzeitsplänen abhalten lassen würde.

»Er liebt sie nicht« fügte Valerie hinzu, »und wenn sie das erkennt, wird es sie vernichten. Sie gleicht viel zu sehr ihrem Vater, ist nicht so stark wie ich. Natürlich, Charles wuchs mit ihr auf und mag sie, aber nur wie ein Bruder. Ich glaube, eine Zeitlang hat er sich sogar eingeredet, sie zu lieben. Porter wünscht diese Heirat, und er übt einen größeren Einfluß auf Charles aus als sonst jemand – wenn Evaline auch ihren Sohn recht gut manipulieren kann. Auf mich wird Porter niemals hören. Ich bin nur seine törichte junge Kusine, die zu nichts zu gebrauchen ist. Außerdem hält er mich für schrecklich unausgeglichen.« Das verstand ich nur zu gut. »Amelia ist blind vor Liebe«, fuhr meine Mutter fort. »Für sie gab es nie einen anderen Mann, immer nur Charles. Und wenn er anderen Mädchen nachrannte, wartete sie auf ihn. Es ist also hoffnungslos, mit ihr zu reden.«

»Wenn die Hochzeit nicht stattfände, würde es ihr das Herz brechen«, meinte ich.

»Gebrochene Herzen verheilen irgendwann. Es ist viel schwieriger, ein zerstörtes Leben zu reparieren.« Was sie da sagte, klang durchaus vernünftig. Ich hatte ähnliche Bedenken gegen Amelias Heirat, aber keine Ahnung, wie ich sie verhindern sollte.

»Und wie willst du sie umstimmen?«

»Das kann ich nicht, Molly. Aber du wirst es schaffen.«

»Das ist doch albern. Sie würde niemals auf mich hören.« Wenn Amelia erfuhr, was an diesem Morgen im Zypressensumpf geschehen war, würde sie mir die Schuld geben, nicht Charles.

»Darauf kommt es nicht an, Molly. Ich habe einen unfehlbaren Plan. *Du* wirst Charles heiraten. Damit wäre das Problem unwiderruflich gelöst.« Vor Entsetzen blieb mir die Sprache weg, und sie lächelte mich trium-

262

phierend an. »Merkst du, wie einfach das ist? Natürlich fühlst du dich zu ihm hingezogen, wie alle Frauen. Und offensichtlich gefällst du ihm auch ... Nein, leugne es nicht, ich habe beobachtet, wie er dich anschaut. Also tust du euch beiden nur was Gutes – und gleichzeitig rettest du deine Schwester.«

Sie ist tatsächlich verrückt, dachte ich. Da baut sie sich eine Phantasiewelt auf, die ihr niemand ausreden kann. »Das ist völlig unmöglich«, protestierte ich.

Damit hatte ich Valerie Mountfort gegenüber das falsche Wort benutzt, und sie tat es auch prompt mit einem Achselzucken ab. »Du kannst gar nicht anders, Molly, und wirst es aus Liebe zu deiner Schwester tun – je eher, desto besser. Dann wird sie endlich in Sicherheit sein.«

»In Sicherheit? Was soll das heißen?«

Sie ignorierte meine Frage. »Charles würde zu einer Ehe gezwungen, die ihm widerstrebt. Davor wirst du ihn bewahren. Und es ist viel besser, wenn Amelia dich haßt, als wenn sie etwas täte, das ihre emotionale Stabilität für den Rest ihres Lebens ruinieren würde. Charles müßte so schnell wie möglich mit dir durchbrennen und dich woanders heiraten, dann kann nicht einmal Porter eingreifen. Das Vermögen, das Simon dir vererbt hat, macht Charles von Porter unabhängig. Außerdem bekommt er Mountfort Hall, und darüber wird er sehr glücklich sein.«

Ich stand auf und ging zur Tür. »Vermutlich gibt es noch jemanden, dem deine Idee mißfallen wird.«

»Evaline? Wir sind alte Freundinnen. Sobald sie den ersten Schock überwunden hat und erkennt, was Charles wirklich will, wird es keine Rolle für sie spielen, welchen Zwilling er heiratet. Offen gestanden, ich glaube, für sie zählt nur eines – das Charles die

Hall kriegt. Siehst du endlich ein, wie perfekt mein Plan ist?«

Ich kannte Evaline Landry nicht gut genug, um zu wissen, wie sie auf diesen Unsinn reagieren würde. Doch ich bezweifelte, daß sie sich so leicht manipulieren ließ, wie Valerie dachte.

»Reden wir jetzt nicht mehr darüber.« Sie änderte ihre Taktik, und plötzlich klang ihre Stimme honigsüß. »Natürlich mußt du erst mal darüber nachdenken. Übrigens, ich habe dir etwas mitgebracht – ein kleines Geschenk, um wiedergutzumachen, was letzte Nacht passiert ist.« Meine Schultern versteiften sich. Was immer es sein mochte, ich wollte es nicht. Widerstrebend drehte ich mich um. Sie nahm ein kleines Etui aus ihrer Handtasche und hielt es mir hin. »Du wirst es annehmen, weil es von Simon stammt, deinem Vater. Ein Gechenk von ihm darfst du nicht ablehnen.« Sie drückte das Etui in meine schlaffen Finger. »Mach es auf, Molly.«

Schon bevor ich den Deckel des blauen Samtetuis mit der Goldprägung aufschnappen ließ, wußte ich, was es enthielt – goldene Ohrringe mit Korallen in Lotosblütenform.

»Probier sie doch an!« drängte Valerie.

Ich wollte mich auf keine Diskussion einlassen, die ohnehin sinnlos gewesen wäre, da sie mir nicht zugehört hätte. Und so erfüllte ich ihren Wunsch, befestigte die Klipse an meinen Ohrläppchen und ergriff die Flucht. Hinter mir ertönte wieder jenes Gelächter, das letzte Nacht so unheimlich von den Wänden des dunklen Verlieses widergehallt war.

Ich hatte Amelia versprochen, ins Cottage zurückzukehren. Aber jetzt konnte ich ihr nicht gegenübertreten. Ich rannte die Stufen hinauf, und im zweiten Stock erwartete mich die Katze auf dem Treppenabsatz. Sie schlich hin und her und versperrte mir den Weg. »Laß mich vorbei!« befahl ich ihr. »Ich will dir nicht auf die Pfoten treten.« Jaulend rieb sie sich an meinem Fußknöchel. Als Honoria aus Garretts Arbeitszimmer kam, atmete ich erleichtert auf. »Ich weiß nicht, was Miss Kitty will. Würden Sie sich bitte um sie kümmern?«

Verwundert musterte sie das Tier, hob es hoch und streichelte es besänftigend. Davon wollte es nichts wissen, sprang zu Boden, hockte sich hin und fing wieder zu jammern an. »Warum führst du dich so auf, Miss Kitty?« fragte Honoria, dann wandte sie sich zu mir. »Was glauben Sie, Molly, was versucht sie mir zu sagen? Ich bereite gerade alles für heute abend vor und habe keine Zeit für solche Dummheiten. Der Nachmittag ist praktisch schon vorbei, und ich muß die richtige Atmosphäre für unsere Zwecke schaffen. Würden Sie mir helfen, Molly?«

Im Augenblick ertrug ich weder Honorias noch Miss Kittys Gesellschaft. »Tut mir leid, ich kann mir auch nicht vorstellen, was mit der Katze los ist, und ich möchte mich ein wenig in meinem Zimmer ausruhen. Bitten Sie doch Garrett oder Orva, Ihnen zu helfen.«

»Die beiden sind verschwunden, da sie mein Vorhaben mißbilligen. Aber hier wird keine Séance stattfinden, Molly. Wir klopfen nicht auf den Tisch und hören keine Geisterstimmen – nur meine eigene, da ich als Medium fungiere. Aber ruhen Sie sich nur aus, ich komme schon allein zurecht.«

Inzwischen war Miss Kitty verstummt. Vorwurfsvoll beobachtete sie, wie ich die Treppe zu meinem Zimmer hinaufstieg. Später sollte ich mich fragen, was wohl geschehen wäre, hätte ich ihre Warnung beachtet. Meine Tür, die ich offengelassen hatte, war geschlossen, und als ich sie aufstieß, begrüßte mich eine unangenehme Überraschung. Ich starrte das Schaukelpferd aus dem South Battery-Haus an. Wer immer es hierher gestellt hatte – es war offenbar in der Absicht geschehen, meine Nerven zu strapazieren.

Im Nebenzimmer hörte ich Orva umhergehen, und als ich nach ihr rief, kam sie sofort zu mir. Verblüfft musterte sie das Pferd, und ich fragte: »Haben Sie gesehen, wer es hergebracht hat?«

Sie schüttelte den Kopf. »Wahrscheinlich war das Miss Valeries Idee.«

»Aber warum steht es in meinem Zimmer?«

»Vielleicht versucht sie, Ihnen was mitzuteilen – oder Sie an etwas zu erinnern. Und Applejack gehört ja auch in dieses Haus.«

»Wenigstens schaukelt er nicht so gespenstisch wie in Charleston.«

»Miss Honoria meint, das würde er nur in Miss Valeries Nähe tun.«

»Warum denn das?«

Orva runzelte die Stirn. »Ich kann mich nicht an das Wort erinnern, das sie benutzt. Irgendwas, das mit ›Kin‹ anfängt – eine Art Energie ...«

»Kinetik? Ja, Kinetische Energie, das wäre eine Möglichkeit. Hängt sie nicht mit Poltergeist-Aktivitäten zusammen? Ich glaube, sie kommt von ganz starken Gefühlen, die Gegenstände bewegen können. Für gewöhnlich besitzen nur junge Leute solche Kräfte.« Oder Wahnsinnige. Ein Schauer rann mir über den Rücken. Auf keinen Fall wollte ich das Pferd in meinem Zimmer haben. Das hatte Orva bereits erkannt, sie trug es in den Flur hinaus.

Nachdem ich die Tür hinter ihr geschlossen hatte, legte ich mich aufs Bett. Ich wollte mich nur ausruhen, an gar nichts denken. Weder Charles Annäherungsversuch noch Valeries verrückter Plan durften an meinen Nerven zerren. Keiner von beiden konnte mich zu irgendwas zwingen.

Warum gewann ich dann den Eindruck, ein Netz würde sich herabsenken und mich in seinen Maschen gefangenhalten? Wenn es mir gelang, ein bißchen zu schlafen, würde ich mit klarerem Kopf aufstehen und Garrett suchen. Er stand Charles und Valerie nicht nahe, und irgend etwas schien sich zwischen uns zu entwickeln. Vielleicht würde er mir helfen und Trost spenden. Wie oft ich in letzter Zeit an ihn dachte ...

Erschöpft von der schlaflosen Nacht, schloß ich die Augen. Viel später als beabsichtigt, erwachte ich – erst nach zwei Stunden. Erschrocken fuhr ich hoch und glaubte, ein Lärm aus weiter Ferne würde in meinen Ohren dröhnen und mein Bett hätte vibriert, wie bei einem Erdbeben. Mein Herz klopfte wie rasend, während ich lauschte, aber ich hörte nichts mehr, und der Boden zitterte nicht. Es mußte ein lebhafter Traum gewesen sein. Sonst würden aufgeregte Stimmen und das Poltern hastiger Schritte zu mir dringen, von Leuten, die nach der Ursache des Phänomens forschten. Nichts dergleichen geschah.

Irgend jemand hatte ein Tablett auf meinen Nachttisch gestellt. Da ich noch fast zwei Stunden Zeit hatte, brauchte ich mich nicht zu beeilen. Ich wickelte Sandwiches aus Wachspapier, und ein Stück Apfelkuchen erschien mir besonders verlockend. Eine kleine Thermoskanne enthielt heißen Kaffee. Sicher Orvas Werk, dachte ich, aber ich irrte mich.

Auf dem Tablett lag ein Zettel mit einer Nachricht. Zum erstenmal sah ich Honorias prägnante Handschrift mit den dekorativen Schnörkeln. Sie riet mir, möglichst lange zu schlafen. Dann solle ich essen und in Nathanials einstiges Zimmer kommen, spätestens um halb acht. Das Briefchen endete mit den Worten: »Dies könnte die wichtigste Nacht sein, die Mountfort Hall je gesehen hat. Alle Fragen werden Antworten finden. Daran zweifle ich nicht. Honoria.«

Ein hoher Anspruch, angesichts der turbulenten Jahre in diesen Mauern... Aber ich wurde von wachsender Neugier erfaßt, fühlte mich erfrischt und sogar hungrig. Ich duschte im angrenzenden Bad, setzte mich dann an den Tisch, aß ein Sandwich und trank den heißen Kaffee dazu.

Danach schlüpfte ich in eine azaleenrosa Seidenbluse und eine weiße Hose. Auf ein Haarband verzichtete ich. Dafür legte ich, aus einer gewissen Trotzhaltung heraus, die Ohrringe mit den Lotosblüten an. Allerdings wußte ich nicht, wen oder was ich herausfordern wollte.

Um halb acht hatte ich meine Lippen bemalt und etwas Rouge aufgetragen, weil meine Haut viel zu blaß war. Im Spiegel sah ich Molly Hunt – nicht Amelia, und so sollte es auch sein. An diesem Abend wollte ich an meiner Identität festhalten, was immer auch geschehen mochte.

Als ich Nathanials Zimmer erreichte, schaute ich mich zuerst nach Garrett um. Er stand etwas abseits von den anderen, an den Schreibtisch gelehnt, den sein Vater benutzt haben mußte. Ohne zu lächeln, erwiderte er meinen Blick. Ich wußte, daß er die Ohrringe entdeckt hatte. Eine Zeitlang schaute er mich an, und ich spürte die Kraft, die er mir zu geben versuchte. Kraft und noch etwas mehr. Ich nickte ihm zu. Ja, zwischen uns hatte tatsächlich etwas begonnen, und ich fühlte mich fast glücklich.

Honoria hatte sich ihrer Rolle entsprechend gekleidet – als Seherin? Sie trug eine weiße Seidenrobe mit fließenden japanischen Ärmeln und einer breiten Schärpe, am Rücken zu einem flachen Knoten gebunden. In diesem kimonoartigen Gewand wirkte sie nicht jung, sondern alterslos, eine winzige Zauberin.

Auch Amelia, Charles und Orva waren erschienen. Ich vermutete, daß die Schwarze nur an der Veranstaltung teilnahm, weil Honoria darauf bestanden hatte. Da ich ihre Angst vor den geplanten übernatürlichen Aktivitäten kannte, ging ich zu ihr.

»Porter müßte bald eintreffen«, verkündete Honoria. »Vielleicht wurde er in der Stadt aufgehalten, aber er wird nicht allzu lange auf sich warten lassen. Natürlich protestierte er gegen meine Absicht, aber höhere Mächte bestärkten mich darin. Nichts kann mich zurückhalten. Evaline wird noch kommen, Daphne natürlich auch. Bei Valerie bin ich mir nicht sicher.«

»Heute nachmittag erklärte mir Daphne, sie wolle nicht dabeisein«, warf ich ein.

»Und Evaline findet, Mama sollte sich besser nicht zu uns gesellen«, sagte Amelia. »Allerdings weiß ich nicht, wie man sie von der Teilnahme an unserer Sitzung abhalten soll, wenn sie fest dazu entschlossen ist.«

Wie Evaline wenige Minuten später berichtete, war es ihr tatsächlich gelungen, Valerie zu beeinflussen. »Sie darf nicht dabeisein, Honoria, wo sie doch ohnehin schon an Nervenschwäche leidet. Ich habe ihr ein Beruhigungsmittel gegeben. Jetzt schläft sie tief und fest.«

Charles' Mutter wirkte ebenso beunruhigt wie wir alle. Sie trug ein violettes Chiffonkleid, in dem sie nicht so streng aussah wie sonst. Aber als sie sich neben ihren Sohn setzte, spürte ich, wie sehr sie Honorias Vorhaben mißbilligte.

Wir beobachteten, wie die alte Dame ein einleitendes Ritual durchführte und überall im Zimmer hohe weiße Kerzen anzündete. »Die Farbe Weiß schützt uns«, erläuterte sie, »ebenso wie die gelben Flammen, die einen spirituellen Effekt erzeugen.«

Charles' Blick folgte mir, während ich neben Orva Platz nahm, und ich konnte nur hoffen, daß Valerie ihm nichts von ihrem albernen Plan erzählt hatte. Amelia erschien mir immer noch arglos und glücklich. Vertrauensvoll lag ihre Hand in seiner.

Ich beobachtete meine Schwester schweren Herzens und gab unserer Mutter recht. Die Ehe mit Charles würde Amelia in tiefste Verzweiflung stürzen. Sie war so verletzlich. Drohte ihr das gleiche Schicksal wie Valerie? War es *das*, was meine Mutter befürchtete?

Kurz bevor Honoria mit der Sitzung begann, betrat ein sichtlich verärgerter Porter das Zimmer. Ehe er seinen Groll in Worte fassen konnte lächelte Honoria ihn bezwingend an. »Bitte, setz dich, mein Lieber. Wir wollten gerade anfangen.«

Die sanfte Stimme seiner Frau schien ihn beinahe zu hypnotisieren, aber seine Miene blieb mürrisch, als er sich in die Nähe der Tür setzte.

Ich sah Miss Kitty auf der Schwelle stehen, doch sie kam nicht herein. Wußte sie etwas, das uns verborgen blieb?

Ob man das Ereignis nun Séance oder Sitzung nannte – die ganze Szenerie mißfiel mir gründlich. Ein runder Teakholztisch war in die Mitte des Raumes gestellt worden. Garrett gehorchte einem Wink Honorias und nahm ihr gegenüber Platz. Seine innere Anspannung war offensichtlich, und sie legte beschwichtigend eine Hand auf seinen Arm. »Lassen Sie alle Ängste aus Ihrer Seele fließen. Befreien Sie Ihre Gedanken von Zweifeln. Die müssen wir alle verscheuchen. Sonst kann der Geist nicht zu uns kommen.«

Wieder schienen ihre Worte eine hypnotische Wirkung auszuüben. Garrett entspannte sich, und vielleicht wurden auch wir anderen irgendwie beeinflußt, so daß wir unser Unbehagen allmählich überwanden. Durch die offenen Fenster wehte eine leichte Brise herein, die Kerzenflammen flackerten, wie von eigenem Leben bewegt. Eine umgestülpte Kristallschüssel in der Tischmitte warf ihre Spiegelbilder zurück. Ein Gefäß für Blumen aus einer anderen Seinsebene? Das geschliffene Glas brach das Licht zu vibrierenden Regenbogenfarben.

Ich bemühte mich, meinen Wirklichkeitssinn zu bewahren, wollte nicht zu tief in Honorias Magie versinken, meine Objektivität nicht verlieren. Ebenso wie Garrett starrte sie auf das funkelnde Farbenspiel. Der Reihe nach musterte ich die anderen. Porter trug ein Pokergesicht zur Schau, Evaline Landry sah aus, als wünschte sie sehnlichst, woanders zu sein, Amelia umklammerte die Hand ihres Verlobten. Und Charles' Miene verriet Belustigung. Mit herablassender Arroganz ließ er diesen ganzen Unsinn über sich ergehen. An meiner Seite preßte Orva die Hände im Schoß zusammen. Ich bedauerte, daß Katy nicht eingeladen worden war. Wie ich instinktiv wußte, würde ich mich in ihrer Gegenwart wohler fühlen.

»Jetzt müssen wir ganz still sein«, erklärte Honoria. »Ein Geist braucht sehr viel Kraft, um zu uns durchzudringen – eine Kraft, die angesichts feindlicher Strömungen sehr schnell dahinschwinden kann. Was immer geschehen mag, wir dürfen ihn nicht stören. Nur Garrett wird Fragen stellen.« Sie wirkte ruhig und schicksalsergeben, bereit für alles, was sich ereignen mochte. »Bevor wir anfangen, werden wir um Hilfe bitten.« Sie sprach ein kurzes Gebet, dann legte sie die Hände flach auf den Tisch und betrachtete die pulsierenden Lichter in der Kristallschüssel, die nun einer Zauberkugel glich. Ihr ursprünglicher banaler Zweck war vergessen.

Weißes Licht schien von Honorias Robe auszugehen. Leise flehte sie: »Wirst du mit uns sprechen, Nathanial? Dein Sohn ist hier und möchte dir Fragen stellen. Bitte, komm zu uns!«

Irgend jemand schnappte bei dem Wort »Sohn« nach Luft – vermutlich Porter. Orva umfaßte meine Hand, als wüßte sie Bescheid über meine Gefühle für Garrett und wollte mir Zuversicht schenken. Plötzlich ertönte eine Stimme, die zwar aus Honorias Mund kam, aber nicht ihr gehörte. Eine Stimme, die ich bereits kannte …

»Was sind das für Fragen?«

Honoria war nur mehr ein Sprachrohr, und Garrett mußte die Initiative ergreifen. »Bist du Nathanial Amory?«

Keine Antwort. Wahrscheinlich sollte keine Kraft für das Offenkundige vergeudet werden. Garrett fuhr fort: »Wir möchten wissen, wie du gestorben bist.«

»Ertrunken.«

»War es ein Unfall?«

»Nein.«

»Wer hat deinen Tod verursacht?«

Ein langes Schweigen folgte, und Garrett wiederholte die Frage. Die Stimme meldete sich wieder, laut genug, um verstanden zu werden. Doch sie klang so, als wäre der Sprecher der Anstrengung, menschliche Stimmbänder zu benutzen, kaum mehr gewachsen.

»Das Notizbuch ... Es muß gefunden werden ...«

»Wo?«

Wieder ein langes Zögern, die klar erkennbare Bemühung ... *»Versteckt ... Marmor ...«*

»Bitte, erklär uns, was du meinst.«

»Gestohlenes Geld ...« Die Stimme verhallte, ihre Kraft drohte zu verebben.

»Hat die Person, durch deren Schuld dein Boot gesunken ist, etwas gestohlen?«

Ich hatte das Gefühl, daß die Stimme antworten wollte. Aber plötzlich rang Honoria nach Atem, ihr Körper zuckte, ihr Gesicht verzerrte sich. Irgend etwas – nicht Nathanial – versuchte, sich einen Weg in das Sprachrohr zu bahnen. Sie seufzte tief auf, als würde sie kapitulieren, und eine neue Stimme drang schrill aus ihrem Mund – kraftvoll und beängstigend. *»Nein! Nein! Nein! Hilfe!«*

Garrett erholte sich als erster von der allgemeinen Verblüffung. »Wer bist du? Wie können wir dir helfen?«

»Zu spät! Der Tempel ist eingestürzt.«

Drückende Stille breitete sich aus. Das Sprachrohr blieb stumm. Nach einer Weile bewegte sich Honoria. Wenn sie in den letzten Minuten auch keine aktive Rolle gespielt hatte, so wußte sich doch, was geschehen war. Mit ihrer eigenen zitternden Stimme rief sie: »Wir müssen sofort gehen! Helfen Sie mir, die Kerzen auszublasen, Orva. Ich kenne nur einen einzigen Marmortempel – der alte Edward Mountfort hat ihn hier im Keller bauen lassen. Da müssen wir sofort hin!«

Porter versuchte sie zurückzuhalten. »Nicht, Honoria! Du treibst es zu weit.« Er war kreidebleich, Schweiß rann über seine Stirn.

Blindlings eilte sie an ihm vorbei zur Tür, und er resignierte. Meine Schwester zitterte heftig und sah aus, als würde sie jeden Augenblick in Ohnmacht fallen. Evaline, ebenfalls blaß, legte ihr einen Arm um die Schultern und wandte sich zu ihrem Sohn. »Begleite die anderen, Charles, ich bringe Amelia ins Cottage.«

Ich dachte, er würde widersprechen. Doch Amelia schaute ihn flehend an, und da überließ er sie der Obhut seiner Mutter.

Garrett nahm meine Hand und zog mich hinter Honoria in den Flur – so als hätte er ein Recht dazu. Dankbar hielt ich mich an ihm fest. Orva und der sichtlich widerstrebende Porter folgten uns.

Am Treppenabsatz erwartete uns Miss Kitty, und wieder beschlich mich das unheimliche Gefühl, sie müßte schon die ganze Zeit etwas gewußt und uns sogar zu warnen versucht haben. Als das Tier jetzt Honorias Absicht erkannte, die Stufen hinabzusteigen, jaulte und miaute es nicht. Statt dessen rannte es voraus, blieb mehrmals stehen und blickte zurück, um sich zu vergewissern, daß wir ihr nachliefen.

Der Fuß der Treppe lag weit von Edward Mountforts wunderlichem »Tempel« entfernt. Miss Kitty zögerte nicht und hüpfte vor uns durch die Halle, zum Kellergeschoß hinab.

Jemand schaltete Lampen ein, weiße Marmorsäulen erwachten zum Leben, doch die Szenerie hatte sich seit dem Nachmittag, wo ich mit Orva hier gewesen war, verändert.

Eine Säule über den breiten Stufen war eingestürzt, die graue Oberschwelle herabgefallen. Darauf sprang die Katze nun, mit gesträubtem Fell. Irgend etwas lag unter dem schweren Stein, Blut hatte den Marmor befleckt. Eine Frauenhand, an der ein Jadering funkelte, ragte hervor. Sofort erkannte ich das Schmuckstück wieder – es gehörte Daphne Phelps.

Ein paar Sekunden lang standen wir alle reglos da, wie gelähmt vor Entsetzen. Dann kniete Garrett neben dem Marmorbalken nieder und berührte mit bebenden Fingern Daphnes Handgelenk. »Ich glaube, sie ist schon seit Stunden tot«, sagte er grimmig. »Der Krach dieser eingestürzten Ruine muß das ganze Haus erschüttert haben. Das konnte man wohl kaum überhören.«

Offenbar doch ... Aber dann erinnerte ich mich an das Dröhnen, das mich geweckt und das ich für einen Traum gehalten hatte. Später konnte ich der Polizei den genauen Zeitpunkt angeben. Offenbar war niemand außer Daphne und mir im Haus gewesen.

»Irgend jemand soll einen Krankenwagen rufen ...« Porters Stimme bebte, und er war anscheinend immer noch unfähig, sich zu bewegen, von ungläubiger Verzweiflung ergriffen.

Orva rannte zum Telefon. Während Garrett seine Fassung wiedererlangt hatte, sah Charles elend aus, einem Zusammenbruch nahe. Was geschehen war, würde uns sicher erst in einiger Zeit voll zu Bewußtsein kommen. Nur Honoria – als Medium dem Grauen vielleicht etwas näher – begann schon jetzt leise zu weinen.

»Tränen nützen uns nichts«, bemerkte ihr Mann ungeduldig.

Zitternd sank ich auf eine Marmorstufe, weigerte mich immer noch, die Tatsache des Todes zu akzeptieren. Wie konnte Daphne so plötzlich gestorben sein? Hatte sie sich an die Säule gelehnt und sie zum Einsturz gebracht? Meine Augen brannten.

Drohend ragte die unversehrte Säule über mir auf, und ich erhob mich rasch, um ihrem unheilvollen Gewicht zu entfliehen. Ein erschreckender Gedanke quälte mich. War jener anderen Säule ein Stoß versetzt worden, als Daphne direkt unter der Oberschwelle gestanden hatte?

Honoria hörte zu weinen auf und sprach aus, was ich dachte. »Jemand hat die Säule umgestoßen! Und das versuchte Daphne mir vorhin zu erzählen!«

»Was meinst du?« fragte Porter in scharfem Ton.

»Ich war doch das Sprachrohr. Nathanial hatte den Weg dazu gebahnt, und Daphne benutzte es. Sie bat um Hilfe, doch es war schon zu spät. Und sie wußte es.«

Er setzte sich auf einen Steinbrocken, so als würden seine Beine ihn nicht mehr tragen. Angeekelt starrte er seine Frau an. Sie trug Jeans und ein Hemd unter ihrer langen Robe, die sie nun ablegte und behutsam über Daphnes Leiche breitete. Sofort sickerte Blut durch den weißen Stoff. Honoria wollte eine Hand auf Porters Arm legen, doch er wandte sich schroff ab. Offenbar widerte ihn ihre Berührung an. »Was du heute abend getan hast ist unverzeihlich.« Gab er ihr die Schuld am Tod seiner Tochter?

»Für Daphnes Ermordung bin ich nicht verantwortlich«, entgegnete sie leise. »Hätte ich keinen Kontakt zu Nathanial aufgenommen, wäre Daphne womöglich tagelang nicht gefunden worden. Sie war ein neuer, stärkerer, viel verzweifelterer Geist. So konnte sie Nathanial die Macht entreißen und in Verbindung mit uns treten. Ich glaube, jetzt ist sie hier und beobachtet uns.«

276

Er schlug die Hände vors Gesicht, und als sie erneut nach seinem Arm griff, zuckte er zurück.

Erstaunlicherweise war es Charles, der an die praktischen Dinge dachte. »Die Polizei wird Fragen stellen, und wir sollten die Beamten nicht verwirren. Daß Daphne uns hier heruntergeführt hat, wird man uns niemals glauben.«

Porter stimmte zu. »Wir dürfen die Farce da oben in Nathanials Zimmer nicht erwähnen. Die hat mit Daphnes Tod nichts zu tun. Weiß irgend jemand, warum sie hier im Keller war?«

»Nathanial sagte, irgend etwas sei im Marmor versteckt . . .« Niemand achtete auf meine Worte, denn in diesem Augenblick hörten wir Polizeisirenen. Garrett ging nach draußen, um die Beamten hereinzuführen. Wenig später traf auch der Krankenwagen ein, der allerdings nicht gebraucht wurde.

Ich hielt mich im Hintergrund und beobachtete die Ereignisse, von wachsender Trauer um Daphne erfüllt. Letzte Nacht, wo ich sie gebraucht hatte, war sie so freundlich und hilfsbereit gewesen. Plötzlich erinnerte ich mich, daß ich versprochen hatte, in ihrem Laden meine Bücher zu signieren. Wie belanglos das jetzt war . . .

Honoria hatte sich bereits eine Geschichte ausgedacht. Sie erklärte der Polizei, wir wüßten nicht, warum Daphne in den Keller gegangen wäre, und sie hätte die Leiche rein zufällig gefunden, auf dem Rückweg von einem Spaziergang am Fluß. Danach berichtete ich von meinem Taum, in dem ich Lärm gehört hatte, als außer Daphne und mir niemand im Haus gewesen war. Die anderen schwiegen.

Die Sirenen und Blinklichter riefen Evaline auf den Plan. Bald nach der Polizei traf sie ein, gefolgt von einer sichtlich erregten Valerie. Ich war froh, daß Amelia die beiden nicht begleitete.

Ohne erkennbare Reaktion musterte Mrs. Landry die Szenerie. Was immer sie empfinden mochte, sie machte vor den Beamten keine Aussage. Aber Valerie nahm kein Blatt vor den Mund. »Daran war Daphne selber schuld! Sie hat dieses Unglück geradezu heraufbeschworen!« Stöhnend griff sie sich an die Kehle. Die beiden Polizisten musterten sie interessiert, aber sie war offenkundig nicht in der Lage, ein Verhör zu verkraften. Beruhigend legte Porter einen Arm um ihre Schultern.

Ein Beamter kniete nieder und nahm einen kleinen Gegenstand aus Daphnes Hand – einen silbernen Ohrring mit einer Koralle in Lotosblütenform. Valerie starrte das Schmuckstück an, dann begann sie hysterisch zu schreien. Ohrenbetäubend hallte ihr Gebrüll von den Marmorsäulen wider, bis Porter sie heftig schüttelte und zum Schweigen brachte. Wenig später faßte sie sich und wisperte. »Simon! Ich weiß, es war Simon. Er hat uns alle gehaßt. Und jetzt ist er zurückgekommen, um diese schreckliche Tat zu begehen.«

Porter drückte sie auf einen Stuhl, den Orva geholt hatte, und erwiderte besänftigend: »Der arme Simon ist tot. Willst du ihm wirklich ein Verbrechen anlasten? Die Vergangenheit hat nichts mit dieser Tragödie zu tun, also reiß dich zusammen.«

Sie senkte den Kopf und schlang die Finger ineinander. Evaline Landry beugte sich zu ihr hinab. »Amelia braucht uns jetzt. Gehen wir zu ihr ins Cottage.«

Gehorsam stand Valerie auf und folgte ihr zur Tür. Nicht einmal die Polizei versuchte die beiden zurückzuhalten. Die Verhöre wurden auf den nächsten Tag verschoben.

15

Alle waren gegangen, außer Honoria, Garrett und mir. Der Polizeiarzt hatte die Leiche untersucht, die bald danach weggebracht wurde. Porter fuhr, auf einen Vorschlag seiner Frau hin, Amelia und Valerie nach Charleston. Während der allgemeinen Geschäftigkeit war Orva verschwunden, und niemand fragte nach ihr.

Ehe sich die Beamten verabschiedeten, erklärten sie, am Morgen würde der County Sheriff nach Mountfort Hall kommen und alle verhören, die zur fraglichen Zeit hier gewesen waren.

Wie ursprünglich geplant, blieb Honoria im Haus. Sie hatte gesagt, Porter müsse erst einmal allein sein, um seine Trauer zu bewältigen.

Nun setzte sie sich auf einen Marmorblock, ließ die Füße herabhängen und starrte ins Leere. Miss Kitty sprang ihr auf den Schoß und schaute sie flehend an, bis Honoria sie geistesabwesend zu streicheln begann. Sie wirkte erschöpft – und irgendwie unzugänglich.

Garrett berührte meinen Arm. »Gehen wir, Molly.« Seine Stimme klang schmerzlich bewegt. Daphne hatte ihm sehr nahegestanden. Bevor wir den Keller verließen, wandte er sich zu Honoria. »Es war nicht Ihre Schuld, und Sie brauchen Ihr Gewissen nicht damit zu belasten.«

Mit großen Augen erwiderte sie seinen Blick. »Auf die Schuldfrage kommt es gar nicht an, sondern auf eine unerledigte Angelegenheit. Wir alle schweben in Gefahr, solange wir die Wahrheit nicht kennen. Und Daphne wußte zuviel.«

»Dann sollten Sie besser nicht allein hier unten bleiben.«

»Ich werde nicht allein sein, denn ich warte auf Daphne. Vielleicht kann sie mich durch dieses Labyrinth führen.«

Es widerstrebte mir, sie ihrem Schicksal zu überlassen, aber Garrett zog mich zur Tür hinaus. »Niemand wird ihr etwas antun, Molly. In dieser Nacht dürften sich wohl kaum weitere Tragödien ereignen. Und möglicherweise findet sie eine Antwort auf unsere Fragen, nach ihrer eigenen Methode.«

Wir wanderten zum Fluß, setzten uns auf eine Bank und beobachteten, wie der Mond Silberstreifen auf das Wasser malte. Die Luft war warm, und jede sanfte Brise wehte Blumenduft heran. Trotz der späten Stunde hatte Garrett offensichtlich nicht die Absicht, nach Charleston zurückzufahren, und ich zögerte den Augenblick, wo ich wieder ins Haus gehen mußte, nur zu gern hinaus. »Was ist da oben passiert?« fragte ich. »Glauben Sie, daß Nathanial wirklich zu uns gekommen ist?«

»Wenn ja, hat er uns eine Menge Rätsel aufgegeben. Wir wissen noch immer nicht, warum sein Boot gesunken ist und wer die Verantwortung dafür trägt.«

»Vielleicht weiß er es selber nicht.«

»Mag sein.«

»Und glauben Sie, daß Honoria ihm tatsächlich als Sprachrohr dient?«

»Ich weiß es nicht. Seit ich hierherkam, habe ich einiges über dieses Thema gelesen. Es gibt verschiedene Theorien. Honoria behauptet, ein Wesen außerhalb ihres Körpers spricht mit ihren Stimmbändern. Andere Leute meinen, eine solche Stimme käme von einem ›höheren Ich‹ der sprechenden Person, vielleicht aus einem Teil des Gehirns, den sie nicht kontrollieren kann. Oder möglicherweise haben manche Menschen Zugang zu einem größeren universellen Wissen. Jung glaubte das.«

Mit abstrakten Spekulationen konnte ich nichts anfangen. Honoria war von etwas berührt worden, das außerhalb der menschlichen Erfahrung zu liegen schien.

»Zerbrechen wir uns jetzt nicht den Kopf darüber, Molly. Lassen wir alles von uns abgleiten.«

Zu diesem Zweck hatte er mir den beleuchteten Kirchturm vor dem Nachthimmel gezeigt – etwas Wunderschönes, Beruhigendes. Dadurch waren für eine kleine Weile alle Ängste von mir gewichen. Und nun spürte ich seine Trauer um Daphne. »Es tut mir so leid, Garrett. Ich weiß, was Sie Ihnen bedeutet hat.«

Er drückte meine Hand. »Seit meiner Ankunft in Charleston waren wir gute Freunde. Mit ihr konnte ich über alles reden. Ich mochte sie, und ich werde sie schmerzlich vermissen. Aber ich liebte sie nicht, Molly.« Darauf fand ich keine Antwort, und nach ein paar Sekunden stand er auf. »Ich begleite Sie jetzt zu Ihrem Zimmer, dann muß ich in die Stadt zurückfahren.«

Wir wollten im Keller nach Honoria sehen, aber sie hatte das Licht gelöscht und war verschwunden. Matt schimmerte der Marmor im Dunkel.

Im Dachgeschoß blieb Garrett neben dem Schaukelpferd stehen. »Was ist das?«

»Eine lange Geschichte ... Die erzähle ich Ihnen ein andermal.«

Damit gab er sich zufrieden. Sanft berührte er meine Wange mit einem Finger, strich über mein Haar, dann stieg er die Stufen hinab, mit jenen federnden Schritten, die zu seinem Wesen gehörten, auch in trüben Zeiten.

Ich betrat mein dunkles Schlafzimmer, machte Licht und hielt bestürzt den Atem an. Evaline saß in einem Sessel neben dem Fenster, und als ich hereinkam, stand sie auf. »Hoffentlich macht es Ihnen nichts aus, daß ich auf Sie gewartet habe, Miss Hunt. Ich wollte Sie nicht erschrecken, aber ich muß einfach mit Ihnen reden.«

»Bitte nennen Sie mich Molly«, sagte ich automatisch, immer noch verwirrt über ihre unvermutete Anwesenheit. »Natürlich stört es mich nicht.« Das war eine Lüge, denn jeder Knochen in meinem Körper schien zu schmerzen, und ich sehnte mich nur noch nach meinem Bett, nach endlicher Ruhe. Ich wollte nichts mehr besprechen, aber natürlich bat ich Evaline, wieder Platz zu nehmen und setzte mich ebenfalls.

»Porter hat Valerie und Amelia nach Hause gefahren«, begann sie. »Danach kam ich hierher, um Sie wegen Ihrer Mutter zu beruhigen.« Es war keineswegs Valerie, um die ich mich sorgte. Schweigend wartete ich, und Evaline fügte hinzu: »Sie hat mir von ihrem Plan erzählt, Sie mit Charles zu verheiraten, Molly. Natürlich versuchte ich sie zur Vernunft zu bringen, aber sie beharrt auf ihrer ›ausgezeichneten Idee‹, wie sie es nennt.«

Ich musterte sie nachdenklich. Von Anfang an hatte ich die innere Kraft dieser Frau gespürt, war mir aber nicht sicher, welche Interessen sie verfolgte. »Ich bin froh, daß Sie mit meiner Mutter gesprochen haben.

Selbstverständlich ist es völlig absurd, was sie sich da in den Kopf gesetzt hat, und ich will es auf keinen Fall. Offenbar ist sie nicht bei klarem Verstand. Wissen Sie, warum sie so schrecklich schrie, als der Polizist den Ohrring in Daphnes Hand fand?«

Mrs. Landry zögerte. »Vielleicht hat der Schmuck sie an etwas Schlimmes erinnert? Ich fürchte, der Zustand ihrer Mutter wird sich zusehends verschlechtern. Leider lehnt sie jede ärztliche Hilfe ab und weigert sich, ihre Probleme einem Fremden zu erörtern. Aber die Familie hat sie schon viel zu lange geschützt.«

Darauf wußte ich nichts zu erwidern, und sie bemerkte nun meine Müdigkeit. »Jetzt will ich Sie nicht länger stören, Molly. Ich weiß nicht, ob ich Sie morgen allein sprechen kann, und deshalb bin ich noch heute abend hergekommen. Gute Nacht.«

Als sie mein Zimmer verließ, fragte ich mich, warum sie eigentlich bei mir gewesen war. Hatte sie nur hören wollen, daß ich mich nicht für Charles interessierte?

Rasch zog ich mich aus und schlief ein, sobald mein Kopf das Kissen berührte.

Niemand verriet der Polizei in den nächsten Tagen etwas von Honorias »Sitzung«. Die Beamten bekamen nur zu hören, Daphne sei stundenlang nicht gesehen worden, ehe Mrs. Phelps sie gefunden habe. Wie die Ermittlungen ergaben, hatte das Gewicht der Säule im Steinboden Risse verursacht. Die mußten von Daphne vergrößert worden sein, als sie den Keller betreten hatte.

Sie war von diesem »Tempel« schon immer fasziniert gewesen. Offenbar hatte sie direkt unter der Oberschwelle gestanden, und durch ihr Gewicht auf dem rissigen Boden hatte sich die Säule noch mehr geneigt und war umgefallen. Der herabstürzende Steinbalken hatte Daphne unter sich begraben. Die zweite Säule erhob sich immer noch auf festem Untergrund.

Die Familie, von Honoria beeinflußt, hielt das Ergebnis der polizeilichen Untersuchungen für falsch, schwieg aber, weil es keine Beweise gab. Obwohl die Presse nur wenige Fakten erfuhr, bauschte sie die Tragödie groß auf. Ich gewann den Eindruck, daß der County Sheriff nicht restlos zufrieden mit der Klärung des Falls war, aber offensichtlich sah er keinen Anlaß, uns weiter zu verhören.

In diesen Tagen geschahen noch andere Dinge, die nicht mit der Polizei zusammenhingen. Porter war wütend, weil er einen Mann beschäftigte, den er nun als Spion bezeichnete, und verwarf die ganze gute Arbeit, die Garrett bisher geleistet hatte. Weil er sich weigerte, in der Geschichte der Mountforts das Kapitel Nathanial Amory auszulassen, wurde er gefeuert. Das Buch sollte veröffentlicht werden, würde aber jenen Todesfall nicht behandeln.

Garrett rief mich an und erklärte, er würde in Charleston bleiben, solange das Theaterstück auf dem Spielplan stand, und dann in den Norden zurückkehren. Trotz seiner Streitigkeiten mit Porter hatte Honoria ihn gebeten, seine Rolle zu spielen. Amelia beschloß, das Stück Daphne zu widmen. Die Premiere sollte zu Ehren der Verstorbenen stattfinden, und deren beste Freunde wurden aufgefordert, nach der Aufführung zu einer stillen Gedenkfeier hinter die Bühne zu kommen.

Ich fand es etwas sonderbar, daß man die Premiere unter diesen Umständen nicht absagte, erkannte jedoch, welch großen Wert Daphnes Verwandte und Freunde darauf legten, aus dem Gefühl heraus, etwas für die Tote zu tun.

In jener Zeit sah ich Garrett nicht, aber wir telefonierten zweimal, und seine Stimme klang sehr besorgt. Und irgendwie distanziert. Er riet mir sogar, nach Bellport zurückzukehren – was ich natürlich nicht tat. Noch nicht. Vorher mußte ich herausfinden, ob Charles und Amelia heiraten würden.

Für mich waren das traurige, einsame Tage. Garrett ließ sich nicht mehr in Mountfort Hall blicken. Die Vorbereitungen für die Gedenkfeier, die Premiere und die Hochzeit hielten Amelia von mir fern. Und ich wußte, daß ich in Charleston unerwünscht war. Das lag wohl vor allem an Porter, der mir von Anfang an viel deutlicher als sonst jemand zu verstehen gegeben hatte, ich sei nicht willkommen. Offenbar brauchte er Honoria, denn sie zog wieder in die Stadt. Zuversichtlich beteuerte sie, mir würde nichts passieren, verschwieg aber, wie sie zu dieser Überzeugung gelangt war. Wenigstens Orva blieb in meiner Nähe.

Ich hatte beschlossen, am Premierentag zu entscheiden, ob ich abreisen oder meinen Aufenthalt in Charleston noch verlängern würde. Ein einziges Mal wollte ich sie noch alle zusammen sehen, denn ich bezweifelte, daß ich es verkraften konnte, an der Hochzeit teilzunehmen. Nachts versperrte ich meine Tür, und mein Unbehagen wuchs. Aber eine innere Stimme verbot mir, Mountfort Hall zu verlassen. Der letzte Akt mußte noch aufgeführt, das letzte Kapitel geschrieben werden, ehe ich mich von der Vergangenheit befreien konnte. Auch Garrett wartete auf irgend etwas, das spürte ich, und bis es geschah – was immer es auch sein mochte – befand sich alles zwischen uns in der Schwebe. Ich wagte nicht, an die Zukunft zu denken, erkannte aber, wie sehr ich ihn vermißte.

Evaline war erstaunlich besorgt um mein Wohlergehen und bestand darauf, mir jeden Abend im kleinen Speisezimmer des ersten Stocks ein üppiges Dinner zu servieren. Manchmal leistete sie mir Gesellschaft und versuchte mich in ihrer etwas steifen Art aufzumuntern. Ich war froh, daß Charles keinen Versuch unternahm, mich wiederzusehen. Sicher hatte er inzwischen den – zumindest für ihn – einzig vernünftigen Entschluß gefaßt. Arme Amelia ...

Ich ging mit Evaline zu Daphnes Bestattung und traf zahlreiche Verwandte, die mir nie zuvor begegnet waren. Porter hatte Valerie daran gehindert, die Zeremonie zu besuchen, denn er fand ihre Nervenschwäche immer noch bedenklich. Bei der Totenmesse saß Amelia neben mir, und wir hielten uns an den Händen, um einander Trost zu geben. Sie entschuldigte sich überschwenglich, weil wir uns in letzter Zeit nicht gesehen hatten, und erklärte, wenn das Stück nicht mehr auf dem Spielplan stünde, würden wir viel Zeil füreinander finden. Daß ich dann vielleicht abreisen würde, erwähnte ich nicht.

Charles saß an ihrer anderen Seite, und ich erduldete einen unangenehmen Augenblick, als er meine Hand nahm, mich auf die Wange küßte und in leicht spöttischem Ton »liebe Schwägerin« nannte. Offensichtlich hatten sich seine Gefühle für mich nicht verändert, aber er würde nichts tun, was Porters Mißfallen erregen könnte.

Nach dem Gottesdienst fuhr die Trauerprozession nach Mountfort Hall, wo ein frisch ausgehobenes Grab wartete.

Eine Woche vor der Premiere fand ich meinen Schwebezustand unerträglich. Das aufregendste Ereignis war ein

Besuch Honorias, die nach Mountfort Hall kam, um mir mitzuteilen, was sie bedrückte. Sie hockte im Familiensalon auf einer Stuhlkante und erklärte mir, ohne mit der Wimper zu zucken, es sei ein Fehler von ihr gewesen, Nathanial herbeizurufen. »Natürlich hat an jenem Abend Daphnes Stimme nicht durch meinen Mund gesprochen. Ich bin eben sehr sensitiv, und vielleicht spürte ich etwas ... Ach, ich weiß es nicht.«

»Hat Porter Sie einer Gehirnwäsche unterzogen?« fragte ich unverblümt.

Für ein paar Sekunden schaute mich die alte Honoria an, dann wandte sie sich ab. »Sie wollen die Premiere sehen, nicht wahr, Molly? Aber danach sollten Sie abreisen.«

»Weil Porter meine Anwesenheit nicht wünscht?«

»Sie sind hier nicht wirklich zu Hause. Tut mir leid.«

Miss Kitty, die sich neuerdings mit Orva angefreundet hatte, war Honoria ins Zimmer gefolgt. Aber nun saß sie abseits und starrte sie an wie eine Fremde. Als die alte Dame einladend auf ihren Schoß klopfte, begann die Katze gleichgültig ihr Fell zu lecken.

Am schlimmsten waren die Nächte, denn nach Einbruch der Dunkelheit konnte ich nicht auf der Plantage umherwandern, und böse Erinnerungen suchten mich heim – zum Beispiel, an den schrecklichen Augenblick im Theater, wo jemand die unheimliche Hellebarde neben mich gelegt hatte, an den Aufenthalt mit meiner Mutter im finstern Verlies, an die Bootsfahrt mit Charles im Zypressensumpf. Und am schmerzlichsten quälte mich das Bild, das immer wieder in meiner Phantasie auftauchte – Daphne, von dem schweren Marmorbalken erschlagen.

Mindestens hundertmal fragte ich mich, warum ich nicht nach Charleston zurückkehrte, in den Gasthof.

Doch ich fand keine Antwort. Aus unerklärlichen Gründen wollte ich in Mountfort Hall bleiben. Vielleicht, weil mein Vater mir das Haus vermacht hatte ...

Hätte ich wenigstens die Gedanken an Garrett verdrängen können! Ich wünschte mir so sehr, mit ihm zu sprechen, spürte die starke Anziehungskraft zwischen uns, wußte aber noch immer nicht, was er von seinem Leben erhoffte, abgesehen von der Lösung des Rätsels um den Tod seines Vaters. Ich verstand, wie das Bedürfnis, ein solches Geheimnis zu enthüllen, zur Besessenheit werden konnte. Würde er jetzt, wo Porter ihm den Auftrag entzogen hatte, die Familiengeschichte zu schreiben, trotzdem weitere Nachforschungen anstellen?

Irgendwann hatte ich begonnen, zuviel für Garrett zu empfinden – beinahe, ohne es recht zu bemerken. Und das paßte mir ganz und gar nicht, denn er stellte einen viel zu unsicheren Faktor dar. Aber wann fragt die Liebe um Erlaubnis? Ein Grund mehr, möglichst schnell abzureisen, mein eigenes Leben wieder aufzunehmen, mich von dieser unwillkommenen Sehnsucht nach einem Mann zu befreien, den ich kaum kannte ...

Nachts lag ich oft stundenlang wach, lauschte auf die Geräusche des Hauses, das Plätschern des Flusses, die Vogelrufe. Und ich sah oft, wie das Mondlicht hinter meinem Fenster verblaßte.

Statt zu faulenzen, hätte ich an meinem neuen Roman arbeiten sollen. Einen Tag vor der Premiere des »Schattensoldaten« im Stage Center Players Workshop unternahm ich einen weiteren Versuch und ging mit einem Notizbuch und gespitzten Bleistiften zur Bank am Flußufer. Ausnahmsweise gelang es mir, mich zu konzentrieren. Eine Romanhandlung nahm in meinen Gedanken Gestalt an, und ich dachte mir einen Konflikt zwischen diversen Personen aus. Solche Vorbereitungen traf ich immer, bevor ich das erste Kapitel zu Papier brachte. Manche Autoren können einfach drauflos schreiben, obwohl sie nur eine vage Idee im Kopf haben. Aber ich mußte meine Romanfiguren genau kennen, ehe sie für mich zum Leben erwachten, mußte Bescheid wissen über ihre Bestrebungen, ihre Geheimnisse.

Mein Held entwickelte sich sehr gut – das glaubte ich zumindest, bis ich las, was ich über ihn notiert hatte, und da lachte ich über mich selbst. Wollte ich wirklich mein Leben mit einem Rochester oder Heathcliff verbringen. Oder mit Daphne du Mauriers Max de Winter? Keine fünf Minuten lang würde ich einen so finsteren, rücksichtslosen, dominierenden Mann ertragen – und meine Heldin diesmal auch nicht. Mittlerweile kannte ich sie gut genug, um das zu wissen. Jede Frauengestalt, die ich erfand, hatte einzelne Wesenszüge von mir selbst. Aber nur meine besten Freunde konnten feststellen, was Wirklichkeit und was Phantasie war. Manchmal sah ich es selber nicht.

Garrett hatte mir vorgeschlagen, einmal Harry Lime aus dem »dritten Mann« zum Vorbild zu nehmen, als eine Art Sprungbrett für einen neuen Heldentyp zu benutzen. Harry umgarnte die Menschen, denen er etwas bedeutete, aber er hinterging sie auch und verübte schlimme Missetaten. Das Geheimnis seines Charmes mochte interssant sein – aber ich wußte nicht, wie ich es ergründen sollte. Vielleicht machte einfach nur Orson Welles' Persönlichkeit den ganzen Reiz aus, und den wollte ich auch nicht zu meinem Helden ernennen.

Ich zerriß meine Notizen über die namenlose Figur und fing noch einmal von vorn an. Meine neue Version sollte manchmal wie ein rätselhafter Mann wirken, aber im Grunde klug und feinfühlig sein, sogar sanftmütig, von einer Güte erfüllt, die jene gebieterischen Charaktere niemals besaßen. Nie würde er meine Heldin herumkommandieren oder zum Weinen bringen. Dieses Wunschdenken ließ mich zaudern. So etwas gab es nach meiner Erfahrung in der Wirklichkeit nicht. Außerdem – wenn zwischen den beiden Hauptpersonen keine Konflikte entstanden, woher sollte ich dann eine Story nehmen? Konflikte gehören zu jeder Beziehung zwischen Mann und Frau, im Leben ebenso wie in Romanen. Allerdings – in einer idealen Situation kann vielleicht einer dem anderen helfen, sich weiterzuentwickeln, wenn jedem genug Luft zum Atmen bleibt.

Ha, dachte ich. In *welcher* idealen Situation? Wieder las ich meine Notizen und erkannte meinen Helden – eine Phantasie-Version von Garrett Amory. Ein Mann, der wirklich existierte, wäre viel komplexer als der Held, den ich beschrieben hatte, und ich zerriß auch diesen Zettel.

Im Augenblick konnte ich einfach nicht an meiner männlichen Hauptfigur arbeiten. Und eine Heldin, die alle Schwierigkeiten meisterte, langweilte mich. Im richtigen Leben war ich unfähig, die Initiative zu ergreifen – etwas, das den Frauen in meinen Büchern nie passierte. Aber was sollte ich tun – außer nach Hause zurückzukehren? Valerie und ich würden uns niemals nahestehen, und das spielte auch gar keine Rolle mehr. Ich war mit einer liebevollen Mutter aufgewachsen, und niemand sollte an ihre Stelle treten. Amelia würde einen schrecklichen Fehler begehen, den ich nicht verhindern konnte. Und Garrett hatte sich weit von mir entfernt.

Warum sollte ich bis zur Hochzeit hierbleiben – oder auch nur bis zur Premiere von Amelias Stück? Ich beschloß, sofort ins Haus zu gehen und mich telefonisch zu erkundigen, ob am nächsten Tag in einer Maschine nach New York noch ein Platz frei war. Das erschien mir viel besser, als in Mountfort Hall auszuharren. Dafür gab es nicht einmal stichhaltige Gründe. Und warum fühlte ich mich dann elender denn je?

Mein Notizbuch und die Bleistifte in der Hand, kehrte ich zum Haus zurück. Zumindest war das die Richtung, die ich einschlagen wollte. Meine Füße wählten einen anderen Weg. Wieder einmal wanderte ich zum Mountfort-Friedhof, und ich wußte, warum. Es gab jemanden, von dem ich mich verabschieden, bei dem ich mich vielleicht sogar entschuldigen wollte, weil ich ihn enttäuscht hatte – meinen Vater.

Der kreischende Pfau ließ sich nicht blicken, alte graue Steine dösten im heißen Sonnenlicht, manche schon seit über hundert Jahren. Nur Simons, Nathanials und Daphnes Gräber waren jüngeren Datums.

Verwirrt sah ich Garrett vor der letzten Ruhestätte seines Vaters stehen. Er hatte mich noch nicht bemerkt, und mein Herz schlug wie rasend. Warum muß ausgerechnet mir so was passieren, fragte ich mich erbost. Honoria würde wahrscheinlich behaupten, Garrett und ich seien uns bereits in einem früheren Leben begegnet. Aber ich wollte ihn nur in diesem kennen. Er sah nicht so gut aus wie Charles Landry, doch das war unwichtig. Alles an Garrett stimmte. Es drängte mich, sein Haar über den Ohren zu berühren, seine Arme um meinen Körper zu spüren – und ich wußte genau, wie sich das anfühlen würde.

Er hörte meine Schritte, drehte sich um – kühl, ein bißchen überrascht, offensichtlich gleichgültig. Mein Herz begann wieder normal zu pochen.

»Hallo, Molly«, begrüßte er mich.

»Ich bin nur hergekommen, um mich von meinem Vater zu verabschieden«, erklärte ich hastig. »Morgen reise ich ab, wenn ich einen Platz in einer Maschine kriege. Das wird am besten für mich sein – und für alle anderen.«

Er schlenderte mir entgegen, blieb neben Simons Grab stehen. »Also wollen Sie die Premiere nicht sehen?«

»Es wäre sinnlos, hierzubleiben. Ich fühle mich von allen im Stich gelassen. Übrigens, es verblüfft mich, Sie auf der Plantage zu sehen, Garrett.«

»Damit verstoße ich gegen gewisse Regeln. Bis jetzt wußte nur Orva, daß ich hier bin. Ich wohne in ihrem Quartier, seit sie zu Ihnen ins Dachgeschoß gezogen ist. Und ich habe mich stets bemüht, weder Ihnen noch Evaline über den Weg zu laufen und meinen Aufenthalt in Mountfort Hall zu verheimlichen.«

»Warum?« fragte ich verwundert. Die ganze Zeit war er hier gewesen? Es fiel mir schwer, das zu glauben.

»Wegen einer Sache, die ich noch erledigen muß. Ich stelle Nachforschungen an.«

»Hätte ich Ihnen nicht dabei helfen können?«

»Ich wollte Sie da nicht hineinziehen, Molly. Aber ich habe Sie immer im Auge behalten, und ich bin froh, daß Sie abreisen. Was immer geschehen wird – Sie sollten sich vorher in Sicherheit bringen.«

»Bitte, erklären Sie mir das.« Jetzt, wo ich wußte, daß Garrett in Mountfort Hall wohnte, hatte ich es nicht mehr so eilig, nach Hause zurückzukehren.

»Ich zeig's Ihnen lieber. Und vielleicht können Sie mir wirklich helfen, wenn Sie das möchten.«

Natürlich wollte ich das. Wir gingen durch den Wald zum Haus, und Garrett gab sich sehr unpersönlich, was mir überhaupt nicht gefiel. »Erinnern Sie sich an Honorias Stimmen?« fragte er. »Nathanial sprach von einem Notizbuch und von Marmor. Das kann sich nur auf Edwards Tempel beziehen. Aus irgendeinem Grund muß Daphne geblaubt haben, da unten wäre etwas zu finden. Stundenlang habe ich zwischen diesen Marmorbrocken herumgestöbert, ohne Erfolg. Trotzdem bezweifle ich nicht, daß sich die Lösung des Rätsels dort verbirgt. Wollen wir gemeinsam suchen? Vielleicht bringen Sie mir Glück.«

Der Blick, den er mir zuwarf, wirkte nicht mehr so unpersönlich, aber er schaute sofort wieder weg. Hören Sie auf, mich zu beschützen, wollte ich flehen, lassen Sie mich an allem teilnehmen ... Doch wie sollte ich wissen, was er für mich empfand?

Wir gingen zur Flußseite des Hauses und betraten den kühlen Keller, den ich nie hatte wiedersehen wollen. Die umgestürzte Säule und die Oberschwelle waren nicht entfernt worden. Letztere hatte man nur kurz hochgestemmt, um Daphnes Leiche zu bergen.

Garrett hob eine Hand. »Hier auf dieser Seite habe ich jeden Steinsplitter umgedreht, vergeblich. Aber falls niemand anderer die Notizen meines Vaters gefunden hat, müssen sie immer noch hier sein.«

Skeptisch schaute ich mich um. Es gab so viele Winkel und Ritzen, wo ein dünnes Notizheft leicht verschwinden konnte. »Wenn Nathanial hier irgendwas versteckt hat, sollte Honoria noch einmal versuchen, Verbindung mit ihm aufzunehmen«, schlug ich vor. »Ich fürchte, es ist sinnlos, diesen ganzen Raum abzusuchen.«

»Es gibt keinen heißen Draht zum Jenseits, also gehen wir ans Werk.« Die Stimme drang hinter der unversehrten Säule über der Marmortreppe hervor, und Honoria trat aus den Schatten, als hätten meine Worte sie herbeigerufen. »Nathanial und Daphne wußten nie, wo ich das Notizbuch versteckt hatte – nur daß es sich hier irgendwo befinden mußte. Daphne wurde von einem seiner Gedichte inspiriert, das sie mir zeigte. Über etwas, das in einem Tempel verborgen ist. Vor seinem Tod wickelte ich das Buch sorgfältig ein und ließ es verschwinden. Davon erzählte ich meiner Stieftochter natürlich nichts.«

Wenn man ein ungewöhnliches Versteck brauchte, mußte man sich nur an Honoria wenden ... Diesmal begegnete ich nicht der Seherin, die ich am Tag meiner Ankunft in Charleston kennengelernt hatte, auch nicht der fügsamen Ehefrau, die sich von ihrem Mann herumkommandieren ließ. Sie trug kein »Kostüm«, spielte keine dramatische Szene. Zu ihren fadenscheinigen Jeans hatte sie ein schlichtes weißes Hemd angezogen.

Stumm vor Verblüffung, beobachteten Garrett und ich, wie sie zwischen Marmorblöcken davonging und vor einer Mauerritze niederkniete, die wir vielleicht nie entdeckt hätten. Sie zog einen Gegenstand hervor, in ein wasserdichtes Tuch gehüllt, das sie vielleicht aus einem alten Regenmantel herausgeschnitten hatte. Eine Zeitlang wog sie das Päckchen in beiden Händen, die Augen geschlossen, als würde sie in Gedanken noch einmal erleben, wie sie es hier versteckt hatte. Als sie sich zu uns wandte, lächelte sie schwach. »Ich habe euch beide verwirrt, nicht wahr? Für eine kleine Weile führte Ihr Vater dieses Tagebuch, Garrett. Ich wußte, daß ich es holen mußte, ehe es von der falschen Person gefunden würde. Das war unwahrscheinlich – vor dem Abend, wo wir mit ihm sprachen.« Sie wies auf die verstreuten Steinblöcke.

»Setzen wir uns, und ich erzähle euch, was Nathanial in dieses Buch schrieb und warum ich es hier in Sicherheit brachte. Es wird mich erleichtern, mit euch ein Wissen zu teilen, das jahrelang eine schwere Bürde für mich war. Obwohl ich diese Zeilen nie wieder gelesen habe, erinnere ich mich an jedes Wort – und alles, was er mir mitteilte.«

Garrett blieb stocksteif stehen, als wollte er sich gegen zu intensive Gefühle wappnen, aber ich setzte mich auf einen Marmorbrocken. Durch meine dünne Sommerhose spürte ich den kalten Stein.

In ruhigem Ton, als hätte jemand anderer vor langer Zeit diese Dinge erlebt, begann Honoria ihre Geschichte zu erzählen. Porter Phelps war einmal ein zwanghafter Spieler gewesen – ein geheimes Laster, von dem nur wenige Familienmitglieder wußten. Von der Bank, die er leitete, »entlieh« er große Summen und verspielte sie. Schließlich mußte er seine Entlarvung und einen schlimmen Skandal befürchten, wenn er das Geld nicht umgehend zurückzahlte. Damals hatte er noch nicht jene eiserne Kontrolle ausgeübt, die jetzt zu seiner Persönlichkeit gehörte und ihm die Position des Familienoberhaupts ermöglichte.

»Er liebte mich – und ich liebte Nathanial Amory«, berichtete Honoria leise und ausdruckslos, als hätte sie alle ihre Gefühle in einer fernen Vergangenheit begraben. »Porters Frau war gestorben, und er drängte mich, ihn zu heiraten. Nathanial war nicht frei – und vielleicht hätte er sich niemals scheiden lassen. Die Familienspur, wegen der er nach Mountfort Hall gekommen war, hatte er gefunden, und er blieb nur mehr meinetwegen hier. Aber er konnte mir nichts bieten, nicht einmal seinen Namen, und Porter wollte mir alles zu Füßen legen. In jenen Tagen fand ich Reichtum und eine angesehene gesellschaftliche Stellung noch sehr wichtig. Und so erschien es mir am besten, Nathanial aufzugeben und Porter zu heiraten. Als ich seinen Antrag angenommen hatte und er sich meiner sicher fühlte, lieferte er sich mir auf Gnade oder Ungnade aus und gestand mir seine Missetaten. Die Entdeckung hätte eine Gefängnisstrafe für ihn bedeutet – und eine ungeheuerliche Schande für die ganze Familie. Und er erklärte, so sehr er mich auch liebe, er könne mich unmöglich heiraten, solange er unter der Schuldenlast leide. Ich liebte Nathanial immer noch. In meiner Bestürzung ging ich zu ihm und erzählte ihm alles. Das war ein Fehler. Er notierte sämtliche Einzelheiten, die ich ihm anvertraut hatte, in diesem Büchlein – um etwas gegen Porter in der Hand zu haben, sollte es eines Tages nötig werden. Natürlich wollte er nicht, daß ich einen anderen heiratete ...«

In Erinnerungen versunken, schwieg Honoria. Schließlich forderte Garrett sie mit gepreßter Stimme auf: »Bitte, sprechen Sie weiter.«

Sie berichtete, dann sei genau das geschehen, was sie befürchtet habe. Geld war in Porters Hände gefallen – auf welche Weise, hatte er ihr nicht verraten. Die Summe reichte nicht aus, um die ganzen Schulden zurückzuzahlen, war aber beträchtlich. Porter tat, was die meisten Spieler in solchen Situationen tun. Er fuhr nach New Orleans und setzte sich an den Roulettetisch. Und da geschah etwas, worauf die Verzweifelten in den Casinos normalerweise vergeblich hoffen. Honoria begleitete ihn. Ihre übernatürlichen Kräfte bewirkten, daß er mit einem enormen Gewinn heimkehrte und alle Schulden begleichen konnte, ehe sein Vergehen bemerkt wurde.

Danach spielte er nie wieder. Honoria veränderte ihn. Für eine Weile vergaß er, daß er sie nur als ein niedliches Spielzeug betrachtet hatte, das er besitzen wollte. Doch all die Jahre verstrichen, und Porter, der sich in seiner materiellen Machtstellung sicher fühlte, nahm das »Hobby« seiner Frau wieder mit toleranter Belustigung hin. Immer hochnäsiger hatte er seine Überlegenheit betont.

»Nathanial hatte von mir erfahren, was geschehen war«, fügte sie hinzu. »Er war wütend, weil ich mich Porter zuwandte, aber zunächst wußte er nicht, was er tun sollte ...« Sie unterbrach sich, starrte mich an, und ich begann am ganzen Körper zu zittern. »Jetzt kommen wir zum schlimmsten Teil der Geschichte«, erklärte sie.»Die ganze Wahrheit kenne ich noch immer nicht, auch Nathanial hat sie nicht herausgefunden. Einer der Zwillinge war gekidnappt worden, und er hegte den Verdacht, das Baby wäre für die Summe verkauft worden, die Porter und die Familie gerettet hatte. Damit begab sich Nathanial in eine gefährliche Situation. Einen Mann wie Porter darf man nicht fälschlicherweise eines so schrecklichen Verbrechens beschuldigen. Nathanial wußte zuviel – aber nicht genug, und ich bekam Angst um ihn. Für mich stand fest, daß Porter nichts mit Cecelias Entführung zu tun hatte. Er mochte ein Spieler gewesen sein, aber zu einer solchen Niedertracht würde er sich niemals hinreißen lassen. Ich versteckte Nathanials Notizbuch in diesem Mauerspalt, damit es Porter nicht gefährden konnte. Und dann – ehe ich noch Zeit fand, mir zu überlegen, auf welche Weise Nathanial meine Hochzeit mit Porter verhindern wollte – war er tot. Danach brachte ich es nicht über mich, seine Aufzeichnungen zu vernichten.« Bei den letzten Worten hatte ihre anfangs so kühle

Stimme immer verzweifelter geklungen. Nun wandte sie sich an Nathanials Sohn, als wollte sie ihn um Verzeihung bitten.

»Ich muß immer noch herausfinden, was mit meinem Vater geschehen ist«, sagte Garrett leise.

»Auch ich muß es wissen«, erwiderte Honoria.

Ich hörte kaum noch zu, denn ich konzentrierte mich auf ein einziges bestürzendes Ereignis – meine Entführung. Wenn ich gestohlen worden war, um Porter zu retten – wer trug dafür die Verantwortung? Hatte Honoria uns die reine Wahrheit erzählt, über sich selbst, über Porter?

Sie begegnete meinem Blick und schüttelte den Kopf. »Versuchen Sie nicht, alten Spuren zu folgen, Molly. Jetzt spielen sie keine Rolle mehr. Als Sie hierherkamen, wollte ich das Geheimnis um Ihre Entführung und Nathanials Tod ergründen, aber das war dumm von mir. Nachdem Nathanial bei jener Sitzung das Notizbuch erwähnt hatte, konnte ich nicht zulassen, daß Sie es zufällig finden und mißdeuten. Nun gehört es Ihnen, Garrett. Machen Sie damit, was Sie wollen.«

»Aber wie können wir alles auf sich beruhen lassen?« fragte ich. »Daphne hat das Buch gesucht und ist deshalb ermordet worden. Das ist erst vor kurzem geschehen – nicht in ferner Vergangenheit.«

Garrett vertrat denselben Standpunkt. »Mein Vater starb, weil er zuviel wußte und seine Kenntnisse vielleicht benutzt hätte. Also besteht die Gefahr immer noch – in der Gegenwart. Wir dürfen den Fall nicht ad acta legen, Honoria.«

Wenigstens in einem Punkt durfte ich mich erleichtert fühlen. »Simon Mountfort hatte nichts mit alldem zu tun. Wenigstens das erfüllt mich mit Dankbarkeit.«

»Er wußte von Porters finanziellen Problemen«, erwiderte Honoria, »und von seinen Verfehlungen, und es fiel ihm schwer, damit zu leben, seiner Frau zuliebe schwieg er. Porter war Valerie so nahe wie ein älterer Bruder.«

Das war also die Schuld, die so lange auf der Seele meines Vaters gelastet hatte.

»Was haben Sie vor, Garrett?« fragte Honoria.

Es dauerte eine Weile, bis er antwortete. »Das werde ich für mich behalten. Molly reist morgen ab, also wird sie in Sicherheit sein, was immer auch geschehen mag.«

»Das hört sich an, als wüßten sie, daß etwas auf uns zukommt«, meinte Honoria.

»Allerdings. Gerade Sie müßten das spüren. Wenn der Druck zu stark wird, erfolgt eine Explosion. Ich fahre jetzt nach Charleston zurück, weil ich dort etwas erledigen muß. Kümmern Sie sich um Molly, bis sie im Flugzeug sitzt, Honoria.«

Ich wollte niemandem anvertraut werden, aber Garrett eilte davon, ehe wir auch nur ein Wort sagen konnten. Honoria beobachtete mich und sah mehr, als ich verraten wollte. »Sie lieben ihn, nicht wahr? Nun, das schafft wenigstens den Unsinn aus der Welt, den Charles sich in den Kopf gesetzt hat. Aber er tut mir ein bißchen leid. Wie kann man sich nur in Zwillingsschwestern verlieben! Jedenfalls ist es gut, daß Sie abreisen, Molly.«

Daran zweifelte ich mittlerweile. Wie konnte ich Charleston verlassen, wenn so viele Dinge in der Schwebe hingen – vor allem Garretts Sicherheit. »Ich fliege erst nach der morgigen Premiere nach Hause.«

»Das ist sehr unvernünftig von Ihnen, Molly. Warum wollen Sie bleiben?«

Das wußte ich selber nicht genau. »Kommen Sie, Honoria. Zwischen diesen Ruinen bekomme ich eine Gänsehaut.«

»Gehen Sie nur nach oben. Ich muß noch nachdenken, und das kann ich nur hier – wo ich in Kontakt mit der anderen Welt bin. Danach fahre ich nach Charleston.«

Ich verließ sie, kehrte aber nicht sofort in mein Zimmer zurück. Vorher wollte ich mit Orva sprechen, die sicher irgendwo ihre Haushaltspflichten erfüllte. Vielleicht konnte ich mit ihr zu Mittag essen. Sie verheimlichte mir immer noch irgendwelche Fakten, die mit meinem Vater zusammenhingen, und es war an der Zeit, daß ich diese Informationen bekan.

Während ich die Treppe hinaufstieg, grübelte ich über Honoria nach – nicht über die schreckliche Geschichte, die sie uns erzählt hatte, sondern über ihre Person. Als sie bei der Sitzung Nathanials Geist »herbeigerufen« hatte, war ihr nichts Neues mitgeteilt worden. Von der Existenz des Notizbuchs und seinem Versteck hatte sie schon vorher gewußt und diesbezüglich keine »Botschaft« aus dem Jenseits gebraucht.

Konnte sie auch gewußt haben, daß Daphne bereits tot gewesen war? Es fiel mir schwer, Honoria zu verdächtigen, aber ich fragte mich, ob sie sich selber etwas vorgemacht oder die ganze Sitzung nur als Täuschungsmanöver inszeniert hatte.

16

Meine Suche nach Orva verlief erfolglos. Ich schaute in mehreren Räumen nach, schließlich auch in der Küche im ersten Stock, wo Evaline mit der Köchin redete.

Als ich mich nach Orva erkundigte, runzelte die Hausdame mißbilligend ihre Stirn. »Ich weiß auch nicht, wo sie steckt. Sie hinterlegte einen Zettel mit der Nachricht, sie würde sich einige Tage freinehmen – und verschwand einfach. Vorhin versuchte ich Katy in der Bibliothek anzurufen, aber die hat heute auch frei. Sicher sind die beiden zusammen. Nun muß ich irgendwo eine andere Hilfskraft auftreiben, das kostet Zeit und Mühe. Dabei gibt es vor der Hochzeit noch soviel zu erledigen.«

»Das tut mir leid. Übrigens, ich möchte Ihnen mitteilen, daß ich morgen nach der Premiere abreise.«

Jetzt gerieten ihre häuslichen Sorgen vorübergehend in Vergessenheit. »Ich weiß nicht, ob das klug ist, Molly. Was soll mit Mountfort Hall geschehen? Was werden Sie tun?«

»Das weiß ich nicht. Ich brauche noch etwas Zeit zum Nachdenken. Aber Sie hören bald von mir, das verspreche ich Ihnen.« Ich dankte ihr für die Gastfreundschaft und verabschiedete mich, für den Fall, daß ich sie nicht mehr sehen würde. Bestürzt starrte sie mich an, aber ich fand keine beruhigenden Worte.

Mit einem unguten Gefühl ging ich nach oben. Warum war Orva »verschwunden«? Aber sie hatte wenigstens eine Nachricht hinterlassen. Wahrscheinlich wohnte sie bei ihrer Tochter. Aus dem Dachgeschoß drang ein bekanntes Geräusch. Ich blieb stehen, eine Hand auf dem Treppengeländer. Dieser knarrende Rhythmus stammte vom Schaukelpferd. Ich rannte die restlichen Stufen hinauf und den Flur entlang, zu meinem Zimmer.

Applejack schaukelte tatsächlich, aber diesmal wurde er von einer Reiterin bewegt. Katy Jackson saß seitwärts auf seinem Rücken, die Fußknöchel gekreuzt, und hielt

sich an seinem Kopf fest. Geistesabwesend schwang sie
hin und her.

Als sie mich sah, sprang sie lachend von dem Pferd
herunter. »Hallo, Molly! Ich habe auf Sie gewartet.
Applejack war ein Spielkamerad meiner Kindheit, und
nun habe ich die alte Freundschaft erneuert.«

»Wissen Sie, wo Ihre Mutter ist?« fragte ich etwas zu
abrupt.

»Sie ist fürs erste zu mir gezogen. Noch nie habe ich
sie so aufgeregt gesehen, aber sie will mir nicht erzählen,
was sie bedrückt. Sie braucht Tapetenwechsel und etwas
Ruhe, und ich bin froh, daß sie bei mir ist. Können wir
reden, Molly?«

»Natürlich. Ich freue mich, Sie vor meiner Heimkehr
noch zu sehen.«

Sie folgte mir in mein Zimmer. »Wann reisen Sie ab?«

Die Klimaanlage surrte, während ich über diese
Frage nachdachte. »Da bin ich mir noch nicht ganz
sicher. Ich würde die Premiere gern noch abwarten, denn
ich möchte Amelia nicht mit einem überstürzten Auf-
bruch kränken. Auf keinen Fall will ich die Nacht in diesem leeren Haus verbringen. Jetzt, wo Orva nicht mehr
da ist ...«

»Deshalb bin ich hergekommen. Meine Mutter
meint, Sie dürften nicht hierbleiben. Valerie hat sich
bei Mrs. Landry einquartiert, und Amelia ist ganz allein
an der South Battery. Und so dachten wir, Sie beide sollten einander Gesellschaft leisten. Wenn Sie Ihre Sachen
packen, fahre ich Sie in die Stadt. Ich habe mir heute frei-
genommen, damit ich mich um meine Mutter kümmern kann. Sie ist völlig außer sich.«

Ich konnte mir nicht vorstellen, daß die sonst
so ruhige gelassene Orva jemals die Beherrschung
verlor.

»Ihr Leben lang war sie mit den Mountforts verbunden«, fügte Katy hinzu, »und sie glaubt, sie wären *ihre* Familie. Aber das sind sie nicht. Im Augenblick würde sie es einfach nicht ertragen, hier zu wohnen. Daphnes Tod hat sie tief erschüttert – und mich auch. Sie war eine so gute Freundin.«

»Darüber wollte ich mit Orva sprechen, Katy. Sagte sie irgendwas über den Ohrring, den Daphne in der Hand hielt, als sie starb? Ein Polizist hielt ihn hoch, und da begann Valerie zu schreien. Vielleicht weiß Ihre Mutter, warum.«

Katy blinzelte verwirrt. »Das hat sie nicht erwähnt. Aber sie erzählt auch sonst nicht viel. War es ein Ohrring mit einer Lotosblüte?«

»Ja, in Silber gefaßt. Als Sie ein kleines Mädchen waren, fanden Sie ihn und brachten ihn Daphne.«

»Das stimmt. Ein hübscher Schmuck. Daphne war meine Freundin, deshalb schenkte ich ihr den Ohrring. In all den Jahren dachte ich nicht mehr daran.«

»Sie entdeckten ihn am Flußufer, in einer Angelschnur verfangen, nicht wahr?«

Langsam nickte sie. »Als Daphne ihn neulich wieder hervorholte, fragte sie, ob ich mich an irgendwas Besonderes erinnere. Doch ich konnte ihr nicht helfen.«

»Was glauben Sie, wem der Ohrring gehört hat?«

»Vielleicht Honoria?«

»Das bezweifle ich. Wer immer ihn damals verloren hat, ist womöglich Nathanials Mörder. Und Honoria liebte ihn.«

»Davon weiß ich nichts.« Katys Stimme nahm einen kühlen Klang an. Vermutlich wollte sie nichts davon wissen.

»Dann will ich jetzt packen«, sagte ich und holte meinen Koffer aus dem Schrank. Blicklos schaute sie mir zu,

wie ich meine Sachen zusammensuchte. Ihre ganze
Sorge galt vermutlich Orva.

Als ich fertig war, gingen wir nach unten und erklärten
Mrs. Landry, ich würde schon an diesem Tag nach
Charleston zurückkehren. Katy sagte, ihre Mutter
brauche Erholung und sei für einen kurzen Besuch zu
ihr gekommen. Sie würde sich bald melden.

Evaline wirkte immer noch bekümmert, aber mein
Auszug schien sie zu erleichtern. Sie schlug mir nicht
vor, Valerie im Cottage aufzusuchen, und meinte
nur, den morgigen Premierenabend wolle sie mit
Mrs. Mountfort hier draußen verbringen, in ihrem
gegenwärtigen Zustand würde meine Mutter die Vorstellung nicht verkraften. Offenbar störte es die Hausdame nicht, den ersten Auftritt ihres Sohnes im »Schattensoldat« zu versäumen.

Ehe wir das Haus verließen, versuchte ich Amelia anzurufen, aber niemand ging and den Apparat. Später fuhren wir an der ehemaligen Sklavenhütte vorbei, wo sich
niemand blicken ließ. Nur zu gern ergriff ich die Flucht,
ohne meine Mutter wiederzusehen.

Unterwegs hielten wir bei einer Raststätte und aßen
zu Mittag. Nur gelegentlich unterhielt ich mich mit
Katy. Wir waren beide mit unseren eigenen Problemen
beschäftigt. Unter anderen Umständen hätten wir
Freundinnen werden können, dachte ich bedauernd.

Vor dem Mountfort-Haus stieg ich nicht sofort aus
dem Auto. »Wenn ich mit Amelia gesprochen habe –
dürfte ich dann in Ihr Appartment kommen und Ihre
Mutter besuchen?«

Skeptisch schaute Katy mich an. »Da möchte ich sie
lieber doch erst fragen. Ich rufe Sie an.«

Dabei beließen wir es. Sie beobachtete, wie ich die
Treppe hinaufging. Amelia war inzwischen wieder

daheim, und als sie mir die Tür öffnete, winkte Katy und fuhr davon.

Alle Bedenken, ob ich meiner Schwester willkommen sein würde, schwanden sofort, als sie mich umarmte und in die Halle zog. »Ich habe mich so nach dir gesehnt! Vorhin traf ich Garrett, und er sagte, du würdest abreisen, sobald du einen Platz in einer Maschine buchen kannst. Das ist völlig ausgeschlossen! Du mußt bis zu meiner Hochzeit hierbleiben. Von der Premiere ganz zu schweigen!« Aufgeregt und atemlos führte sie mich die Treppe hinauf, und ich wurde von neuem Unbehagen erfaßt.

»Ich würde zur Hochzeit wiederkommen«, versicherte ich. »Wir wären nicht für alle Zeiten getrennt.«

»Aber du wirst doch die Aufführung und die anschließende Gedenkfeier für Daphne abwarten? Du hast noch nie das ganze Stück gesehen. Jetzt habe ich eine Überraschung für dich.« Sie eilte mit mir in ihr Zimmer und streckte dramatisch einen Arm aus. Auf dem Bett lag ein Kostüm mit Krinoline und Spitzenrüschen, in hübschem Lila, geschmückt mit Miss Kitty, die zwischen den Seidenfalten schlief. Amelia klatschte in die Hände. Da sprang die Katze auf den Boden und begann sich wie üblich zu putzen.

Meine Schwester wischte ein paar weiße Haare weg und hielt das Kleid hoch. »Werde ich darin nicht phantastisch aussehen, Molly? Die Farbe ist genau richtig für mich. Und da ich dieses Kostüm im letzten Akt trage, kann ich's für die Feier danach anbehalten. Daphne hat es für mich genäht. Welch eine bittere Ironie, daß Lila eine Trauerfarbe ist ... Aber meine Überraschung hast du noch immer nicht gesehen«, fuhr sie lebhaft fort. »Ein ganz besonderes Geschenk für dich ... Komm, liebste Molly!«

Sie wirkte wie ein junges Mädchen – das Mädchen, das ich in unseren Teenager-Jahren nicht gekannt hatte. Ich folgte ihr zu meinem Zimmer, und als sie die Tür öffnete, blieb ich bestürzt stehen. Auf dem Bett lag ebenfalls ein lila Kleid – ein Duplikat von Amelias Kostüm.

»Daphne hat eine Kopie für dich angefertigt, Molly. Sie war eine großartige Schneiderin, und diese lustige Überraschung haben wir uns gemeinsam ausgedacht. Für die Premiere kannst du anziehen, was du willst, aber bei der Gedenkfeier mußt du dieses Kleid tragen. Wenn wir nebeneinander auf der Bühne stehen, wird uns niemand unterscheiden können. Oh, welch ein Spaß! Und Daphne wäre so glücklich, wenn sie wüßte, daß wir beide ihre Kleider anhaben.«

Ein banges Gefühl ergriff mich – vielleicht, weil mir der Gedanke, man könnte uns verwechseln, von Anfang an mißfallen hatte. Aber Amelia freute sich unbändig und wartete so begierig auf meine Reaktion, daß ich schließlich nachgab. Was für eine Rolle spielte es schon? Unsere identische Verkleidung würde niemanden allzu lange verunsichern, und eigentlich durfte es mir nichts ausmachen, meiner Schwester diesen kleinen Wunsch zu erfüllen.

Sie hielt meine Zustimmung ohnehin für selbstverständlich. »Du bist gerade noch rechtzeitig gekommen. Ich muß nämlich gleich gehen, zu einer Versammlung des historischen Vereins. Wir sehen uns dann beim Dinner. Willst du kochen?«

Das war nicht gerade meine Lieblingsbeschäftigung, aber irgendwie würde ich es schon schaffen. Nachdem Amelia sich verabschiedet hatte, wanderte ich in die Küche, um die spärlichen Vorräte zu inspizieren. Miss Kitty begleitete mich, von sehr unberechtigten Hoffnungen getrieben. Während ich den Inhalt des Kühlschranks erforschte, läutete das Wandtelefon. Katy rief aus ihrem Apartment an. »Meine Mutter möchte Sie gern sehen, Molly, also können Sie jederzeit kommen. Bitte, regen Sie sie nicht auf! Ich werde nicht dasein, denn ich mußte eine spätere Schicht in der Bibliothek übernehmen. Wie geht es Amelia!«

»Alles scheint in Ordnung zu sein. Sie ist nur ziemlich aufgedreht, wegen der Premiere. Wird Orva dabeisein?«

»Das weiß ich noch nicht.«

»Was glauben Sie, wird Porter kommen?«

Ein kurzes Schweigen entstand. »Da müssen Sie Honoria fragen, Molly.«

Wenn ich Honoria das nächste Mal sah, würden wir andere Dinge zu bereden haben. Und im Grunde war es völlig unwichtig, ob Porter die Aufführung sehen wollte oder nicht.

Als ich eingehängt hatte, entschied ich mich für Spaghetti mit Hackfleischbällchen, mit Hilfe einer Fertigsauce. Dann studierte ich den Stadtplan, um Katys Apartmenthaus zu suchen. Es lag nicht weit vom Gadsden Inn entfernt, und war zu Fuß zu erreichen. Wegen der vielen verwirrenden Einbahnstraßen in der Altstadt verzichtete ich lieber auf Amelias Auto.

Über der Stadt lag bereits sommerliche Hitze, zahlreiche Klimaanlagen surrten, und man hatte die Gehsteige mit Wasser bespritzt.

Katy wohnte im Erdgeschoß an einem langen Durchgang mit Ziegelboden. Orva öffnete mir die Tür, und ich betrat einen großen, kühlen Raum, mit Souvenirs geschmückt, die Katy von ihren Reisen mitgebracht hatte: Töpferwaren aus Afrika, Batikstoffe aus Bali, Masken aus Peru, lauter faszinierende Dinge, wenn ich mir auch nicht die Zeit nahm, sie genauer zu betrachten. Ein Torbogen führte in einen Hof voller Grünpflanzen und Blumen. Wie überall in Charleston duftete auch hier Geißblatt.

Die Negerin bot mir Platz an und setzte sich mir gegenüber, kerzengerade und stocksteif, wie ich sie noch nie gesehen hatte. Verkrampft schlang sie die Finger ineinander. Diese neue Orva machte mir angst. »Verzeihen Sie, Miss Molly«, entschuldigte sie sich, »aber soeben hat Miss Honoria angerufen. Sie kommt her und bringt jemanden mit – ich weiß nicht, wen. Das erwähnte sie nicht. Ich sagte ihr, daß ich Sie erwarte, und da forderte sie mich auf, Sie ein andermal einzuladen, tut mir wirklich leid. Ich habe versucht, Sie telefonisch zu erreichen. Aber da waren Sie schon weg.«

»Schon gut, Orva«, versuchte ich sie zu beschwichtigen. »Ich komme gern ein andermal, dann können wir uns in Ruhe unterhalten.«

Offenbar wollte sie mich so schnell wie möglich loswerden, und so verabschiedete ich mich sofort wieder, obwohl ihr Honorias baldiger Besuch sichtlich unangenehm war.

Ich folgte der dunklen Passage und schlenderte ein Stück den Gehsteig entlang, bis ich eine niedrige Mauer fand, auf die ich mich setzte, um Katys Apartmenthaus zu beobachten. Ehe ich wußte, wen Honoria zu Orva brachte, wollte ich nicht zur South Battery zurückkehren.

Allzulange mußte ich mich nicht gedulden. Honorias Auto hielt auf der anderen Seitenstraße. Gemeinsam mit Garrett eilte sie in die Passage. Garrett! Ihn hier zu sehen, so nah und doch so fern ... Mein Nervensystem geriet ziemlich durcheinander. Wie gern hätte ich herausgefunden, was der Besuch bei Orva zu bedeuten hatte! Aber meine Anwesenheit war offenkundig unerwünscht, und so ging ich ins Mountfort-Haus zurück, wo mich nur Miss Kitty begrüßte.

Ich setzte mich in den offiziellen Salon, vor Simon Mountforts Porträt, und dachte über Honoria nach. Mit jeder Stunde schienen sich meine Gefühle für sie zu ändern. Manchmal mochte ich sie sehr und respektierte ihren Glauben an ihre »Talente«. Andererseits hatte sie ihre große Liebe Nathanial aufgegeben, um Porter zu heiraten, und all die Jahre mit ihm zusammengelebt. Ihren eigenen Worten zufolge waren ihr Reichtum und gesellschaftliches Ansehen sehr wichtig gewesen, und darauf legte sie wohl immer noch großen Wert.

Sicher besaß sie die Fähigkeit, am Schicksal anderer Anteil zu nehmen, doch ich fragte mich, ob sie echtes Mitgefühl empfinden konnte. Und wie sehr sie ihre eigenen dramatischen Auftritte genoß ... Nie war es mir gelungen, sie in drei Dimensionen einzuordnen, weil eine vierte ständig hinter ihrer Schulter zu schweben schien. Wenn sie mir ihre Geschichten erzählte, wußte ich nie, was real und was erfunden war.

In der Halle klingelte das Telefon, und ich zögerte. Wer sollte mich hier anrufen? Aber vielleicht konnte ich eine Nachricht für Amelia entgegennehmen.

»Molly?« fragte Porter, nachdem ich mich gemeldet hatte. »Amelia sagte mir, Sie seien nach Charleston zurückgekehrt. Darf ich für ein paar Minuten zu Ihnen kommen?«

Ich wollte ihn nicht sehen, doch ich hatte keine Wahl. Also stimmte ich zu, und er erklärte, er würde sich sofort auf den Weg machen. Knapp zehn Minuten später läutete es an der Tür, und ich ließ ihn herein. Wir setzten uns in den Salon unter Simon Mountforts Augen.

In seiner gewohnten autokratischen Art begann er zu sprechen, und ich ging sofort in die Defensive. »Wie ich höre, möchten Sie in der Stadt bleiben, um morgen die Premiere zu besuchen. Aber das dürfen Sie nicht. Ich habe für Sie einen Platz erster Klasse in einer Maschine nach New York gebucht, die morgen früh startet. Natürlich werde ich Sie zum Flughafen bringen.«

Wir konnte er es wagen, mich herumzukommandieren? »Vielen Dank, aber ich reise erst übermorgen ab, und ich treffe gern meine eigenen Arrangements.«

Eine Zeitlang starrten wir uns an, dann schien seine gebieterische Haltung zu zerbröckeln. Seine harten Gesichtszüge milderten sich, sein Blick wirkte fast verzweifelt. Zum ersten Mal betrachtete ich den Mann, den Porter Phelps hinter seiner arroganten Fassade verbarg. Ihn hatte ich, im Gegensatz zu Honoria, immer nur zweidimensional gesehen. In einem meiner Romane wäre er ein schlechter, leicht durchschaubarer Charakter gewesen – rücksichtslos und dominant. Nun saß ein unglücklicher Mensch vor mir, den ich nicht kannte. »Warum ist meine sofortige Abreise so wichtig für Sie, Mr. Phelps?«

»Charles und Amelia bedeuten mir sehr viel. Ich will nicht untätig mitansehen, wie eine törichte Schwärmerei das Leben der beiden zerstört.«

»Und was habe ich damit zu tun?«

»Charles bildet sich ein, Sie zu lieben. Deshalb wäre es für alle Beteiligten am besten, wenn Sie Charleston morgen früh verließen.«

Heftiger Ärger über den ganzen Mountfort-Clan erfaßte mich. Ich sah zum Porträt meines Vaters auf, doch er bot mir keine Hilfe. Die durfte ich von anderer Seite ebensowenig erwarten. Ich war auf mich allein gestellt. »Für wen wäre es am besten? Charles kann mich wohl kaum ohne meine Einwilligung heiraten. Ich liebe ihn nicht. Es gibt jemand anderen in meinem Leben.«

Porters angeborene Arroganz kehrte zurück. »Sie kennen Charles nicht. Er ist ein wunderbarer junger Mann, und ich bin stolz, weil ich ihm helfen konnte. Schon frühzeitig verlor er seinen Vater, den ich ihm in gewisser Weise ersetzte. Seine Mutter wuchs mit Valerie auf, fast wie eine Schwester, und Amelia gehört zu ihm.«

»Und?«

»Die beiden sind füreinander geschaffen.«

»Ich weiß nicht, ob er der richtige Mann für meine Schwester ist, aber meine Bedenken spielen keine Rolle. Charles wird *sie* heiraten – nicht *mich*.«

Wenn er mein Desinteresse an Charles auch nicht zu akzeptieren schien – ich spürte, daß hinter seinem Wunsch mich möglichst bald loszuwerden, noch etwas anderes steckte, das nicht mit der geplanten Hochzeit zusammenhing. Und plötzlich erkannte ich zu meiner Verwirrung, was es war. Porter hatte Angst – panische Angst. »Wovor fürchten Sie sich?« fragte ich ohne Umschweife.

Da kapitulierte er und antwortete, ohne Ausflüchte zu suchen. »Ich sorge mich um Sie, Molly. Meiner Tochter kann ich nicht mehr helfen, aber vielleicht gelingt es mir, Sie umzustimmen – damit Sie sich in Sicherheit bringen.«

Sein fast greifbares Grauen wirkte ansteckend, doch ich bekämpfte es. »Ich bin nicht in Gefahr«, protestierte ich.

»Mord ist ein Verbrechen, das einem immer leichter fällt, wenn man eine gewisse Übung darin hat. Molly, Sie stellen für jemanden eine Bedrohung dar. Ich habe keine Beweise, aber ich weiß, daß Sie Charleston so bald wie möglich verlassen müssen.«

Ich erinnerte mich an meine erste Begegnung mit Honoria, wo sie das Wort »Mord« ausgesprochen hatte, angeblich mit Nathanials Stimme. Nun wurde es von Porter wiederholt. Ein Schauer durchlief mich. »Ich habe Amelia versprochen, mir die Premiere anzusehen«, erwiderte ich unsicher, und er lehnte sich seufzend in seinem Sessel zurück.

Zu meiner Verblüffung wechselte er abrupt das Thema. »Ich möchte Ihnen von der Jugend Ihrer Mutter erzählen. Valerie war so temperamentvoll, so schön.« Er schien meine Anwesenheit zu vergessen.

Dieser Mann, den ich für kalt und distanziert gehalten hatte, ließ nun Gefühle an die Oberfläche dringen, aus jahrelang verschütteten Tiefen. »Natürlich bin ich viel älter, aber ich verliebte mich in sie, als sie siebzehn war. Sie ist meine Kusine zweiten Grades. Schon damals besaß sie jenen Hang zur Dramatik, den sie auch heute noch zeigt. Nur wirkte er bei einem jungen Mädchen attraktiver. Evaline, damals noch nicht mit Jim Landry verheiratet, brannte mit ihr durch. Irgendwas war für Valerie schiefgelaufen, und sie wollte sich den Wünschen ihrer Eltern nicht beugen. Deshalb ergriff sie die Flucht. Die beiden Mädchen nahmen ihre Ersparnisse mit und ein paar Juwelen, die sie verkaufen wollten. Sie fuhren nach New Orleans, quartierten sich im französischen Viertel ein und warfen ihr Geld zum Fenster hinaus. Ein Glück, daß sie keinen ernsthaften Schaden erlitten! Ihr Großvater schickte mich hinter den beiden her, Molly. Zu Simon, der Valerie ebenfalls liebte, hatte er kein Zutrauen. Natürlich führte ich den Auftrag erfolgreich durch, aber dadurch verlor ich Valerie für immer.«

Die Erinnerungen schienen ihn so schmerzlich zu bedrücken, daß ich versuchte, ihn in die Gegenwart zurückzuholen. »Honoria besitzt mindestens genauso viele Qualitäten wie Valerie – und ist viel stabiler.«

Traurig lächelte er. »Das weiß ich. Aber die erste Liebe – darüber kommt man wohl nie hinweg. Jedenfalls wimmelte ich die fragwürdigen Freunde ab, mit denen sich die beiden Mädchen umgaben, und brachte sie nach Hause. Die Familie machte Valerie bittere Vorwürfe. Um sich zu rächen, rannte sie im nächsten Jahr erneut davon und heiratete Simon. Ich glaube, das tat sie nicht zuletzt, um mich zu bestrafen. Und Evaline heiratete Jim, der sie schon immer geliebt hatte. Ich tröstete mich auf diese oder jene Weise, und mit Daphnes Mutter führte ich eine gute Ehe.«

Diese Geständnisse machten mich vorsichtig. Ich wußte noch immer nicht, was Porter damit bezweckte. Und der Grund seiner Angst blieb mir nach wie vor rätselhaft.

Er blickte zum Porträt Simon Mountforts hinauf, des Mannes, der Valerie geheiratet hatte. »Die meisten Frauen langweilen mich. Aber Honoria ist's stets gelungen, mein Interesse wachzuhalten. In diesem Punkt haben Sie recht.«

»Trotzdem mißbilligen Sie ihre Handlungsweise. Und Sie ließen sie im Stich, nachdem Daphne – gestorben war.«

»Ich fühlte mich schuldig am Tod meiner Tochter. Wäre ich nicht von Honorias Unsinn abgelenkt worden, hätte ich Daphne vielleicht retten können.«

Das bezweifelte ich. Wie hätte er ahnen sollen, daß sie in den Tempel gehen würde? Er fügte hinzu – vielleicht, um sich selbst zu beruhigen: »Amelia wird

Charles eine gute Frau sein. Sie gleichen viel zu sehr Ihrer Mutter, Molly.«

»Das finde ich ganz und gar nicht.«

»Oh, sie kennen nur die unglückliche, verwirrte Frau, zu der sie sich entwickelt hat. In ihrem Alter wirken die dummen Streiche einer Siebzehnjährigen eher peinlich.«

Dumme Streiche und Wahnsinn – das ist nicht dasselbe, dachte ich, sprach es aber nicht aus. Mühelos deutete er mein Schweigen richtig. »Valerie ist manchmal seelisch gestört, aber nicht krank. Die meisten Menschen halten sich an Konventionen, aber sie reißt solche Schranken nieder und lebt ihre Phantasien aus. Man muß sie nur immer irgendwie beschäftigen, dann ist sie glücklich und zufrieden.«

Das überzeugte mich nicht, aber ich empfand ein wenig Mitleid mit Porter Phelps, was ich nie erwartet hätte.

Wieder schnitt er ein anderes Thema an: »Daphne und ich kamen nicht besonders gut miteinander aus. Aber ich war stolz auf sie, denn sie war klüger als die meisten Familienmitglieder, und ich bewunderte sie. Niemals erlaubte sie mir, über ihr Leben zu bestimmen. Ich wünschte, wir hätten uns besser gekannt. Natürlich liebte ich sie, doch das ließ ich sie nicht merken. Diese Schuld wird mich bis ans Ende meiner Tage begleiten.«

»Ich mochte sie sehr«, sagte ich sanft, »obwohl ich sie erst vor kurzem kennengelernt hatte.«

»Was ihren Tod betrifft – da ist noch eine Rechnung zu begleichen.« Er sprach leise, doch dadurch klangen seine Worte um so düsterer und bedrohlicher. Ehe ich etwas erwidern konnte, stand er auf und verbeugte sich höflich. »Danke, daß Sie mich empfangen haben, Molly. Ich bin mir nicht sicher, ob mein Besuch erfolgreich war. Aber vielleicht denken Sie über meinen Vorschlag nach.«

Ich ging mit ihm zur Tür, immer noch voller Mißtrauen. Hatte er bei meiner Entführung eine Rolle gespielt? Um sich an Valerie zu rächen, die seine Liebe verschmäht hatte, und gleichzeitig seine Spielschulden bezahlen zu können?

Als ich in den Salon zurückkehrte, spürte ich immer noch das beklemmende Echo von Porters Angst. Und was am allerschlimmsten war – ich hatte keine Ahnung, aus welcher Richtung mir vielleicht Gefahr drohte. Nur eins wußte ich – auf keinen Fall durfte ich meine Schwester verlassen, solange es ungelöste Rätsel gab. Wenn mein Leben auf dem Spiel stand – dann vielleicht auch ihres ...

Ich beschloß, während der nächsten vierundzwanzig Stunden auf der Hut zu sein, in meiner Wachsamkeit nicht nachzulassen. In jedem dunklen Schatten konnte Böses lauern.

17

Auch am nächsten Tag ging meine Schwester aus. Miss Kitty und ich leisteten einander Gesellschaft. Ich wünschte mir eine entspanntere Atmosphäre. Amelias Aufregung über die unmittelbar bevorstehende Premiere machte mich nervös, und ich wäre froh gewesen, hätte der Abend bereits hinter mir gelegen.

Mein Abflug für den nächsten Morgen war bereits gebucht. Amelia hatte unsere lila Kleider ins Theater gebracht, und ich würde meines anziehen, wenn es an der Zeit war. Charles ließ sich tagsüber glücklicherweise nicht blicken, aber Garrett schaute kurz vorbei. Er wirkte rastlos, und ich wußte, daß er in Gegenwart meiner Schwester, die inzwischen zurückgekehrt war, nicht offen sprechen wollte. Er fragte, wann ich abreisen würde, und riet mir ebenso eindringlich wie Porter, auf die Premiere zu verzichten.

»Natürlich muß sie hierbleiben!« protestierte Amelia leicht indigniert. »Sie soll überhaupt nicht abreisen, und es ist mir unbegreiflich, warum sie sich dazu entschlossen hat.«

Es war sinnlos, mit ihr zu diskutieren. Garrett küßte uns beide flüchtig auf die Wangen und ging. Vermutlich hatte er von Orva ein paar interessante Dinge erfahren, doch die behielt er für sich.

Vielleicht wäre alles anders gekommen, hätte er sein Schweigen gebrochen ...

An diesem langen Tag fand ich viel Zeit, um über Cecelia Mountfort nachzudenken. Was bedeutete mir mein einstiges Ich aus frühester Kindheit? Jetzt, nachdem ich einige Zeit hier gelebt und Amelia liebgewonnen hatte, ahnte ich, daß Charleston mich immer wieder anlocken würde. Ich wußte nicht, ob mich das glücklich oder traurig stimmte.

Am frühen Abend aßen wir nur ein paar Kleinigkeiten. Als wir zum Theater fahren wollten, läutete das Telefon. Amelia meldete sich, und ich hörte, wie erschrocken ihre Stimme klang. »Ja, natürlich. Evaline, wir werden aufpassen. Bleib lieber draußen – falls sie zurückkommt. Danke, daß du mich verständigt hast ... Auf Wiedersehen.« Seufzend legte sie auf. »Das hat uns gerade noch gefehlt! Mama ist Evaline entwischt und in einem der Autos von Mountfort Hall weggefahren. Sie war schrecklich aufgeregt. Wahrscheinlich will sie die Premiere sehen, also müssen wir nach ihr Ausschau halten. Ich nehme an, sie wird versuchen, unbemerkt durch die Bühnentür zu schlüpfen.«

Amelia, in ihrer Doppelrolle als Verfasserin des Stücks und als Schauspielerin, litt ohnehin schon an heftigem Lampenfieber. Diese zusätzliche Sorge konnte sie wirklich nicht gebrauchen. »Vielleicht will sie einfach nur hierher zurückkehren und geht gar nicht ins Theater«, versuchte ich sie zu beruhigen.

»Das bezweifle ich. Wenn ich bloß wüßte, was sie vorhat!«

Aber wie sollten wir das erraten? Wir fuhren zum Stage Center. Da wir früh dran waren, fand Amelia mühelos einen Parkplatz. Als wir das Foyer durchquerten, bat sie einen Platzanweiser, an der Bühnentür auf Mrs. Mountfort zu warten. »Wenn sie auftaucht, rufen Sie meine Schwester oder mich.«

Bis zum Beginn der Vorstellung hatten wir noch eine Stunde Zeit. Wir gingen in die Garderobe, wo wir ein paar Frauen antrafen, die kleine Rollen spielten. Hektik begann sich auszubreiten. Ich half Amelia in ihr Kostüm für den ersten Akt. Um ihr Haar hatte sie sich bereits zu Hause gekümmert und darauf bestanden, mir die gleiche historische Frisur zu verpassen – mit Mittelscheitel und falschem Nackenknoten. Ihr Plan für die Gedenkfeier mißfiel mir immer noch, doch sobald die Leute das Täuschungsmanöver durchschaut hatten, würde unser identisches Aussehen jede Bedeutung verlieren.

Seit ich wußte, daß Valerie sich irgendwo da draußen herumtrieb, war ich ebenso nervös wie meine Schwester. Was beabsichtigte diese unberechenbare Frau? Ich war viel zu unruhig, um meinen Platz in der zweiten Reihe aufzusuchen, und so blieb ich hinter der Bühne. Flüchtig sah ich Garrett und Charles in ihrer blauen, beziehungsweise grauen Uniform. Amelia warnte die beiden, eine hysterische Valerie könnte im Theater auftauchen. Das erfuhr auch Katy, die ihr Dienstmädchenkostüm trug. Sofort schickte sei ihrer Mutter eine Nachricht in den Zuschauerraum. Nun suchten bereits viele Augenpaare nach Mrs. Mountfort.

Doch dann fanden alle an der Aufführung Beteiligten keine Zeit mehr, um an etwas anderes zu denken. Hin und wieder spähte jemand durch den Vorhang und meldete, das Haus sei ausverkauft. Offenbar hatte sich ganz Charleston versammelt.

Während der ersten Szene stand ich zwischen den Kulissen, und beim ersten herzlichen Applaus freute ich mich mit Amelia. Aber da ich nervös umherrannte, kam ich Honoria mehrmals in die Quere, und schließlich verbannte sie mich in die Garderobe. Wenigstens hatte ich mir das Bühnenbild zuvor genau angeschaut. Auf den Prospekt war ein schönes Plantagenhaus gemalt, und im Garten, wo das Duell ausgetragen werden sollte, stand eine Virginische Eiche, mit Moos behangen.

Die Stimmen der Schauspieler drangen von der Bühne in die Garderobe, aber ich verstand nicht alles. Während des Duells klirrten die Schwerter. Als der Unionssoldat im Sterben lag, fiel der Vorhang, unter tosendem Beifall, und Amelia kam schnell, um ihr lila Krinolinenkostüm anzuziehen. Zu Beginn des zweiten Aktes sollte sie neben ihrem sterbenden Verehrer knien. Hastig verließ sie mich wieder, denn man hatte ihr mitgeteilt, jemand müsse sie sprechen. Ich schlüpfte in mein eigenes lila Kleid und lauschte dem Geschwätz der anderen Frauen, die sich über die Ähnlichkeit zwischen meiner Schwester und mir wunderten.

Kurz vor dem Ende der Pause erschien Honoria.»Beeil dich, Amelia, du mußt deinen Platz auf der Bühne einnehmen. Gleich geht der Vorhang hoch.«

»Ich bin nicht Amelia«, erwiderte ich. »Schauen Sie nicht so böse drein, dieser Gag war nicht meine Idee.«

Erbost rannte sie davon, um meine Schwester zu suchen, nach der sich auch Charles umsah. Jemand glaubte, er hätte sie vor dem Theater gesehen, und so schlugen beide diese Richtung ein.

Auch die anderen Frauen entfernten sich. Ich blieb allein in der leeren Garderobe zurück und erinnerte mich an mein Gespräch mit Porter. Ein unbestimmbares Gefühl beschlich mich, so als würde ich die Angst eines anderen spüren – noch intensiver als meine eigene. Eine seltsame innere Stimme, die ich nie zuvor gehört hatte, verriet mir, daß es Amelias Furcht war. Meine Schwester mußte in schrecklicher Gefahr schweben, weil jemand sie mit mir verwechselte. Ihr Entsetzen vibrierte in mir, und ich erkannte, daß mich diese Schwingungen zu meinem Zwilling führen würden.

Aus keinem anderen Grund hätte ich mich wieder allein in die Schattenwelt hinter der Bühne gewagt. Ich bewegte mich fast wie eine Schlafwandlerin. Sobald ich das Labyrinth der dunklen Gänge erreichte, trat mir ein aufgeregter junger Mann in den Weg. »Tut mir leid, Amelia, aber Ihre Mutter wollte nicht warten. Sie rannte einfach durch die Bühnentür herein und verschwand irgendwo in diesem Durcheinander.«

Ich korrigierte seinen Irrtum nicht.»Danke, daß Sie's versucht haben, und machen Sie sich keine Sorgen. Ich werde sie suchen«, versprach ich im Flüsterton. »Vielleicht könnten Sie Honoria warnen.«

Nachdem er davongelaufen war, begann ich das Gewirr der Korridore zu erforschen. Es wäre sinnlos gewesen, nach Valerie zu fahnden, ich mußte Amelia finden. Die nackten Glühbirnen durchdrangen die Finsternis nur mangelhaft. Ich bemühte mich, möglichst leise einen Fuß vor den anderen zu setzen und zu verhindern, daß mein weiter Rüschenrock raschelte. Angespannt lauschte ich auf verdächtige Geräusche. Amelias sonderbare Anziehungskraft hatte nachgelassen, wegen der Gefahr, die von Valerie ausging.

Rasch verklang das Stimmengewirr des Zuschauerraums. Der Vorhang mußte immer noch geschlossen sein, denn ohne Amelia konnte der zweite Akt nicht beginnen. Wo mochte sich Valerie verstecken? Ich tat mein Bestes, um das Signal festzuhalten, das ich von meiner Schwester empfangen hatte.

Unglücklicherweise verlor ich sehr schnell die Orientierung zwischen den unzähligen Versatzstücken, die sich im Lauf der Jahre angesammelt hatten. Hüte türmten sich in Regalen, Kostüme wisperten an Kleiderständern, als ich sie im Vorbeigehen streifte. Verbarg sich jemand dazwischen?

Falls Valerie tatsächlich hier war, gab sie keinen Laut von sich. Als ich wieder einmal stehenblieb, um zu horchen, drang eine Stimme aus dem Hintergrund des alten Lagerhauses zu mir, nur ein Gemurmel. Vorsichtig ging ich weiter. Sprach Valerie mit Amelia – mit der falschen Tochter? Ich mußte meiner Sache sicher sein, bevor sie mich entdeckten.

Ich bog um eine Ecke und stieß beinahe mit jemandem zusammen. Eine Frau in Jeans und einem weißen Hemd stand vor mir. Blondes Haar fiel ihr auf den Rücken, in der Hand hielt sie die Hellebarde, an die ich mich nur zu gut erinnerte. Ein wildes Funkeln lag in Valerie Mountforts Augen. Blitzschnell nahm sie die Waffe von der Rechten in die Linke und umklammerte schmerzhaft meinen Arm. Keine Sekunde lang zweifelte sie an meiner Identität. »Komm mit mir, Molly, und sei ganz leise«, hauchte sie. »Wir müssen verhindern, was da geschieht.«

Ich hätte mich losreißen und fliehen können, aber meiner Schwester zuliebe begleitete ich sie. Mein Rock blieb an irgendeinem spitzen Gegenstand hängen, der aus einem Regal ragte, und ich hörte, wie der Stoff zerriß. Valerie steuerte auf die ferne Stimme zu und zog mich mit sich.

Im Hintergrund der Lagerhalle lichtete sich das Chaos, alte Ballaststeine bedeckten den Boden. Breite Stufen ohne Geländer führten zu einer höheren Ebene, wo zusammengeklappte Kulissen und Bretter lagen. Valerie drückte meinen Arm. »Hör doch!«

Amelia gab der Frau, die mit ihr sprach, keine Antwort. Bestürzt erkannte ich, warum. Durch ihr Schweigen wollte meine Schwester den Eindruck erwecken, sie wäre ich. Und trotz ihrer Angst, die ich nun wieder deutlich spürte, blieb sie stumm.

Kühl und selbstsicher fuhr die Stimme fort: »Niemals wird mein Sohn die Plantage verlieren, Molly. Ich lasse mir meine Pläne nicht durchkreuzen. Seit der Geburt von euch Zwillingen wußte ich, daß Charles eines Tages Amelia heiraten würde. An sie wird Simons Erbe gehen – und durch sie an meinen Sohn – Porters Sohn.«

Leise schnappte Amelia nach Luft, und Evaline lachte triumphierend. »Niemand hat es je erfahren. Aber nun wissen Sie es. Nachdem Ihre Mutter und ich nach New Orleans durchgebrannt waren und Porter uns nach Hause geholt hatte, wollte sie nichts mehr von ihm wissen. Ich hatte ihn immer geliebt. Aber er war ganz verrückt nach Ihrer Mutter. Ich dachte, wenn ich eine Affäre mit ihm anfinge, würde er mich liebenlernen. Doch seine Eltern verboten ihm, ein mittelloses Mädchen zu heiraten. Charles ahnt nicht einmal, wer sein leiblicher Vater ist. Aber Porter wußte es von Anfang an, und er wußte auch, warum ich plötzlich Jim Landrys Frau wurde.«

Zum erstenmal ergriff Amelia das Wort, aber nur flüsternd. Sie wollte Evaline immer noch weismachen, sie wäre Molly-Cecelia – ein tapferes, gefährliches Spiel. Ich mußte ihr helfen. Doch als ich mich von Valerie losreißen wollte, packte sie meinen Arm noch fester und bedeutete mir zu schweigen. Wir lauschten wieder.

»Porter schenkte Ihnen diese anderen Ohrringe, nicht wahr?« wisperte Amelia und ahmte meinen Akzent erstaunlich gut nach. »Und Sie verloren einen, als Sie Nathanials Boot beschädigten.«

Wieder lachte Evaline. Es klang beängstigend, und Valerie bedeutete mir erneut, noch zu warten.

»Nathanial glaubte, er wäre mit den Mountforts verwandt«, erklärte Mrs. Landry, »und empfand der Familie gegenüber eine idiotische Loyalität. Er hätte Porter entlarven und einen Skandal heraufbeschwören können. Gott weiß, was dann aus uns allen geworden wäre! Wie Nathanial herausfand, hatte ich in New Orleans immer noch ein paar zweifelhafte Freunde, und er vermutete, ich hätte die Entführung inszeniert, um die nötige Summe aufzubringen und die Zukunft meines Sohnes zu retten. Genau das tat ich auch. Ich gab Porter das Geld, und als Gegenleistung förderte er meinen Sohn. Für Charles war immer noch eine Zwillingsschwester übrig, seine künftige Braut.«

Ihre blinde, skrupellose Zielstrebigkeit erschien mir noch paranoider als alles, was Valerie Mountfort sich jemals ausdenken konnte. Und da sie das alles erzählte, beabsichtigte sie wohl kaum, die Frau am Leben zu lassen, die ihr zuhörte. Ich sah, daß meine Schwester einer gähnenden Leere den Rücken zukehrte. Ein Stoß – und sie würde in einen Abgrund stürzen. Amelia stöhnte leise. Ich wollte ihr zurufen, sie solle Evaline verraten, wer sie sei, und sich retten. Aber Valerie legte mahnend einen Finger an meine Lippen. »Warte, Cecelia!« flüsterte sie. »Sie soll in ihre eigene Falle tappen.« Sie duckte sich, kroch vorsichtig zu der beleuchteten Plattform und zog mich hinter sich her. Wie ein Speer zeigte die Hellebarde nach oben.

Die schreckliche kalte Stimme fuhr fort: »Ich versuchte Sie zu warnen, Molly – damals im Theater. Sie stürzten, als Sie fliehen wollten, schlugen sich den Kopf an und verloren die Besinnung. Da legte ich diese Bühnenwaffe neben Sie. An jenem Tag wußte ich noch nicht, daß Simon Ihnen die Plantage vererbt hatte, sonst hätte ich sie sofort beseitigt. Dann verliebte sich Charles in Sie ...«

»Das ist nicht wahr!« schrie Amelia und verriet sich. »Charles hat immer nur *mich* geliebt!«

Sekundenlang herrschte tiefe Stille, während Evaline ihren Irrtum erkannte. »Du bist nicht Molly? Du hast versucht, mich hereinzulegen, du dummes Ding!«

Valerie ließ meinen Arm los, und ich rannte an ihr vorbei, die Stufen hinauf. »Ich bin der Zwilling, den Sie suchen! Nehmen Sie's mit mir auf – nicht mit Amelia!«

Meine Schwester trat vom Rand der Plattform weg, und Evaline stürzte auf mich. Starke Hände drehten mich herum, stießen mich zu der Stelle, wo Amelia eben noch gestanden hatte. Unten lagen Ballaststeine, und für einen Moment sah ich dem Tod ins Auge. Aber als ich verzweifelt mit meiner Angreiferin rang, fiel der Hellebardenschaft auf ihren Arm, die Klingenspitze berührte ihren Hals. Entsetzt hielt sie inne, und ich nutzte die Gelegenheit, wirbelte sie herum, so daß sie zum Rand des Abgrunds taumelte. Rasch brachte ich mich in Sicherheit.

»Ich habe deine Schlaftabletten nicht genommen«, sagte Valerie, und die Hellebardenspitze drohte sich in Evalines Kehle zu bohren, »O ja, ich wußte, was du vorhattest, aber ich fuhr zuerst zum Haus, weil ich mich dort umsehen wollte. Deshalb warst du früher als ich im Theater.«

Sie drückte die Metallspitze noch fester an Evalines Hals, und Amelia schrie: »Nein, Mama! Nein!«

Valerie ignorierte sie. »Du wolltest Cecelia töten so wie die anderen, Nathanial und Daphne. Jetzt bist du an der Reihe.« Doch sie bewegte die Hellebardenspitze nicht mehr. Voller Todesangst trat Evaline zurück, vergaß den Abgrund hinter sich. Schreiend stürzte sie in die Tiefe, und wir hörten das grausige Geräusch ihres Schädels, der auf den Steinen zerbarst. Danach herrschte gespenstische Stille.

Ich rannte die Stufen hinab, aber Honoria kniete vor mir neben Evalines Leiche. »Daphne trug mir auf, hierherzukommen!« rief sie. »Ganz deutlich hörte ich ihre Stimme.« Sie blickte zu Amelia und Valerie, die nun ebenfalls von der Plattform herabstiegen. »Ich hätte es wissen müssen, warum hat Nathanial mir nichts verraten?«

Valerie hatte die Hellebarde hinter einen Kulissenstapel geworfen, wo man sie in absehbarer Zeit nicht finden würde. »Ich mußte sie daran hindern, einer meiner Töchter was anzutun.«

Honoria hatte die Waffe nicht bemerkt. »Das hast du sehr gut gemacht. Ich werde jetzt die Polizei verständigen.«

»Nein!« protestierte Valerie. »Keine Polizei – ehe du weißt, was du den Beamten erzählen mußt!«

»Du hast recht, Evaline ist bestraft worden, und es wäre ein Fehler, die Presse über Einzelheiten zu informieren. Womöglich käme Porter sogar ins Gefängnis. Es nützt niemandem, alte Skandale ans Licht zu zerren.«

Im Lauf der Jahre hatten die Mountforts ein gewisses Geschick in der Kunst entwickelt, die Polizei zu täuschen. Vielleicht würden sie auch diesmal ungeschoren davonkommen. Sie hatten einen guten Namen und wurden in ganz Charleston respektiert. Mein schriftstellerisch trainiertes Gehirn begann zu arbeiten. »Wieso ist Evaline eigentlich hinter die Bühne gekommen?«

Honoria lächelte grimmig. »Ich brauchte ein Versatzstück und erklärte ihr, wo sie es finden würde. Jemand anderen konnte ich nicht herschicken, und ich dachte natürlich nicht, daß sie so unvorsichtig sein würde, auf diese Plattform zu steigen, wo es kein Geländer gibt.«

»Aber wieso hat sie Amelia mit mir verwechselt?« fragte ich verwirrt.

»Sie wußte, daß zwei Kostüme existieren, denn Daphne hatte sie draußen auf der Plantage genäht. Und sie kannte auch Amelias Plan, in derselben Aufmachung wie Sie bei der Gedenkfeier zu erscheinen. Also erwartete sie, Molly in diesem Kleid zu sehen, und sie dachte, Amelia wäre auf der Bühne. Und warum bist du hier aufgetaucht, Amelia?«

»Mama rief mich im Theater an, aus dem South Battery-Haus. Dort traf sie erst ein, als Molly und ich schon weggefahren waren, und so warnte sie mich vor Evaline und versprach, sofort herzukommen. Ich wollte sie hinter der Bühne treffen, und so stieß ich auf Evaline, die mich für Molly hielt. Ich hoffte, ich könnte sie irgendwie hinhalten. Als sie behauptete, meine

Mutter wäre auf die Plattform gelaufen, stieg ich hinauf und erwartete, dich da oben zu finden, Mama.«

»Meine schöne, tapfere Tochter!« lobte Valerie. »Weine nicht, sonst ruinierst du dein Make-up. Alles wartet auf den Beginn des zweiten Akts.«

»Ich werde dem Publikum erklären, daß die Vorstellung abgebrochen werden muß«, erbot sich Honoria.

»Nein – warte!« Amelia umarmte ihre Mutter und wandte sich zu mir. »Ich wußte, daß du kommen würdest, Cecelia, denn ich habe dich gerufen.«

»Ich weiß«, flüsterte ich, »das habe ich gefühlt.« Erst jetzt verstand ich, was es hieß, ein Zwilling zu sein.

Unsere Wangen berührten sich, dann sagte Amelia hastig: »Die Leute warten. Es ist mein Stück – und ein Tribut an Daphne. Deshalb werde ich meine Rolle spielen und keine Schwäche zeigen. Sonst würde Evaline doch noch triumphieren!« Sie rannte zur Bühne, balancierte ihre Krinoline behende zwischen den zahllosen Versatzstücken hindurch, so graziös, wie ich's nie geschafft hätte – meine mutige, bemerkenswerte Schwester ...

»Jetzt rufe ich die Polizei an«, verkündete Honoria. »Würdet ihr beide hier warten! Dann reden wir gemeinsam mit den Beamten.«

Nachdem die alte Dame verschwunden war, zeigte Valerie auf eine weiße Gartenbank. Wir setzten uns, in einiger Entfernung von der Plattform und Evalines Leiche, über die Honoria ein großes Brokattuch gebreitet hatte.

Schweigend saßen wir da, in Gedanken versunken. Nun würde Garrett seine Geisterrolle in Amelias Stück spielen. Zwischen ihm und mir war alles ungeklärt, doch ich wußte, wie dringend ich ihn brauchte. Wehmütig erinnerte ich mich an meine Romanhelden, die stets zur Stelle waren, um die Heldinnen zu retten. An diesem

Abend hatten wir ohne Held auskommen müssen und alles selbst erledigt. Valerie und Amelia und ich. Mountforts!

Doch es blieb noch so viel zu tun, abgesehen vom Gespräch mit der Polizei. Charles mußte erfahren, daß er Porters Sohn, daß seine Mutter tot war und was sie verbrochen hatte. Was würde nun zwischen Charles und Amelia geschehen? Diesen Gedanken sprach ich laut aus.

»Gerade jetzt braucht er deine Schwester«, erwiderte Valerie. »Und sie wird für ihn dasein, ihm beistehen und ihn lieben. Vielleicht werden sie jetzt alle beide erwachsen. Ich glaube, alles wird gut, Cecelia.«

Auf unerwartete Weise hatte meine Mutter mich getröstet. Aber ich wollte noch mehr herausfinden. »Wieso wußtest du, daß Evaline die Mörderin war?«

Ohne zu zögern, antwortete sie: »Daphne erzählte es mir am Tag vor ihrem Tod. Sie hatte Evaline schon lange verdächtigt, und erraten, daß Porter ihr die silbernen Ohrringe geschenkt hatte – so ähnliche wie Simon sie für mich machen ließ. Einen verlor sie, als sie ein Loch in Nathanials Boot bohrte. Dabei blieb eine Korallenspitze an der Angelschnur hängen. Daphne glaubte, wenn sie bei Evalines Sachen den zweiten Ohrring fände, wäre das ein ausreichender Beweis.«

»Sicher hat Evaline den anderen Ohrring weggeworfen.«

»Nur wenn sie gewußt hätte, wo der erste verlorengegangen war. An jenem Tag, als sie in der Hall war, durchsuchte Daphne das Cottage. Im Schlafzimmer, auf dem Toilettentisch, fand sie eine Schmuckschatulle. Sie wußte nichts von meiner Anwesenheit, und als ich den Raum betrat, hielt sie den zweiten Ohrring in der Hand. Da weihte sie mich in ihren Verdacht ein. Leider kam

Evaline unerwartet nach Hause. Mich sah sie nicht, denn ich versteckte mich blitzschnell hinter dem Schrank. Doch sie sah den Ohrring in Daphnes Hand – und da wußte sie alles. Sie versuchte Empörung zu heucheln, aber Daphne lachte nur, ging davon und nahm das Schmuckstück mit.«

Nun begann ich alles zu verstehen. »Und Evaline lockte sie in den Tempel, unter dem Vorwand, sie wolle mit ihr reden?«

»Das nehme ich an. Der Keller liegt ziemlich abgeschieden. Und Daphne, die schon oft da unten gewesen war, um Nachforschungen anzustellen, hatte sich nicht gefürchtet. Arglos ging sie hin. Daß sie den Ohrring mitnahm, wußte Evaline wahrscheinlich nicht. Und als sie eine Gelegenheit fand, die wackelige Säule umzustoßen, dachte sie, niemand könnte ihr etwas nachweisen.«

Natürlich. Ich erinnerte mich, wie der Polizist den Ohrring hochgehalten und Valerie geschrien hatte. In jenem Moment war ihr klargeworden, wer Daphne ermordet hatte.

Die Bank war klein, und obwohl wir dicht nebeneinander saßen, berührten wir uns nicht. Trotzdem spürte ich, wie alles Mißtrauen zwischen uns dahinschwand. »Warum bist du nach Daphnes Tod bei Evaline im Cottage geblieben?« fragte ich.

»Sie wollte mich nicht gehen lassen und beteuerte, sie würde für mich sorgen und mir helfen. Ständig gab sie mir Pillen. Ich war nicht mehr ich selbst und hatte schreckliche Angst. Sie hinderte mich daran, mit Porter oder sonst jemandem zu reden – bis ich heute nacht flüchten konnte.«

Wie Porter erklärt hatte – Mord ist ein Verbrechen, das einem immer leichter fällt, wenn man Übung darin hat. Evaline, nur ihr Ziel vor Augen, hätte vielleicht auch

Valerie aus dem Weg geräumt – in der Gewißheit, daß Porter sie nie verraten würde, welchen Verdacht er auch haben mochte. Nun verstand ich, warum er um mein Leben gebangt und mich gedrängt hatte, Charleston so schnell wie möglich zu verlassen.

»Armer Simon!« seufzte Valerie. »Er muß von Porters Spielschulden gewußt haben und bekam Gewissensbisse, weil er Stillschweigen bewahrte – doch er verriet nichts, um die Familie zu schonen. Auch Orva hatte gemerkt, was los war. An jenem Tag ging Evaline ins Musikzimmer und erzählte Simon die Wahrheit. Deshalb erlitt er einen Herzanfall. Orva sah sie, erzählte es aber niemandem außer mir, und ich hatte keinerlei Anhaltspunkte.«

Aus diesem Grund ist Garrett also zu Orva gegangen, überlegte ich. All die Jahre hatte sie es gewußt.

Honoria hatte ihr Telefonat erledigt, kam zu uns zurück und kehrte der reglosen Gestalt unter dem Brokattuch den Rücken. »Amelia spielt phantastisch«, berichtete sie voller Stolz. »Endlich kann sie ihren Text, und sie agiert auf der Bühne wie ein Profi. Auch Charles wirkt sehr überzeugend. Niemals wird sie glauben, daß er sie nicht liebt.«

»Er liebt sie«, versicherte ich. »Die Leidenschaft, die ihn plötzlich zu mir zog, war nur eine vorübergehende Verirrung.«

»Natürlich muß er über seine Mutter informiert werden, sobald der Vorhang fällt.«

Ich wollte fragen, wie Garrett seine Rolle spielte. Meine Sehnsucht nach ihm wuchs mit jeder Minute. Doch da erschien Porter. Er hatte sich die Aufführung nicht ansehen wollen und nur seine Frau gesucht. Hastig erklärte sie ihm, was geschehen war, und erwähnte auch, was wir der Polizei erzählen wollten.

In gewohnter Selbstsicherheit übernahm er die Kontrolle. Trotz der schrecklichen Ereignisse mußte er eine gewisse Erleichterung verspürt haben. Jahrelang hatte er seine Angst unterdrückt. Jetzt durfte er endlich aufatmen.

Viel später – die Polizei war gegangen und Evalines Leiche weggebracht worden – saß ich allein in der leeren Garderobe. Charles hatte Amelia in irgendein Lokal eingeladen, wo die beiden vielleicht zum erstenmal wirklich zueinanderfanden. Ich hatte Garrett die ganze Zeit nicht mehr gesehen, und so ruhte ich mich einfach nur aus, versuchte mein inneres Gleichgewicht wieder zurückzugewinnen.

Als Garrett zu mir kam, starrte ich in den Spiegel und fragte mich verwirrt, wer ich wirklich war. Leise trat er ein und stellte sich hinter mich, so daß ich sein Gesicht über meinem sah. Er trug immer noch seine blaue Unionsuniform – und ich das Kostüm einer Südstaatenschönheit. Doch im Spiegel sah ich nur meine Zwillingsschwester, laut sprach ich meine Gedanken aus. »Wer bin ich!«

Er lächelte, und ich entdeckte eine neue Zärtlichkeit in seinem Gesicht. »Molly Hunt und Cecelia Mountfort. Nicht jeder besitzt zwei Identitäten. Und Sie werden niemals Amelia sein.«

Das stimmte nicht ganz. Es hatte Augenblicke gegeben, wo wir so innig verbunden gewesen waren, als hätten wir zusammen nur ein Herz und eine Seele.

Im Spiegel beobachtete ich, wie Garrett einen Finger zwischen meine Brauen legte. »Da ist eine winzige Falte, die man nur sieht, wenn Sie sich Sorgen machen. Amelias schönes Gesicht zeigt kaum Lebensspuren – weil sie alles in ihrem Innern verbirgt und vorgibt, sie wäre immer nur glücklich und unbeschwert. Aber Sie täuschen nichts vor, und so runzeln Sie manchmal ein wenig die Stirn, oder Sie lassen einen Mundwinkel herabhängen.« Seine Fingerspitze glitt über meine Lippen, und meine Haut begann unter der sanften Berührung zu prickeln. »Und Ihre Augen erzählen mir von dem Wunsch, immer wieder etwas Neues zu erleben. Sie wollen die Welt kennenlernen, ihren Romanheldinnen nacheifern, und Sie werden sich nicht länger vor der Realität verschließen. Was heute abend und in den letzten Wochen geschehen ist, werden Sie verkraften und von vorn anfangen.«

Ich beobachtete, wie die Frau im Spiegel den Kopf schüttelte. »Das können Sie unmöglich alles über mich wissen.«

»Vielleicht nicht. Aber ich glaube, daß ich recht habe. Seit unserer ersten Begegnung in Daphnes Buchhandlung wollte ich mehr über Sie erfahren. Sicher fiel Ihnen auf, wie aufmerksam ich Sie beobachtete. Aber ich durfte mich nicht zu schnell an sie heranwagen – sonst wären Sie womöglich davongelaufen. Da Sie zudem noch große Probleme hatten, mußte ich warten und Ihnen Zeit geben. Das war nicht so leicht. Wie hätte ich ahnen sollen, daß mich solche Gefühle erfassen würden – ohne Vorwarnung? Darum hatte ich nicht gebeten. Nicht einmal jetzt bin ich mir sicher – schon gar nicht, was Ihre Gefühle betrifft.«

»Ich bin mir sicher«, erwiderte ich.

Da beugte er sich über meine Schulter, und seine Lippen streiften meine Wange. »Steh endlich auf! Eine Frau im Spiegel kann ich nicht an meine Brust drücken.«

Bereitwillig warf ich mich in seine Arme – als würde ich nirgendwo anders hingehören. All die bangen Fragen, die mich gequält hatten, lösten sich in Luft auf.

»Natürlich wurdest du um den schönsten Teil des Liebesglücks betrogen«, hänselte er mich nach einem langen Kuß. »In deinen Büchern kommt der Held auf einem Schimmel angeritten, um die Heldin aus höchster Not zu befreien. Und ich war nicht einmal da.«

»In dem Moment habe ich dich auch gar nicht gebraucht. Jetzt will ich gerettet werden.«

»Komm mit mir.«

Das Theater hatte sich für mich endgültig in einen Schreckensort verwandelt, und ich verließ es nur zu gern. Wir traten durch die Bühnentür in die Nacht hinaus und betrachteten den magischen Kirchturm, der vor dem dunklen Himmel leuchtete.

Von der Straße, die an der Theaterfassade vorbeiführte, drangen Stimmen zu uns, und wir gingen langsam dorthin. Garretts Arm umschlang meine Schultern und fühlte sich wunderbar an, als wir aus der Vergangenheit in eine Zukunft wanderten, die wir gemeinsam kennenlernen würden. Fast glaubte ich zu schweben. Leicht war mir nicht ums Herz. Dafür hatte ich zu viel Schreckliches erlebt. Aber ein Mondstrahl berührte uns, der mir warm und stark und sehr real erschien.

Schockierend und provozierend

Als Band mit der Bestellnummer 11915 erschien:

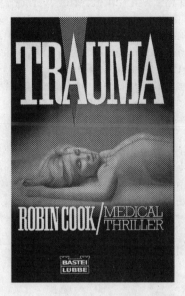

Nur eines fehlt der Kinderärztin Marissa Blumenthal zum vollkommenen Glück: ein eigenes Kind. Untersuchungen haben ergeben, daß sie unfruchtbar ist. Doch Marissa kann sich nicht mit ihrem Schicksal abfinden. Zusammen mit einer Freundin verschafft sie sich gewaltsam Zugang zu einer jener Kliniken, die verzweifelten Frauen Hilfe versprechen. Doch die Erkundungsreise nimmt eine schreckliche Wende.

Eine junge Frau
im Bann einer archaischen Welt

Als Band mit der Bestellnummer 11905 erschien:

Voller Enthusiasmus folgt Justine ihrem Freund auf eine griechische Insel. Anfangs ist sie begeistert, doch dann geschehen unheimliche Dinge: Eine Segelpartie endet fast tödlich für sie, und man wirft mit Steinen nach ihr. Justine will fliehen, fort von der Insel …

Ein Roman vor der traum-haften Kulisse Venedigs

Als Band mit der Bestellnummer 11918 erschien:

Will ihr Mann sie umbringen? Leonie wird den Verdacht nicht los, seit die Ex-Geliebte ihres Mannes in ihrer Nähe aufgetaucht ist und sich die als Unfälle getarnten Anschläge auf ihr Leben häufen. Aber am meisten beunruhigt sie ein Fesko auf ihrem Hotelzimmer: Es zeigt ein Mädchen auf dem Rücken eines weißen Delphins. Doch was geschieht, wenn der Delphin untertaucht?

Ein psychologisches Meisterwerk

Als Band mit der Bestellnummer 11902 erschien:

Als Charles Wyndham die gefeierte Schauspielerin
Maria heiratet, nisten sich deren Halbschwester und
Stiefbruder gleich mit in der Ehe ein. Doch irgendwann
hat auch Charles' Geduld ein Ende, und für die drei
Parasiten schlägt die Stunde der Wahrheit …

BASTEI
LÜBBE